囚笼
END

杀虫队队员 著

十日终焉

江苏凤凰文艺出版社

图书在版编目（CIP）数据

十日终焉·囚笼 / 杀虫队队员著. -- 南京：江苏凤凰文艺出版社，2023.11（2025.6重印）
ISBN 978-7-5594-6460-6

Ⅰ．①十… Ⅱ．①杀… Ⅲ．①长篇小说－中国－当代 Ⅳ．① I247.5

中国国家版本馆 CIP 数据核字（2023）第 178915 号

十日终焉·囚笼

杀虫队队员　著

责任编辑	周颖若
特约编辑	子　川
责任印制	杨　丹
出版发行	江苏凤凰文艺出版社
	南京市中央路 165 号，邮编：210009
网　　址	http://www.jswenyi.com
印　　刷	上海中华印刷有限公司
开　　本	880 毫米 ×1230 毫米　1/32
印　　张	11
字　　数	316 千字
版　　次	2023 年 11 月第 1 版
印　　次	2025 年 6 月第 14 次印刷
书　　号	ISBN 978-7-5594-6460-6
定　　价	46.80 元

江苏凤凰文艺版图书凡印刷、装订错误，可向出版社调换，联系电话 025－83280257

END ON THE TENTH DAY

尾声
消失的余念安
>>> 309

中场休息
我叫李尚武
>>> 297

第 8 关
地狗·谍战剧
>>> 239

第 7 关
人猪·黑白棋
>>> 201

第 6 关
潇潇·极道万岁
>>> 175

第 1 关
人羊·说谎骗局
>>> 001

第 2 关
人狗·雨后春笋
>>> 037

第 3 关
"招灾"的回响
>>> 075

第 4 关
人鼠·仓库寻道
>>> 109

第 5 关
地牛·黑熊狩猎
>>> 139

CONTENTS

这世上的路有千万条，
而每个人都有自己的那条路。

ROUND ONE

END
TENTH DAY

第1关

人羊·
说谎骗局

一个老旧的钨丝灯泡被黑色的电线悬在屋子中央，闪烁着昏暗的光芒。静谧的气氛犹如墨汁滴入清水，正在房间内晕染蔓延。房间的正中央放着一张大圆桌，看起来已经斑驳不堪。桌子中央立着一台小小的座钟，花纹十分繁复，此刻正嘀嗒作响。

而围绕桌子一周，坐着十个衣着各异的人，他们的衣服看起来有些破旧，面庞也沾染了不少灰尘。他们有的趴在桌面上，有的仰坐在椅子上，此刻都沉沉地睡着。在这十人的身边，静静地站着一个戴着山羊头面具、身穿黑色西服的男人，他的目光透过破旧的山羊头面具，饶有兴趣地盯着十个人。

桌上的座钟响了起来，分针与时针同时指向了"12"。与此同时，房间之外很遥远的地方，也传来了低沉的钟声。紧接着，围坐在圆桌旁边的十个男男女女慢慢地苏醒了。

他们逐渐清醒之后，先是迷惘地看了看四周，又疑惑地看了看对方，看来谁都不记得自己为何出现在此处。

"早安，九位。""山羊头"率先说话了，"很高兴能在此与你们见面，你们已经在我面前沉睡十二个小时了。"

眼前这个男人的装扮实在是诡异，在昏暗的灯光下吓了众人一跳。他的面具仿佛是用真正的山羊头做成的，很多毛发已经发黄、变黑，甚至打结粘在了一起。面具的眼睛处挖了两个空洞，露出了他那狡黠的双眼。他举手投足之间不仅散发着山羊身上独有的膻腥味，更有一股隐隐的腐烂的气息。

一个文着花臂的男人愣了几秒，才终于发现这件事情的不合理之处，带着犹豫开口问"山羊头"："你……是谁？"

"相信你们都有这个疑问，那我就跟九位介绍一下。""山羊头"高兴地挥舞起双手，看起来他早就准备好了答案。

齐夏坐在距离"山羊头"最远的地方，迅速打量了一下屋内的情况，片刻之后，神色凝重了起来。

奇怪，这个房间真是太奇怪了。四面墙上没有门，屋顶和地下也没有出入口，可偏偏在房屋中央放着一张桌子。

既然如此，他们是怎么来到这里的？难不成是先把人送过来再砌的墙吗？

齐夏又看了看四周，这里不管是地板、墙面还是天花板，统统都有横竖交错的线条，这些线条将墙体和地面分成了许多大方格。另外让他在意的一点，是"山羊头"口中所说的"九位"，坐在圆桌四周的无论怎么数都是十个人，加上"山羊头"，这屋里一共有十一个人。

"九位"是什么意思？

他伸手摸了摸自己的口袋，不出所料，手机早就被收走了。

"不必跟我们介绍了。"一个清冷的女人开口对"山羊头"说，"我劝你早点停止自己的行为，我怀疑你拘禁我们已经超过了二十四个小时，构成了非法拘禁罪，我们在场的所有人都是证人，你现在所说的每一句话都会被记录下来，会形成对你不利的证词。"

她一边说着话，一边嫌弃地搓弄着手臂上的灰尘，仿佛对于被囚禁来说，她更讨厌被弄脏。

清冷女人的一番话确实让众人清醒不少，无论对方是谁，居然敢一个人绑架十个人，不论如何都已经触犯了法律的底线。

"等等……"一个穿着白大褂的中年男人打断了众人的思路，缓缓地看向那个清冷女人，开口问道，"我们都才醒过来，你怎么知道我们被囚禁了二十四个小时？"

他的语气平稳而有力，却一针见血。

清冷女人不慌不忙地指了指桌面上的座钟，回答道："这里的钟表指向十二点，可我有晚睡的习惯，我上一次在家中看表就已经十二点了，这说明钟表转了一圈，我们被囚禁了至少十二个小时。"

她说着，又用手指了指四周的墙面，继续说："你们也该发现了，这间屋子没有门，说明这个人为了让我们进到这个屋内费了一番工夫,他说我们已经沉睡了十二个小时,如今时钟再次指向十二点,说明至少转了两圈,所以我怀疑超过了二十四个小时。"

"白大褂"听完这个回答,冷冷地看了女人一眼,目光之中依然带着怀疑之色,毕竟在这种环境内,这个女人过于冷静了。正常人面对这种绑架行为,会冷静地说出她这番话吗?

况且,这房间中的钟表是准确的吗?

此时,一个穿着黑色T恤的健壮年轻人开口问道:"山羊头,为什么这里有十个人,你却说'九位'?"

"山羊头"沉默着,并没有立刻回答。

"冚家铲①,我不管这里有几个人……"花臂男人骂了一声,双手撑着桌子想要站起身来,却发现双腿瘫软使不上力气,于是只能继续指看"山羊头"说,"粉肠②,我劝你识相点,你可能不知道惹了我有多么严重的后果,我真的会要了你的命。"

此言一出,在座的男人们的表情都渐渐严肃了起来,这个时候确实需要有一个牵头人,如果能一起将这个"山羊头"制伏,那情况还在掌控之中。

可是众人发现自己的双腿似乎是被人注射了什么东西一样,此时完全使不上力。于是他们当中的一两个人只能用语言威胁"山羊头",大声地叫骂着。

齐夏没有开口,伸手微微抚摸着下巴,盯着桌子上的座钟,若有所思。

事情似乎没有想象中的那么简单。他知道"山羊头"所说的是"九个参与者",如果这里有十个人的话,只能证明其中一人并不是参与者。

那他是谁?

这屋子里坐着六男四女,难道有一人是"绑架犯"吗?

"山羊头"不再言语,缓缓地来到齐夏身边,站到了另一个年

---

① 粤语中语气较为强烈的粗口。
② 粤语,意为傻瓜、白痴。

轻人身后。众人也跟着他的目光看去,才发现眼前的年轻人与在座的所有人都不同——他的脸上也很脏,却洋溢着一抹诡异的微笑。

"山羊头"将手掌缓缓地举起,放在了这个年轻人的后脑勺上。年轻人的笑容越发诡异,他神色激动地看了齐夏一眼,看起来似乎早就知道了什么。

只听到一声闷响,羊头人把年轻人的头狠狠地撞在了桌面上,粉白色的东西如倾洒的颜料,霎时间在桌面上横向铺开,溅到了每个人的脸上。他的头颅居然在桌面上被撞了个粉碎。

房间外,再次响起了一阵遥远的钟声。

齐夏离死者很近,他感觉到有一块不明物体粘到了他的脸上,温热、黏稠。他自问他的心理素质已经足够强大了,却没想到此刻也发起抖来。

坐在死者右边的女生愣了三秒之后面容扭曲,放声尖叫了起来。

这声尖叫同时也撕破了众人的心理防线。能够徒手将人类最坚硬的头骨在桌面上撞碎,那个"山羊头"还是人吗?他瘦弱的身体为何可以爆发如此强大的力量?

"山羊头"缓缓地开口说:"之所以准备了十个人,是因为要用其中一人让你们安静下来。"

女人的尖叫停止,众人的思绪也断了,方才叫嚣谩骂的几个男人此刻也噤了声。如今已经不是绑架的问题了,眼前的这个怪人真的会杀人!

足足沉寂了一分多钟,"山羊头"才微微颔首:"很好,九位,看来你们都安静下来了。"

众人变了脸色,谁都不敢先开口说话,正如羊头人所说,现在真的是"九位"了。

齐夏伸出颤抖的手,将脸上的不明物体取下来。

"下面请容我自我介绍一下……""山羊头"指了指自己的面具,说,"我是'人羊',而你们是'参与者'。"

众人听后一怔，随即有些不解，"人羊"？"参与者"？

"今天把你们聚在一起，是为了参与一场游戏，最终创造一个'万相'。""山羊头"语气平淡地说。

这接连而来的两句话却让众人纷纷皱起眉头。"万相"是什么东西？

经过这几分钟的相处，众人已经确定眼前的男人就是一个彻头彻尾的疯子，可这个疯子却说要创造一个"万相"？

"什么叫……'万相'？"健硕的年轻男人有些紧张地问道。

"就和女娲一样！""山羊头"手舞足蹈地说着。随着他的动作幅度增加，他身上的膻腥味也越来越明显。他的声音带着一股子狰狞意味："多么美妙啊！你们将与我等一起见证历史，曾经的女娲创造了人类，却在补天时化作彩虹……我们不能失去女娲，所以要创造一个女娲！有一个伟大的任务，正等着'万相'去做！"

他的声音逐渐高昂起来，整个人好似十分亢奋。

"女娲……"健硕的年轻人眉头紧锁，总感觉这件事实在是太难以接受了，他顿了顿，开口问道，"你们是某种宗教吗？"

"宗教？""山羊头"微微一怔，转向这个年轻人，笑着说，"我们比宗教恢宏得多，我们有一个世界。"

听完这句话，众人又沉默了。

健硕男人的问题很有针对性，这个羊头人的所作所为与异教徒无异，但大多数的异教都倾向于虚构一个新的角色，而不是用女娲这种英雄式的人物。

"既然如此……"健硕男人继续开口问道，"你想要我们做什么？"

"我说过了，参与一场游戏而已。""山羊头"不假思索地回答道，"若是最终能够赢下这场游戏，你们当中的一个就会成为'万相'。"

"冚家铲……"花臂男似乎冷静下来了，骂骂咧咧地开口说，"封神榜是吧？若我们赢不了呢？"

"赢不了……""山羊头"看了看自己手上的血迹，有些失望地说，"赢不了就太可惜了。"

虽然他没直说，但众人也明白了他的意思。赢不了，就死。

他给出的选项中没有"活着出去"这一条路，要么成为他口中所谓的"万相"，要么像那个脑袋开花的年轻人一样死在这里。

"如果大家都明白了……那这一场游戏正式开始，本次游戏名为'说谎者'。""山羊头"从怀中缓缓掏出一沓纸，然后漫不经心地走到每人身边放下一张，随后又掏出几支笔分给众人。

"接下来，我要你们每个人都讲述一段来到这里之前最后发生的故事。""山羊头"继续说，"但要注意，在所有人当中，会有一个人说假话。当九位都讲完，你们便要开始投票，若九个人全部都选中了说谎者，说谎者出局，其余人全部存活。若其中一人选错，则说谎者存活，其余人全部出局。"

"说谎者？"

众人有些不解，真的会有人在这生死关头说谎吗？

"等等，我们可以商讨战术吗？"健硕男人忽然问道。

"随意。""山羊头"点点头，"游戏开始之前，你们有一分钟的时间商讨战术，请问是现在使用还是等会儿使用？"

"我现在就要用。"健硕男人不假思索地说。

"请便。"

"山羊头"向后退了一步，远离了桌子。

健硕男人抿了抿嘴，然后环视了一下众人，目光尽可能地绕开了趴在桌面上那具尸体，他开口说："我不知道你们当中有谁待会儿要撒谎，但这个规则听起来太霸道了，只要有一个人投错票，我们大家都会死。就算我们选对了，那个说谎者也会死，这样看来无论如何都会有人死亡，现在我想到了一个所有人都可以活下来的办法……"

众人听到这句话，纷纷看向健硕男人。让所有人都活下来，这种事办得到吗？

"那就是我们所有人都不说谎。"健硕男人不等大家想明白,随即公布了答案,"我们九个人都说真话,最后在这张纸上写下'无人说谎',这样的话不违反规则,我们也可以顺利活下来。"

"白大褂"用手指微微敲着桌面,片刻之后开口说:"你这个计划很好,但有一个前提,那就是你自己不是说谎者,可我们该怎么相信你?若你本来就是说谎者,那我们都写下'无人说谎',你就一定能活下来。"

"你这叫什么话?"健硕男人的面色有些微怒,"我若是说谎者,怎么可能提出这种建议?我只需要保住自己就好了。"

"山羊头"微微挥了下手,说:"一分钟的时间到了,请停止交流。"

两个男人纷纷冷哼一声,不再言语。

"下面,请大家抽卡。""山羊头"从裤子口袋中又抽出一小沓卡片,那卡片看起来有扑克牌大小,背面写着"女娲游戏"四个字。

健硕男人一愣,问道:"这是什么东西?"

"这是身份牌。""山羊头"大笑着说,"若是抽到'说谎者',则必须说谎。"

健硕男人狠狠地咬着牙:"你在耍我们?!有这种规则为什么不提前说?!"

"这是为了给你一个教训。""山羊头"冷笑着说,"我还未说完规则,你便问我是否可以商讨战术,是你们浪费了宝贵的一分钟,而不是我不提前说。"

健硕男人的面色有些难看,但想到这个"山羊头"心狠手辣,他还是把怒气咽了下去。

一分钟的工夫,九个人都从"山羊头"的手中抽到了一张卡片,可是谁都不敢翻开看一眼。若卡片上写着"说谎者",那就要面对自己活还是其他人活的问题。

四个女生的手都有些发抖,而男人们的脸色也好不到哪里去。很显然,这抽的并不是身份,而是生死。

齐夏深呼一口气，漫不经心地用手扣住自己的卡片挪到自己眼前。他轻轻翻开一看，上面赫然写着"说谎者"三个字。

"说谎者……"齐夏在心中把这三个字念了几遍，确认自己的身份之后，又不动声色地将卡片反扣。

就在一分钟以前，他也曾经幻想过"所有人都活着离开"这样的念头，可现在不同了，虽然自己和眼前的八人并不认识，但这一次……死的只能是他们了。

"如果大家没有异议，请牢记规则，本次游戏有且只有一个说谎者……""山羊头"伸出手指了指齐夏左边的女孩，"那么从你开始，顺时针轮流发言。"

"啊？我？"女孩一愣，随即咽了下口水。

齐夏扭头一看，从自己左手边的女孩开始顺时针轮流讲述的话，对自己并不是很有利，自己将成为最后一个讲述者。在极度紧张、压抑的情况下，人们通常只能记住第一个讲述者和最后一个讲述者讲述的内容。但现在提出质疑的话，可能会引起其他人的警觉和怀疑，只能走一步看一步了。

只见女孩眉头紧蹙，一双大眼睛骨碌乱转，最终她还是叹了口气，说："好吧……我先讲，但我从小不会讲故事，如果讲得不好大家不要怪我……"

此刻的众人都不知道说什么，只能静静地听着。

性感女孩伸出纤细的手指，将一缕头发别到耳后，然后说："我叫甜甜，是个……嗯……是个特殊从业者……"

此时大家才注意到这个叫作甜甜的女孩穿得很少，仅仅穿了一件脏兮兮的低胸短裙，该挡的地方都没挡住，但看起来她也并不在意这件事情。

"我的故事很多都不方便拿出来给大家讲……我真的不知道怎么开口，毕竟有点文化的人谁会干我这行啊？总之我来之前正在上班，当时我遇到的那个客人真的很奇怪，他执意要去他的车里，说这样会比较刺激……于是为了赚钱我也只能跟他去了……我这也是第一次在车里上班,没想到看起来挺高档的车,里面却那么窄。我真的不知道这有什么刺激可言,这期间那个客人的手机还一直在响,他死活不接电话,我真是烦躁得要命……"

甜甜似乎还想接着骂两句那个客人,可是眼神一不小心瞟到了桌面上的死尸,立刻吓了一个激灵,然后深呼一口气说:"只是我没想到会忽然发生地震,我一开始还以为我们的动作太大了,谁知道真的地震了。"

一说到"地震"二字,所有的人面色都微动了一下,似乎都想起了什么。

"我们的车子停在小巷里……正上方就是个大广告牌……那个时候我的头伸在车外面,正好看到了。"甜甜用手指着自己的头顶比画着,声音发抖地说,"那个巨大的广告牌不知道为什么,哐啷一声之后就断了,直接落到了车上,然后我就没了意识……"

她又长舒了一口气,说:"等我醒来,就出现在这儿了,我真的要吓死了……"

甜甜露出了一脸委屈的表情,谁也不知道她的陈述是否夹杂了谎言。

坐在她一旁的花臂男微微愣了一下,问:"各位,我们还需要继续讲吗?"

"白大褂"一愣,看着花臂男,问:"什么意思?"

"这位'小姐'已经撒谎了,我们直接投票就可以。"花臂男说。

"你……你说什么?!"甜甜一惊,"我哪里撒谎了?"

花臂男目光无奈地看了一眼甜甜,说:"你的名字,你说你叫甜甜,可是所有的陪酒小姐都是化名,像甜甜、小芳、丽丽这种化名很常见,所以你隐瞒了你的真名,就已经撒谎了。"

这一句话说完,甜甜的脸都憋红了。

"你……你胡说八道什么?我就叫甜甜!我的本名好多年没用过了!"她扫视了一下大家,又补充道,"在我上班的地方,只有叫我'甜甜'才能找到我,说我本名都没有人认识的!"

众人此刻都陷入了沉默，齐夏的脸色也有些严肃。

从刚才甜甜的那一段话中，齐夏听不出任何破绽，她在描述故事的时候节奏平稳，语气舒缓，就像跟朋友聊天一样。能做到这种程度，只能说明她所讲述的故事要么是老早以前就编好并私底下练习了很多遍的，要么就是真的。

可现在花臂男给齐夏提供了另一种思路，那就是在名字上撒谎，这不需要涉及逻辑性和合理性，一般人很难看出破绽，毕竟在座的所有人都素未谋面，名字也只能通过对方的讲述得知。

齐夏又仔细回想了一下"山羊头"的话，他说在所有讲故事的人中有一个人说谎，这个规则没有说明说谎者必须要用假故事来撒谎，假名字也一样适用。

甜甜见到自己被怀疑，眼睛瞪得大大的，看起来非常紧张："你……你们要是还不相信的话，我的本名叫张丽娟……我是陕西人……你们可以叫我本名试试啊，你们叫本名我是不会答应的，我只会对甜甜这个名字做出回应……我……我……"

听到这里，齐夏默默地摇了摇头。这个女人并不如他想象中的聪明，也就是说，她不可能提前编织好这个谎言，更不可能临时想到在姓名上撒谎这个计谋。"山羊头"说有且只有一个说谎者，那这个人只能是拿到"说谎者"的齐夏。

如果其他人都没有注意到"甜甜"这个问题的严重性，那他就找到了一个必胜的方法。要编造名字的话，齐不是一个很好的姓，这个姓虽然不稀有，但也不算常见，要避免这种容易让人记住的姓出现。他所讲述的一切内容都要尽可能地不惹人注意，所以他准备叫自己"李明"。剩下的故事他可以正常讲述，这样就算是再厉害的人也不可能看出破绽。

游戏已经要结束了。

此时，花臂男举起了手，看向"山羊头"："喂，裁判，像这种有化名的要怎么算？算撒谎吗？"

"山羊头"没有点头也没有摇头，只是淡淡地说："过程中本人不会参与,你们只需要按照你们自己的想法写下名字即可。你们只需要记住,规则是绝对的。最后,我会亲自对败者进行制裁。"

"制裁"两个字掷地有声,让众人不免打了个寒战。

"这……这就说明我没有说谎!"甜甜着急地喊道,"要是说谎的话,我现在就死了,对吧?就算是化名,我的化名也真的叫甜甜!"

众人谁都没有回答她,现在已经是你死我活的关键阶段,任何的疑点都不能放过。

"那接下来轮到我讲了。"花臂男撇了撇嘴,一脸不情愿,"如果这位小姐不算撒谎,那我肯定也不算。我叫乔家劲,在广东生活,没有什么职业。来这里之前,我正在收债。"

乔家劲的普通话比较差,众人只能仔细地去听。

"要说现在的人可真是有趣,借钱的时候什么都答应,到了还钱的时候就开始哭了。冚家铲,他们骂我们这些收债的人是魔鬼,冷血无情。可是那个粉肠也应该换个角度想想,在他最无助、最需要钱的时候,是我伸出了援手。在所有机构都不会借钱给他的时候,是我借给了他。对他来说我并不是魔鬼,而是救世主。

"可他是怎么对待我这个救世主的?他到处哭诉,说自己多么不容易,被人骗走了两百万。又痛斥我们讨债的人多么冷血,居然想用街坊邻居的同情来解决自己的困境。可他借钱的时候我们签了合同,利息多少清清楚楚地告诉了他。如今他还不上,是我们的问题吗?

"昨天晚上,我准备让他长个教训,就把他绑到了一栋楼的天台上,可没想到忽然地震了。本来我不想要他的命,可这粉肠居然趁乱掏出刀子准备捅我!在一片混乱之中,我抱着他摔下了天台,撞到了一块广告牌。后面的事情……我都想不起来了。"

众人听完这个男人的故事纷纷皱起了眉头。甜甜似乎发现了什么一样,怒笑着说:"看吧!我就说你为什么会往我身上泼脏水!原来你才是那个说谎者!"

"什么？你凭什么说我说谎？"乔家劲恶狠狠地说。

"我在陕西，你在广东！"甜甜指着他说，"你这个故事根本就是照着我的故事编出来的！我那里地震，你那里居然也地震；我被广告牌砸到，你竟然也撞到了广告牌！你这不是撒谎是什么？"

"我管你在哪儿！我就是遇到了地震！"花臂男瞪着眼睛说，"我如果隐瞒不说那才叫说谎！至于广告牌，全世界不可能只有一块广告牌吧？"

"总之你就是在说谎！"甜甜指着乔家劲说，"你这职业本来就是坏人才干的，说谎也不奇怪！"

"呵，你的职业比我的能好到哪儿去？"

齐夏看了看激烈争论的二人，觉得这件事确实有点蹊跷，并不是因为这二人谁说的话是假的，而是因为他也遇到了地震。他既不在陕西也不在广东，而是在山东。

在这个世界上，存在这么大范围的地震吗？这个地震横跨了半个国家，涉及三个省份。如果他们说的都是真的，这岂不是一场前所未有的灾难？

"别吵了，早点结束吧。"坐在对面的健硕男人喝止了两人，然后看了看下一个女生，"该你了，真要判断谁在撒谎，还得等所有人都讲完了才行。"

正在争吵的两个人听到这句话后都冷哼一声，不再言语。

乔家劲身边的女人怯生生地点了点头，开口说："嗯……我……我叫肖冉，是一名幼师。"

看起来这名叫作肖冉的女孩吓得不轻，她的声音很小，带着颤音。

"来这里之前，我正在陪一个孩子等家长，那个孩子原先都是妈妈来接的，后来听说妈妈得了重病，脑子里长了东西，要做手术……所以这几天换成爸爸来接了，只是他爸爸好像经常忘记过来……昨天我等到下午六点多，不知道为什么，那孩子的父亲始终不接电话……我不知道孩子家的地址，无法送他回家，只能和他站在路口一直等。

"其实昨天晚上我也有事情的……我约了心理咨询师，我感觉自己不是很喜欢现在的工作，我希望心理咨询师能开导我一下，但我没想到这一等就是好几个小时……就当我走神的时候，整个地面忽然摇动起来了，我吓得不行，过了好几秒才发现地震了……地震的感觉和听说的不一样，大地不是跳动的，而是左右摇晃的，那感觉像是我站在一张桌子上，然后有人不断地摇晃那张桌子……

"我第一时间将身边的孩子抱在怀里，可是我也不知道该怎么办，我看到远处的崇圣寺三座塔都开裂了……幸亏我们站在空地上。紧接着，我看到一辆失控的小轿车冲着我们急速驶来……我只能摇摇晃晃地抱着孩子向一旁跑去，可是晃动的大地让我每跑一步都会摔倒。最后摔倒的时候我撞到了头，直接晕了过去，等我醒来，就已经在这里了。"

这是一段没什么亮点的陈述，唯独让齐夏觉得奇怪的便是崇圣寺三塔。这三座塔在云南大理。

齐夏轻轻地抚摸着桌子上的卡片，虽然用手扣住了，但他知道那上面写的是"说谎者"。那么，会有多个说谎者吗？

如果"规则是绝对的"，那"山羊头"刚刚所说"有且只有一个说谎者"就是绝对的。自己既然抽到了说谎者的卡片，便证明其他人不可能是说谎者，说谎者仅有一人。他们说的都是真话。可是这横跨了三个省份的故事却隐隐连在了一起。不仅仅是地震，就连他们所讲述的内容也都连了起来，这不是太奇怪了吗？

此时所有人的目光又转向下一个人，那个穿白大褂的中年男人。

"我……""白大褂"看起来比其他人更加冷静，甚至连桌面上的那具尸体也影响不了他，"我叫赵海博，是一名医生，你们应该从我的穿着就能看出来。"

他伸手扯了扯自己脏兮兮的白大褂，继续说："来这里之前，我正在给一位女士做手术。那位女士得了脑室内肿瘤，肿瘤增长迅速,近半年来持续增大,已经引起了轻微脑积水,若不尽快开颅处理,会有生命危险。我选择的是额叶的手术入路,在CT定位下直接穿刺至脑室,其实这种手术每一次进行都伴随着相当大的风险,但那位女士为了长期陪伴自己年幼的儿子,选择了冒险。

"通常来说,手术室为了保证环境的稳定性,连微风都不可以有,可谁也没想到比风厉害的东西来了。地震来临的时候,我刚刚取下那位女士的头骨,正在剪切脑硬膜,这一步若是出现问题,极容易造成大脑挫伤,留下毁灭性的后遗症。我当机立断,决定终止手术,将女士的头骨暂且盖回去。否则在充满扬尘的环境之下,那位女士的性命堪忧。

"可我没想到这一步比我想象中的难度要大,我连站都站不稳,又怎么可能将一小块头骨准确无误地盖回去?身旁的护士将我撞得东倒西歪,所有人都无法保持平衡。我在慌乱之中只能先用无菌床单将那位女士的头部盖上,然后马上转身组织众人撤离。可此时,一辆医疗小推车撞到了我的腿,我整个人摔到了地上。不等我重新站起来,手术室的天花板直接开裂了,我立刻就失去了意识。"

听完医生的陈述,众人的面色都不太自然。

在这段故事之中他使用了很多医学术语,这些术语当中若有一个词是瞎编的,任谁也无法识别。

"赵医生,你是哪里人?"健硕男人漫不经心地开口问。

"我并不觉得有义务回答你的提问。"赵医生回答道,"我的故事已经讲完了。"

健硕男人张了张嘴,却没说什么。

"该……该我了吗?"一个戴着眼镜的男生眼神闪烁了一下,"我叫韩一墨,我是个——"

"等等。""山羊头"忽然开口打断了韩一墨的发言。

这个举动把韩一墨吓了一跳,他不明所以地回过头问:"怎……怎么了?"

"到中场休息时间了。""山羊头"讪笑着说,"下面休息二十分钟。"

众人都有些不知所措。这种时候居然还有中场休息时间？

齐夏看了一眼桌子中央的座钟，从醒来到现在，已经过去了半个小时。现在是十二点半。

"也就是说这次休息是强制性的。"齐夏心里默默念道，"当十二点半时，无论讲述者是谁，都会强制休息二十分钟……"

可是游戏才进行了三十分钟，如今光休息就要二十分钟？齐夏皱起眉头，他知道这并不是他要考虑的事情。这个游戏的举办者本来就是疯子，没必要用常人的思维去揣度。

于是他只能在心中一遍一遍地给自己洗脑："我叫李明，山东人。"

只有将这段话不停地灌输给自己，轮到自己讲述时才可以脱口而出。

众人都面露难色，静静地等着。说是中场休息，可气氛却更加压抑。

"请问……我们可以讲话吗？"健硕男人开口问"山羊头"。

"哦，当然，你们现在是自由时间，我无权干涉。"

健硕男人点了点头，又看向了赵医生："赵医生，你到底是哪里人？"

赵医生的面色沉了下来："我说，你似乎从一开始就对我很不满，我为什么一定要告诉你我是哪里人？"

"你不要误会，我并没有恶意。"健硕男人声音沉稳地说，"你说得越多，真实性就越强，既然大家都说了自己的家乡，你也没必要隐瞒了吧？"

"说得越多，真实性就越强？"医生摇了摇头，"我只知道说多错多，如果规则是绝对的，我刚才讲的不存在任何问题。况且我也不相信你们任何一个人。"

"这话有些偏颇。"健硕男人说，"在场一共九个人，只有一个是敌人，你若是愿意和大家配合，我们可以齐心协力将那个说谎者揪出来，如今你越是隐瞒就越可疑，我已经是第二次问你了，你还要隐瞒吗？"

健硕男人看起来非常擅长盘问，仅仅几句话就将赵医生逼入了逻辑死角。他的话意思很明确，只有说谎者才不需要相信别人，毕竟他知道自己的身份。如今医生继续隐瞒的话，反而会成为众矢之的。

可能够成为脑科医生的人又怎么会是泛泛之辈？只见他冷哼一声，开口问道："那你先回答我，你是谁？做什么的？"

"我？"健硕男人没想到医生会忽然反将一军，表情有些不自然。

"没错，既然在我讲述之后，你不依不饶地问我，那我也可以在你讲述之前先问问你。"赵医生笑了一下，"很公平吧？"

健硕男人思索了一下，点了点头，说："你说得对，我没有什么可以隐瞒的，我叫李尚武，是一名刑警。"

这句话一出口，众人纷纷看向了他。

在这个时候，"刑警"两个字突然给了众人一种安全感。

"你是警察？！"医生愣了一下。

难怪从一开始就感觉这个男人在打探着什么，他也是第一个提出"要让所有人都活下去"的人，说不定他真的想救所有人出去。

医生的态度很明显缓和了不少："如果是这样的话，那我向你道歉，我是江苏人。"

此时花臂男乔家劲的面色有些难看："我说，赵医生，你要相信这位李警官吗？"

"嗯？"赵医生不明所以地看了看乔家劲，"你要说什么？"

乔家劲用手指敲了敲桌子，淡淡地说："现在不是讲述时间啊，换句话说……现在所有人都可以撒谎。"

"你小子不要挑拨离间了。"李警官瞪着乔家劲，略显严厉地说，"你是放贷的，而我是警察，你觉得大家会相信谁？"

齐夏看了看正在吵闹的众人，他认为李警官应该没有说谎，但认为李警官的方向错了。也许是职业天性，也许是正义感使然，李警官始终想把众人有序组织起来，可现在这种情况，大家互相猜忌、彼此提防，很明显难以团结起来。

中场休息的时间已经过半，众人渐渐没了声音。

齐夏在这段时间里已经在心中说了无数次"我叫李明"，直到他自己都有些心烦，毕竟他身边一直趴着一具尸体，让人无法静下心来。

众人跟这具尸体共处一室已经快一个小时了，一股诡异的臭味开始飘散。

齐夏漫不经心地看了看身边的尸体，他的裤子已经肮脏不堪。人在死后，短时间内各种器官都会失去肌肉力量的约束从而造成失禁。在尸臭到来之前，一股恶臭就已经扑面而来了。

齐夏和另一个女生分别坐在尸体两边，那女生似乎是对这气味很不满，一直用手掩着口鼻。

又过去十分钟，"山羊头"终于开口说："二十分钟中场休息结束，游戏重新开始。"

方才那位叫作韩一墨的年轻人定了定心神，深呼了一口气，说："我叫韩一墨，是个网络小说作家。来这里之前，我正在租的房子中撰写一部小说的大结局，由于书里登场了上百个人物，在大结局的时候几乎都要登场，所以我正在聚精会神地写，完全没有听到外面的动静。甚至……我连什么时候地震、什么时候失去意识的都不知道……"

韩一墨所讲述的故事和众人都不同，目前看来，除了地震，他的故事内容是完全独立的，不像之前的各自有联系，并且短短三五句话就结束了。

"就这样？"健硕男人微微一怔，"你说一句'不知道'就算结束了吗？"

"因为我不能说谎，所以我没必要为了迎合大家而编造一个答案。"韩一墨的声音虽然不大，却让人信服。

"好……那下一个吧。"面上依然带着怀疑之色,李警官又开口说,"该那位女士了。"

"喂,条子①。"乔家劲对眼前这个李警官有些不满,"大家都是参与者,你不要把自己搞得像个队长一样。"

"总得有人出来组织大家才行吧?"李警官辩驳道,"我说过了,我们当中只有一个是敌人,剩下的八个人必须要团结起来。"

"那也轮不到你在这儿指挥。"乔家劲完全不把李警官的话放在心上,"在外面我或许会怕你,可现在这种情况,谁也不知道你是不是说谎者。"

"二位不要再吵了。"清冷女人开口打断了二人的对话,她从一开始便指责"山羊头"囚禁了众人二十四个小时,看起来条理清晰,非常冷静。

见到二人冷静下来,她继续说:"这一次所谓的游戏,无论最后谁赢了,剩下的人都有可能会被视作间接杀人,毕竟是我们集体投票给他,他才死的,这才是你们应该要考虑的问题。"

齐夏听到这句话,面色微微动容了一下。若是自己真的从这间屋子里活着出去了,某种意义上,那他确实杀了其余的八人。可那又能怎么办?自己面前的卡片是一张货真价实的"说谎者",有谁会愿意主动放弃自己的生命,让其他人活下去?

"我叫章晨泽,是一名律师。"清冷女人双手环抱,面无表情地说,"很遗憾在这种诡异的地方和大家见面,否则我一定会递上我的名片。"

众人根本理解不了这个章晨泽的幽默,但看起来她本人也并不在意。

"来这儿之前,我正在整理开庭资料。我的当事人被骗走了两百万元,涉及金额巨大,性质恶劣。"

在说到"两百万"这个数字的时候,众人表情如常,但乔家劲明显震惊了一下,问道:"两百万?"

---

① 黑话,通常是反派人物对警察的一种蔑称。现实生活中请勿模仿使用!

"没错,两百万。都说律师是最公正无私的人,但我们也有私情,那个男人为了养活家人,不惜借了高利贷,让人十分担忧。但非法借贷是另一起案件了,和我无关。地震的时候,我正开车去见我的当事人,在青羊大道上,过了杜甫草堂,途径武侯祠附近,我记得……当时我开得并不快,大约四十迈,忽然前方不远处的地面开裂了。我立刻刹车,稳稳地停在裂缝前面,却没想到身后的车子避让不及,发生了连续追尾。我只听到几声巨响,车子被顶入了裂缝中,随后我就昏迷了,来到了这里。"

又一段故事结束,此时仅剩三人没有讲述了。

"武侯祠……"赵医生思索了一下问,"是成都的武侯祠吗?"

"是的,我在成都工作。"

看来这一次地震遍布了全国,仅凭这一段又一段陌生的故事,想要猜出谁在撒谎真的太难了。

"下面该我了。"李警官看了看众人,"刚才我已经说过了自己的名字,我叫李尚武,是一名刑警,内蒙古人。来这儿之前,我正在蹲守一个诈骗犯,据可靠消息,我们已经掌握了犯罪嫌疑人的确切行踪。这个犯罪嫌疑人诈骗金额巨大,高达两百万元,是我市今年接到的第一起金额巨大的诈骗案。

"我和我的同事一直都在车里监视,只等那个诈骗犯的出现。可是那个嫌疑人比我们想象中的还要聪明,他似乎嗅到了什么危险的气息,一连三天都没有露面。我们这三天吃喝拉撒全在车上,精神都要崩溃了。可你们知道对于一个成年男人来说,比没有吃的、喝的更难受的是什么吗?"

他顿了一下,说:"是没有烟了。我们两个人身上连一根烟都没有了,按照原则来说我们绝对不能离开岗位,可没有烟的滋味太难受了。于是我让我同事跑步去买烟,而我则紧紧地盯着犯罪嫌疑人住所的出入口。

"可让我没想到的是,我同事离开没多久,整个大地都开始剧烈地摇晃,我本想下车看看究竟发生了什么事,却忽然被人从身后用细线勒住了脖子。虽然我们都很擅长近身搏斗，但从车子后座勒过来的细线非常难处理。我不仅完全碰不到身后那人，更无法将细线从我的脖子上取下来。"

此时众人盯着李警官看了看，发现他的脖子上确实有一条红红的痕迹。

"于是我立刻将座椅放倒，恢复了呼吸，可我无法转过身来，毕竟我的身材高大，双腿被卡在方向盘底下。身后那人趁我躺倒的工夫，不知用什么东西狠狠地打在了我的头上，我便失去了意识。"

众人听完了李警官的话，不禁开始怀疑起来。

他讲述了一种完全不同的情况，在他之前，所有参与者都是由于意外而受伤昏迷的，只有他是被人袭击而来到这里的。如果非要在众人当中选一个最可疑的人，那不就是他了吗？

"条子，你在说谎。"乔家劲冷声喝道。

"哼，我早就知道你会这么说，但你又有什么证据证明我在说谎？仅仅是因为有人袭击我吗？"

"当然不是。"乔家劲微微一笑，"虽然不知道原因，但之前所有人讲述的故事或多或少都有联系，这些故事当中有许多共用的角色，如果抛开地理位置不谈，众人的讲述都是合理的。"

"那又怎样？"

"问题就出在这里。"乔家劲伸手指向了律师章晨泽，"你和律师的故事中有一个共同人物，那就是骗了两百万的诈骗犯，可你们的故事是相互矛盾的，这说明你们当中有一个人说了假话。"

李警官也跟着顿了一下，问道："哪里矛盾了？"

乔家劲摇了摇头，看着李警官说："章律师已经要准备开庭了，这说明在她的故事里犯罪嫌疑人已经被抓了，而你却还在蹲守，说明在你的故事中，犯罪嫌疑人仍未落网，这不是互相矛盾吗？"

李警官微微沉思了一下，开口说："不得不说，你的话有一定的道理，但我认为你被这个游戏给影响了。首先你要明白一个大前提，那就是之前所有讲故事的人跟其他人都不在同一个城市。换句话说，我们的经历就算是再相像，说的也绝不可能是同一件事。既然是不同的事情，自然会有不同的结果。"

齐夏静静地看着始终在争辩的二人，并没有开口阻拦。

争辩吧，争辩得越凶越好。只要他们两人中有任何一个给对方投一票，那么说谎者就赢了。毕竟规则是绝对的，除了说谎者外，有任何一个人投错票，都会让剩下的人陪葬。

虽然李警官已经给出了解释，但是乔家劲的话还是印在了众人心中。毕竟这是大家第一次发现了两个人故事中有相违背的剧情。

齐夏不由得对这个叫乔家劲的混混高看了一眼。他虽然看起来放荡不羁，但比想象中要聪明。

"嗯……该我了……"一个姑娘开口说。

众人这才收起思绪，看向她。

这个女生在一开始死人的时候发出了剧烈的尖叫，此时她似乎冷静下来了，只是目光一直不敢往她左手边看。

"各位好，我叫作林檎，是一名心理咨询师。"

齐夏微微一顿，因为"林檎"这个名字很有意思。在古代，"林檎"是苹果的意思，这两个字富含诗意，让人印象深刻。或许这位林小姐的父母想让他们的女儿有一个与众不同的名字，但这个名字很显然在这里会害死她。

在场的人当中有作家，有教师，有律师，有医生，有警察，他们都有可能知道"林檎"的意思，只要将这个名字在心中默念几次，那么林檎所讲的故事就会让人印象深刻。

林檎发现众人没什么反应，于是伸手捂着自己的口鼻继续说："我是宁夏人，到这儿之前，我正在等待一个咨询者，她是一名幼师。"

众人见怪不怪地看了一眼那名叫肖冉的幼师，这一次的故事又有联系了。

"据她所说，现在的幼师行业很难做，孩子打不得、骂不得。家长把幼师当保姆，孩子把幼师当用人。每一间教室里面都装着监控，家长实时监测，幼师的语气稍微严厉一点，家长就会一个电话打到园长那里去。可家长把孩子送到幼儿园，不就是让孩子建立三观的吗？如果老师不可以严厉教导，那孩子如何认识到自己的错误？

"她觉得长期以来，自己一直处于迷惘、压抑的状态，所以我给她整理了一份一个月左右的治疗方案。可不知道为什么，那个咨询者始终没有来赴约，我就一直在工作室里等。

"地震来临，我根本没有逃出去的机会。毕竟我的工作室在二十六楼。楼层越高，震感就越强烈，我感觉整个大楼都在晃动。我从来都不知道宁夏也会有地震，这一次让我感受到了。后来我隐约记得天花板塌下来了，我眼前一黑，就什么都不知道了。"

大家听完林檎的故事，似乎又想到了什么。

乔家劲率先说："我有两个问题。"

"你说。"林檎捂着口鼻说。

"你说每个教室里都装着监控，是什么意思？"

众人没想到乔家劲关注的点居然是这个，但林檎不愧是心理咨询师，她非常耐心地解答道："我想，之所以安装监控，是为了让家长在任何地方都可以看到教室中的画面吧。"

"原来是闭路电视……是个贵族幼稚园吗？"乔家劲自言自语了一句，而后又问，"那你约见的那名幼师，就是旁边这个肖冉吗？"

"这我不知道。"林檎摇了摇头，"我和那个人只加了微信，其他的情况准备见面再谈。"

"微信？"乔家劲愣了一下，似乎没明白。

李警官伸手打断了二人的对话，说："混混，你又来了。肖冉在云南，而这位林檎在宁夏，有谁会跨越这么远的距离去找一个心理咨询师？"

乔家劲也毫不示弱："我只是觉得有疑点，这是第一次有人在故事里提到了其他的参与者。"

这一次，赵医生觉得乔家劲说的话有道理，也在一旁点了点头，问:"肖冉,你去找心理咨询师的理由,和这位林檎所描述的一样吗?"

"嗯……"肖冉怯生生地沉吟了一下,"不是很一样……我是因为被一位家长长期指责,所以有些抑郁……"

"那就证明这只是个巧合了。"赵医生点点头,"毕竟是两个地区的事情,咱们也没有必要强行关联起来。"

此时大家都沉默了,章律师却忽然开口了:"这位林女士,你所讲述的故事有一半都是那位幼师的故事,这不违规吗?"

"啊?"林檎微微愣了一下,"我讲那位幼师,是为了让你们更好地理解我的工作内容……"

"你别误会,我没有别的意思。"章晨泽微笑了一下,"我想说的是,若你临时借用肖冉的故事,刻意编造那位幼师的经历,这样既不会因为故事毫无根据而漏洞百出,又可以像之前大家的故事一样带有一丝联系。"

"你……"林檎没想到眼前的女人居然可以如此咄咄逼人,只能辩解道,"刚才赵医生和李警官都说了,我们的省份不一样,这都是巧合而已!"

"巧合,是吗?"章晨泽双手环抱,继续说着,"你们仔细想想吧,为什么单单选择了我们九个人聚集在这里?别忘了,我们九个互不认识,如果要在对方的故事中听出破绽,必须要给我们一点线索。而这个线索就是所有人的故事都是相连的,听了每个人的故事,我感觉我们是被特意挑选的人。这样我们才可以顺利在众人的故事中发现破绽,找到说谎者,否则这个游戏就太离谱了,因为说谎者的赢面实在太大了。"

这一番话几乎是把众人点醒了,也同样点醒了齐夏。是啊,说谎者的赢面确实太大了。

齐夏的眉头皱了一下,为什么自己的赢面会这么大?跟一群陌生人说谎,他们并不认识自己,也不了解自己,随便诌一个谎言任谁都很难看破。难道用一个假名字真的可以葬送八条性命?还是说……抽到"说谎者"的人是天选之子,这本来就是一场不公平的游戏?

不对……齐夏暗道:如果抽中了就能活下来的话,不如直接在卡片上写上"生"和"死",这样的话会更容易达到目的。否则这接近一个小时的游戏又有什么意义?

一种深深的不安感在他心中蔓延,他不断回想着"山羊头"所说过的每一句话。

难道……

"喂,该你了。"乔家劲伸手拍了拍齐夏。

他这才回过神来,发现众人正在用异样的目光看着自己。事到如今他已经来不及多想,否则会显得自己更加可疑。

他定了定神,重新整理了一下思路。他的脑海中不断回想着"我叫李明,山东人"这句话……可是此时此刻他绝对不能用这个答案,想要找到这个游戏的解法,只能赌一把。

齐夏睁开眼睛,对众人说:"各位,我叫齐夏,山东人,是一个职业骗子。"

"骗子?"

众人只听到齐夏说的第一句话便纷纷惊呼出声,毕竟"骗子"这个角色出现在了很多人的故事里,这个"骗子"也将众人的故事隐隐约约地连在了一起。更讽刺的是,他们要判断一个骗子说的是不是真话。

"来这里之前,我正在想办法洗干净自己手里的两百万元。总之是费了一番工夫吧,最终到手一百四十万,这已经是我能想到的最省钱的办法了。

"可是在拿钱回来的路上,却忽然遇到了地震,我看到我家的房子在不断地摇晃。按理来说,这种时候绝对不可以进入室内,毕竟房屋随时都有倒塌的危险。但我很担心屋内的人,只能在这种时候冲进去了。果然,在我进入房间的同时,门廊倒塌,我被压住,失去了意识。"

齐夏语气平淡，寥寥几句话便讲完了这个故事，众人都警惕地盯着他。

他知道自己在做一件很冒险的事情，但只有这样，才能验证自己的想法是否正确。只要那个"山羊头"此刻开口，那就说明自己的猜测八九不离十了。

正如齐夏所想，"山羊头"缓缓地走上前来，对众人说："很好，所有的人已经讲完了故事，下面是二十分钟的自由讨论时间，二十分钟后，需要每个人在自己眼前的白纸上写下一个名字。"

"果然！"齐夏眉头一扬，"果然有二十分钟的时间！"

这样一来一切都解释得通了！

众人此刻有些慌乱起来，毕竟距离决定他们的生死只剩下最后二十分钟了。

乔家劲和李尚武都想把票投给对方，或许是因为他们身份和职业的关系，二人之间充满了敌意。而赵医生开始质问作家韩一墨，毕竟韩一墨的故事跟所有人的故事毫无关联。章律师和肖冉似乎对齐夏持怀疑态度，而林檎、韩一墨、甜甜三个人仍在犹豫。

按照表面规则来说，这一场游戏说谎者已经要赢了，因为票数不统一。规则说得很清楚，只有众人都选中了说谎者，八个人才能一起活下来。

齐夏不参与任何的讨论，默默地闭上了眼，无数条线索在他脑中盘旋。

"山羊头"说讲故事的人中，有且只有一个说谎者。

"山羊头"说规则是绝对的。

"山羊头"说大家已经沉睡了十二个小时。

齐夏睁开了双眼，现在就只差最后一个信息，这道题就能解开了。可是那个信息在哪里呢？

忽然，一道灵光在他脑海中乍现。

墙上、地板上那一道道横竖交错的线让他瞬间清醒起来，他又看了看桌面上的时钟，现在已经快要一点了。

齐夏瞪大了眼睛，心里默默道：原来是这样……好悬……我明明是个骗子，却差点被你们骗了。

众人似乎发现了齐夏的异样，只是这个骗子从一开始就很少说话，也不知道他到底在想些什么。

"喂，能再给我一张纸吗？"齐夏问"山羊头"。

听到这句话，"山羊头"很明显一愣，然后试探性地问："你……还要一张纸？"

"是的。"齐夏点点头，"我需要一张草稿纸。"

"山羊头"沉默了半天，从自己的西服口袋里又掏出了一张纸，递给了齐夏。

齐夏也不客气，接过纸来便开始计算。他数了数墙面上的大方格，一面墙是十二个，而地板和天花板的方格各是十六个。

"没猜错的话……"齐夏快速动笔写着什么，"方格大约是每平方米一个，也就是说我们现在位于一个高三米，长和宽都是四米的房间中……"

"$4 \times 4 \times 3$……48立方米。"

齐夏的手微微颤抖着："不够……完全不够……"

众人不解地盯着齐夏，这明明是一个推断谁在撒谎的问题，他却做起了数学题。只见他又列出了很多竖式，最后得出了"54.6"和"49.14"这两个数字。在看到这两个数字的时候，齐夏面如死灰，仿佛在试图接受什么。

他的眸子不断转动，思绪早就飞到了九霄云外。

众人的争辩声也渐渐小了下来。眼前这个男人不参与任何的讨论，一直在计算着什么，难道他真的找到了这道题的答案？

过了好久，他才抬起头来，看着众人。那眼神当中带着几分恐惧、几分犹豫、几分怀疑和几分迷惘。

"各位。"齐夏清了清嗓音，小声说着，"本来我不想救你们的，可是如果你们选错了，我也会死，我绝对不可以死在这里，有人在外面等我，所以无论如何我都要想办法出去。我只能在此公布答案,希望你们听我仔细说完。"

"靓仔,答案是什么意思?"离齐夏只有一人之隔的乔家劲微微一愣,"你知道谁在说谎了?"

齐夏没有回答,只是伸手拿起自己的身份卡,然后在众人面前缓缓掀开,说:"这是我抽到的身份。"

众人定睛一看,卡片上面赫然写着"说谎者"三个字。

众人看到这三个字之后面色都有些错愕。

"我抽到了'说谎者'。"齐夏缓缓地说,"但是这张牌掀不掀开都无所谓,因为根本不重要。"

他将卡片拿起来,随意地丢在桌子中央,说:"我若没猜错,你们每一个人手中的牌都是'说谎者'。"

众人听后谁都没有动,过了一会儿,李警官才开口问道:"所以……你是说刚才大家都说了谎?"

"没错。"齐夏点点头,"各位比我想象中的要聪明,你们都在自己的故事中加入了一个小小的谎言,让故事在剧情和逻辑不受影响的情况下完全成立。"

李警官思索了一会儿,好像也想到了什么。

"如果你说的话是对的……"李警官意味深长地叹了口气,"问题就更棘手了。"

众人又看向李警官,不明所以。

李警官继续说:"按照规则来说,只有我们所有人都选中了说谎者,我们才能一起活下去,但这样一来说谎者就输了。所以我们……"

赵医生率先明白了李警官的意思:"你是说……我们可以随意投票,因为大家都在说谎,这变成了必赢的游戏,只有被投票的人才会死?"

"没错。"李警官点点头,"现在最优的方案,就是将所有的票数都集中在一个人身上,这样可以将损失降到最小,毕竟剩下的人都能活下去……"

他的这句话又将气氛压抑到了极点,而反观"山羊头"却没有任何动作。

这样说来……他们只能投票让其中一个人去死？

齐夏无奈地叹了口气，看着李警官说："警官，喜欢打断别人说话是你的爱好吗？这样会让你有成就感？"

"你这叫什么话？"李警官皱着眉头回答道，"我不是在帮你出谋划策吗？"

"我不需要你帮我。"齐夏不假思索地说，"你的想法会害死大家的。"

"什么？"李警官一愣，"我为什么会害死大家？难道我说得不对吗？如果所有人都在说谎的话，岂不是任何一次投票都可以成立？"

"李警官，'山羊头'说过，规则是绝对的，有且只有一个说谎者，你还记得吗？"

"这……"李警官微微沉吟了一下，回忆起"山羊头"确实说过这两句话。

"我现在给大家整理一下思路。"齐夏冷冷地说，"这一场游戏中，看起来'说谎者'的赢面很大，因为每个人都感觉自己要赢了，可若我们随意投票，最后死的会是我们全部的人。"

乔家劲摸了摸自己的花臂，自言自语地说："因为我们破坏了规则……"

"是的。"齐夏点点头，"但是这个游戏的有趣之处在于，我们根本无法推断对方是否在说谎，正如章律师所说，我们只能靠各自的经历是否矛盾来推断，可我们根本就不是一个地区的人，就算发生的事情再矛盾，也没有百分之百的把握证明对方说谎了。"

齐夏看了看陷入沉思的众人，然后又说："举办者特意选了我们九个坐在这里，必然有他的目的，那就是让我们从一个个看似相互关联的故事当中，自以为是地找出破绽。但是那样真的对吗？我们有什么把握能够知道对方一定在说谎呢？"齐夏冷笑一声，"在这个游戏当中，我们唯一能从已知的线索中百分之百确认的说谎者，只有一个人。他所说的话，和我们目前的处境完全不同。"

齐夏拿过笔，在纸上唰唰地写下了"人羊"两个字。

"我之前就在好奇，为什么'山羊头'会在一开始的时候向我们介绍'人羊'这么一个奇怪的名字，看起来很多此一举。现在想来，这也是游戏的一部分。"

众人缓缓地扭头看了一眼"人羊"，他依然没有任何动作。

李警官错愕了一下，然后摇了摇头："骗子，我有个疑问，'山羊头'说的规则是所有讲故事的人当中有且仅有一个说谎者，可他并没有讲故事啊。"

"没有吗？"齐夏耸了一下肩膀，"我可记得'山羊头'清清楚楚地说过他把我们聚集到这里，是为了创造一个'万相'，这不是一个匪夷所思的故事吗？"

李警官默默低下了头，他觉得齐夏所说的话非常有道理，但总觉得哪里怪怪的。

"可是……"赵医生开口了，"你这所有的假设，都是建立在'所有人都是说谎者'的前提之下，可你为什么会断定我们是说谎者？假如我们翻开卡片，只有你一人是说谎者又该如何？"

"你们不可能说了真话。"齐夏苦笑一声，表情有些绝望，"我也花了些时间来验证这个问题，我不仅知道你们都在说谎，更知道你们在哪里说了谎。"

他将自己的草稿纸向前一推，然后看了看身边的甜甜："甜甜。你说你当时在车里，把头伸在外面，掉落的广告牌砸在车上，让你失去意识了，对吧？"

甜甜抿着嘴唇，不敢言语。

"乔家劲，你从那么高的地方摔到了广告牌上，真的只是失去意识而已吗？"

乔家劲沉默。

"肖冉老师，你带着那个孩子，真的躲开了那辆疾行过来的汽车吗？"

肖冉的眼神闪躲了一下。

"赵医生,手术室为了保持稳定,建造的比一般的房间要牢固得多,可你说手术室的天花板踢了,你真的只是被打晕了吗?"

赵医生把头扭到一边。

"韩一墨,你说你完全不知道发生了什么,可是专心写作时最怕打扰,你不知道自己是怎么来到这里的吗?"

韩一墨微微叹了口气。

"章律师,你的车子被撞入了裂缝,那个裂缝有多深?"

章律师双手环抱,面无表情。

"李警官,你开的是什么牌子的车,能够瞬间将座椅放倒,挣脱身后人的束缚?"

李警官摸了摸自己脖子上的红色痕迹,欲言又止。

…………

齐夏见到众人的表情,咬了咬牙,说:"各位,承认吧,如果我们现在所处的世界是真实的,那么包括我在内,所有人都应该已经死了。"

这一次的沉默足足有几分钟的时间,大家都在接受这个难以置信的事实。

片刻之后,李警官率先翻开了自己的身份牌,上面果然写着"说谎者"。

众人也将自己的卡片一一翻开,全部都是"说谎者"。

"你很厉害……"章律师向齐夏投去了认可的目光,"可你是怎么发现我们可能都已经死了的?"

齐夏指了指自己的草稿纸,说:"这不难。我一直在想,房间为什么是密封的?墙壁和地板为什么要画线?桌子中央为什么要摆座钟?而羊头人又为什么要让我们强制进行中场休息?"

"正常人的空气消耗量是每分钟 0.007 立方米左右,每小时就是 0.42 立方米,这个房间里总共有十个人,也就是说每小时的空气消耗量会达到 4.2 立方米。"

"按照羊头人所说,我们不仅在这个房间里沉睡了十二个小时,更进行了将近一个小时的游戏。如果用 4.2×13,便得到了 54.6 这个数字。"

齐夏用笔将草稿纸上的"54.6"圈了出来,说:"这是我们应该要消耗掉的空气立方数。"他又环视了一下房间,"可是我们这个房间总共有多少个立方呢?"

众人也跟着他的目光看去。

"主办者给我们留了线索,他们在墙面和地板画上了线,将墙面和地板分割成了许多个正方形,而每个正方形的边长都在一米左右。"齐夏指了指墙上的痕迹,"墙面的正方形数量是 3×4,地面和屋顶是 4×4,这个房间的长宽高就是 4×4×3,共 48 立方米。"

"而 48 立方米的房间,如何容纳 54.6 立方米的空气?"齐夏皱着眉头,表情黯然地说,"过了这么久,按理来说空气正在变得稀薄,可我们没有任何因为缺氧而犯困的感觉……"

赵医生沉思了一会儿,拿过齐夏的草稿纸,又指了指上面的"49.14",问道:"这个数字又是什么意思?"

齐夏面色十分严肃地看了看赵医生,回答道:"这也是需要消耗的空气数,只不过计算的是九个人的。"

"九个人?"

赵医生愣了一下,毕竟这屋里明明有十个人在消耗空气,他却计算九个人的数量。

"我做了一个大胆的假设。"齐夏面无表情地说,"假如人羊不是人,那我们的空气数够用吗?很显然也不够。"

"你是个什么疯子?"赵医生沉吟一声,"居然做出这么诡异的假设!"

"很难理解吗?"齐夏指了指自己右手边的尸体,"赵医生你应该非常了解头骨,一般来说人类单用一只手……能够彻底击碎头骨吗?"

赵医生没有回答,因为他知道这是完全不可能的。不必说人类的头骨,就算是一只兔子的头骨,想要单手将它击碎都不是一件简单的事情。

齐夏收回了目光,又看了看众人,说:"时间不多了,我已经写下了我的人选,接下来就看你们了,但要记住,只要有一个人的答案和我不同,在座的众人都要被制裁。"

众人有些胆怯。一个能随意置人于死地的怪物,如今要被他们投票淘汰。他甘心吗?

乔家劲用余光看了看人羊,发现他始终没有动作,透过面具只能看到两道深邃的目光,不知他在思索什么。

"回家铲,豁出去了!"乔家劲大手一挥,也写下了"人羊"二字。

众人犹豫了一下,也纷纷写下了答案。

齐夏放眼一望,无一例外写的都是"人羊"。

时钟指向了一点,游戏结束。

人羊缓缓地走上前来,说:"恭喜各位,你们在说谎者游戏中活下来了,下面我将亲自对败者进行制裁。"

还不等众人反应过来,他从怀中掏出一把手枪,转过枪头抵在了自己心脏的位置,直接扣动了扳机。

一声难以想象的巨响在狭窄的房间中回荡。在这种封闭的空间之中声音难以消散,众人都感觉有些耳鸣。

紧接着,人羊捂住了自己的胸膛开始惨叫。剧烈的叫喊声很快压过了枪声的回响,在房间内不断地回荡,让每个人心里都有些发寒。

人羊惨叫着,过了足足一分多钟声音才小了下来,变成痛苦的闷哼。

"搞……搞什么?"乔家劲愣愣地看着羊头人,"他来真的?"

又过了几分钟,闷哼声也听不到了。

在座的九个人忽然发现自己的双腿可以使得上力气了。赵医生率先站了起来,走到人羊身边,伸手摸了摸他脖颈处的动脉,发现已经停止了跳动。

"喂！"赵医生冲着人羊大喝一声，"游戏结束了，我们怎么出去？！"

可是一具安静的尸体给不了赵医生任何回答。

其余人也缓缓地站起身来。

这个房间什么变化也没有，唯独多了一具尸体。

"真奇怪……我们真的死了吗？"甜甜仿佛还在纠结这个问题，她抬起纤细的手，狠狠地抽了自己一个巴掌。

"哎呀！"她惊叫一声，"还是很疼啊……为什么死了还能感觉到疼？"

乔家劲无奈地摇了摇头："怎么，你以前死过？"

"我……"甜甜微微愣了一下，"好像确实没死过……"

"所以说，谁知道死了之后会怎么样呢？看这情形，说不定这里就是地狱了。"乔家劲看了看屋内的两具尸体，感觉浑身不自在，"我不仅能感觉到疼，还能闻到臭味。"

"所以我们是什么？魂魄吗？"作家韩一墨问道。

赵医生听后也检查了一下自己的身体，发现自己的心跳、体温、脉搏全都正常，也在正常呼吸，可是居然不消耗氧气。他所学的医学常识很显然无法解释这一切。

"不管我们是什么，我可不想往后都困在这个小房间中。"李警官说，"找找怎么出去吧。"

李警官走到人羊身边，顺手拿起了落在人羊手边的枪。这个举动把众人吓了一跳，下意识地远离了他。

李警官熟练地拉开枪膛看了看，然后又退出弹夹，发现这把枪只有一发子弹，现在已经空了。

这既是个好消息也是个坏消息。好的是他们无须担心有人会拿着这把枪再伤害别人，坏的是遇到其他危险时他们也无法自保。

乔家劲胆子很大，他伸手慢慢地摘下了人羊的面具，发现面具之下是一个面容完全腐烂的男人——他双眼上翻，已经没有生命迹象了。

"好可怕的脸……"章律师在一旁附和道。

齐夏一直在座位上坐着,既没有站起来也没有去寻找线索,他感觉还是有点怪怪的。

同样没有站起来的还有心理咨询师林檎。

"你在想什么?"林檎漫不经心地捂住自己的口鼻问。

"我?"齐夏一愣,"怎么?你要给我的心理诊断一下吗?"

"那倒不是,虽然像你这么聪明的人或多或少都有些心理问题,但现在这个处境实在不适合做心理治疗。"林檎微微笑了一下,"我只是想问问你在想什么。"

齐夏沉吟了一下,说:"我在想原因。"

"原因?"

齐夏没有理会林檎,反而叫住了赵医生,问道:"医生,一般人被枪打中心脏,能够存活多久?"

赵医生回过头来,微微思索了一下,说:"若我记得不错,心脏中弹,人在几秒之内就会进入无意识状态,但由于医学上的死亡指的是脑死亡,所以就算无意识,大脑也会再工作几分钟的时间。"

齐夏点了点头:"刚才人羊惨叫了一分多钟,说明他的身体构造比一般人类要强得多吧?"

"是的。他在心脏中枪的情况下足足一分多钟才完全失去意识。"

众人听到齐夏和医生的说话内容,不由得安静下来。方才正是因为这个骗子思路清晰,他们才能全部存活。

"那你们说这是为什么呢?"齐夏伸出自己的食指和大拇指,比成了一把枪的形状,放在了自己的太阳穴上,"一般人都会选择这样……"他想了想,又用手从下往上对准了自己的下颌,"或者这样。"

齐夏收回了手,指向了自己的心脏,继续说:"无论怎样……都会选择一种让自己尽量不痛苦的方式死去,可他为什么要对准自己的心脏呢?"

乔家劲把玩着羊头面具,然后拨了拨那个男人的头,说:"说不定这个粉肠脑袋更硬。"

"既然他会吐血,那就证明他和我们身体构造是一样的。"李警官说,"就算他再强壮,这种距离下一枪打中头颅也必死。"

齐夏点了点头:"既然如此,我就只能想到一个原因了。"他伸手指向乔家劲手中的面具,"人羊之所以选择朝自己的心脏开枪,八成是为了保护某样东西,游戏恐怕还未结束。"

乔家劲一怔:"你是说……他怕打坏自己的面具?"

"没错。"

在齐夏的指挥之下,乔家劲将羊头面具翻了过来,那粗糙羊皮的内衬暴露在众人眼前,一股腐烂酸臭的味道也从里面散发出来。

果然如齐夏所料,羊皮面具的内部写了字,只是有些地方沾染了血迹。乔家劲抓起自己的T恤擦了擦羊头面具,字迹终于可以辨认了。

"搞什么?"乔家劲愣了一下,开始用他那不标准的普通话阅读上面的字,"我是'人狗',你们受了诅咒,我希望你们活下去,时钟一刻不停,四面皆有杀机。若想活下去,请往家乡的方向转动一百次。对了,都说雨后春笋,为什么春笋不怕雨打?雨后见。"

齐夏微微皱起了眉头,果然是下一个游戏的提示……

这笼罩着众人的死亡阴影始终挥散不去。他们不是已经死了,难道还能再死一次吗?

"喂,骗子,这是什么意思?"乔家劲问道。

"我怎么知道?"齐夏冷哼一声,"这里有九个人,难道非要我来思考吗?"

章晨泽律师缓缓地坐到椅子上,说:"虽然不想承认,但你的思路跟举办者非常契合,如有什么想法的话你还是说出来吧。"

"我——"

不等齐夏说完,四周的墙面忽然发生了变化……

第2关

人狗·雨后春笋

ROUND TWO

END TENTH DAY

在众人一脸震惊之时,一个个孔洞凭空浮现出来。原本水泥砌成的墙面此刻竟然像一个不断变化的软体,片刻之后,一排排排球大小的洞整齐地排列在了墙壁上,好似原先就在那里一样。

紧接着,四面都响起了链条的拉扯声。

"什么情况?"众人一瞬间慌乱起来。

"快看屋顶!"不知是谁惊叫了一声。

众人抬头仰望,发现连屋顶上也有排列紧密的洞。

齐夏终于站起身,从乔家劲手中拿过羊皮面具,仔细看了看上面最后一句话:雨后见。

"雨……"

乔家劲蹑手蹑脚地走到墙边,趴在洞边往外看,顿时吓了一跳,连着退了好几步:"我丢①!"

他大叫着想找地方藏起来,却发现根本没有地方可以藏。

"怎么了?里面是什么?"肖冉有些害怕地问。

众人知道乔家劲的胆子已经很大了,如今能让他吓得连连后退,必然是什么不得了的东西。

乔家劲大喊一声:"是鱼叉啊!房子外面全都是正在后退的鱼叉!"

"正在后退是什么意思?"赵医生不解地问。

"应该是在上弦。"齐夏说,"从刚才开始,四面就不断地传出链条声,现在这些鱼叉都上了弦,随时可能发射。"

"喂!骗子,你快想想办法啊!"乔家劲来到齐夏身边,着急地说,"这四面八方的鱼叉一起发射的话,我们往哪儿藏啊?这桌子底下也没法藏人啊!"

齐夏仔细思索了一下,自己活下去倒是不难,毕竟现场已经有

---

① 粤语中比较常见的口头禅,可以表示骂人、惊讶或感叹等。

两具尸体了。鱼叉的贯穿力有限,只需要把两具尸体堆在墙角,自己藏在尸体后面,这样一来虽然有可能受伤,但存活率还是很高的。

"这一次想让所有人活下去估计会很难,我也需要自保,所以不会再救你们了。"齐夏轻声说。

"你……"乔家劲欲言又止,只能又向李警官和赵医生求助,可是那两个人看起来更加手足无措。

齐夏又看了看羊皮面具上那几句提示语,心想:难道我理解错了吗?只有剩下最后一个人,这个游戏才会真的结束?如果始终让大家都活下去,这种死亡游戏会不断地出现吗?这个房间如此诡异,四面的墙壁会随时发生变化,看起来不符合任何的科学道理,更像是魔法。可如果举办者是能够施展魔法的厉害人物,那为什么要为难我们九个人?这难道是什么机构进行的恶趣味游戏?

正在齐夏出神的时候,林檎看着他手中的面具开口了:"这上面……写了让我们存活下去的方法,说要向家乡的方向转一百圈。"

众人稍微冷静了一下,开始琢磨起这句话来。

"难道是面向家乡的方向,自己转圈?"甜甜问道。

"不对吧。"乔家劲摇摇头,"在这屋子里,你要怎么判断家乡的方向?而且自己转上一百圈,除了头晕之外也不会有什么效果啊。"

"不管了!我先试试!"甜甜随便找了个方向,开始自顾自地转圈。

齐夏微微思索了一下,知道事情不可能这么简单。如果"规则是绝对的"这句话依然适用于这第二个游戏,那面具上所写的东西就是破解之法。

可这要如何破解?鱼叉又会在什么时候发射?时钟一刻不停……难道是一点一刻?

齐夏转头看了看桌面上的座钟,现在已经一点过五分了,如果一点一刻就是鱼叉发射的时间,那现在仅剩下十分钟不到。

向家乡的方向转动一百圈……在场九个人的家乡各不相同,况且一百圈也不是个小数目。如果方向错了，他们就会把这十分钟浪费掉。可是这个房间里，除了人，还有什么能够转动的东西？

齐夏的目光停留在桌子中央的座钟上。他探出身子，伸手推了推座钟，却发现它被死死地固定在了桌面上，移动不了分毫。

"钟动不了，难道是椅子？"齐夏低头看了看自己身下的椅子，这是一把老旧的、散发着霉味的普通椅子，它就随意地摆在地上，不存在任何机关。

既然如此，那就只剩下……齐夏看向了屋子中央的圆桌，这才发现它有些奇怪。这张桌子并不能被称作圆桌，因为它似乎是个多边形，只不过边的数量太多，乍一眼看上去是圆的。

他伸出手转动了一下桌面，果然从桌子内部传来了隐隐的链条声，可桌子很重，他用了不小的力气也只能转动几厘米。

"一百圈……"

这个数字绝对不是仅靠两三个人就能完成的，在场的九个人需要齐心协力转动桌面，才有可能获得一线生机。

林檎敏锐地捕捉到了齐夏的动作，于是喊停了众人。众人纷纷走到桌子旁边来，发现这桌子果然可以转动。

"真有你的啊，骗子。"乔家劲点点头说，"我们把这个桌子转动一百圈，应该就能打开那道看不见的房门了。"

齐夏又看了一眼时钟，虽然时间紧迫，但现在的问题变得更纯粹了。把这张圆桌向家乡的方向转一百圈，无非就是两个答案——向左，或是向右。可众人的家乡在东南西北各个方位，如何能确定向左还是向右？

"齐夏，你是不是已经知道鱼叉什么时候发射了？"林檎捂着口鼻问。

"提示说时间一刻不停，估计会在一点十五分。"齐夏轻声说。

乔家劲听后面色一变："那岂不是剩下不到十分钟了？我们快点开始转吧。"

赵医生将趴在桌面上的尸体移到一边，也缓缓坐了下来，伸手试了试桌子的重量，说："可我们只有一次机会，这么沉的桌子转动一百圈，如果方向错了怎么办？"

"那也有百分之五十的生存希望啊！"乔家劲着急地说，"如果不动的话怎么都是死，转起来的话还有一半的希望活，抓紧时间吧！"

说罢，他便用尽力气开始向左转动桌面。

乔家劲虽然看起来不壮，但力气非常大，仅凭一己之力就将桌子转动了半圈。

"还愣着干什么？！我丢，帮忙啊！"乔家劲对众人吼道。

剩下的人知道乔家劲说得有道理，只能暂且帮他一起转。如今根本没有正确答案，只能赌一把了。

而齐夏却始终没有动，他在思考正确的方向。为什么关键词是"家乡"呢？大家都是中国人，所以是东方？上北下南，左西右东，答案是右边？那住在西边的人又怎么办？或者在场各人的家乡都跟春秋时期的《左传》有关，答案是左边？

齐夏双眼微闭，本想用两具尸体来挡住自己，可如果其他人都死了，下一个游戏又该怎么办呢？

现在还不是放弃他们的时候。齐夏暗道，然后伸出手，从转动的桌面上抓起了一张白纸，拿起笔站起身来走到一边，找了一个空地坐下，开始写什么。

众人虽然有些不解，但手上的动作依然没停，已经把桌面转了十几圈了。

"要不是他自我介绍的时候说他是骗子，我以为那哥们儿就是个数学家呢。"乔家劲对一旁的甜甜说。

甜甜刚才自转得有些头晕，只能敷衍地点了点头。

齐夏在纸上画了一个大致的国家地图，自言自语道："家乡……"他的头脑飞速运转，忽然想到了什么。

"慢着慢着……"他瞪大了眼睛，"如果说举办者如此神通广大，可以从这么多省份中找出经历相似的人，那省份也是一个重点吗？"他回过头，看着正在转桌子的众人，认真地问，"你们刚才有人在自己的家乡上说谎了吗？"

众人纷纷摇头。毕竟家乡牵扯到口音和表达习惯，说谎的话容易露出破绽。

"很好。"齐夏微微颔首，"现在请轮流把你们的家乡再跟我说一次。"

李警官率先说："我是内蒙古人。"

齐夏在内蒙古的位置画了一个黑点。

"我是四川人。"律师章晨泽冷冷地说。

"我在陕西啦……"甜甜说。

"云南大理。"幼师肖冉说。

"广东。"乔家劲说。

"宁夏人。"心理咨询师林檎说。

"我在江苏。"赵医生说。

齐夏将众人的家乡在地图上一一标注，又标上了自己的家乡山东。

此刻所有人都将目光聚集在了作家韩一墨的身上，因为他从一开始就没有说过自己的家乡。

"韩一墨，你是广西人？"

韩一墨一愣，问："你怎么知道？"

"时间紧迫，你先回答我是不是！"

"我是广西人……"

齐夏点点头，若韩一墨的答案不是广西，那他就说了天大的谎。所幸他说了实话。

齐夏将最后一个省份在地图上标注出来，此刻草图上有九个黑点。

"果然如此。"齐夏低声说，"快停下来，向右转。"

"右？"

齐夏快步跑到桌子旁边，将白纸往桌子上一扔，开始向反方向转动桌面。

众人虽然有些不解，但也跟着他转动起来。

赵医生看了一眼桌面上的地图和那九个黑点，问："为什么是右？"

齐夏一边努力转动桌子，一边说："宁夏和山东的位置可以连成一条横线，内蒙古、四川、云南可以连成一撇，而陕西、广西、广东、江苏四个点可以连成一个方形，这正是右字。"

众人一边加快着手中的动作，一边露出异样的目光。齐夏连续两次揭开了谜底，思路太过奇特，这不禁让众人开始怀疑起来。

齐夏自己也明白了这一点，于是开口对众人说："你们也不要误会，如果下一个游戏是抛弃你们自己活命，我也会义无反顾地让自己活下来。"

听到他这么说，众人只能保持沉默，咬紧牙关转动着桌子。

九个人围坐在桌边，不断地将桌面向右边拨动。

"多少圈了？"乔家劲问。

"二十六圈。"林檎回答。

"这你也能数出来吗？"乔家劲眨了眨眼睛，"这桌子转起来根本没办法判断转了几圈。"

"我看着桌子上的血迹数的。"林檎认真地说，"计数对我们心理咨询师很重要。"

齐夏皱了皱眉头："还不到三十圈，得抓紧时间了。"

众人遂安静下来，加快了手上的动作。可这桌子越到后面越难转动，似乎内部的链条越上越紧了。

"我丢，怎么回事？"乔家劲咬着牙说，"这也太沉了。"

"加油……说不定它真的连着门！"甜甜累得龇牙咧嘴的。

她的这句话让众人在绝望之中看到了一丝希望。

门……既然这个房间能够凭空变出孔洞，为什么不能凭空变出门？

大家的胳膊都有些酸痛，但还是一圈一圈地转着桌子。

"大家不要放弃！还剩最后五圈！"林檎大声叫道。

此刻的众人都在咬紧牙关使着力气，没有一个人敢松懈。

咔嗒咔嗒。

随着最后一圈结束，桌子很明显被镶嵌到了什么东西中，大家也终于松了一口气，胳膊的酸痛感逐渐涌现出来。此刻距离一点一刻仅剩三分钟。

"门呢？！"乔家劲着急地大喊一声。

四周的墙面毫无变化，漆黑的空洞之中还能看到冰冷的鱼叉泛出的寒光。

"我丢！没有门啊！"乔家劲的声音当中带着一丝绝望。

"错了！我们猜错了！"肖冉尖叫一声，"应该往左转的对不对？！我们不该相信那个骗子的！我们都要死在这儿了！"

齐夏微微皱眉……难道真的错了？

还不等众人反应，桌子中央的座钟忽然起了异样。它轻微抖动了一下，随即射出了激光。九道激光从座钟发出，渐渐移动到桌边停止。

在众人的疑惑之下，座钟将桌子精准地分割成了数个扇形。哗啦一声巨响，支撑桌面的东西不见了，桌面四分五裂地掉在地上，中间的座钟此刻立在一根小小的木桩上

齐夏仔细看去，小扇形有九个，大扇形有一个。

时间太过紧迫，众人都手忙脚乱。

"这是什么东西？"韩一墨惊叫一声，"桌子怎么还碎了？"

李警官发现每个扇形桌面的背部竟然还有把手，常年的职业经验让他瞬间就明白了什么，惊呼一声："是盾牌！"他把最大的扇形桌面拿起来，挡在自己身前，"我们可以用这个盾牌来挡住鱼叉！"

众人听到这句话也纷纷举起桌板，可惜比较大的桌板仅此一块，其余每个人都只能拿到一块小三角形的，勉强能够挡住自己的身体。紧接着，大家发现了另一个问题。

"我们该怎么挡住？！"律师章晨泽罕见地露出了一丝慌乱神色，"四面都有鱼叉的话，我们只能挡一个方向啊。"

"要合作。"齐夏回过神来，"我们围成一个圈，背靠背，盾牌朝外。"

这样的姿势无疑是将自己的生死交给了身后之人，可即便如此，众人听后也是赶忙调整队形，静静地等待着鱼叉的攻击。

房间里安静得只能听见彼此的呼吸声。九个陌生人此刻成了必须互相信任的队友，缺一不可。

齐夏不经意地回头看了一眼作家韩一墨，发现他的脸上全是细汗，浑身都在发抖，看起来格外紧张。

房间外面遥远的地方再次响起了一声钟声。

"你没事吧？"齐夏问道。

"没……没什么……"韩一墨摇摇头。

"喂！赵医生，你把你的桌面倒过来！"章晨泽忽然开口说。

"为什么？"赵医生看了看自己手中的桌面，尖头在下，宽头在上。

"你这样无法挡住我的腿！"章晨泽紧张地说，"我会被射中的！"

"倒过来我就无法挡住我的头了！"赵医生也不甘示弱，"头重要还是腿重要？"

听到二人的争吵之后，有些人觉得赵医生的话颇有道理，此刻纷纷把扇形桌板转了过来，尖头在下，宽头在上。这样一来，四面八方飞射过来的鱼叉只有一部分会被挡住，所有人的腿都暴露在鱼叉的攻击范围内。

"这样真的对吗？"肖冉愣了一下，"就算我们能把腿藏到尖头里，挡住正面，可是身后飞来的鱼叉怎么办？天上飞来的鱼叉又怎么办？"

"我来挡上面吧！"李警官将他手中最大的桌板举了起来，"都靠近一点，我保护你们。"

不得不说这个办法如今看起来已是最优解了，最大的桌板由一个人举起来挡住上方，其余人挡住四周，可齐夏还是觉得有点问题。

林檎快速地思索了一下，说："剩下的人按照一上一下错落摆放吧。"

"对！有道理！"乔家劲也附和道。

"不对。"齐夏开口道，"大家的桌板都与鱼叉垂直，太容易被贯穿了……"

"靓仔，那你说怎么办？"乔家劲问道。

齐夏的目光停留在地上的羊皮面具上。

"为什么春笋不怕雨打？"最后一句提示语让齐夏若有所思，"慢着慢着……再给我点时间。"齐夏皱了皱眉头。

众人屏住呼吸，看着时间一分一秒地过去，离鱼叉发射仅剩一分钟了。

"先不管他了！"赵医生冷喝一声，"就按照林檎说的，错落摆放吧！"

"你个粉肠给我收声①！"乔家劲也大叫一声，"我相信骗子说的话。"

"你！"赵医生咬了咬牙，把话咽了回去。

大桌板和小桌板到底是什么意思？

"不对……"齐夏忽然瞪大眼睛，"是骗局！大桌板会害死我们的！"

"什么？"李警官有些疑惑地看向齐夏。

"警官，把大桌板丢掉，你去拿最后一块小桌板，所有人尖头朝上！"

众人虽说略带怀疑，但大多数人的头脑只剩一片空白，只能暂且照办。赵医生微微思索了一下，也将尖头倒转过来。

李警官也在迟疑了几秒之后，拿起了最后一块小桌板。

"大家都俯下身子！"齐夏继续说，"将尖头向后移，靠在一

---

① 粤语中的"收声"为闭嘴的意思。

起。李警官你也不必挡住上方了,和我们一起!"

众人在齐夏的指挥之下,竟然将所有的扇形慢慢并列,形成了一个锥体。

谁也未想到丢掉了大桌板之后,所有的小桌板居然严丝合缝地拼成了一个棱锥,远远看去,椎体犹如春笋,正在等待一场大雨的来临。

众人在漆黑的空间中紧张得心脏怦怦直跳,彼此的呼吸声清晰可闻。

"要来了……"齐夏心中算了算时间,轻声提醒。

下一秒,众人只听到风声猎猎,四面八方的响声犹如狂风暴雨席卷而来。鱼叉发射过来的力道出奇地大,众人只感觉手臂被震得生疼,眼看就要握不住桌板了。好在所有人的桌板此刻都顶在一起,形成了一种微妙的平衡。

"啊!"肖冉面前的桌板忽然被一根鱼叉贯穿,她吓得惊叫一声。

齐夏一回头,发现那根鱼叉尖端离肖冉的眼睛仅有两三厘米的距离。幸亏桌板够硬,否则肖冉现在已经死了。

"撑住!"李警官大喝一声,"鱼叉数量有限,再撑一会儿我们就安全了!"

他话音刚落,又响起了一声尖叫。

齐夏扭头一看,竟是甜甜。她没有肖冉那么幸运,贯穿桌板的鱼叉戳破了她的手掌,她一时之间失了力气,面前的桌板也被呼啸而来的鱼叉撞得东倒西歪。

"小心啊!"乔家劲一咬牙,伸手去抓甜甜面前的桌板。

就在这间隙,一根鱼叉从缝隙中飞了进来,贯穿了韩一墨的肩膀。韩一墨痛苦地惨叫一声,但手依然紧紧地抓着桌板。

"不要慌!"李警官伸手扶住韩一墨,然后双手分开,替他顶住了半边桌板。乔家劲也当机立断,伸手替甜甜扶住桌板。好在这两个人力气非常大,整个阵型又开始稳定起来了。

随着冲撞声渐渐小下来，众人才明白这个阵型到底有多么合理。若按照李警官和赵医生所想，将桌板错落摆放由众人手持的话，那么桌板与鱼叉便是垂直的，不仅极其容易被贯穿，而且全靠手持根本无法维持这么久。

现在"雨后春笋"的造型会让五个方向的鱼叉都无法垂直射击到桌板上，贯穿力大幅度下降，尤其是从正上方飞射而来的鱼叉，此刻就因为锥形的特性而改变了行进路线。

又过了一会儿，桌板外面彻底没了声音。

"结束了吗？"韩一墨咬着牙问。

"再等一分钟。"齐夏回答道。

众人又举着桌板静静地等了一分钟，发现外面确实已经没有动静了。

乔家劲小心翼翼地挪出一道缝隙，向外瞧了瞧。

"我丢……"他瞬间就被眼前的景象惊呆了。

众人也慢慢将桌板移开，发现地上、桌面上几乎插满了鱼叉，地上的两具尸体更是惨不忍睹，此刻就像两只刺猬。

每一根鱼叉都有绳子相连，绳子的另一头连接墙壁的空洞，屋内一片狼藉。

赵医生当机立断挽起袖子，来到韩一墨身边——他的情况不容乐观，鱼叉贯穿了他的肩膀，需要马上处理。

韩一墨慢慢地坐下，苦笑一声："刚才我就在想自己会不会那么倒霉，没想到真的中招了……"

甜甜的表情非常内疚，她赶忙跟韩一墨道歉。

众人知道这也不是甜甜的问题，她也被鱼叉戳破了手掌。

"喂，靓妹，过来。"乔家劲招了招手，"我给你包扎一下。"

"嗯？"甜甜一愣，"你会包扎？"

"会一点。"

乔家劲从死去的人羊身上撕下了一条西装布，又将布撕成了两条，一条紧紧地绑在了甜甜的胳膊上用以止血，另一条仔细地缠在了她手掌的伤口上。

"我以前在街上的时候经常受伤,所以就自己学了怎么包扎。"乔家劲说。

甜甜微微地点了点头,没有说话。

来到这里之后,众人难得安静,仿佛暂时摆脱了死亡的阴影。可是四周依然没有出现房门,这个该死的房间仍然把他们困在这里。

这到底是什么地方?房间外面又是什么?

赵医生的方向传来叹息声。齐夏扭头一看,正在给韩一墨处理伤口的赵医生此刻竟然一脸为难。

"怎么了?"李警官问道,"伤得很重吗?"

"伤倒是不重。"赵医生摇摇头,"只是我没法把鱼叉取下来。"

众人往前凑了凑,发现问题确实很棘手。鱼叉的尖端是倒钩,拔出来会对韩一墨造成更大的伤害,而鱼叉的尾部又连着绳子。此刻的韩一墨像是一条被射中的鱼,无论游到哪里都会被这根绳子死死地牵住。

"只能割断绳子。"赵医生抬头说,"可是我手边没有利器。"

韩一墨此刻嘴唇有些发白,贯穿在肩胛骨上的鱼叉让他痛苦不堪。

"就用其他的鱼叉吧。"李警官当机立断道,"鱼叉是尖的,也算利器。"

"只能如此了。"赵医生也点点头,"作家,我要你选择一个最放松的姿势趴下,我们需要切割你背上的绳子,你不要着急,慢慢来。注意你正面的鱼叉,小心一点,不要二次受伤。"

韩一墨点点头,开始艰难地挪动身体。

齐夏看着这一幕总感觉有些不适。慢慢来?现在这个场合真的有时间让他们这么做吗?他看了看满地的绳子,心中浮现出了一种不祥的预感。如果猜得不错,他们仍然要争分夺秒。

"不能慢慢来!"齐夏忽然开口说,"马上帮他把鱼叉取下来!"

他快步走到医生身边,一脸认真地对韩一墨说:"你忍一忍,我现在就帮你把鱼叉拔出来!"

韩一墨有些不解,但也没有拒绝。

"你搞什么?!"赵医生没好气地推了一把齐夏,"你这样会让他的伤势加重的!"

"没有时间了!再磨蹭的话他真的会死!"齐夏也推开赵医生,一把抓住了韩一墨背上的鱼叉。

一声惨叫声从韩一墨喉咙里传了出来。

带着倒钩的鱼叉扎进去容易,想要取下来却很难。

"喂!"李警官此刻也跑了过来,一把拉开齐夏怒喝道,"你小子想要害死他吗?"

齐夏两次被阻,面色也难看了起来:"我理解你们要救人,可如果不抓紧时间的话,鱼叉就会……"

还不等齐夏说完,四周的链条声又响了起来,仿佛有什么巨大的机关再次发动了,随之而来的还有韩一墨撕心裂肺的惨叫。

众人这才回过神,发现所有的鱼叉居然在绳子的牵引之下慢慢回收,而地上的韩一墨此刻也被巨大的力量拖动着。

齐夏老早就发现了这一点,鱼叉上的绳子可不是摆设,它们早晚都会把鱼叉收回去的。

众人慌乱地跟着韩一墨跑,其间李警官试图拉住绳子,对抗那黑色孔洞内的巨大力量,可最终都是徒劳的。

韩一墨虽然疼痛难忍,但很快发现了另一个问题。如果他被拉扯到墙面,依然没有挣脱鱼叉的话,整个人就会被牢牢地钉在墙面上,只能眼睁睁地看着带着倒钩的鱼叉被蛮力拉回然后钩住他的肩胛骨……

想到这里,他痛苦地站起身来,重新抓住齐夏,一字一顿地说:"帮我把鱼叉拿下来!现在就拿下来!"

齐夏表情有些为难,刚刚他已经试了试,这个鱼叉的倒钩设计得非常精巧，根本难以抽离身体。

看着那流出的鲜血，齐夏一阵恍惚。他们真的死了吗？死了的人……也会受伤吗？

齐夏定了定心神，如今不是思考这个问题的时候，而是要马上割断绳子。现在所有的鱼叉都在慢慢后退，如何用其他的鱼叉割断他的绳子？唯一可以确定的是当鱼叉全都缩回墙里的时候，会全部消失，韩一墨也会遭受更严重的二次伤害——被鱼叉钩住的肩胛骨甚至会被拉断……到时候，他会活活痛死。

"要想办法取得一枚鱼叉……可是到底要怎么办？"齐夏眉头微皱，快速环视着四周。

他只能再赌一把了。

他从地上抓起两根缓慢后退的鱼叉，然后迅速把它们的绳子绑在了一起，打了一个死结。

"喂！不要再围着韩一墨了。"齐夏开口说，"都像我这样做！我们至少要留下一根鱼叉。"

林檎瞬间就明白了他的意思，也找了两根鱼叉，干净利索地打了一个结。但她打的结形状很怪，齐夏从未见过。此刻他来不及多想，只能先盯着自己眼前的两根鱼叉。

随着绳子不断收缩，两根绳子此刻紧紧地拉扯在了一起。按照这个势头下去，用不了多久就会有一根绳子断裂，从而留下其中一根鱼叉。

齐夏慢慢地向后退了退，两根绳子此刻发出了骇人的声音，若他猜测的没错，在这种巨大的拉扯力之下断裂的绳子有可能会伤到人。

果然下一秒，其中一根绳子发出断裂的声音。另一根绳子也带着鱼叉在空中毫无规则地乱舞了几下，重重地甩在地上，留下了一条深深的印记。

齐夏跑上前去，想要在鱼叉被完全收回之前将断裂的绳子解开，却发现先前绑在一起的两根绳子由于巨大的拉扯力已经完全变形,不说解开绳子,就连绳子的形状都难以辨认了。

"我好了!"林檎在不远处大叫一声,"谁力气大?快去帮忙割断作家的绳子。"

"好了?"

齐夏回头一看,发现林檎打的绳结十分巧妙,在绳子断裂的时候就自动分离了。

李警官听到这句话后赶忙放下手中的鱼叉,说:"我去割,给我!"

接过鱼叉之后的李警官三步并作两步,在韩一墨马上就要被拉扯到墙壁上的时候来到了他的身后。好在他手里的鱼叉尖端处有开刃儿,足够当小刀使用。

乔家劲见状也上前帮忙,虽说齐夏已经在第一时间想到了办法,可是韩一墨已经离墙面不足半米了。这种撕裂的疼痛感让韩一墨无法抵抗,他只能跟着绳子慢慢后退,否则胸前的倒钩会让他痛不欲生。

李警官一把抓住他身后的绳子,短暂思索之后瞄准了最接近韩一墨身体的一根绳子,开始用尖利的鱼叉切割起来。他的手很稳,每一刀都准确地切割在了绳子上,但绳子比想象中的还要坚硬,几次切割之后只留下了小小的缺口。

他快速目测了一下,发觉事情有点棘手。虽然这根绳子早晚都会被切断,但现在最缺的就是时间。用不了一分钟,韩一墨的身体就会和墙壁接触,到时候想要从背后切断绳子便是不可能的事情了。

"我丢,还没好吗?"乔家劲有些着急地问,"你慢吞吞的,要害死这个粉肠了!"

"别吵!"李警官冷喝一声,然后继续加大手上的力气。

随着韩一墨的身体距离墙壁越来越近,李警官的脸上也已经全是细汗了。不得不说他的心理素质非常好,虽然现在的气氛紧张压抑,但他一次失误都没有,每一下都砍在之前的缺口上。

韩一墨距离墙壁不足三十厘米，李警官的动作被这该死的距离限制住了。

乔家劲手疾眼快，直接挡在了韩一墨身后，用自己的身体垫住了他。这样一来韩一墨虽然会过早地受到伤害，但短时间内他与墙壁之间的距离不会再变化了。

"条子！快！"

李警官沉住呼吸，继续切割着，此时绳子已经断了一大半，可还是连在一起。

韩一墨不断痛苦地哀号着，此时鱼叉慢慢回退，倒钩狠狠地刺回他的肩膀，看起来非常骇人。

"我是不是要死了？"韩一墨咬着牙说，"我真的要死了吧……到底是谁想要我们的命？"

"像个爷们一样！"李警官严肃地说，"这么多人都在想办法保住你，别给我哭哭啼啼的！"

韩一墨听到这句话立刻收了声，他知道李警官说得对，如今大家都在这里跑来跑去，自己不能拖众人的后腿。倒钩深深地刺进了他的肉里，他发出闷哼，咬牙坚持着。

赵医生见状立刻拿起一块布条塞到了他的嘴里，毕竟人在极度痛苦的情况下可能会咬碎自己的牙齿。

众人围在韩一墨身边，短短的二十秒却像几个小时那么长，李警官专心致志地切割着绳子，坚韧的绳子终于被切割开了。

同一时刻，韩一墨和乔家劲全都因为失力而扑倒在地，周围的人立刻上前扶住了二人。

看起来韩一墨保住了一条命。

赵医生立刻将韩一墨拉到一边，开始检查起他的伤口。此时他的伤口情况与预想的没什么差别，如今最棘手的就是止血问题。赵医生思索了半天，最终还是用几块布条按住了鱼叉附近的伤口。

"喂，医生，不给他把鱼叉拿掉吗？"乔家劲问。

"不能拿，拿了他会死的。"赵医生面色严峻地说。

"死？"乔家劲有些疑惑，走上前去推搡了一下赵医生，"搞什么？我们费了这么大力气，结果你不救人吗？"

"我正是在救他！"赵医生不耐烦地甩开乔家劲的手，"说句不好听的话，这鱼叉只有留在他身上他才能活命。"

"为什么？"一旁的肖冉也不禁发问。

"鱼叉若是抽离了，他的身上就只会剩下几个窟窿，死亡只是时间问题。"赵医生冷静地回答道，"留下鱼叉，他虽然会疼痛不堪，但至少不会因为失血过多而死，那些小伤口用不了多久就会因为血液凝结而暂时停止流血。"

众人虽不懂什么医疗知识，但也大体明白了赵医生的意思。现在对他们来说抽离鱼叉很简单，缝合一个伤口却很难。

"现在作家的命已经保住了，我们唯一要做的就是赶快离开这里，找一个有条件的地方重新给他处理伤口。"

赵医生一句话又将众人的思绪拉回了现实。如果不能离开这个诡异的房间，他们的下场早晚都会跟韩一墨一样。

"可是要怎么离开？游戏结束了吗？"林檎捂着口鼻问。

齐夏仔细思索了一下，摇了摇头。那面具上写得很明白，那个叫"人狗"的人希望他们活下来，又写了"雨后见"。按理来说，在这一阵如同暴雨的鱼叉乱射之后，那个所谓的"人狗"就会现身，他有可能带来下一个游戏。

可他为什么不现身呢？

"喂，骗子。"乔家劲缓缓地走到齐夏身边，一脸严肃地问道，"你有办法活下去的，是吧？"

"怎么？"齐夏冷冷地回答道，"我能不能活下去，和你有什么关系？"

"我没你那么聪明，只能找个人合作。"乔家劲似乎在推荐自己，"你有脑子，我有力气，我们合作吧。"

齐夏听到这句话，微微皱了一下眉头，说："对不起，我是骗子。除了自己之外我不打算相信任何人。"

不等乔家劲再说话，李警官忽然发出一声疑问："这是什么？"

众人听后扭头看去，发现李警官此刻正在仔细地端详手中的鱼叉。

"怎么了？"赵医生靠近了李警官，小心翼翼地问。

"有字。"李警官把鱼叉递给了赵医生。

赵医生接过来看了看，面色一变，这手指粗细的鱼叉尾部果然有细小的文字：

> 我是人羊，能看到这段字，说明你们活下来了。可是你们到底活下来几个人呢？有人受伤吗？我真的非常担忧你们。我不能眼睁睁地看着你们去死。一刻钟后，死亡再次天降。躲开它们，想办法活下来。

赵医生咬了咬牙，随即将鱼叉狠狠地摔在了地上。

"当我瘪色①是吧？没完没了！"他大声地咆哮着，似乎想要把压抑了很久的情绪都释放出来。

"你冷静一点！"李警官沉声说，"如果控制不住自己的情绪，你要怎么活下去？"

"活下去？我们不是在地震中就已经死了吗？"赵医生终于忍受不了了，"已经死了，却还要被死亡的恐惧折磨，主办者到底想要什么？"

大家的脸色此时都有些难看，是啊，这一轮又一轮的死亡威胁，主办者到底想要做什么呢？真如那个人羊所说的，要选拔一个什么鬼"万相"吗？难道除了一个人会成为"万相"，剩下的就要下地狱吗？

"各位，我们已经活过了两个游戏，你们认为是自己聪明吗？不！"赵医生用力攥着拳头，"是我们运气太好了！可是下次呢？下下次呢？在这千变万化的房间里，我们究竟能活到什么

---

① 扬州话，意为很差的小角色。

时候？！"

　　李警官抿了抿嘴唇，走上前去，伸手揪住了赵医生的领子："喂……听着！在这种性命攸关的时刻，最不能缺的就是士气！若你不想活了，可以自己去死！不要在这里动摇军心！"

　　"我……"赵医生嘴唇微微颤抖着，"可我们要怎么出去？你有办法能带我们出去吗？"

　　李警官沉吟了一会儿，说："办法我没有，我只知道要活下来！只要活下来，便一切都有希望。"

　　他松开了抓住赵医生的手，走到一旁拿起鱼叉看了看，然后又走到韩一墨身边看了看他肩膀上的鱼叉，发现两个鱼叉上有一样的文字。

　　看来他们的运气真的是太好了。刚才的这一关不仅要躲开致命的攻击，更要留下至少一个鱼叉才可以知道下一关的线索。

　　"不管怎么说，这次至少给了明确的线索。"李警官仔细读了读鱼叉上的字，开口说，"跟刚才不同，这一次的攻击只会来自上方。"

　　他指了指鱼叉上"死亡再次天降"几个小字。话音刚落，整个房间又变化起来。墙壁上所有的洞此刻都在缓缓消失，而天花板上的洞也开始发生变化，竟变成了九个长方形孔洞。

　　这难道就是"死亡再次天降"吗？

　　"看起来游戏正在变得简单。"李警官看着天花板上的九个洞，叹了口气说，"这也算不幸中的万幸了。"

　　"可这次为什么又变成'人羊'了？"章律师指了指地上那一具被鱼叉叉得面目全非的尸体，"人羊不是已经死了吗？"

　　齐夏微微思索了一下，也觉得很奇怪。刚才死掉的那个羊头人确实自称为"人羊"，可他的面具里却写着"我是人狗"。

　　一会儿羊，一会儿狗。这难道也是线索之一？

　　"没什么时间了。"李警官开口对众人说，"已经一点二十三分了，看起来用不了多久天上那九个洞就会往下投射出什么危险的东西。大家先拿起桌板靠墙站好吧。"

此时众人发现地面上的桌板也有些奇怪，这些桌板似乎有着特殊的构造，在被鱼叉拉扯撕碎之后，留下了一个带着把手的正方形，看来每块小桌板中央部分的木材比旁边的更加坚硬。

虽说手中的桌板已经很小了，但好在天花板上的九个洞全部都聚集在差不多中央的位置，看起来站到墙边应该是安全的。

大家默默地走到地上捡起碎裂的桌板，来到了墙边分散站好，远离了中央的孔洞。而齐夏没有动弹，又缓缓地闭上了眼睛。

无论从哪个方面看，第三个游戏都太过蹊跷了，因为主办者非常直接地给出了解决方案。在齐夏看来，这一次的提示非常多此一举。究竟是想让他们死，还是想让他们活？

为什么要单独说明"人羊"和"人狗"？假如"人羊"和"人狗"指的不是姓名，那会代表什么呢？

"喂，骗子，快过来啊！"乔家劲喊了一声，"你站在洞下面会死的！"

"死？"齐夏冷眼看了看头顶上的洞，"我不可能死在这里的，我有不得不出去的理由。"

"怎么回事？看起来最聪明的人也变二百五了吗？"乔家劲有些不解。

齐夏伸出食指，轻轻地敲了敲自己的太阳穴，说："慢着……慢着……再给我点时间。"

众人连呼吸也放慢了下来，静静地看着房间中央的齐夏，大家都有些不明白如此明显的游戏有什么地方还需要反复思索。

"羊和狗……"齐夏眯起眼睛，仔细的思索着所有事情。

一开始那个自称人羊的人想要他们自相残杀，可现在这个人羊却说非常担忧他们这几人，又说不能眼睁睁地看他们去死。

"这不是在说谎吗？"忽然，齐夏脑海当中有一道亮光闪了一下。

是了！就是说谎！

这一切都跟齐夏预想的方向一样,羊和狗根本不是什么人名,而是游戏类型!羊有没有可能代表《狼来了》的故事?放羊的孩子因为说谎多次而无人施救,所以羊的游戏中存在谎言,是与说谎有关的游戏。

狗有可能代表忠诚,正如刚才的鱼叉游戏中,他们若是没有一起合作,现在应该一个都活不了。

齐夏又拿起鱼叉看了看,他知道,羊在解说规则的时候就有说谎的可能。可是这短短的几句话,到底哪一句说了谎?

"我不能眼睁睁地看着你们去死",如果这一句话是谎言的话……

"等下……"齐夏慢慢睁大了眼睛,"这段话并不是答案,而是害死众人的陷阱。"

"你讲什么?"乔家劲不解地问。

"这段话全都是谎言!"齐夏果断地说,"站在墙边会死,站在洞下面才是生!"

赵医生和李警官面面相觑,不知道齐夏到底要表达什么。

"各位,还记得吗?羊是会说谎的!"齐夏站在屋子中央,企图让众人靠近自己,"我们按照他所说的规则去做,最终会害死自己,这就是羊和狗的区别!"

"可是这样真的合理吗?"肖冉有些胆怯地问,"整个房间中只有你的头顶有洞,怎么想那里也是最危险的地方吧……"

关于这一点齐夏也没思考明白。这头顶的洞里到底会掉下什么东西,才能害死墙边的人?

"嗯……"齐夏又思索了一下,改了说法,"无碍,这一关结束之后,我们有很大的概率能出去,所以你们按照你们自己的想法去选择就好。"

"你怎么知道我们能出去?"李警官警惕地问。

"因为这一次的提示中,没有关于下一个游戏的预告。"齐夏说,"这样想来有两个可能,要么代表这是最后一个游戏,要么是主办者有很大的把握能够在这次游戏中让我们无人生还。"

众人听后面色沉重,但也无人反驳。

"总之我会站在这里。"齐夏又指了指自己的脚下,"至于你们怎么选,就看你们自己了。"

齐夏自知现在的一切都是猜测,保险起见,还是从地上捡起了一块正方形桌板拿在了手中。

听完齐夏的一番话,乔家劲缓缓地来到了他的身边,说:"我说过了,我相信你。"

"可我是骗子。"齐夏冷冷地回答。

"无所谓。"

林檎仔细思索了一下,也捂着口鼻朝着屋子中央走去。

"喂!你做什么?"肖冉贴着墙大喊道,"你真的相信他啊?"

林檎微微点了点头,说:"是的,你们仔细想想,我们是靠谁才活到现在的?"

肖冉听后一怔,忽然觉得林檎说的话颇有道理,做了一会儿思想斗争之后也跟上去了。韩一墨用手捂住自己肩膀上的伤口,也走了过去。

"你叫……齐夏是吧?我也相信你。"

甜甜、章晨泽跟着走了过去。

此刻竟只剩下赵医生和李警官还紧贴着墙壁了。

"喂,你们不过来吗?"甜甜喊道。

"我……"赵医生看起来有些犹豫,似乎没有决定到底怎么选。

"没必要强迫他人。"齐夏伸出手摆了摆,"这一关不牵扯合作,只要自己能活下来就行。"

地上的座钟指向一点二十八分。

李警官眯起眼睛盯着齐夏,他并不认为这个骗子此刻会选择寻死,可他为什么要带着众人站在洞下面?

此时林檎看出了二人的心思,冲着他们说:"齐夏不像在说谎,你们要过来吗?"

"你看得出来？"李警官低声问道。

"没错。"林檎点点头，"因为工作的关系，我大多时候都能分辨对方是否在说谎。"

"既然如此……"李警官和赵医生互相看了一眼，默默地走上前去，对着齐夏说，"有专业人士开口了，我们就相信你。"

众人纷纷捡起距离自己最近的桌板，举起桌板挡在了自己的头顶，这样不管从洞中掉下什么东西，第一时间也能有所防备。

"你们还挺有心机。"乔家劲无奈地摇了摇头，也从地上拿起了桌板。

齐夏瞟了一眼时间，拉住了乔家劲，说："准备好，要来了。"

话音刚落，时钟来到了一点三十分，屋顶处响起了巨大的链条声，好像有什么看不见的东西在上弦。

"真的没问题吗，骗子？"乔家劲有些胆怯地抬头一看，总感觉现在的场景有点像在赌博，只不过这次的赌注有点大，是九条人命。

齐夏摇摇头："我也是猜的，就看能不能猜对了。"

忽然之间，整个房间微微抖动了一下，让九人心里一紧。甜甜下意识地向李警官和赵医生的方向靠拢了一些。齐夏歪头看了一眼那九个靠在一起的洞，想找到隐藏在其内的玄机。

只可惜孔洞中没有任何反应，想象中的"死"和"生"都没有出现。

等待了几秒，众人脚底的地板竟在此刻陡然上升。

"坏了……"齐夏面色一变，"比我想象中的还要遭。"

众人的吵闹声此起彼伏，谁都没有想到"主办方"居然想在这间低矮的房间中将众人挤成肉饼。

"什么情况？"

不等几人问明白现在的处境，齐夏立刻开口喊道："快蹲下！"

反应比较快的三四人立刻蹲下身来，可他们眼中的绝望之情已经压抑不住，众人知道按照现在的形势来看，地板和天花板极有可能会合在一起，没有任何人可以逃脱。

齐夏蹲在地上，大脑飞速地运转。他认为自己猜测的方向应该没错，头顶的洞应该是"生路"，可到底该怎么活下去？

地板伴随着巨响缓缓上升，房间的层高在短时间内缩短了一半，众人必须完全蹲下身子才能在这逼仄的空间中活动。

齐夏抬起头看了看，趁众人慌乱之间，他当机立断，伸手向洞内探了探，这只是一个寻常的洞。

"难道……"

齐夏蹲在地上赶忙低下头，鬼使神差地从地上捡起了他的正方形木板，既然洞是"生路"，而木板是手中唯一的工具，那二者之间有什么联系？

齐夏将木板竖起来，塞到了天花板的洞中，随后将木板横置，向下一拉，木板牢牢地卡在了洞中，只露出了一个向下的把手。

"这就是……生路？"齐夏的眼睛慢慢瞪大了，瞬间想到接下来要发生的事。

身旁的众人见到齐夏的动作，也赶忙有学有样，纷纷将手中的桌板卡在了天花板的洞中。

"要小心，待会儿……"

齐夏刚要开口说什么，众人脚下的地板轰然碎成粉末。

"啊！"

"我丢！"

惊呼声同一时刻爆发出来。众人的身体通通往下一坠，好在都下意识地抓住了头顶的把手，这才没有直接掉落下去。

韩一墨咬着牙，用左手死死地握住头顶的把手，可他失血过多，身上的力气正在流失。

齐夏眼睁睁地看着他的左手一点一点松动，却无能为力。九个人此时如同天花板上的吊灯，抓着把手荡来荡去。

林檎向下一看，心凉了半截。底下是一个深不见底的洞，如果没有抓住把手，此时必然已经摔死了。

"喂，作家，你抓紧啊！"乔家劲此时也发现韩一墨因体力不支无法抓紧把手，顿感着急，"关键时刻你怎么无力啊？"

"我……"韩一墨脸上的肌肉都在用力，但身体还是一点点向下滑。

乔家劲距离韩一墨很近，立刻松开一只手，抓着他的裤子向上一提。乔家劲的力气很大，韩一墨觉得自己好像被人托了起来，他赶忙在此时重新抓稳把手。李警官见状也伸手去帮忙，二人一人一只手，托住了即将下落的韩一墨。

众人刚要松一口气，却又听到一声闷哼。

扭头一看，甜甜忍不住叫出声来，此时几人才想起她的手也受过伤。可是这姑娘看起来非常能忍，忍了这么久才闷哼出声。

她右手松开，仅用一只左手抓住把手，可女生的力气本来就小，想用一只手支撑全身的重量更是难上加难，于是她猛然坠落下去。

齐夏神色一变，立刻伸手抓住了她受伤的手腕。甜甜消瘦的身体一直在微微地发抖，手腕也十分冰凉。

"哟，骗子，你人还不错嘛。"乔家劲开口说。

齐夏无奈地叹了口气，说："我只是不想再看见尸体了，你别想多了。"

时间一分一秒地过去，众人的手臂都开始酸痛起来。长时间的吊挂对任何人来说都不是件易事，就连李警官的额头也开始冒汗了。

"我们得吊到什么时候？"林檎问一旁的齐夏。

"不知道。"齐夏沉声回答。

他知道目前已经没有下一个游戏的提示了，若是主办者再狠心一点，就这么让众人吊挂着，他们丧命也只是时间问题。

真的没有下一个游戏的提示了吗？齐夏心中在打鼓。会不会有什么未知的提示隐藏在看不见的地方？

他低头望着下方的地面，若有什么提示，一定会在下方的某处。他放眼一望，由于地面坍塌，底部出现了新的墙壁，在最角落处的墙壁上,似乎有一扇门,可它对于众人来说实在是遥不可及。

他们距离底部的地板至少有十米的距离,从这个高度跳下去不可能安然无恙。

林檎跟着齐夏的目光看了半天,也发现了问题。

"是门?"

众人听后纷纷向下望去,果然发现了底部那扇破旧的木门。

正在众人绝望之际,那扇门竟然缓缓地打开了。一个黑色人影从阴暗处走了出来,这人也穿着黑色的西装,但他的面具和人羊完全不同,他戴着一个墨绿色的巨大蛇头。

"久违了,各位,我是'人蛇'。"他缓缓地开口。

"冚家铲!"乔家劲大喝一声,"羊、狗之后是蛇?你信不信我现在就宰了你?"

"请不要激动。"人蛇的声音很平稳,他抬头看了一下众人,然后说,"你们正在进行最后一轮游戏。我的手边有一根拉杆,只要我拉动它,天花板就能缓缓降落,谁都不会受伤。"

众人循声望去,在木门的一旁果然有一根不起眼的拉杆,刚才由于灯光昏暗谁都没有注意到。

"那……那你会拉下它吗?"肖冉怯生生地问。

"我……"人蛇不易察觉地笑了一下,"我和你们玩一个游戏,能不能活下来,就看你们自己的表现了。"

"又是游戏……"赵医生的头发有些凌乱,他狠狠地咬着牙,似乎想要吃人。

"听好了,各位,这个游戏叫是与非。"人蛇走上前来,对悬挂在天上摇晃的众人说,"接下来你们所有人总共可以问我三个问题,而我的回答只有'是'和'否',要注意,我不会说假话。三个问题问完之后,如果我答应救你们,那我就会拉下拉杆,若我没有答应,便会将这道门锁上,任由你们自生自灭。"

齐夏眉头一皱。三个问题?只能回答是和否?这个游戏未免太刁钻了一些。

无论如何,众人的目的是让这个蛇头人放他们下去,所以只能围绕这个话题提问,可他会答应吗?

幼师肖冉趁众人思考之际,脱口而出:"喂,你能放我们下去吗?!"

"别!"齐夏一惊,赶忙伸手去捂肖冉的嘴,可是这姑娘嘴巴太快了,问题已经清清楚楚地传到了人蛇的耳中。

只见人蛇冷笑一声,回答她:"否。"

"喂!靓女?!"乔家劲大叫一声,"一共三个问题,你不要乱搞啊!"

"我……"肖冉低下头,表情非常难过。

"还剩两个问题。"人蛇不动声色地向木门退了一步。

肖冉不经意间的一句提问,让这个游戏变成了地狱难度。人蛇当然不会那么容易放他们下来,若他有心救人,又何必设置这个游戏?但话又说回来,如果他不想救人,又该怎么让他答应拉下拉杆?

"骗子,你有办法吗?"乔家劲回头看向齐夏。

齐夏心思杂乱,微微闭上眼睛。

办法、办法。作为一个人,哪里有这么多办法?他内心道:从进入这个房间开始的每一步都需要我想办法,我凭什么要背负这么多人的性命?

紧接着,他又开始说服自己:若我放弃了,他们还有活下去的希望吗?

"我不能死在这里……"齐夏的眼睛再次亮起微弱的光芒,"她还在等我……"

一个温柔的女声在齐夏脑海中响起:"夏,你知道吗?这世上的道路有许多条,每个人都有属于自己的那条。"

他微微睁开双眼,脑海中的思路瞬间清晰了很多。是了,他错就错在完全跟着对方的道路走。

"蛇头人。"齐夏低头叫道。

李警官一愣，回过头来问："喂，你要问什么？咱们提前沟通好，免得再浪费提问题的机会。"

"没关系，我已经想到活下去的办法了。"齐夏低下头，俯视着人蛇，"你们不要说话，这一切马上就结束了。"

"你真的有办法？"章晨泽问道。

"应该。"齐夏深吸了一口气，仔细思索着接下来要问的两个问题。

不，准确来说是一个问题。仅仅需要一个问题，这个游戏就结束了。

这个游戏从一开始就不能纠结如何让对方拉下拉杆，只要考虑"是"和"否"的逻辑即可。

人蛇看似对齐夏很感兴趣，那双眼睛正透过蛇皮面具的空洞向外张望。

齐夏顿了顿，开口问："人蛇，假如我的下一个问题是'你会不会拉下拉杆'，你的回答会跟这个问题的答案一样吗？"

"我……"人蛇微微一怔，他想要选择一个答案，却发现无论如何回答都是徒劳的。

"哈哈哈哈哈！"人蛇忽然之间大笑，笑得前仰后合的，不多久就收起笑声，说，"你可真是有意思。"

"有意思？"齐夏冷冷地看了眼人蛇，"哪里有意思了？我不是已经赢了吗？"

人蛇缓缓来到墙边，伸手拉下了拉杆。众人只感觉身体一坠，而后整个天花板开始慢慢地下降。

乔家劲满脸的不解，他扭头问齐夏："骗子，什么意思？为什么这样就算赢了？"

齐夏发现天花板果然在下降，暗暗松了口气，说："你思考一下吧，只要这个问题问出口，无论如何我们都已经得救了。"

"假如我的下一个问题是'你会不会拉下拉杆'，你的回答会跟这个问题的答案一样吗……"乔家劲重复了一遍齐夏刚才的问题，根本想不明白。

"原来如此……"赵医生面带思索地点点头,"若他回答'是',那下一个问题也只能回答'是',这样我们就得救了。"

"可他要说'否'呢？！"乔家劲感觉自己发现了什么漏洞,"他说'否'不就行了吗？"

"他若说'否',下一个问题也只能说'是'。"韩一墨有气无力地说,"这个问题妙就妙在,若他回答'否',就承认了两个问题他会给出不一样的答案,还记得吗？这个蛇头人说他不会说假话。"

乔家劲一怔,再次转过头来看向齐夏,说："这都是你刚刚想到的吗？你是个什么怪物？"

"怪物不敢当。"齐夏摇摇头,"我只是个浪迹江湖的骗子。"

说话间,几人已经缓缓地落到了地上。

由于长时间的吊挂,大家的手掌都有些火辣辣的疼,两名伤者的情况更是不容乐观。

"各位,恭喜你们在'面试'中活了下来,推开这扇门,一个新世界在等着你们。"蛇头人将手背在身后,站到了木门的旁边。

"扑街仔[①]！"乔家劲恶狠狠地走了上去,似乎想要把对人羊和人狗的不满都发泄到眼前的人蛇身上。

人蛇冷眼转过身,看着气势汹汹的乔家劲却毫不畏惧。

"你们一个个都有病吗？！"乔家劲大喝一声,上前就抓住了人蛇的衣领,"戴着这些奇怪的面罩,一次次想置我们于死地,现在终于让我逮到了！"

人蛇冷笑一下,低声说："趁你还活着,劝你早点放手。"

"你说什么？！"乔家劲用力举起拳头,眼看就要打到蛇头人的脸上时,却被李警官拉住了。

"喂,你忘了那个被敲碎头颅的男人了？"李警官低声喝道,

[①] 粤语中骂人的话,也可以用于自嘲。"扑街"意指人扑倒在街上,含倒霉的意思。

"若他们都是一样的人,你准备怎么打败他们?"

"我……"一丝不甘的表情浮现在乔家劲阳刚的脸上,他咬了咬后槽牙,缓缓吐出几个字,"可是这些天杀的——"

"放心,我们不是能出去了吗?"李警官打断他的话,低声说,"只要能出去,我一定会给他们好看的!"

众人听后不再言语,只是缓缓地走到了人蛇面前。近距离看着此人,他们才发现他有多么诡异。

这个蛇头人周遭的气温比其他地方更低,他老旧的西装和头上戴着的面具都散发着诡异的腥臭味。他的双眼正从面具之下射出目光,明显是个人类,可他身上的味道又像一条死了很久的蛇。

"各位,欢迎来到新世界。"蛇头人闷闷的声音从面具下传出,然后他回头打开了那扇门。随着嘎吱一声轻响,屋外的亮光照了进来。

齐夏皱了皱眉头,发现门外根本不是室外,反而是一条走廊。

"外面是哪儿?"齐夏问道。

"我说过了,是新世界。"蛇头人缓缓地举起双手,"将来的'万相'会在你们之中产生!将会在新世界中产生!多么令人振奋啊!"

"又是'万相'……"乔家劲恶狠狠地问,"你们到底在策划什么东西?"

见到有人提问,蛇头人明显来了兴趣:"一个无所不能的'万相'……他可以实现一切想法!"

"无所不能?"乔家劲的眉头都皱成了一个结。

赵医生在一旁不动声色地冲乔家劲摆了摆手,然后对蛇头人说:"好了,我们知道了,快让我们出去吧。"

蛇头人一顿,点点头,退到了一边把路让给了他们。

齐夏率先走了上去,身后的众人也不想在此处多停留,纷纷加快了脚步跟上。

众人一步踏入走廊,一股特殊的味道就灌满了鼻腔。该怎么形容那种味道呢?沉重,一股非常沉重的味道。就像是全世界的人都死了,然后暴露在空气里腐烂,这股腐烂的味道吸引来无数虫子争相进食,它们大量繁衍,又一批批死亡,然后也腐烂了。等这铺天盖地的腐烂气味沉淀一段时间,等它变得不再刺鼻时,就成了现在这般沉重的味道。

齐夏过了好久才缓过神来,然后睁开眼睛看去,却发现眼前是另一番让人绝望的景象。

他们正身处一条望不到头的走廊中,这里天花板低矮,顺着这条走廊一直向前延伸,走廊的两侧,无数张木门正在缓缓打开,正如他们身后的木门一样。木门里陆续走出一些人影,大部分是面具人,他们的面具是各式各样的。远远望去,只有极少数的门里走出了正常人。而那些所谓的正常人看起来也都神色疲惫,颤颤巍巍。

和齐夏一样,他们也活下来了。

"什么情况?"韩一墨虚弱地问,"被抓来的不止我们九个?"

齐夏的面色格外沉重,眼前的情况远远超出了他的想象。

这个组织抓来了无数的人,然后进行这种残酷的游戏?

"可是……活下来的人实在是太少了……"章晨泽暗叹一声。

放眼望去数以千计的门里,走出来的正常人屈指可数,像齐夏他们全员生还的情况几乎再也没有了。

"各位,请。"蛇头人向一旁展开手臂,示意众人向某个方向前进,然后站在门边负手而立,看起来他不准备离开,"走吧。"

众人知道此地不宜久留,排成一条长队缓慢地离开了。

经过一扇扇破旧的木门时,众人近距离看到了那些戴着动物面具的人。其中有牛头人,有马头人,有狗头人,还有先前见过的羊头人和蛇头人。他们无一例外都散发着诡异的气息,弥漫着腐烂的味道。

又走了十几步,众人被眼前两个动物面具吓了一跳。左边那人戴着一个巨大的老鼠面具,倚靠在墙上;而右边那人戴着一个巨大的公鸡面具,双手环抱在胸前。

这两个面具明显不是人造产物，而是实实在在的动物头颅做成的。可世上哪里会有这么巨大的老鼠和公鸡？

这两人与其他头戴动物面具的人一样，只是淡淡地看了齐夏等人一眼，没有其他动作。

"这些动物都是什么？"林檎有些被吓到了，下意识远离了那两个人。

齐夏微微一皱眉头，仿佛想到了什么。羊、狗、蛇、鼠、鸡……

"是生肖。"他嘴唇微动，吐出几个字。

众人一怔，纷纷看去，那些穿着破旧西装的人所戴的动物面具果然都在十二生肖之内。

十二生肖代表着什么？走廊的尽头又是什么？

众人颤颤巍巍地向前移动。经过先前几轮高强度的游戏，所有人都感觉身心疲惫。此刻忽然之间放松下来，一直缠绕在几人身边的死亡气息也淡化了。

齐夏不经意间转过头，看向站在自己身旁的林檎。她始终用手捂着口鼻。

"你这样不会难受吗？"齐夏学着林檎的样子，将手也放在了自己的口鼻之上，"虽然这里的味道很难闻，但你这样会呼吸困难。"

"呼吸？"林檎微微一怔，随即露出了一个微笑，"我不觉得呼吸困难，只是不捂住口鼻总感觉怪怪的，就像……"

"像什么？"

"像没穿衣服一样。"林檎不好意思地笑了笑，然后拿下了捂住口鼻的手。

她的鼻子很高挺，嘴唇也很红润，完全没有遮挡的必要。齐夏并不理解"像没穿衣服一样"是什么意思。

林檎微微一笑，还是感觉不太自在，于是又用手捂住了口鼻。

"有点害羞啊……你们不会觉得别扭吗？"林檎问齐夏，"就这样露着自己的口鼻。"

"为什么会别扭？"齐夏感觉很奇怪。

林檎也非常不理解地看着齐夏，那眼神像在看一个外星人："不戴口罩，你们为什么可以这么坦然？"

"口——"

还不等齐夏反应过来，远处忽然传来了一丝诡异的亮光。众人被这道亮光吸引，纷纷向前看去。

是出口！

有一道像是夕阳晚霞一样的亮光，从出口处照了进来。

"要出去了！"乔家劲激动地叫了一声，"我看到夕阳的光了！"

这一句叫喊无疑是给几人打了一针强心剂，赵医生搀扶着韩一墨，跟随众人一起加快了脚步。

"夕阳？"齐夏稍微思索了一下，对众人说，"我们醒来的时间是十二点，经过了一个多小时的游戏时间，现在应该是两点左右。无论是凌晨两点还是下午两点，都不可能见到夕阳。"

"我看你是多虑了。"李警官摇了摇头，"房间里的时间也不一定准确，说不定现在真正的时间就是傍晚。"

齐夏微微点了点头，他知道李警官说得没错，他对于时间的一切认知都来自房间里的座钟，可谁也不能保证房间里的座钟显示的是正确的时间。

又向前走了几步，众人在出口的旁边见到了一个黑影。

随着不断前进，那黑影渐渐浮现出人形，他同样戴着动物的面具，可这面具让众人感觉到极其不适。与其他动物面具不同的是，此人的面具不是用某一只动物的头颅做出来的，而是用绒线缝合了许多器官制造出来的产物。

他的嘴巴像是鳄鱼嘴，鼻子又像是牛鼻子，脸庞用的是鱼鳞，脖子用的是蛇皮，除此之外，他还在自己的面具上缝合了狮子的鬃毛和雄鹿的角。

这个动物，简直就像是……

"你们好,我是'人龙'。"那个缝合而成的怪物缓缓开口了,"全员生还?真是新奇啊。"

"龙……"

众人下意识地停下了脚步,浑身的神经都紧绷了起来。

并不是因为龙有什么可怕,而是他们太熟悉这个开场了,每次有人这样介绍自己,接下来就会是一场可怕的游戏。

"诸位不要紧张,你们的面试已经告一段落了。"人龙摆了摆手,众人才发现他的手上还戴着鹰爪的手套。

他身上的一切动物器官都有些腐烂臃肿,散发着难闻的气味,可他就像什么都不知道一样,自顾自地说着:"我不会给你们带来新的游戏,只是给你们一点建议。"

众人没有说话,紧紧靠在一起,一脸警惕地看着眼前的人龙。

"十天,你们有十天的时间改变这一切。"人龙缓缓地说,"若十天之内你们得不到三千六百颗道,那你们所在的世界就会毁灭。你们目之所及的一切也都会一起陪葬。"

短短的一句话让众人难以理解。

"三千六百颗道?"齐夏皱起眉头,"'道'是什么东西?你说我们所在的世界会毁灭,那又是什么意思?"

"有问题,嘿嘿嘿,很好。"人龙点了点头,"有问题说明你们还很清醒,所谓道,就是……"人龙将手伸进他的黑色西装口袋中,摸索了半天,掏出了四颗金色的小球。

那小球外圈是白色的,内圈是金色的,闪着金光,看起来有些奇怪。

"这就是道。"人龙继续说,"只要三千六百颗道,你们就有救了。"

齐夏沉思了一下,伸手接过了一颗小球,这颗小球摸起来并不坚硬,甚至还有些弹性。

"拿着吧,这本来就是你们的。"人龙笑着说。

齐夏思索了一会儿,接过了四颗道。

"你们经过了四个考验,说谎者、雨后春笋、天降死亡、是与非,这是你们的奖励,也是你们的筹码。"

众人从未料想过自己多次用性命换来的东西竟然是这些不起眼的小珠子,此时都不知道该说什么好。

"道……"齐夏皱了皱眉头,一脸无奈地说,"你的意思是说,我们如果找不到三千六百个这样的小球,这里就毁灭了?"

"嘿嘿嘿,没错。这里毁灭的话……你们可出不去。"人龙点点头,他脸庞上的鱼鳞与狮子鬃毛跟着他的头部一起晃动,看起来非常别扭。

"貌似你有不少这样的小球,难道你自己凑不齐三千六百个吗?"李警官问,"而且你比我们都要强大,明明可以自己去找的,为什么要选我们?"

"我?"人龙嗤笑了一下,"我们都是有罪之人。有罪的人得不了道,只有像你们这样的天选之人,才能获得道,最后成为'万相'——"

"这太荒唐了!"章晨泽的双手抱在胸前,她开口打断人龙的话,微怒地问,"你知道自己在说什么吗?"

"当然……嘿嘿,我当然知道自己在说什么。"人龙缓缓地向前走了一步,对众人说,"这扇门里走出过无数个人,这番话我对每一个人都说过。"

"无数个……"

众人愣了一下,李警官恶狠狠地问:"你们到底是什么东西?究竟抓来了多少人?"

"抓来?"人龙歪了一下脑袋,从面具的空洞之中露出一双污浊的眼睛,冷冷地盯着李警官笑道,"你会不会搞错了?真的是我们把你们抓来的吗?"

"难道不是吗?!"李警官咬着牙说,"我们难不成是自己来的?!"

林檎叹了口气,对齐夏和李警官说:"你们都知道他们是疯子,所以不要试图和他们争论。我们快出去吧。"

她的一番话让众人清醒不少,这些戴着动物面具的人本来就不正常,眼前这个将各种动物头颅缝合在一起的人更是疯得厉害。若是跟着疯子的思路走,自己用不了多久也会疯掉的。

众人绕过人龙,走向了他身后的出口。

"要记住,没有三千六百颗道,谁也出不去。"人龙最后低声提醒道。

齐夏鬼使神差地扭过头,问他:"我们要怎么获得道?"

"我丢,你理他干吗?"乔家劲没好气地推了齐夏一把,"你真的要去找那些金珠?"

"不管怎样,我一定要出去。"齐夏的眼神中透着一抹坚毅,"有人在等我。"

人龙微微点了下头,说:"就是你们所经历过的游戏,不同的游戏可以获得不同的道。"

齐夏的面色有些难看,他低头审视了一下手中的金珠:"你是说……我们要主动去参加游戏,才能获得道?"

"嘿嘿,没错,拿着,拿着它们。"人龙脏兮兮的手不断地挥舞着,"一定要离开这里啊。"

齐夏看着手里的珠子,若有所思。

众人也不知怎么劝他,只能先后走出了门。

微风扑面而来,带着那股难以名状的沉重味道。在场的几人缓缓睁开眼,却没有如获新生一样的喜悦。因为眼前是一座犹如废墟一般的死城。

暗红的天空之上,挂着一轮土色的太阳。那太阳的表面有着丝丝黑线,正在向内部蔓延。在这怪诞的天空之下,映入眼帘的是一座破败的城市。此处看起来是一座小城的繁华地带,只不过像被炸弹轰炸过一次,然后又被焚烧殆尽,大火烧了几天几夜没有扑灭,最后成了这般模样。

房屋大多损坏了,墙体开裂,无数暗红色的植物爬满了墙壁。

李警官咽了下口水,问:"喂,人龙,你带我们来的是什么鬼地方?"他转过头去,话音戛然而止,嘴巴慢慢张大。

众人随着他的声音也回头一看。

他们的身后根本没有建筑物,而是一个空旷的广场。

ROUND THREE

END
TENTH DAY

第3关

"招灾"的
回响

我听到了"招灾"的回响

此刻，九人站在空旷的广场中央，仿佛从天而降，那些从房间里走出来的幸存者和戴着生肖面具的人都不见了。

"我们怎么会在这里？"

"门呢？！人龙呢？！"

可惜这里没有任何人能够回答他们的问题。

广场正中央，有一个格外显眼的大型电子显示屏，看起来有些年头了，边缘都有些生锈了，屏幕上此刻亮着一句让众人摸不着头脑的话：我听到了"招灾"的回响。

"招灾？什么鬼东西？"乔家劲把上面的话读了两遍，还是没明白。

齐夏发现电子显示屏的上方还立着一座巨大而斑驳的铜钟，这种古老的东西与电子显示屏放置到一起，看起来非常不和谐。

过了许久，作家韩一墨慢慢地抬起头，低声说了一句："所以我们真的死了……这里就是阴曹地府，对吧？"

看到这番景象之前，他还抱有一丝希望，说不定他们并没有死去，只是临死前被人抓到了这里。可是这明显不正常的世界又怎么解释？

"我不知道我们死没死，我只知道若再不给你处理伤口，你就真的死了。"赵医生强打精神，架起了韩一墨的手臂。

这句话也把众人从恍惚之中慢慢拉回了现实。不管怎样，他们现在能呼吸、会流血、有痛觉，好像是还活着，既然好像活着，那就不能放弃。

"那里好像有家便利店。"林檎伸手一指远处，"看起来毁坏得很严重，不知道里面会不会有针线和纱布。"

乔家劲二话不说，架起了韩一墨的另一只手臂，苦笑了一下说："去看看吧，要是能有点吃的就更好了。"

众人向前缓缓前进着。

这里的景象无时无刻不在透露着一股古怪的气息,让众人有些心神不宁。

便利店在一条道路的中央位置,门口的玻璃已经完全破碎,招牌也塌了一半。众人马上就要走到门口时,却纷纷停下了脚步。

便利店的对面有间餐厅,一个人影正站在店门口。他戴着牛头面具,身着黑色西装,背着手,仿佛一尊雕像。

众人的心情不由地有些紧张。这些戴着动物面具的人都是疯子,现在他站在此处,难道又要进行什么游戏吗?

几人小心翼翼地等待了一会儿,发现那个牛头人完全没有任何动作。他不仅没有说话,甚至连看都没有看他们一眼。众人这才壮起胆子,又向前挪动了几步,来到了便利店门口。

"是个假人吗?"甜甜小心翼翼地问。

齐夏仔细瞧了瞧牛头人,他面具之下的眼睛还在微微转动,应该不是假人,像是在守护身后的餐厅。

"管他是什么人,我们就当他不存在。"李警官转身打开便利店破败的房门。

刚打开门,一股恶心的味道就扑面而来。这座城市的味道本身就已经分外沉重,而便利店里的味道更是不妙。腥味、臭味、烧焦的气味夹杂着丝丝热气,在这间屋子中回荡。

这些味道闻起来都很新鲜,像是刚刚散发出来的。

"哕……"律师章晨泽承受不住,直接弯腰干呕了起来。

甜甜有些担心地看着她,问:"大律师,你没事吧?"

"我没事……"章晨泽擦了擦嘴,望着甜甜说,"你看起来好像一点都没受影响……"

甜甜的表情不太自然,她只能苦笑一下说:"可能跟我的职业有关……我闻过更难闻的东西。"

"别……别说了……"章晨泽差点又吐了。

齐夏掩着口鼻来到室内,这里的货架大多倒在地上,地板黑漆漆、黏糊糊的，不知道上面是些什么东西。

"真恶心……"乔家劲皱起眉头看着地上脏兮兮的东西，"这种扑鼻的臭味，不会是排泄物吧？"

排泄物？这是个很有意思的观点。齐夏忽然转头看向乔家劲。

换言之，这里除了他们九人和动物面具人之外，还有其他人或者其他东西在此处长期生活，否则也不可能留下满地且散发着新鲜气味的排泄物。

众人四下翻找了一下，根本找不到针线和纱布。便利店外面也见不到药店和诊所，盲目出去寻找，韩一墨怕是坚持不了那么久。

"这可怎么办？"李警官双手叉腰，无奈地望向赵医生，似乎在征求他的意见。

还不等赵医生说话，便利店的收银台后面一阵响动，员工休息室的门缓缓打开了。

九人大惊失色，立刻后退了几步，看向那扇缓缓打开的门。一个瘦弱的人影从门后走了出来。定睛一看，竟是个瘦到不成人形的姑娘，根本看不出年纪。她的面颊深深地凹陷下去，眼睛向外凸着，好似整张脸上的肉都没有了。

她抿了抿干裂的嘴唇，好奇地望向几人。在短暂的愣神之后，她似乎是反应过来了一样，赶忙整理了一下自己脏乱破旧的衣衫，用沙哑的嗓音开口说："欢迎光临……"

李警官仔细理解了一下这句话的意思，貌似是明白了，问："你是……店员？"

女生点点头："嗯。"

众人没有再说话，因为这件事透露着一股不合理的气息。她为什么会在一个已经完全破败的便利店中工作？

店员见到众人没有动作，试探性地说："请随意挑选。"

虽然话是这么说，可这里哪还有东西可以挑选？货架上几乎没有商品，仅有的东西也都腐烂了，沾满了污秽物。

店员目光呆滞地望着几人，这目光让几个女生有些害怕。

"有针线吗？"齐夏面不改色地问店员。

"针……线？"店员微微转动无神的眼睛，然后伸出手，模拟着穿针引线的动作，"你是说……这种针线？"

众人这才发现她的手上沾了乌黑的血迹，甚是骇人。

齐夏又往前走了一步，说："就是这种针线，这里有卖吗？"

"骗子，你……"乔家劲在认识齐夏之前，觉得自己是天底下胆子最大的人，可如今就连他也不敢跟这个女人搭话，"这女人不正常，你看不出来吗？"

"看出来又怎么样？"齐夏平稳地说，"我们的情况不能比现在更坏了，我们必须让作家活下来。"

女店员又呆呆地思索了一会儿，忽然之间打开了前台的隔板冲了出来。众人这才看清她的全貌——她的身上穿着一件又脏又肥大的白色衬衫，就如同衣服挂在衣架上一般，里面空荡荡的。衬衫上不知道抹了些什么东西，看上去像油，又像血。这件衬衫几乎到了她的膝盖，她的下半身好像没有穿裤子，大腿上黑红黑红的。

齐夏微微皱了一下眉头，想要往后退一步，却被女店员一把扼住了手腕。他感觉自己的手腕像是被一根老树藤缠住了，那粗糙的触感硌得他生疼生疼的。

"我这里有啊！"女店员张开嘴，露出发黄的牙齿，"有针线的！你跟我来啊！"

她的手不断地指向员工休息室，仿佛想让齐夏跟她进去。众人着实是被她吓到了，就照这女人目前的表现来看，跟她走进去实在不是一个好主意。

"算了……我们不买了！"乔家劲走上去试图拉开那女人的手，"你先放开。"

可女店员仿佛没有听到一般，一边拉着齐夏挪动着脚步，一边露出开心的微笑。

"这屋子里面就有针线！你来啊！"她的力气甚至比乔家劲和齐夏两个大男人加起来都要大。

"喂！快来帮忙啊！"乔家劲回头吼了一声。

李警官和赵医生回过神来，也赶忙冲了上去。女店员不由地加快了脚步，齐夏只感觉一股巨大的力气拖动着自己，完全无法挣脱。二人距离那间员工休息室本就不远，齐夏被她拽着走了六七步便进了房门。

赵医生和李警官正在向外拉着齐夏，却没想到女店员忽然松开了手。

"啊！"一声惊呼，几个人差点摔倒。

各自站稳之后，他们却见到女店员并没有在意，反而回身过去，在屋子里翻箱倒柜找起了东西。

四个男人惊魂未定地打量了一下这个房间。房间里面比外面要稍微干净一些，角落中放着一张折叠床，被褥都已经发黄了，上面还有一块惹眼的红色，看起来比较新鲜。另一个角落，一个简易的炉子上正摆着一口锈迹斑斑的铁锅，里面咕噜咕噜的，正在烹煮着什么东西。

女店员专心致志地在一个老旧的箱子里翻弄。"在哪儿呢？针线……"她不断把箱子里的东西丢出来，那里面有易拉罐，有老旧的杂志，还有锅碗瓢盆。

乔家劲摸了摸自己的鼻子，看向那口铁锅。"说起来，我还真挺饿的。"他小声地对齐夏说，"如果她不是个疯女人就好了，我想问问她可不可以让我蹭顿饭。"

齐夏看了铁锅一眼，里面煮着一个白白的东西。他也感觉有点饿。

"这地方的东西你也敢吃？"李警官问，"谁知道那东西多么脏……"

"可是闻起来很香啊。"

乔家劲说得没错，托这口铁锅的福，屋子里的气味居然香飘飘的，盖住了恶臭。

"你在煮什么？"乔家劲壮着胆子问道，看来他真的想分一口。

"小猪崽。"女店员回答道。

"小猪崽?"乔家劲来了兴趣,正想去铁锅那里看一看,女店员却惊呼一声:"啊!找到了!"

只见她转过身,双手捧着一物,兴冲冲地对众人说:"看啊!针线!"

李警官上前一看,面色有点为难。这并不是什么针线,而是一个生锈的鱼钩和一小捆杂乱的钓鱼线。

他转过身看向赵医生,赵医生微微思索了一下,盯着鱼钩和鱼线开口问道:"姑娘,还有其他的针线吗?"

"没有了。"女店员摇了摇头,"只有这个,你们买吗?"

赵医生为难地看了看齐夏,齐夏也不知该如何回答。

"这个可以用吗?"齐夏小声问。

"问题不大。"赵医生点点头,"医用缝合针经常会用到弯针,只要够锋利就行。"

齐夏思索了一会儿,对女店员开口说:"姑娘,我们没有钱,可以用东西和你换吗?"

"钱?"女店员直愣愣地看着齐夏,似乎在理解"钱"是什么意思,过了很久,才开口说,"我不要钱,你和我睡觉吧。"

"睡觉?"齐夏嘴唇微动,"什么意思?"

"我们睡完觉就可以吃小猪崽了!"女店员露出了一丝癫狂的表情,而后竟然流下了口水。

话罢,她走到了脏兮兮的床边,弯腰坐了下来,然后拍了拍自己身旁的位置。

"来啊,快过来。"女店员麻利地脱下了她的上衣,她里面什么都没穿,干瘪的身体沾满了脏泥,看起来像皮包骨。

乔家劲沉默了半天,才用胳膊肘戳了戳齐夏,说:"你就献身吧。"

"你怎么不去?"齐夏没好气地说。

"老板点的是你啊。"乔家劲幸灾乐祸地说,"没听到吗?只要你跟她睡觉,我们就可以吃她锅里的小猪崽,况且作家也在等那鱼钩救命呢。你这怎么说都算功德无量……"

还不等齐夏回话,女店员好像听到了乔家劲的话,于是转脸对他说:"你也可以来!你们四个都可以来!"

"啊?"乔家劲一愣,"我——"

"搞什么?"李警官终于忍不住了,从警这么多年,眼前的情况完全超出他的认知,"姑娘,你图什么呢?我们是来买东西的,你为何还要搭上自己?"

"我……"女店员瞪大了眼睛,忽然之间大吼道,"我要吃猪崽啊!"

说完,她似乎又想起了什么,赶忙把手中的鱼钩和鱼线放到床上,然后跑到铁锅旁边往里面看去,神神道道的:"小猪崽……可别被煮坏了……"

她有些担心地拿起一根树枝,在锅里挑弄了几下。齐夏趁着这个工夫,悄悄走到床边,然后将鱼钩和钓鱼线拿了起来,回头交给赵医生,说:"先去救人,这里我们对付。"

"好!"

赵医生拿着鱼钩和鱼线来到外面,从地上找了一块还算干净的石头,开始处理鱼钩上的锈迹,他把屋内的情况三言两语地跟几个女生说了一下。

甜甜身为专业人士,依然不能理解屋内店员的行为。

"别管那些了,齐夏说得对,先救人吧。"林檎接过鱼线,又回头去查看韩一墨的情况。

赵医生用石头把鱼钩上的铁锈打磨掉,然后尽量地将它磨得更加锋利,林檎也在一旁将杂乱的鱼线整理好。

"差不多了……"赵医生确定一切都准备好了之后,回头对韩一墨说,"我要给你取下鱼叉,然后缝合伤口了。"

"好……"韩一墨微微点了点头。

"但是我们没有麻药。"赵医生为难地说,"这种疼痛可能会超乎你的想象。"

"没事……至少我能活下来,对吧?"韩一墨苦笑了一下,问。

"如果伤口不感染的话……活下来是没问题的。"

"那就好……来吧……"

屋内,三个男人站在女店员身后,看她拨弄着锅子。她一件衣服都没穿,可三个男人的内心毫无波澜,甚至有点想逃。

"喂,骗子。"乔家劲小声问,"你把人家的货偷了,她一会儿生气了怎么办?"

"我不知道。"齐夏摇摇头。

李警官在一旁沉默了一会儿,小声说:"我们不是还有道吗?不知道她要不要?"

"那怎么行啊?!"乔家劲有些不悦地说,"那是用我们所有人的命换来的,你就这么给这个疯子了?"

"咱们这也是在救人命啊!"

二人正在争论,女店员缓缓地回头过来。她像是放心了一样,神色泰然地走到床边,那里本来放着鱼钩和鱼线,现在空空如也。

她有些犹豫地看了看床,似乎觉得哪里不妥:"咦?"

可很快她就摇了摇头:"对了……睡觉。你们四个谁先来?"

女店员抬起头,望着眼前三个人,神色又恍惚了一下:"不是四个?你们一直都是三个人吗?算了,三个也行。"

乔家劲摇了摇头,小声说:"看吧,她疯得比我想象中还厉害。"

"嗯……"齐夏愣了半天,开口说,"我们不想和你睡觉,我们只是来买东西的。"

说罢,他从口袋中掏出一颗金光闪闪的道放到了女店员身边,然后继续说:"我不知道这个东西算不算值钱,但我们只有这个了。"

按照齐夏所想,生活在这里的人肯定认识那些戴着动物面具的人,也肯定或多或少听过道这种东西,这种拿命换来的东西,不管怎么想都是有些价值的。

女店员好奇地看了看那颗珠子,拿起来捏了几下,接着在三个人震惊的目光之下,将珠子扔到了嘴里。只听咔嚓一声,珠子被她咬碎嚼了嚼,吞到了腹中。

"不好吃……"女店员摇摇头,"比小猪崽差远了。"

"这……"三个大男人从未想到自己用命换来的东西会被人当作零食,一时间都语塞了。

"不睡觉……那你们走吧……"女店员无奈地叹了口气,表情十分失落。

虽然情况让三人理解不了,但现在好歹是可以走了。

三个人一脸侥幸地退到屋外,正在盘算着该如何与众人说他们损失了一颗道,却见到赵医生已经拔掉了韩一墨身上的鱼叉。此时,韩一墨满头都是虚汗。

"快来帮忙!"林檎叫了一声。

乔家劲和李警官赶忙冲了上去,帮忙按住韩一墨的手脚。在这种极度疼痛的情况之下,人会不由自主地乱动。

"韩一墨,你看着我!"赵医生严肃地说,"还知道我是谁吗?!"

"你是赵医生……"韩一墨皱着眉头、咬着牙说。

"没错,你要保持清醒!"赵医生将穿了线的鱼钩刺进了他的皮肉。

韩一墨又闷哼一声。

"你和我聊聊天!"赵医生不慌不忙地说,"聊些你感兴趣的事来分散注意力!"

"我感兴趣的事……"韩一墨苦笑了一下。

"你不是作家吗?"赵医生说,"聊聊你的作品怎么样?"

"呵呵……"韩一墨苦笑着说,"赵医生,你想多了。我身为作家,最不想聊的就是自己的作品……若有闲暇时间,我想暂时忘掉作品里的一切,让自己好好放松一下。"

"那就聊别的!"赵医生在慢慢地缝合伤口,可是这道伤口是圆形的,缝合起来比一般的伤口更加复杂,他定了定神,又问道,"告诉我,你平时除了写作,都怎样放松自己?"

"我……会玩游戏。"

赵医生点点头:"那可太好了,我下班了也会玩游戏,你都玩什么游戏?"

韩一墨由于失血过多,现在的思维非常缓慢,过了好久他才说:"《英雄联盟》……里面有个女忍者叫阿卡丽,我很喜欢这个角色。"

"哦?"赵医生笑了笑,"那还真是巧了,我也玩《英雄联盟》,也很喜欢阿卡丽。"

虽然他说话的语气很平稳,但众人都看到他的双手在微微颤抖,毕竟他从医这么多年,这是第一次在不打麻药、患者清醒的情况下缝合伤口。如今也不知道他是真的喜欢这个角色,还是单纯地顺着韩一墨的话题在聊。

"赵医生你也喜欢阿卡丽吗?"韩一墨无力地点了点头,"我对阿卡丽的一切都很着迷……这个叫暗影之拳的女忍者,我感觉她的故事背景也……"

赵医生手上的动作微微一停,然后他抚摸着韩一墨的脸,问:"韩一墨,你看得到我吗?"

"嗯?"韩一墨不知道赵医生为何忽然问出这个问题,只能回答,"我看得到你……"

"我是谁?"

"你是赵医生……"

赵医生听后又点了点头,说:"韩一墨,你现在已经出现幻觉了,一定要保持清醒。"

"幻觉?"韩一墨感觉自己现在的状态还算正常,不明白赵医生所言何意,"我不是正在和你聊天吗?怎么会出现幻觉呢?"

"应该是失血过多的症状,你的大脑供血不足。像你所说的阿卡丽,她的英雄称号叫离群之刺,并不叫暗影之拳。"

"离群之刺?"韩一墨眯起眼睛,不由得有些犹豫,他从未听过这个名字，难道这也是出现幻觉的原因？

乔家劲在一旁戳了戳齐夏，问："骗子，他们在说什么呢？"

"不知道。"齐夏摇摇头，"我不玩游戏，听不明白。"

"我倒是打过电玩。"乔家劲撇了撇嘴，"可我没听过他们说的这个游戏啊，这个英雄什么的对战游戏比《饿狼传说》还有趣吗？"

齐夏不想参与这个话题，走到一旁，找了一个干净的石头坐了下来。他正在思考另一件事。

韩一墨和赵医生渐渐没了声音，估计是韩一墨的幻觉太严重，导致聊天根本进行不下去。

气氛渐渐沉默下来。林檎发现自己帮不上什么忙，于是坐到齐夏身边。

"你在想什么？"林檎问。

齐夏扭头看了林檎一眼，表情冷淡。

"这是你第二次问我'在想什么'了。"齐夏说，"你做心理咨询的时候每次都这么直白地问患者吗？"

"可你不是我的患者呀。"林檎摇摇头，"我们也不会把咨询者称为患者，那样很不礼貌。我只是单纯地感到好奇，你这么聪明的一个人，脑子里究竟都装了些什么？"

"装着我的妻子。"齐夏一脸怅然地说。

"你的妻子？"林檎点了点头，"之前你说，有人在外面等你，那人就是你的妻子吗？"

"是。"齐夏点了点头。

林檎微微笑了一下："我没猜到是这个答案，原来你已经结婚了。"

"我为什么不能结婚？"齐夏感觉林檎话里有话。

"我没有冒犯你的意思。可你是一个骗子，你的妻子又是个怎样的人？"

"你……"齐夏罕见地有些生气，他缓缓地站起来，眼神冰冷无比,"什么意思?我是骗子,所以能嫁给我的人也只会是三教九流,是吗?"

"啊?我……"林檎被齐夏的气势吓到了,"我真的不是有意冒犯,只是很好奇……"

"我劝你不要对我好奇。"齐夏依然冰冷地说,"我是个骗子,我说的话也不会是实话。"

二人不欢而散,但林檎看起来并不在意。

赵医生终于缝合好了韩一墨的伤口。"差不多了……"他一边擦着手上的血迹一边说,"目前我们能做的都做了,接下来只能希望伤口不要感染。"

"谢谢……"韩一墨的嘴唇苍白,他缓缓地对赵医生说。

见到一切告一段落,齐夏缓缓地站起身,对众人说:"各位,是时候告别了。"

其余八人听到这句话纷纷露出疑惑。告别?

"你要去哪儿?"乔家劲问他。

"这就和你们无关了。"齐夏看着街对面的餐厅,若有所思。

"你不会真的要去找道吧?!"李警官愣了一下。

"怎么?你有什么要指教?"齐夏似乎默认了这个答案。

"恕我直言,你这是在送死。"李警官无奈地摇了摇头,"三千六百颗道!三千六百颗道是什么概念?!如果每次都能获得一颗道,之前那种濒临死亡的游戏,你要通关三千六百个!"

"是。"齐夏点点头,"听起来概率非常渺茫,但还是有希望的。"

"有希望?"李警官叹了口气,"十天,三千六百个游戏,平均一天三百六十个。就算你每天什么都不做,只去参加游戏,这个时间也远远不够。更何况你会随时死在游戏中,但若你什么都不做,十天之后才会死。"

说完他顿了顿,又说:"而且这个死,是建立在人龙所说的话完全属实的基础上。换言之,十天之后我们不一定会死,这里也不一定会毁灭。你找齐了三千六百颗道,他也不一定会放你出去。"

"道理我都明白。"齐夏打断李警官的话,"但我不准备在这里等。哪怕我只是出去转转,也比待在这里好多了。"

"可你——"李警官还想跟齐夏争论些什么,员工休息室的门嘎吱一声打开了。

众人转头看去,之前那个女店员走了出来。她一丝不挂,满嘴都是油渍。

章晨泽微微皱了皱眉头,将她的女士西装脱下来,走上去披在女店员的身上。然后,她转过头望着几个男人,面色微怒:"你们几个大男人进到房间到底都做了什么?这姑娘的衣服哪儿去了?"

乔家劲无奈地摇了摇头,说:"这一时半会儿可说不明白,我劝你也别管她了。"

"你人真好。"女店员的双眼直直地看着披在自己身上的衣服,又看了一眼章晨泽,"可惜你不是男人,不然我一定要跟你睡觉。"

"睡觉?"章晨泽被这个姑娘吓了一跳,"你在说什么胡话?"

"既然不能睡觉,那我把这个给你吃……"

她摊开脏兮兮的手,手中握着一根已经煮烂了的肉骨头。章晨泽双眼圆睁,一句话都说不出来,只能不自觉地往后退着。

"怎么了?"乔家劲被章晨泽挡住了视线,不知道发生了什么。

只见这位趾高气扬的大律师退了好几步,然后一屁股坐到了肮脏的地面上。

"你……你……"章晨泽伸手指着女店员。

众人也循声望去,发现那女店员摊开的手掌中捧着一截肉骨头,仔细一看才发现那根本不是什么猪骨头,更像是一截手臂。

齐夏看到了这一幕,又联想了一下这个古怪房间的环境,瞬间明白了什么。

"这就是……小猪崽?"齐夏试探性地问。

"没错呀。"女店员点点头,"你们不吃吗?"

齐夏沉着脸,又问:"你说让我们和你睡觉,你就能吃小猪崽,吃的就是这种小猪崽?"

"嗯。"女店员呆滞地看着齐夏，"小猪崽很好吃。"

女店员的大腿和床上都有血迹，联想到她干瘪的身体以及她刚才一直说睡觉，齐夏的脑子不禁嗡的一声响，一个大胆且恐怖的猜想出现在了他的脑子里。下一秒，女店员的话直接印证了他的猜想。

"我大约一年才能吃一次小猪崽……"女店员笑了笑，露出一口黄褐色的牙齿，"我就是想问问你们有没有人愿意和我睡觉？我可以用猪蹄跟你们换……"

"我……我们不吃……"李警官摇摇头。

"既然不吃……那就算啦……"她摸索了一下，将那根煮烂的肉骨头塞到了衣服口袋里，又抹了抹手上的油。

章晨泽看到自己披在对方身上的衣服被搞成这样，什么话也说不出来。

甜甜慢慢地走到女店员身边，表情复杂地对她说："姑娘，你吃掉的不是小猪崽……"

女店员无神的双眼转了转，她笃定地说："那就是小猪崽呀，它忽然就窜出来，还把我撞疼了。"

众人面面相觑，谁都接不上话。

"嘿……我又饿了。"女店员一扬眉头，"我去喝猪肉汤了，能吃饱真好啊。"

说完，她转过身子，再次走进了员工休息室，关门之前她似乎想起了什么，又傻笑着对众人说："请随意挑选！"

然后，她重重地关上了员工休息室的门。

几个人沉默了半天，气氛非常压抑，最终还是齐夏打破了沉默："各位，就算十天之后这个破地方毁灭不了，我们也回不到现实世界。"齐夏伸手摸了摸额头，"如果要永远留在这里，我们迟早会跟她一样疯掉的。"

这次李警官没有反对齐夏。他也犹豫了，在这看起来明显不正常的城市里，在这暗红色的天空、土黄色的太阳之下，人类能保持理智多久呢？

屋内传来了厨具碰撞的声音,然后传来了女店员大快朵颐的声音。

这个地方的一切都太反常了。

"我想去看看。"齐夏开口说,"你们不好奇吗?这里到底是什么地方?这些人都是谁?城市有边缘吗?外面是什么?我们怎么来的,又要怎么出去?"

"我只觉得这里处处都有危险……"肖冉摇了摇头,对齐夏说,"与其出去参加那些游戏,我宁可找个安全的地方待着。"

"靓女,这里没有吃的也没有喝的。"乔家劲摸了摸肚子说,"我们要活命,总不能真的去吃那个'小猪崽'吧?"

他的立场不言而喻,与其待在这里等死,不如出去看看。

九个人此时似乎被分成了两队,有人想走,有人要留。

赵医生看了看身旁的韩一墨,说:"出去看看是没问题,可是伤者去不了,他注定只能留在这里。作为医生,我也应该留下照顾他。"

"那我留下陪你们……"肖冉小声说。

"你们是不要命了吗?"乔家劲摇摇头,"一个病患,一个弱女子,外加一个医生,你们三个人准备在这里生活了?"

"我也留下。"李警官忽然开口。

赵医生三个人扭头看向他,若是体格健壮的李警官也留在这里,自然会更加安全。

李警官冲着赵医生点了下头,说:"这个混混说得对,你们三个独自在这儿太危险了,不必说那些戴着动物面具的人,就算是里面那个女人发起疯来,你们也应对不了。"

如今选择留下的人数已经达到四个,众人又把目光停留在甜甜、章晨泽和林檎身上。这三个女人还未表态。

"我当然是留下。"章晨泽微微一笑,"我是律师,在情报没有完全到手之前,我是不会主动出击的,这会让我做出错误的判断。"说完,她便起身走到了李警官和赵医生身侧。

此时的齐夏和乔家劲似乎成了另类,他们在这看起来危机四伏的世界中想要出门探险,就像是没长大的孩子。

甜甜看了看身旁的林檎,然后走到了齐夏身边,从始至终都没有说话。她似乎并没有多想就决定加入齐夏的队伍。

"嗯?"乔家劲嘴角一扬,"我以为你会留下呢。"

"留下?"甜甜苦笑着摇摇头,然后伸出手指了指地上,"你们看不到吗?这里有一道墙,这道墙让我不得不走。"

"墙?"齐夏和乔家劲低头看了一下,没有发现什么墙。

"墙的那一侧,是警察、律师、医生、老师和作家,而墙的这一侧,是骗子、混混和失足女。"甜甜语气平淡,她将额前的一丝散发缕到耳后,又说,"我们的阵营从一开始就确定好了,是吧?"

齐夏和乔家劲神色一动,明白了甜甜的意思。

是啊,就算他们九人都是被迫来到此处的普通人,但依然有他们自己的阵营。齐夏、乔家劲、甜甜都是生存在灰色地带的人,注定了与其他人格格不入。

如今没有选择阵营的人只剩林檎,按照她心理咨询师的身份,应当也会去到墙的另一侧。

可让众人没想到的是,她竟慢慢走到了齐夏等人身旁。齐夏隐隐感觉这个姑娘有点问题,可又说不出哪里有问题。

"你也来?"甜甜疑惑地看着这个姑娘,"你和我们不是同类人,跟着他们的话或许——"

"但我很有用。"林檎捂着口鼻冲甜甜笑了笑,打断了她的话,"我了解人性,说不定能帮得上忙。"

乔家劲伸了个懒腰,缓缓说:"好啊,两个靓女相伴,我和骗人仔也不会无聊了。"

"不要叫我骗人仔。"齐夏皱着眉头说,"而且我也不需要你们跟着。"

"行、行……"乔家劲点点头,"我们什么时候走?现在吗?"

"我——"

不等齐夏说完话，林檎就开口说："现在的时间真的不早了，我个人建议还是明天出去吧。"

"明天？"众人扭头望了望窗外，天色果然已经变暗了。

那天空变得更加暗红，不断散发着危险的气息。

"说是十天后，现在应该算是第零天吧？"林檎换了一只手捂住口鼻，"你们现在出去，一会儿就看不清路了，毕竟这里也没有路灯。"

齐夏自知林檎所言有理，于是默默地走到一旁，找了一个干净的货架坐了下来。

他确实有些着急了，竟然连时间都忘记看。可他迫不及待地想离开这个鬼地方，去见自己的妻子余念安。

"安，我马上就会从这个鬼地方逃出去。"他喃喃自语地说，"你等着，咱们马上就有钱了。"

齐夏的表情始终与其他人不同，他并未慌乱、并未悲伤，只是有些着急。

随着天色变暗，众人纷纷找了个干净的地方坐了下来。幸亏这里的夜晚并不寒冷，大家只是有些饥饿，差不多一天的时间水米未进，每个人都感觉使不上力气。

没有人再开口说话，他们只是缓缓地看着天上那轮土黄色的太阳落下，世界完全变得黑暗。这一天的经历对所有人来说都像是一场可怕的噩梦，众人都幻想着再次睁开眼的时候，眼前所有的异象能够消失。

整个城市似乎都静谧了下来，仿佛幕后之人在酝酿着什么。过了一会儿，众人听见远处似乎有窸窸窣窣的声响，但又听不大真切。

"骗人仔，你睡了吗？"乔家劲在离齐夏不远的地方忽然开口问。

"怎么？"

"你说这里……有其他的参与者吗？"

齐夏沉默了一会儿，回答说："我也想过这个问题，人龙说门里走出过上千万个人,而且之前我们也见到了走廊中有其他人走出门,按道理说这里不止我们九个……"

乔家劲也沉默了一会儿,又问:"那个女店员,会不会就是曾经从门里走出来的人?"

"嗯?"齐夏微微一愣,他从未往这个方向思考过,毕竟那个女人看起来在这里生活了好多年。

可仔细想想这并不冲突,提前十年将人抓来,或是提前十天将人抓来,这并不重要。重要的是按照人龙的说法,这里将在十天后毁灭。他们或许有着不同的起点,但终点相同。

值得庆幸的是,他们应该不会像女店员那样完全疯掉,毕竟他们只需要在这里待上十天。无论如何,十天之后都会看到结果。

"骗人仔?你睡了?"

齐夏不再理会乔家劲,反而将头扭向一旁,认真地思索着今天发生的事。得不到齐夏的回答,乔家劲也不再自讨没趣,渐渐没了声音。

过了没一会儿,又有两个人在黑暗中开口说话了,听起来像是赵医生和李警官。

"赵医生……"

"怎么?"

"我想问问……若一个女人长时间营养不良,能够孕育生命吗?"

赵医生略微沉默了一下,明白了李警官的意思。屋内的女店员看起来很久没有吃过饭,却为何能够产下孩子?

其他人仿佛也对这个问题感兴趣,都在静静地等待他回答。

赵医生整理了一下思路,说:"这个问题很复杂,女性若是长时间营养不良,容易导致月经不调,甚至绝经、闭经,换句话说,缺乏基本的维生元素会导致她们无法排卵,自然无法受孕。"

"所以……这又是一个科学无法解释的事情吗?"李警官沉声问道,"那个女店员的身体情况看起来很差。"

"具体情况不能下定论,在非洲的某些地区,人们的营养摄取量也非常低,但也有较高的出生率……"赵医生叹了口气,"但这不是我的专业领域,牵扯到每个人的体质,以及关键营养的摄入,我所了解的也不多。"

李警官听后不再说话,也没了动静。屋内的众人又陷入了沉默。

齐夏本来不想睡,但在完全丢失视觉的情况下,人的感知会变得模糊,最终慢慢停止思考。

伴随着街道上的沙沙声,齐夏的眼皮沉了下去。梦中,他见到了余念安的身影。

"夏,你知道吗?这世上的道路有许多条,而每个人都有属于自己的那条。"

"是的,安,我知道。"梦中的齐夏点了点头,"我马上就能出去了,你等着。"

不知过了多久,一声几乎是近在耳边的钟声如炸雷般响起。齐夏睁开眼,慌忙站起身,发现外面天色已然亮了。一回头,众人惊魂未定,都和齐夏一样四下张望着,那钟声太过响亮,惊醒了他们。

"怎么回事?!"肖冉下意识地躲在了李警官身后。

还不等众人做出反应,房间的角落里传来了一阵诡异的咳嗽声,那咳嗽声像是含了一口水。

赵医生发现声音来自背后,于是慢慢转过身,却看到了惊恐的一幕。

韩一墨躺在地上,他的腹部插着一把纯黑色的巨剑,那巨剑像一颗钉子,将他死死地钉在了地上,整个剑身有一大半都插进了地里。

"喂!作家!"乔家劲赶忙跑上前去查看他的情况。

"咯咯……齐……齐夏……"韩一墨伸出手,声音不太自然,听起来不像是痛苦、不像是恐惧,更像是疑惑。

齐夏微微皱眉,走过去蹲下身,握住了韩一墨的手。"我在。"他一边回答着,一边抬起头看了看建筑的天花板。天花板完好无损,这把黑色的巨剑并不像是从天而降。

韩一墨嘴唇微动,眼睛开始泛光,呜咽了一声之后竟然开始痛哭:"这……这地方不对劲……齐夏……喀喀……这不可能发生的……这把七黑剑……绝对……喀喀……不可能……齐夏……七黑剑是不……"

他咳得越来越剧烈,一句完整的话都说不出来,血水从口中喷出,又倒灌进鼻子里。他大声地咳了几声,紧接着浑身一僵,失去了生机。

在难以呼吸的情况下,短短几个字就会让他用尽全部的力气。是啊……真正的濒死之人,哪里会有那么多的时间交代遗言?

接下来是沉默。久久的沉默。

众人知道韩一墨应该还有很多话想说,但留给他的时间显然不够,一条鲜活的生命就这样在众目睽睽之下死去了。

齐夏见到韩一墨无神的双眼,眉头一皱,忽然之间头痛欲裂。他捂着额头蹲下来,感觉有什么东西要从自己头脑中钻出来一样,随即撕心裂肺地惨叫了一声:"啊——"

众人还没从韩一墨死亡的事实中回过神来,紧接着又被齐夏的惨叫吓了一跳。

"骗人仔,你没事吧?"乔家劲焦急地问道。

静默了半分钟,齐夏才慢慢地调整好呼吸,说:"我没事……先看看韩一墨吧……"

众人见到齐夏确实没有什么异样,才扭头看向韩一墨的尸体,一个念头在他们心中不断盘旋。

他们真的死了吗?人死后,还会再死吗?

"韩一墨……被人杀了……"肖冉小声地说。

这句"被人杀了"将众人一语惊醒。是的,现在要考虑的不是"死后会死"的问题,而是谁是凶手的问题。

韩一墨被发现时还有意识,也就是说那把巨剑是刚刚刺入他腹部的。换言之,杀死他的人没走远,更有可能隐藏在剩下的八人之中。

"齐夏。"章晨泽双手环抱，面无表情地说，"韩一墨受伤后第一个叫出的人是你，你们之前认识吗？"

齐夏眼皮也没抬，用右手扶着额头回答道："不认识。"

"那你对他的死有什么头绪吗？"章晨泽继续问。

齐夏不再回答，反而端详起韩一墨身上的巨剑。这把剑古风古色，像是一件精美的艺术品，上有累累战痕，像是经历了很多战争的洗礼。可是现在这个年代，有谁会拿着这么一把巨剑与人争斗？

"齐夏，我在问你话。"章晨泽没好气地说，"你不准备解释一下吗？"

"我需要解释什么？"齐夏问，"你想说我杀了韩一墨？"

"不管凶手是不是你，你总要说点什么来洗脱嫌疑吧？"

齐夏依然没回答，反而伸手去拔剑。

"等一下！"李警官见状赶忙走了上来，"齐夏，不管凶手是不是你，我们要保护案发现场！要不然——"

"要不然什么？"齐夏打断他的话，"要不然等你们警察来调查的时候，容易丢失证据？"

李警官嘴巴微动，语塞了。现在不必说等警察来调查，就连他能不能活着出去都是个问题。

齐夏见到李警官沉默，于是双手用力继续拔剑。他几乎是用尽了全身的力气，才将剑身完全抽离地面。乔家劲见状也上去帮忙，这才发现巨剑比他想象中的还要重，这通体漆黑的古剑不知是用什么金属打造，重量大约在一百五十斤上下，相当于一个强壮的成年男子。

齐夏大口喘着粗气，将巨剑扔在地上，发出了巨响。

过了一会儿，齐夏稳住了呼吸，才对章晨泽说："章律师，我和你确认一下，这把剑有一人长，一百多斤，你现在怀疑是我举起了这把铁剑，在黎明时分悄无声息地杀死了动都动不了的韩一墨，并且我还把剑身深深地插入了地里？"

章晨泽抿了抿嘴唇，面色不太好看。

　　"而在那之前，为了不让你们发现，这把铁剑一直都藏在我的裤子口袋里，是吧？"齐夏又问道。

　　李警官自然知道齐夏是凶手的概率很低，可他依然疑惑道："齐夏，既然你没有杀死韩一墨，为什么非得把剑拔出来不可呢？"

　　齐夏也不与章晨泽纠缠，反而是低头看了看这把沾满鲜血的巨剑。他仔细查看了一番，摇了摇头，又将铁剑翻了过来。果然，在另一面的剑柄处，刻着"七黑剑"三个小字。

　　方才韩一墨所说的内容中，有用的信息不多，他好像一直都在试图接受什么事实，只可惜到死他都没想明白。而这段话中唯独让齐夏记住的信息就是"七黑剑"三个字。

　　"这把剑叫七黑剑？"乔家劲在一旁问。

　　齐夏微微抚摸着下巴，喃喃自语道："这三个字在韩一墨的另一侧，也就是说他被刺穿的时候，不应该知道这把剑的名字。可他为什么会提到七黑剑呢？"

　　"不得不说你的思路很新奇。"李警官摇摇头说，"发生命案的时候我们通常会在第一时间排查现场人的作案动机和作案手法，不太会关注凶器叫什么名字。"

　　齐夏看了李警官一眼，继续说："韩一墨被刺杀时天是亮的。就算他当时在睡觉，受到这么重的创伤也绝对会睁开眼，理论上他应该看到了凶手，可他对凶手的名字只字不提，反而两次提到了七黑剑，这不是很奇怪吗？"

　　"可他叫了你的名字……"肖冉在一旁小声说，"不管那是什么剑，韩一墨确实第一时间喊出了你的名字……"

　　"所以呢？"齐夏问。

　　"所以你是凶手啊……"肖冉有些胆怯，她躲在李警官身后，不敢看齐夏。

　　齐夏也没有辩解，只是盯着肖冉看，似乎在判断这个女人究竟是真正的凶手，还是单纯的傻。

"而且我们的同伴死了,你完全不悲伤,却在此处冷静地分析了起来,可你是个骗子啊!你的分析有什么用?!"肖冉几乎是带着哭腔地说,"我们之中有谁会相信你?"

"悲伤?"齐夏皱着眉头,仿佛有些不理解,"你是说……我应该为这个认识不到一天的人而悲伤?"

"你这么冷血,所以我才说你像凶手!"肖冉的声音渐渐变大了,"你昨晚不是要走吗?为什么非要在这里过夜?仔细想想的话,你是故意留下的吧?"

齐夏此时已经大抵明白了,眼前这个女人并不是凶手,而是愚蠢。她在一开始的房间中也曾经大喊过"我们为什么要相信这个骗子"之类的话。对她来说逻辑没什么用,她只相信自己想要相信的结果。

乔家劲有些听不下去了,对着肖冉说:"喂,笨女人,你如果不喜欢动脑,就别打断人家讲话。我觉得骗人仔分析得有道理。"

"可是你们三个本来就不是好人啊!"肖冉委屈地反驳道,"我们这里出了人命,你们三个是最可疑的吧?我笨又怎么了?我笨也不会做坏事啊!"

这一句话针对的不仅是齐夏,连乔家劲和一旁的甜甜也包含在内了。

是啊,他们三个,本来就不算什么好人。

齐夏点点头,答道:"你说得对。"

他放弃了查看尸体和巨剑,反而缓缓站起身来:"没有继续看下去的必要了,人就是我杀的。"

众人听到齐夏这么说,纷纷面无表情。

只有肖冉显得有些激动:"你们看!他自己都承认了!他刚才啰唆了一大堆,是想用那把剑的名字转移注意力!"

李警官在一旁皱着眉头,不知齐夏是什么目的。

"喂!骗人仔!"乔家劲有些理解不了了,"你就算承认了又有谁会信?不必说你,这把剑就算你和我一起搬动,也不可能不发出响声啊。"

齐夏摆了摆手，走出了便利店。

"无所谓，反正只有十天的时间，被扣上凶手的罪名又能如何？况且我不喜欢跟愚蠢的人争辩。"

听到齐夏这么说，乔家劲也撇了撇嘴，跟上去了。然后是甜甜，她从一开始就决定要跟齐夏和乔家劲走，如今更是没有留下的必要了。林檎回过头，意味深长地看了李警官一眼，似乎想要说些什么，但还是没有说出口，摇摇头，走了。

仅剩八个人的队伍分成了两队，留下来的四人面色都有些复杂，只有肖冉看起来像是放心了："太好了……那几个看起来很坏的人终于走了……"

"肖冉，我们好像忘了件事……"赵医生在一旁小声对肖冉说。

赵医生说完，肖冉跑出屋子，喊住了四人："站住！"

齐夏冷冷地回过头，不知道对方要做什么。

"你们是不是忘了什么事？"肖冉问道，"道呢？"

"道？"

"没错，四颗道，我们九个人拼上性命赢回来的道，总不能让你全都带走吧？"

赵医生此时也走了出来，面色闪躲，看他的样子，并不像是前来阻拦的，反而像是来助阵的。

"没有四颗道，只有三颗了。"齐夏说。

"三颗？！"肖冉眉头紧皱，"你弄丢了一颗？"

齐夏看了看肖冉身后的赵医生，眼神中带着一丝阴鸷。赵医生似乎也注意到了齐夏的眼神，只能开口说："肖冉，并不是齐夏弄丢了，而是他用其中一颗道，跟那个女店员换取鱼钩和鱼线了。"

"什么？"肖冉的眼睛微微动了一下，随即她叹了口气，又对齐夏说，"行吧，你用道去做交易是你自己的事，现在我要你把属于我们队伍的两颗还给我们。"

"属于你们的两颗……"齐夏面色一冷。

"肖冉……"半天没动静的甜甜忽然插话道,"不能这么说吧?如果非要算清楚的话,那损失的一颗道是为了救你们队伍的韩一墨,和我们也没什么关系。"

"我说过了,那是齐夏自己决定做的交易,跟我们队伍无关。"

"你……"乔家劲往前走了一步,面色凶狠,一口并不标准的普通话此刻完全变成了粤语,"我从不打女人嘅,但你个女仔好唔要脸!(我从不打女人的,但你这个女人好不要脸!)"

"喂……冷静点!"林檎上前拉住了乔家劲,"那些道是齐夏赢来的,就让他决定怎么分配吧。"

乔家劲有些愤恨地抿了抿嘴唇,勉强把怒火压了下去。

齐夏伸手缓缓地摸了摸自己的鼻子,然后说:"人龙说过,这些道既是我们的奖品,也是我们参与游戏的筹码,你们准备在这里等死,所以我一颗都不会给你们。"

"怎么,不用骗,改用抢了吗?"肖冉怒笑道,"这世上没有哪里是法外之地,我劝你想想清楚,这么做对吗?我们这里可是有警察的!"

李警官此刻听到屋外的争吵,也走了出来。两支队伍本来并无隔阂,此时却因为这名叫作肖冉的幼师而显得剑拔弩张。

"怎么了?"李警官问赵医生,"我在屋里都听到这里有好大的动静。"

"没事……肖冉有话跟齐夏说。"赵医生尴尬地笑了一下。

"她有话跟我说?"齐夏面色一冷,"赵医生,你可真行啊……你确定是肖冉有话跟我说吗?"

齐夏知道肖冉只是一把枪,而赵医生才是这件事情的发起者。毕竟凭肖冉的智慧和胆量,若是没有人怂恿的话,她不可能出门与齐夏四人对峙。

打掉对方的枪可以止住攻势,但打倒对方的人才可以一劳永逸。

"我……"赵医生一怔,随即有些不好意思地对齐夏说,"齐夏，可能你会有些不满……那些道确实是你帮我们赢来的……可那是属于我们所有人的，我们也有所付出……你理应给我们一半。"

"是吗？"齐夏听后认真地点了点头，回道，"可是赵医生，昨晚你和我一起杀韩一墨的时候，并不是这么说的啊。"

"什么？！"赵医生听到这句话，眼珠子一下子瞪大了，"你……你个八怪①在讲什么鬼东西？！我什么时候和你一起了？！"

李警官和肖冉的脸色瞬间都变了。

"不是你说的吗？"齐夏漫不经心地搓了搓手，"你和我说'那个人的伤口都没缝好，肯定活不成，少个人就少个累赘，剩下的人出去的希望会更大一些'。"

"胡说！"赵医生彻底被齐夏激怒了，额头上的青筋都鼓了起来，"你要往我身上泼脏水吗？！虽然韩一墨的伤口确实很难处理，但我给他止住血了……你……你……"

"怎么生这么大的气？"齐夏往前走了一步，拍了拍赵医生的肩膀，对肖冉和李警官说，"别在意，我是个骗子，刚才的话也是我胡诌的。"

"你！"赵医生嘴巴都气歪了。

"你讨厌被颠倒黑白吗？"齐夏低声说，"我也同样讨厌，若你跟那个女人再来纠缠我，问我要不属于你们的东西，我一定给你们个教训。"

赵医生被这句话吓得不轻，也终于知道眼前这个男人绝非善类。

在之前的游戏中，齐夏虽然一次次地伸出援手，却不代表他可以任人宰割。肖冉此时也想到了什么，喃喃自语地开口说："原来是这样……因为你是医生……出现伤者的话不得不去照顾，你为了摆脱这个累赘而杀了他……"

"我——"

---

① 扬州话，一个人不遵守"八戒"，便称这个人为"八怪"，后慢慢演变成一个人的行为举止不合规范，便称这个人或这种行为为"八怪"。

"怎么可能呢？"赵医生还未说话，齐夏便摇头否认道，"肖冉，刚才的话真的是我瞎编的，你可千万别信。"

可是怀疑的种子已经在肖冉的心中悄然扎根，又怎能轻易拔除？

"齐夏……这演的是哪一出？到底发生了什么事？"李警官皱着眉头问。

齐夏看了看眼前这个健硕的男人，他对这位警官的印象还算不错，只希望他们没有沆瀣一气贪图自己的道。

"肖冉说，我应该把道分给你们两个，你觉得呢？"齐夏问。

李警官听后一愣，随即摇了摇头，说："咱们已经试验过了，道在这里不能作为货币，留下也没什么用，况且那本来就是你赢来的，还是你拿着吧。"

"那怎么行？！"肖冉有些激动地说，"那些道是用我们的命换来的啊！"

李警官苦笑一下，说："既然你知道那些道是用你的命换来的，就更应该感谢齐夏曾经救了你的命。"

"我……"肖冉一时之间说不出话来。

李警官说的话也不无道理，如果没有齐夏，她早就死在那个可怕的房间中了。

齐夏默默点了点头，从怀中掏出一颗小球冲着李警官抛了过去。李警官接住，翻手一看，赫然是一颗道。

"嗯？"他面带疑惑地看了看齐夏，"你这是做什么？我不会去参加游戏的，给我道也没有用。"

"暂且寄存在你那里。"齐夏挥了挥手，"就当洗个钱，那一颗给你，我手里的两颗就干净了，你们也别来烦我了。"

"这……"李警官还是有些疑惑，却不知该说什么好。

赵医生与肖冉的面色更是复杂至极，二人心中十分杂乱。众人等了一会儿，发现李警官依然站在原地没有离去。

"条子？还有事吗？"乔家劲问。

李警官没有看乔家劲，反而问齐夏："我确实有件事，关于韩一墨……你刚才是不是有话没说完？韩一墨的死代表了什么？那把剑又是什么意思？"

齐夏眯起眼睛，仔细打量了一下李警官："警官，你擅长的是刑侦，我擅长的是诈骗，现在你向我请教案子，不会很奇怪吗？"

李警官无奈地低下头，说："都已经来到了这种鬼地方，很多事情都没法解释，常规手段怎么可能还派得上用场？"

齐夏听后略微沉默了一会儿，决定将自己想到的线索告诉他："警官，我只能说……韩一墨有可能认识那把剑。"

"认识？"李警官皱起眉头，然后略带思索地点了点头，"你是说他曾经见过那把剑？"

"这些都不是你要考虑的问题了。"齐夏说，"你还是关心一下自己的处境吧。"

"什么意思？"

齐夏叹了口气，转身就要走，却被李警官一把拉住了。

"你别走，我到底是什么处境？"

林檎捂着口鼻，凑到了李警官耳边，然后小声地说："警官先生，齐夏不愿意说，我可以替他说，你要小心的地方有两个。"

"两个？"

"没错，第一，能够轻易举起那把巨剑的，在场只有那个疯掉的女店员，她的力气非常大，换句话说，如果韩一墨真的是被人杀死的，那么女店员的嫌疑最大。你们要趁早离开这个地方。"

李警官面色沉重地点点头，问："第二呢？"

"第二，就是你的队友们，他们看起来并不值得信赖。"

李警官的嘴唇微动，他仿佛想到了什么。如今站在他这一边的，有一个受情绪左右、看起来并不聪明的幼师肖冉，有一个对所有的事都漠不关心、只看利弊的律师章晨泽，还有一个曾经与他对峙过、有些以自我为中心的赵医生。他们四个人组合在一起，若是遇到了威胁生命的考验，能够互相信赖吗？

李警官做了很久的思想斗争，终于开口说："齐夏，不管怎么说，我会以便利店为本营，在附近几个区域探索，若你们有什么情报的话……也可以来找我交换。"

齐夏没有答应也没有拒绝，淡淡地看了他一眼，转身走了。剩下几个人也不知该说些什么，跟了上去。

李警官望着四个人的背影出了一会儿神，然后和赵医生、肖冉一起回到了便利店。

他又何尝不知道外面的四个人在关键时刻更值得信赖？但他们要去收集道，换句话说，他们在找死，跟着他们也并不安全。如今想要顺利地活下去，只能先找到一个根据地，然后从长计议了。

齐夏带着几人不断前行，没多久就来到了昨天降临的广场上。他想来此处确认一件事情，那就是清晨听到的钟声。

这里还和昨天一样没有什么变化，齐夏在意的是，韩一墨被人刺杀的时候，巨钟响了。

林檎眨了眨眼睛，开口说："我似乎听到过这个钟声……"

乔家劲一顿，问："什么时候？"

林檎的眼睛稍微转了一下，她回忆道："你们还记得……我们在房间中刚醒来时，被人羊打碎了头颅的那个男人吗？他死亡时，似乎也有钟声响起。"

甜甜似乎明白了什么："难道说……每次有人死亡，就会敲响钟声？"

几人纷纷点头，觉得这个猜测方向应该是正确的，眼前的铜钟似乎是丧钟，在向众人通报死亡的人数。

"不对。"齐夏摇摇头，"我们经过的那条走廊，少说也有上千个房间，在我们经历游戏的同时，各个房间都在死人，若这东西是丧钟，我们不可能只听到两次钟声。"

"这……"甜甜觉得齐夏的话也有道理，可既然如此，巨钟响起的条件究竟是什么？

"咦？"林檎抬头仰望了一下显示屏，发现上面空空如也，"我记得昨天这上面有一行字。"

众人抬头一看，上面的字确实消失了。

"好像是……回响什么的……"乔家劲摸着下巴说，"我回响了'招灾'？"

"我听到了'招灾'的回响。"齐夏说。

"啊，对……"乔家劲点点头，"那是什么意思？"

齐夏摇摇头。这可不是靠猜就可以知道意思的东西，他们对这个城市的了解太少了。"招灾"是什么？回响是什么？我又是谁？

"算了，去别的地方看看吧。"

齐夏转过身，刚要走，却忽然之间怔住了。他的眼前是一张枯槁但带着笑容的脸。这张脸不知是什么时候出现在他背后的，此刻正在直勾勾地盯着他看。

齐夏瞳孔一动，赶忙往后退了两步。剩下三人也吓了一跳，眼前是一个枯槁的老人，他踮起脚尖，身躯弯得像一棵死树。

"我想到了……"老人微微一笑，露出仅剩的一颗牙齿，"你问我的问题，我想到了！"

齐夏被这老头盯着，只感觉背后发寒："你在跟我说话？"

老人抿了抿干裂的嘴唇："小伙子，我知道答案了！就是赌命啊！只要赌上你的命，一切都好办了！"他伸出长着肮脏指甲的手去抓齐夏，"我们距离出去已经近在咫尺了！只要你愿意赌上命……"

齐夏皱着眉头又退了几步，虽然听不懂老人在说什么，但他口口声声要自己的命，实在是太诡异了。

"喂！老头，你是谁？"乔家劲有些狐疑地问，"你以前见过齐夏？"

老人神色一动，扭头看向乔家劲。

他表情复杂地张了张嘴，然后问："你不认识我？"

"我为什么要认识你？"

气氛一时之间有些沉默，老人浑浊的眼睛不断闪动，过了很久他终于想到了什么:"原来如此……你们……已经见过天龙了……"

"天龙?"四个人面面相觑。

"没希望了……"老人摇着头,慢慢背过身去,"我们斗不过他的……我们永远迷失在这里了……怪不得生肖再次回来了……"

他一边念叨着一边走远,背影看起来非常落寞。

"丌家铲,又是疯子。"乔家劲往地上吐了一口口水,"总感觉在这里待的时间久了,我们也会疯掉的。"

齐夏被这个老头搞得心烦意乱。

"齐夏,你没事吧?"林檎在一旁问。

"没事。"齐夏定了定心神,"这些人阻止不了我,我要去参与游戏了,你们可以不必跟来。"

"我跟你去。"林檎说,"不管你去参加什么游戏,我都和你去。"

听到这句话,齐夏慢慢停下了脚步,他回过头,冷冷地看着林檎。这个眼神分外冰冷,把林檎吓得不轻。

"怎……怎么了?"

"林檎,你的动机是什么?"

"动机?"林檎有些疑惑地反问,"我需要有什么动机吗?"

齐夏再一次盯着林檎的双眼,说:"你接近我是为了什么?无论怎么想,你也应该跟着另一队行动吧?我们三个和你不是一路人,更不该成为同伴。"

听到齐夏这么问,林檎只是微微一笑,说:"我说过,我对你很感兴趣,我想知道你在想什么。"

"我想出去。"齐夏不假思索地回答,"我说了很多遍,我要出去,见我的妻子,她不能没有我,你听明白了吗?"

林檎眨了一下眼睛,回道:"听明白了。"

"我的妻子叫余念安,她为我吃过苦,替我遭过罪,是我此生全部的念想,所以我要回去找她,这就是我的全部想法,够不够清楚?"

"够清楚。"

"现在你知道我在想什么了，还不准备离开吗？"齐夏冷言说。

林檎微微低下头，思索良久之后，回答说："对不起，因为某些事情，我还是不能走。"

齐夏皱着眉头看着林檎，他虽然没从对方的身上感受到危险和谎言，但他始终看不透林檎的目的。

"随便你……"齐夏见说不通这个女人，只能回过身去继续往前走。

乔家劲也跟着齐夏走了，开口说："骗人仔，我们说好的，你有头脑，我有力气，我们合作。"

"你也有不得不出去的理由吗？"

"是。"乔家劲点点头，"我不想死，也不想坐以待毙。"

"合作是没问题，但我要先说好。"齐夏看了一眼乔家劲，继续说，"我和你素无交情，如果最后只有一个人能出去，我会毫不犹豫地抛弃你。"

"我丢……你是一点义气也不讲吗？"乔家劲无奈地摇了摇头，"真是不讨人喜欢。"

听到几人在交谈，甜甜默默低下了头。每一个人似乎都有一个明确的目标，可与他们比起来，自己又在做什么呢？

假设她真的排除万难，从这个鬼地方出去了，假设她真的回到了现实世界，回归了原本的生活，那她会再次过上黑暗的日子。这样想来的话……说不定死在这里也是个不错的归宿。

"甜甜，你怎么了？"林檎问道。

"没什么。"

第4关

**人鼠·
仓库寻道**

ROUND FOUR

END TENTH BAY

离开了广场,众人来到了另一侧的街道。

这里与有便利店的街道不一样,似乎都是一些小型民居,一栋栋低矮的房子交错排列,不知道是否有人住在此处。

没走几步,四人又看到了一个头戴动物面具的人。那人此刻正站在一个老旧房间的门口,负手而立。

齐夏径直朝他走了过去,走近了才发现,此人戴着一个巨大的老鼠面具,散发着难闻的味道。此人的身材很瘦小,并不如之前见过的生肖那般强壮。

乔家劲开口问:"鼠人,是吧?"

鼠头人也注意到了眼前的四个人,然后笑了笑,开口说:"我不是鼠人,是人鼠。"

她的声音很好听,是个女孩,这应当是众人第一次遇到动物面具之下是女人的情况。

"扑街,你还蹬鼻子上脸了……"乔家劲没好气地说,"我管你是什么东西?"

"人鼠就是人鼠,叫错了可就麻烦了。"那女孩嘿嘿笑着说,"难得有人光顾我这里,你们要参与考验吗?"

齐夏看了看人鼠身后的房子,然后问她:"什么规则?"

"鼠类考验,门票一颗道。"人鼠就像是一个非常耐心的导购员,温柔地向几人介绍,"你们很难在其他城区找到难度这么低的考验了。"

"所以你身后的是什么游戏?"齐夏又问。

人鼠回身推开了房门走了进去,这是一个小型的仓库。

"我的游戏叫仓库寻道,现在这个房间中有一颗道,限一个人进入,五分钟之内找到它,你们就赢了,那颗道也归你们了。"

齐夏感觉有点不妥,于是又问:"若我们找不到呢?"

"找不到？"人鼠扑哧一声笑了出来，"找不到的话……你们门票作废，就损失了一颗道呀。"

"损失一颗道？"齐夏一愣，"就这样？"

"那还能怎么样？"人鼠疑惑地看了看齐夏。

这是怎么回事？

齐夏皱起眉头仔细思索了一下，门票一颗道，获胜获得一颗道，失败则失去一颗道。这个游戏很奇怪，听起来既不会获得更多的道，也不会因此而丧命。既然如此，参与这些游戏的目的是什么？

"这不是个好机会吗？"甜甜说，"我们趁此机会参与一次，可以更好地了解我们的处境。"

"可是……"齐夏还是有些疑惑，就算这次的游戏赢了又能代表什么呢？

"我可以先去试试。"甜甜回头对齐夏说，"死了也没事。"

"这叫什么话？"林檎感觉甜甜的状态不太对。

"真的。"甜甜淡定地说，"我刚才想通了，我感觉我出去或是不出去，根本没什么区别。"

话罢，她问齐夏要过一颗道，回头递给了人鼠。

"这样就可以了吗？"甜甜问。

"是的，已收到门票，从你进入房间之后游戏便会开始。"人鼠热情地点点头，"我再重申一次游戏规则，现在这个房间中有一颗道，若你在五分钟之内找到并且带出来，这颗道就归你了。"

"好，我知道了。"甜甜再次点了点头。

"你准备好了吗？"人鼠问道。

"准备好了。"甜甜点点头。

"很好。"人鼠说，"游戏开始，祝你好运。"

说完她便关上了门。

这是他们第一次主动参与游戏，每个人都有些紧张。

"齐夏。"林檎叫道。

"怎么？"

"你曾经说过,不同的动物代表的是不同的游戏类型,是吧?"

"应该是。"

林檎听后看了看眼前的人鼠,然后小声问:"你觉得鼠类游戏是什么游戏?"

齐夏也在考虑这个问题,如果不提前知晓游戏类型,甜甜的处境就会比较被动。可是鼠跟什么有关呢?

"看起来现在正在进行的游戏很符合鼠的特性,那就是在众多杂物之中寻找目标。"齐夏低声说,"难道鼠类游戏就是寻找类游戏吗?"

房间内的甜甜先是大体环视了一下房间,发现这里有许多货架,每个货架上都摆着大大小小的纸箱,放眼一望至少有上百个。甜甜随意拿来一个纸箱看了看,里面装满了杂物。她心中盘算了一下,若是在这五分钟之内将纸箱一一打开,然后翻找里面的东西,怕是无论如何也找不到那颗道,毕竟箱子的数量太多了。

她又抬起头,发现这个不大的仓库中仅有一盏白炽灯,而开关就在身边的墙壁上。她思索了几秒,忽然之间计上心头。她运了运力气,直接将一个货架推倒,发出轰隆隆的声响。

屋外的几人听到之后立刻慌乱了起来。

"喂!靓女,你没事吧?"乔家劲大喊一声。

"我没事。"甜甜高声回应,"我只是想到了一个办法。"

齐夏微微思索了一下,点头说:"没错,确实是个好办法。"

"哎!"乔家劲一愣,"这你都知道?你们两个人是有武侠小说里的'传音入密'吗?"

只听屋内的声音越来越大,甜甜将所有的货架全部推倒,纸箱也撒了一地,各种杂物一时间倾泻而出。有的纸箱装着塑料的盘子和碗,有的纸箱装着旧衣服,还有的纸箱装着废纸。她走到几个完好无损的纸箱前,大力地踩踏着,没多久,原本整齐的仓库就已一片狼藉。

她气喘吁吁地看了看,觉得时候差不多了,然后走到墙边,关闭了白炽灯。房间内瞬间一片黑暗,只能听到甜甜的呼吸声。

"这……"甜甜环视了一下,慢慢地皱起眉头。

在她的印象里,那个叫作道的小球散发着隐隐的光芒,若是此处的杂物撒乱一地,在黑暗中有极大的概率能够发现它。可在她关灯之后,整个房间都陷入了黑暗,再无一丝一毫的亮光。

她有些不信邪,大着胆子走了上去,然后用脚不断地踢动各种纸箱,加大自己的搜索面积。

一颗能够发光的小球,为何会在黑暗的房间之中完全失去踪迹?

踢了半天,甜甜感觉所有的纸箱都被自己打开了,却依然没有发现任何发光的东西。此时人鼠在室外敲了敲门,说:"还剩十秒。"

甜甜无奈地摇了摇头,打开了灯。借着这突如其来的灯光,她发现自己脚下居然是一箱罐头。之前的罐头装在纸箱中,如今倾洒了一地。

她伸出手,拿起一瓶罐头看了看标签,发现里面装的是豆子。她摇动了一下罐头,果然传出了沙沙的声音。

"我好像个瓜怂[①]……"甜甜咬了咬牙,"难道在这些罐头里?!"

嘎吱——

人鼠从外面扭动把手,推开了门:"时间到了,挑战失败。"

甜甜一惊,抬起头来,正对上人鼠那张诡异的脸。

门外三人立刻迎上前去,乔家劲问:"怎么样,靓女,找到了吗?"

"不行……"甜甜将罐头一扔,一脸懊恼地站起身,"我怀疑道装在这些罐头里,只是要在五分钟之内把这几十个罐头徒手打开……也不是件容易的事。"

齐夏低头看了看,这些罐头都是蚕豆罐头,把道藏在里面很容易也很合理,可他还是感觉有哪里不太对。

---

① 陕西、甘肃等地的方言,意为蠢笨呆傻。

甜甜悻悻地退出房间，有些恐慌地看了看人鼠。可人鼠没有其他动作了，只是关上房门，继续站在门口。

"原来真的只是损失一颗道？"甜甜小声问，"她不准备要我的命……"

人鼠笑了笑，问："我什么时候说过要你的命？"

乔家劲见到这一幕也算是明白了："我说……骗人仔，照这样的话……我们可以再来一次吧？"

"再来一次？"齐夏皱了皱眉头。

"我们已经知道道大概率放在那些罐头里了，这一次进去可以直接开罐头，反正她对我们没什么威胁。"

齐夏看了看自己的口袋，里面只剩一颗道了。当初人龙说过，这些道既是他们的奖励，也是他们的筹码。这样看来，参与这些游戏需要缴纳一定的道，从而和对方进行对赌，若是他们在此处消耗了过多的道，那日后的游戏就无法进行了。

"靓女，你确定你找了其他所有的箱子？"乔家劲跟甜甜确认道。

"我并没有仔细翻找，只是将所有的箱子打开，然后关上了灯。"甜甜摇了摇头，"但我没有发现任何有亮光的地方，所以……道应该被装在密封的容器中。"

"很好，那我再进去试一次！"乔家劲点头说。

可此时齐夏忽然伸手拦住了他。

"等等。"

"嗯？"

齐夏看了看人鼠，问："我能再听一次游戏规则吗？"

"当然！"人鼠笑了笑，回头打开了房门。

这时，屋内竟然已经恢复如初，所有的货架都回归了原位，箱子也摆了回去。

"我丢！"乔家劲一愣，林檎和甜甜也惊诧地喊了一声。

人鼠慢慢地走了进去，环视了一下，问："怎么样，我的游戏很神奇吧？"

齐夏点了点头。

人鼠接着重说了一遍规则："我的游戏叫仓库寻道，门票需要消耗一颗道。现在在这个房间中有一颗道，只要你们能在五分钟之内找到，那么它就归你们了。"说完，她又热情地笑了起来。

齐夏听后，慢慢地点了点头。

"我要再玩一次。"他说。

"好，没问题。"人鼠点点头，"你们想玩几次都没问题。"

"这一次，我要赌命。"齐夏说。

一语过后，众人皆惊，甚至连人鼠都微微怔了一下。

"你要……赌命？"人鼠确认了一遍。

"没错。"齐夏点点头，"我要赌上我的命。"

人鼠的喉咙微动，她咽了下口水，然后说："没……没必要吧？"

她的反应超出了齐夏的想象。本以为这些戴动物面具的人应当是愿意玩家赌上性命的，可她为什么慌乱了？

"我……我这只是一个很简单的找寻游戏，你……你赌上性命也太夸张了……而且我的门票只要一颗道，你没必要赌上性命的呀……"

林檎和乔家劲也露出不解的表情。

"这游戏……还能赌命的吗？"乔家劲皱着眉头问，"可是骗人仔你为什么要赌命啊？我们的道不够了？"

"我想起那个枯槁老头说的话，想在这里试一试。"齐夏低声说，"看对方的样子，似乎很害怕我赌命。"

"我知道你很想赢。"林檎插话道，"可是你赌上性命去开罐头，若是出现了问题怎么办？道不在里面怎么办？"

"我会赢的。"齐夏说着便抬头看向人鼠，"我已经下了赌注，可以开始了吗？"

人鼠沉默了半天，才颤颤巍巍地说："你若真想赌命，那就别后悔……现在游戏开始。"

齐夏走进了房间。人鼠正要退出房间将门关上时,齐夏却一把拉住了她。

这个动作让人鼠一怔。齐夏面无表情地伸出手,缓缓地从人鼠的上衣口袋中掏出了一颗道。

"我找到了。"

门口的三人纷纷张大了嘴巴。

这样可以吗?游戏开始的瞬间,在裁判的身上找到道。这样真的没有破坏规则吗?

只见人鼠不断地颤抖,看起来非常害怕。

"我若没猜错的话,只要你关上房门,这个房间就不可能再有道了,是吧?"齐夏咄咄逼人地问。

"你怎么知道?"

"这还不简单吗?"齐夏轻声说,"你每一次在解说游戏规则的时候,一定要站到房间中,告诉我们'现在这个房间中有一颗道'。你说的这句话没错,可惜是个巨大的陷阱。"

见到人鼠没有回话,齐夏继续说:"现在房间中确实有一颗道,只可惜马上就会消失了。"

人鼠面具之下的眼睛开始疯狂地转动,憋了好久她才问道:"你就因为这个大胆的假设,赌上了自己的命?"

"当然不是。"齐夏继续说,"真正让我确信的,是你在宣告甜甜游戏失败的时候。"

"什么?!"

"当时她关着门,按理来说我们所有人都对里面的情况一无所知,可你打开门的瞬间就跟甜甜说她失败了。"齐夏无奈地摇了摇头,"你为什么会知道她没有找到?"

"我——"

"答案显而易见,你知道屋子里不可能有道。"

人鼠的身体微微打了一个寒战。

"而鼠类游戏则是另一个陷阱,我们都以为鼠类喜欢昼伏夜出,在黑暗中找寻目标,这也是甜甜思考的方向,按理来说她没错。可这世上还有其他的鼠类,它们会把重要的东西藏在自己的嘴巴中,是吧?"

人鼠盯着齐夏看了半天,知道自己真的输了。她顿了顿,忽然之间使出了很大的力气将齐夏推倒,扭头就跑。

"我丢!"乔家劲见状立刻伸手去抓人鼠,可她就像真正的老鼠一般,一个转身躲开了。

她顺着街道扬长而去,奔跑速度很快。几人此刻都有些无措,他们从未想过这些戴动物面具的家伙居然会逃跑。

"什么情况啊……骗人仔?"乔家劲将地上的齐夏扶了起来,一脸不解,"她为什么跑路了?"

"我也不知道。"齐夏摇摇头,但看表情仿佛是想到了什么。

难道赌命指的是……他往人鼠的方向看了看,想确认一下自己的想法,却不由得瞪大了眼睛。

"怎么了?"

齐夏伸出手,颤颤巍巍地指着远处。三人扭头一看,也瞬间愣在原地。

只见半空之中出现了一个飘浮的人,拦住了人鼠。

"我丢……终结者吗?"乔家劲的声音略带颤抖,眼前的景象已经完全超乎了他的想象。

只见半空中那人轻轻地挥了挥手,人鼠就瘫坐下来,仿佛浑身都使不上力气了。紧接着,二人在远处消失,下一秒又出现在齐夏四人身前。

这如天神下凡的一幕,让在场的四人一时之间头脑空白。

半空之中飘浮的是个体形瘦长的男人,他只披着一件红色羽毛做成的披风,散乱的长发上也插了几根羽毛,此刻整个人在空中上下翻动,好似一只飞鸟。

四个人被眼前的景象吓得不轻,谁也不敢开口说话,人鼠更是浑身发抖,面具之下仿佛传出了呜咽。

"人鼠,你要做什么?"男人轻声问道,"你刚才是要逃跑吗?"

"我……我……"人鼠不断发抖,听起来声音都变了。

"逃跑可不行。"男人慢慢落地,伸手温柔地抚摸着人鼠的头,"你要乖一点,赌命就是赌命。"

"朱雀……大人……"人鼠哭号着叫道,"饶了我吧……我还不能死……我还没见到白——"

"那可不行。"被称作朱雀的人伸出修长的手指,不断地在人鼠的面具上游走,"愿赌就要服输,是对方要和你赌命,我也没有办法呢。"

齐夏心中有了一丝不祥的预感,他壮起胆子,跟对方搭话道:"我……我不想要她的命,我赌上自己的命,只是为了获得更多的道而已。"

"哦?"朱雀抬起眼睛看了看齐夏,手却慢慢下移,挪到了人鼠白皙的脖子上,像握住一只真正的老鼠那样握住了她。

人鼠浑身僵硬,却又控制不住地发抖,一句话都不敢说。

"有这个必要吗?"齐夏皱了皱眉头,"我是赌命的发起人,现在我不想要她的命了,只想要道,她死了对我来说没有益处。"

人鼠听到齐夏似乎在为自己求情,缓缓地抬起头来看着他,眼睛充满了泪水。

朱雀听到齐夏的话,将手慢慢缩了回去,扑哧一下笑了。

"有意思啊……人鼠,快起来吧……他放过你了。"他拍了拍人鼠的后背。

人鼠惊魂未定,慌张地看了看朱雀,似乎在征求他的同意。

"怎么?需要我把你扶起来吗?"朱雀笑着问。

"不……不用……"人鼠颤颤巍巍地站起身来,愣了半天,才对齐夏说:"谢谢!谢谢!"

齐夏摇摇头:"你不必谢我,我只是——"

扑哧。

话还没说完,齐夏就看到一只手从人鼠的腹部穿了出来。她的身体一顿，齐夏的声音也戛然而止。

朱雀从背后慢慢地抱住人鼠，像抱住了一个恋人。

"这孩子很有礼貌呢。"朱雀闭着眼睛，贴着人鼠的脸庞，仿佛在嗅她身上的味道，"会说谢谢是个好习惯，可是你违反了规则，竟然妄图逃跑，他放过了你，我可不会放过你。"

说完，朱雀便伸出另一只手，摘下了人鼠的面具，丢到了地上。

齐夏与人鼠面对面，此时看得清清楚楚。这个人鼠分明只是一个十几岁的少女。她的脸上有还未褪去的稚嫩，满含泪水的眼中全是恐惧与绝望。

"好……好疼……"人鼠喷出了一大口鲜血。

"乖……马上就不疼了……"朱雀用鼻子蹭着人鼠的头发，"你马上就会死的，放心……放心……死了就结束了……"

"你是个什么疯子？！"乔家劲有些看不下去了，"她还是个孩子啊！我丢……你放开她！"

朱雀冷笑一声，抽出了他那只贯穿人鼠腹部的手，将人鼠顺势向前一推。

齐夏下意识地抱住了这个女孩，表情很是错愕。

没错，这就是赌命。自己赢了，对方就会死。就算自己不想要她的命，她也一定会死。

这个叫作人鼠的小女孩，是被齐夏活活逼上死路的。他以为赌的只是自己的命，却没想过对方会开出同样的价码。可他们不是游戏的举办者之一吗？这些戴动物面具的家伙难道也是某种参与者吗？

"齐夏，你为什么会在这里呢？"朱雀冷冷地开口问。

"什……"齐夏一愣，抬起头来看着他，"你知道我的名字？"

朱雀嘴角微微扬了一下，然后他指着四人，轮流叫道："齐夏、乔家劲、林檎、张丽娟。你们为什么会在这里呢？"

甜甜也跟着怔住了，张丽娟是她的本名，可是她很久没有用过了。

"什么叫'为什么在这里'？"林檎问道，"我们不在这里，又应该在哪里？"

朱雀的脸上一直都带着一种意味深长的笑容，只见他缓缓地摇了摇头，说："看来你们真的不知道自己为什么会在这里，这简直太可悲了。"

"你有话就直说，遮遮掩掩的算什么？"齐夏怀中抱着奄奄一息的人鼠，眼神格外冰冷，"你以为卖关子会让你显得很深沉吗？"

听到这句话，朱雀的眼神慢慢冷下来，一直挂在脸上的笑容也消失了。

"齐夏，我果然跟你合不来。"朱雀轻蔑地看着他，"你永远也逃不出去，就在这里腐烂吧。"

"哦？"到了现在这个田地，齐夏也没有什么好怕的了，他咄咄逼人地继续问，"让我在这里腐烂？你现在要处决我吗？"

朱雀一个闪身飞到齐夏身旁，身后的羽毛披风也飘了起来。他伸手抓住了齐夏的衣领，恶狠狠地说："若不是规则限制，我一定在这里撕碎了你！"

"也就是说……按照规则，你不能剥夺我的性命。"齐夏回道。

"呵呵……"朱雀终于又露出了笑容，"就算我不处决你，你也会死在这里。"

在众人警惕的目光之中，朱雀缓缓地飘到了半空之中，犹如神明一般。

"为什么你觉得我会死在这里？"齐夏抬起头问道。

"因为你是齐夏，所以注定要死在这里。"朱雀冷哼一声，然后消失在了空中。

他并不像电视剧中的仙人那样飞走，也不像施展了魔法一样发出光芒，只是整个人在空中倏地一下消失了。

这突如其来的变化让众人摸不着头脑。

"因为我是齐夏……所以我会死在这里？"

"喀……"躺在齐夏怀中的人鼠咳了一声。

齐夏低下头，看了看她，这个女孩的脸庞很干净，不像是这个世界的人。他的心情有些复杂，若自己没有选择赌命，那这个少女应该不至于有此下场。仔细想想，她从一开始就没有对齐夏不利。

一颗道，换一颗道。或许真如她所说，齐夏再也不可能找到这么简单、这么安全的游戏了。

人鼠将手伸进口袋里，慢慢地拿出了四颗道，然后艰难地说："真是可惜呀……我在这里等了很久了，你们是第一批参与者，我还以为能赚到道呢……"

她将道递到齐夏的手里，断断续续地说："这里有一颗是你们的门票，另外三颗是我自己的道，现在都归你了……"

四个人看着眼前的女孩，却不知道该说什么好。按照立场来说，他们本应是敌对的。可这女孩的无助感、绝望感，却又深入几人的内心，引起了一种说不清、道不明的共鸣。

"你也是某种参与者吗？"齐夏语气平淡地问。

人鼠听到这句话反而笑了出来，说："这里谁又不是参与者呢？说实话……我宁可像你一样，从未戴上鼠的面具……尽管我们都出不去……"

她的头缓缓地歪到一边，手臂也垂到了地上。两个女生在一旁叹了口气，连乔家劲也一脸悲伤，唯独齐夏的表情一如既往地冷淡。

他把女孩的遗体放到地上，缓缓地站起身来，谁也不知道他在想什么。

"齐夏……你没事吧？"林檎问。

"我？"齐夏微微一怔，"我看起来……像是有事吗？"

"因为你的脸上没有任何表情……这不太正常。"

"我……"话音未落，齐夏整个人忽然头痛欲裂，他凄厉地惨叫一声，抱着自己的头蹲了下来。

"喂！骗人仔！"乔家劲感觉齐夏的状态有些不对，今天早晨韩一墨死亡时，齐夏也出现了头痛的情况。

齐夏只感觉脑袋像要裂开，有什么东西在大脑的深处跳动着。

他死死地揪住自己的头发，耐心地等待那阵头痛消失。

过了大约半分钟，他才平定了呼吸，慢慢地放下手，站起身来。他的表情就像什么都没发生过一样。那阵头痛如同刮过身边的一阵风，虽说来得猛烈，却总在某一时刻突然消失。

林檎看了一眼齐夏，问："你……你没事吧？你经常头痛吗？"

"不，在我记事以来这是第二次。"齐夏叹了口气，"估计跟这鬼地方有关。"

林檎还想再问些什么，可齐夏看起来并不想纠结于这个问题。

"我们的时间很紧迫。"齐夏抬头看着暗红色的天空，"托这个小姑娘的福，我们知道了很多有用的信息。"

"有吗？"甜甜看了看地上人鼠的尸体，表情还是有些悲伤，"我感觉唯一有用的信息，就是关于赌命的规则了。这个女孩也因此丧了命。"

"不仅如此。"齐夏说，"我本以为这是一片充满着混乱和疯狂的土地，可现在看来，这地方也有属于自己的规则。"

"规则？"

"没错。"齐夏点点头，"刚才那个叫朱雀的男人，应当就是此处的管理者之一。"

"管理者？你是说那个鸟人？"乔家劲问。

"是，他现身是为了保证规则不被破坏。"

"可是管理者为什么不穿衣服啊？"甜甜有些不理解，"他赤身裸体，穿着一件披风，看起来好奇怪。"

"跟他的种种诡异行为比起来，不穿衣服已经是最正常的一项了。"齐夏顿了一下，"这只是我们目之所及的线索，或许管理者的上面还有其他人。"

林檎似乎想到了什么："对了……那个叫作朱雀的人曾经说'如果不是规则限制，我一定在这里撕碎了你'之类的话。"

乔家劲也点点头："能够限制住那种有特异功能的疯子，相信他上面的人会更加可怕。"

"特异功能？"齐夏皱了皱眉头，"我好久没听到这个词了。"

"难道不是特异功能吗？和终结者一样。"乔家劲比画道，"那人可是在天上飞啊！"

听到这句话，三个人都顿了一下。

"终结者是什么意思？"林檎好奇地看了看乔家劲。

"看你穿得挺时髦，结果连这个都不知道？"乔家劲憨笑了一下，"连《终结者》都没看过吗？"

"时……时髦？"林檎尴尬地张了张嘴，这两个字她只在老一辈那里听到过，能够说出来就已经够土的了，可自己却被这种人嫌弃了。

乔家劲用胳膊肘捅了捅齐夏，问："骗人仔，你应该看过的吧？阿诺德·施瓦辛格，简直不要太帅！"

"阿诺德·施瓦辛格？"林檎好像听过这个名字，又好像没听过。

"我不在乎什么终结者和施瓦辛格，我也不在乎那个鸟人有多么不可思议。"齐夏缓了缓，"我现在只想知道规则的范围有多大，能够规范到什么程度。"

三人不懂齐夏所言，面面相觑。

"骗人仔，你要做什么？"

齐夏缓缓地伸出手放在自己的脖子上比画了一下，对三人说："我想知道，'谋道害命'到底可不可行。"

此言一出，林檎和甜甜各自往后退了一步，只有乔家劲原地没动。

"谋道害命？"乔家劲皱了皱眉头，表情严肃至极，"你是说……若是十天之内你没有凑齐三千六百颗道，就要去抢别人的？"

"是，这是我能想到的最有效的办法。"齐夏说，"如今我们也是一支队伍了，如果要完成这种大事，必须有你们的帮助，所以我现在把计划说出来，听听你们的意见。"

"我不会帮你的。"乔家劲果断摇摇头,"就算这个地方天塌下来,我也不会做不义的事。那些有道的人恐怕都跟我们一样,历尽千辛万苦才活下来,我们有什么理由杀掉他们?"

"是吗?"齐夏神色复杂地点点头,"可如果我们要逃出这个鬼地方,只能用这种办法了。那可是三千六百颗道啊……你们真的不打算试一试吗?"

"我也拒绝。"林檎也开口说,"我认为这个主意并不好,如果我们真的杀了人,就算能够从这里出去,也不可能过上和以前一样的生活了。"

甜甜思索了半天,开口说:"是的,如果要靠害别人性命才能活下去,我不如坐在这里等死。"

齐夏看着三个人的眼睛,思忖了半天,嘴角才微微地一扬:"很好,如今我可以放心地告诉你们我真正的计划了。"

"什么?"乔家劲一愣,"我丢,骗人仔,你在试探我们?!"

齐夏点了点头,说:"若你们三个可以接受谋道害命这种计划,只能证明我们不是一类人,我会随时放弃你们。"

"你……"乔家劲差点被齐夏给气死,"我还以为你真的要去杀人呢!"

"按道理来说,规则不可能允许谋道害命这种情况发生。"齐夏解释道,"虽然我不清楚这里的规则究竟是什么,但似乎一直在保持着一种诡异的公平,那些管理者更像是裁判,如果真的是裁判,那就一定会保证参与者们的安全。"

他顿了顿,又说:"换句话说……他们希望我们能够死在游戏中,而不是自相残杀。"

众人听到齐夏的话,都沉默了。

过了一会儿,林檎回过神来问:"既然如此,你真正的计划是什么?"

"我的计划不复杂。"齐夏回答,"既然这些游戏不会送命,那我们就去一个一个地试探,你们先去搞清楚游戏规则,顺带收集线索，当有把握了之后……我就去赌命。最后获得的所有道我们都平分，在到达三千六百颗之前，我们可以一直用这个战术。"

"啊？"三个人一脸震惊地看着齐夏，这个计划虽然不复杂，但听起来处处都危险。

"你要一直跟对方赌命？！"林檎问道，"这样听起来也太——"

"这就是目前的破解之法。"齐夏说，"如果你们同意的话……我们现在就可以开始行动。"

乔家劲思索了一会儿，说："骗人仔，你真的不怕死吗？"

"怕。"齐夏说，"但我一定要出去。"

甜甜叹了口气，忽然一脸认真地说："齐夏……你知道我并不是因为相信你，或是想要依托于你才加入这个队伍的。我来这里，是因为那里容不下我。"

"我知道。"齐夏点点头。

"所以我很难相信你最后会把道平分给我，我也不认为自己能在最后关头打败你，成为唯一活下来的那个人。"

"所以呢？"

"所以我跟你的合作都是暂时的，若我觉得眼下的情况对自己不利，会随时背叛你。"甜甜苦笑了一下，"虽然对我来说，活下来和死在这里没什么区别，但如果有希望，我也会争取一下。总而言之，我和你们三个人一起，只是为了获取属于我的那份道。"

齐夏听后并没有表现出什么异样的表情，反而是有些放心地点了点头："这样很好。"

"很好？"甜甜眨了眨眼睛，"我说得不够明白吗？我只是为了道，你也可以不用太相信我。"

"这世上最牢固的关系就是雇佣关系。"齐夏说，"我没什么意见。"

此时的乔家劲和林檎却互相看了一眼，甜甜都已经把话说到这个份上了……他们真的可以相信她吗？

"既然我们大家都谈妥了,那就出发吧。"

甜甜似乎没想到齐夏会答应得这么痛快,这让她心中有些不踏实。但仔细想想,自己还有什么被骗的空间吗?

四个人怀着不同的心情,再度向城市深处前进。

静谧的城市时刻都在散发着危险的气息,齐夏发现他们似乎在不断地向繁华地带深入。这里能隐约地看到一些原住民,他们如同行尸走肉一样徘徊在破败的街上。

"人似乎变多了……"齐夏喃喃自语地说。

这里不仅有各种原住民,更能时不时地见到头戴动物面具的人站在建筑物前面,仿佛越往城市深处走,见到的人就会越多。

齐夏正说着话,却见到一个原住民抱着一沓纸,向着他们四人径直走来。那人的身形和女店员一样消瘦,如同一具骷髅。

乔家劲眉头一皱,往前踏了一步。他本以为会有什么危险,却见到那人将一张纸递给他,带着地方口音说:"游泳健身了解一下。"

可还不等乔家劲伸手接过纸来,那人就像一具僵尸一样松开了手,传单也掉到了地上。那人就像什么都没看到一样,缓缓走开了。

"英勇剑神①?"乔家劲眨了眨眼睛,"英勇剑神是什么鬼东西?"他将纸片捡起来一看,上面的字迹几乎都被磨掉了,看起来十分陈旧。

"这里居然还有发传单的?"甜甜感觉有些不可思议。

"便利店里既然有店员,那街上有发传单的也不奇怪。"齐夏说。

"传单是什么?"林檎问。

短短的一句话,却让三个人都略微愣了一下。

"你说什么?"齐夏以为自己听错了。

"我问传单是什么?"林檎又清清楚楚地说了一遍。

三个人同时向林檎投去了异样的目光。这是正常人能够问出来的问题吗?

---

① 因对方口音问题,乔家劲理解错误。

"你不知道传单是什么?"齐夏问。

"不知道啊。"林檎很自然地摇摇头,"你们都知道?"

三个人都没有回答,但心中依然疑惑。这个林檎从一开始就表现得很奇怪,她喜欢捂着口鼻,又执意要跟着齐夏,如今又连最基本的常识都不懂……她难道……不是人类?或者说……她是游戏主办者中的一员?

这个可怕的想法开始在齐夏的头脑中盘旋。若她真的不是人类,那她的目的是什么?

"我说,林檎……"齐夏终于还是开口了,如果不搞清楚林檎的身份,他是无论如何也不可能放下心来的,"传单这种东西是很常见的物品,你怎么会不知道?"

林檎显然很不解:"就因为你们三个人都知道,它就是很常见的物品了吗?"

乔家劲此时插话道:"这不是我们三个知不知的问题,传单这种东西又不稀有,人人都应该知道的,为什么你会不知?"

"是啊……"甜甜也点点头,"你难道没有见过传单?"

"你们真的好奇怪。"林檎有些被问烦了,"我不知道传单是什么,那又怎么了?你们要为了这张纸片而怀疑我吗?"

齐夏看了看眼前这个女孩,她的行为确实很难理解。如果她是主办者之中的一员,露出了这么明显的破绽,至少应该撒个谎把这件事情圆过去才对。可看她的样子根本不像在隐瞒什么,而是真的有些生气。她并不觉得不认识传单有什么不妥。

难道她是清白的?可是正常人不认识传单的概率大吗?

齐夏想了想……如果硬要说的话,确实有极小的概率可以让一个人从未见过传单。比如说林檎是资本家的女儿,从小出入贵族场所,出行有车接车送。又或者她在其他地方深造,近期才回到国内。但不管怎么说,这种概率都很小。更何况……她只是一名心理咨询师。

"所谓传单,就是印在纸上的广告。"乔家劲跟林檎说,"你从没见过?"

"没有。"林檎很认真地点点头。

齐夏也不知该怎么问,一直皱着眉头思索。

"喂!哥们!"马路对面忽然传来一声叫喊,让几个人心头一惊。

只见对面有一个穿着很破烂的眼镜男正在招手:"看这里!哥们!"

这是众人第一次在这里见到其他的正常人,不由得有些紧张。来的人到底是敌是友?

"你在叫我吗?"齐夏试图跟对方搭话。

"没错!你们也是良人吧?"眼镜男笑了笑。

"良人?"

"就是正常人啊。"眼镜男说,"你们不这么叫吗?"

齐夏顿了顿,回答道:"我们看起来也不像疯子吧?"

"哈哈!我就知道!"眼镜男笑着说,"我们找到个不错的游戏,有没有兴趣一起去赚点道?"他始终跟齐夏等人保持着距离,似乎也有些忌惮。

齐夏和乔家劲互相对望了一眼,不知道该不该相信对方。可是再仔细一想,这个地方的规则不允许抢夺道,对方如果图谋不轨,只能骗。

可真要说到骗,齐夏没怕过谁。

"怎么赚道?"齐夏又问。

"我们找到了一个牛牛类游戏,听规则能够赚取大量的道,可那个游戏需要二十个人才能够开启,我们还差五个人,你们要不要一起来?"

"还差五个人?"齐夏一愣,"你们已经集齐了十五个人?"

看来这里真的有许多参与者。

"没错。"眼镜男点点头,他伸手指了指远方,那里果然人头攒动,看起来有了不少人。

齐夏微微思索了一下，点头说："好，我们也去看看。"

"好的！那我先过去等你们了！"眼镜男很识趣地走开了。

"喂！"乔家劲感觉有些不妥，"我们一起过去？！如果那是一个暴力团伙怎么办？你希望我给你露一手吗？"

"不会的。"齐夏说，"每个房间最多只有九个人，在这种环境之下，想要组成一个十多个人的团伙还是太勉强了。不必说这些陌生人，就连同一个房间走出来的我们也不见得完全相信对方。"说完他便看了看林檎，似乎话里有话。

林檎显得有些不悦，她似乎不知道自己为什么被怀疑，难道就是因为不认识那个什么传单？

四个人穿过一条老旧的马路，来到了一座大型建筑前面。正如眼镜男所说，这座大型建筑的门口站着一个戴着水牛面具的男人。门外的众多参与者三三两两地各自为伍，刻意与对方保持着距离。

这些人虽说都是陌生人，但能够看到这么多正常人在一起，齐夏四人还是感受到了一丝安心。就算这些人看起来再不顺眼，他们也是活生生的人。

"可以啊，'小眼镜'！"一个中年男人拍了拍眼镜男，"一下子就找来了四个人！"

齐夏看了看眼前的牛头人，走上前去问："游戏规则是什么？"

牛头人淡淡地说："牛类游戏，每人门票一颗道，需要二十个人才可以开启。游戏过程当中会有玩家淘汰，当游戏结束时，留在场上的玩家每个人都可以获得与通关人数相同的道。"

"与通关人数相同的道？！"齐夏一怔，"你是说，若场上最终剩下二十人，那么这二十人每个人都可以获得二十颗道？！"

"是。"

乔家劲一听也张大了嘴巴："我丢！那岂不是一次就发达了？这一下子就是四百颗道啊！"

"会有这么容易吗？"甜甜感觉有些不可置信，"喂，人牛，你不会赖账吧？"

牛头人听后沉默了一会儿,然后摇了摇头,说:"请容我纠正你一下,我并不是人牛。"

"不是人牛?"甜甜疑惑地看着眼前大汉,"可是你们不都叫人什么的吗?"

"我是地牛。"牛头人淡淡地说,"若你以为我是人牛,会让你吃不了兜着走的。"

众人这才发现眼前的地牛确实和之前见到过的戴动物面具的人不太一样,他的面具很干净,简直如同活牛一般栩栩如生,他的黑色西装也一尘不染,好像专门熨烫过,他说话时……仿佛面具的嘴巴也在微微开合。

可是人牛和地牛有什么区别?

"地牛……"齐夏挠了挠头,搞不清楚其中的关系,他抬起头来问,"地牛,你的游戏是什么?"

地牛稍微顿了一下,说:"缴纳门票,知晓内容。"

"缴纳门票……"

齐夏现在唯一在意的是,四个人同时参与游戏的话,那之前商讨的战术就失效了。他们四个人将同时投入到一个未知的游戏当中,风险极大。但若参加的是赌注这么大的游戏,风险和收益似乎又成了正比。

"骗人仔,你觉得牛的游戏类型是什么?"乔家劲在一旁问。

齐夏微微沉思了一下,回答道:"估计是我最讨厌的类型。"

"哦?你还有讨厌的游戏类型?"乔家劲一下子来了兴趣,"是什么?"

"牛生而勤耕,若我猜得不错,应该会是体力型游戏。"齐夏淡淡地看了一眼乔家劲,"可能会比较适合你这种莽夫。"

"哈!"乔家劲将袖子一撸,露出了自己健壮的花臂,"终于轮到我表现……等下,你说谁是莽夫?"

齐夏无奈地摇摇头,说:"若不是看在道的分上,我估计不会进入牛的房间。"

"放心,你叫我一声大佬,牛类游戏我都给你过了。"乔家劲一脸坏笑地说,"听起来很划算吧?"

齐夏回过头来看了看眼前的乔家劲:"你看着比我还小呢,顶多二十四五岁,我凭什么叫你大佬?"

"你要么说,我可得跟你好好算算了!"乔家劲挠了挠自己的头,"你是哪一年生的?"

齐夏总感觉乔家劲身上带着一股天不怕地不怕的气质,在如此压抑的环境之中还可以嬉皮笑脸。

"你有这个工夫,不如趁早热热身。"齐夏爱搭不理地说着,"免得待会儿抽筋了。"

"别呀。"乔家劲来了兴致,"你快说啊!要是你比我大的话,我也可以叫你一声大佬!"

"唉。"齐夏实在是拗不过乔家劲,只能叹了口气说,"行,那你先说,你是哪一年生的?"

"一九七五年。"乔家劲嘿嘿一笑说。

"一九七五年……好笑吗?"齐夏一皱眉头,"你为了骗取这个大佬还真是不择手段,我不想跟你谈这个话题了。"

"哎?为什么啊?"乔家劲疑惑地看了看齐夏,"你快说你是哪一年生的啊,你是不是比我小啊?"

甜甜也在一旁笑着摇摇头,看来跟乔家劲待在一起是个正确的选择,他的性格会让众人心头之上的阴霾消散一些。

乔家劲又叫了几声齐夏的名字,发现对方完全不理自己了,只好无奈地摇摇头。

时间过去了几分钟,目前的人数仍然是十九人。看来这里虽然有着不少参与者,但也并不是随处可见,想要在短时间内凑齐二十个人确实有些勉强。

"他还没来吗?"中年男人问身旁的"小眼镜","是不是睡过头了?"

"我也不知道,他今早答应要过来的。""小眼镜"挠了挠头,

"要不然我再去街上拉一个人过来吧？"

"算了算了……"中年男人摆摆手，"现在已经十九个人了，还是等等他吧，我可不想死得不明不白。"

他们的对话被不远处的齐夏一字不差地收入耳中。

"死？"齐夏眉头一皱，"死是什么意思？这个游戏会死？"

还不等他想明白，远处便出现一个懒洋洋的身影。他赤裸着上身，露出一身的伤疤，下身穿着一条迷彩裤，一边伸着懒腰一边朝这里移动。

"来了！""小眼镜"高兴地叫道，"终于来了！"

只见那个大汉缓缓地来到众人跟前，他身高大约一米九，留着寸头，一边打着哈欠一边摸着口袋，然后问牛头人："多少？"

"门票一颗道。"

大汉从兜里掏出一颗小球，用大拇指弹给牛头人，被牛头人稳稳地抓在手中。

"睡饱了……开始吧。"大汉伸了个懒腰，又活动了一下脖子，闷声说，"让我看看你们又搞出了什么名堂。"

齐夏四人看向这个长相凶悍的大汉，感觉他并非善类。

乔家劲并没有怎么理会大汉，毕竟他在街上见过太多这样的人了。这些人仗着自己强健的身体便在街上横行霸道，他还亲手打哭过几个呢。只是不知道眼前这个大汉……是否也是纸老虎？

凑齐二十个人，大家开始缓缓地走上前去缴纳门票。

齐夏思索了一会儿，也掏出了四颗道。这对他们来说并不是一个小数目，上缴了这四颗，他们的道便仅剩一颗了。

"我们真的要参与这个游戏吗？"乔家劲问，"我们的战术怎么办？"

"我也很纠结。"齐夏说，"虽然这样做很冒险，可我感觉二十个人一起参加的游戏不是这么容易碰到的，值得赌一把。"

在征得其他三个人的同意之后，齐夏在牛头人眼前的箱子里投入了四颗道。

"很好。"牛头人点点头,然后回过头去打开门,只见门内是一个向下的楼梯,通向一间漆黑的地下室。

"各位参与者,请进。"他回过身去,缓缓地走下楼梯。

参与者们都小心谨慎地跟在他身后,向着地底深处走去。

"这个场地看起来很大……和人鼠的完全不在一个等级。"甜甜小声说。

"要小心。"齐夏回道,"我有不祥的预感。"

那个中年男人在参与游戏之前便断言这个游戏会死人,这让齐夏十分在意。可如今他怕的并不是死,而是怕永远被埋葬在这个诡异的地方。

骗子的人生不正是这样吗?他经历过太多次赌上性命的冒险,可无一例外都活下来了。仔细想想,这次跟以往的情况并没有什么不同,都是在刀尖上舔血罢了。

没多久的工夫,众人来到了楼梯尽头。

这里是一个不大的房间,昏暗的灯光下充斥着一股陈腐的味道,房间中央摆着二十把椅子,两侧各有一扇门,一扇涂了黄色油漆,一扇涂了绿色油漆。

"各位请坐。"牛头人说,"不必担心,现在游戏还未开始。"

众人听后将信将疑地坐下,齐夏四人也并排坐到了一起。这时他们才发现椅子两侧的扶手处各有一个小灯,同样一黄一绿。

"由于此次是团队游戏,为保证游戏公平,下面要进行随机分队,请各位在座位上不要走动,否则会提前对众人进行制裁。"

这句话一出口,众人面色都有些不自然。

反应最大的便是"小眼镜"与中年男人了:"啊?!分队?!"

齐夏摸着下巴微微思索了一下,知道这个设定只对举办者有利。如果这是一场对赌的游戏,那一定要使参与者的赢面降到最低,如此想来最好的办法就是打乱所有人重新组队。

牛头人走到房间的一角,找到了一个按钮开关,然后回过头来意味深长地看了一眼众人,说:"游戏正式开始。"

话罢,他按下按钮,所有人椅子两侧的灯都闪烁了起来,黄色和绿色的光芒开始交替变换,在这阴暗的空间里形成了一幅诡异的画面。

齐夏看着椅子扶手上的小灯,也有些紧张。如果牛真的代表了体力型的游戏,那并不在自己擅长的范围,这一次的游戏还是要靠一身蛮力的乔家劲。

可自己这么想,其他人也会这么想。例如那个"小眼镜"和胖胖的中年男人,他们叫来了那个大汉作为帮手。

所有人的小心思似乎全都在地牛的掌握之中,正因如此,地牛才会随机分队。

齐夏知道,若是自己运气极差,和乔家劲分到了不同的队伍的话,这次游戏的胜负就变得难以预料了。

还未等齐夏想出一个完全的计策,两色灯光就停止了闪烁,一部分人椅子两侧的黄灯亮了起来,另一部分人椅子两侧的绿灯亮了起来。

齐夏扭头环视了一下同行四人椅子上的灯光,喜忧参半。喜的是他和乔家劲的椅子同时亮起了黄灯,看来分到了一队。忧的是两个姑娘亮起了绿灯,分到了另一队,若这真的是体力型游戏的话,对她们来说会非常不利。

人群中的唏嘘声此起彼伏,看起来其他人对这个结果也不满意。

"下面宣读游戏规则。"牛头人闷闷地说,"双方独立进行游戏,各自拥有一块场地,互不关联。只要能在场地之中坚持十分钟不被淘汰,则视为过关。最后每个人都可以获得和过关人数一样的道。"

听完这个规则,很多人坐不住了。

"喂!"中年男人一下子站了起来,"你这跟没说一样啊!我们到底去参加什么游戏?我们会遇到什么东西?"

众人听后也看向地牛,本以为他会再解释一下游戏规则,可他只是看了看中年男人,随后淡淡地说:"请黄灯队伍跟我来。"

"你!"中年胖男人咬了咬牙,却不敢开口大骂。

他没有跟自己的队友分到一起,本身就一肚子火,如今连规则也搞不清楚,整个人的情绪非常不稳定。一旁的"小眼镜"只能不断地拉扯着他的衣服,试图让他冷静下来。

齐夏扭头看了看甜甜和林檎,说:"不管那扇门里是什么东西,一定要小心,记得保命为主。"

"嗯。"两个姑娘紧张地点了点头。

"我们走吧。"齐夏和乔家劲向前走去。

二人看了看自己的队友们,发现情况不容乐观,这十个人当中有六个是女人,如果是团队合作型的体力游戏,应当会处于劣势。除了齐夏和乔家劲之外,另外两个男人是"小眼镜"与中年男人,而另一支队伍只有甜甜和林檎两个女生。

"丢……"乔家劲看了看那两个队友的身材,不由得暗骂了一句,"一个排骨仔,一个肥佬……"

"别说了。"齐夏说,"我们只能靠自己了。"

十个人排好队,在黄色门前站好了。另外十人也在牛头人的指挥之下,在绿色门前站好了。随着一阵低沉的链条声响起,众人面前的门打开了,俨然又是一段向下的楼梯。

乔家劲二话不说就走了下去,队伍中的其他人也跟着他加快了脚步。这段楼梯不长,却有些陡峭。下了楼梯,众人来到了一个空旷的场地上,约莫有半个篮球场那么大,场地中央放着一个桌子大小的圆形铁板。

齐夏快速观察了一下四周的环境,此处四面都是高墙,正面有一个大铁门,而大铁门的上方有一个用于倒计时的电子时钟,时间定格在十分钟。

"有点奇怪……"齐夏小声说,"我本以为体力型的淘汰游戏,应当会有很复杂的场地,这样才能够不断地淘汰参与者。"

"说得对啊。"乔家劲点点头,看着这方正正的场地和中央的铁板,也疑惑了起来,"在这里要怎么淘汰我们?"

话音刚落,众人眼前的大铁门震动了一下,随后缓缓升起。

"嗯?"胖胖的中年男人看到门开了,一脸疑惑,"这是什么?还要往前走吗?"

就在门完全打开的同时,墙上的倒计时也动了起来。游戏真的开始了。

"搞什么?"

大家面面相觑,根本不知道眼前是什么情况。可下一秒,一阵低沉的闷吼声从门内传来,那声音……并不是人类的。

"我丢……"乔家劲身上的汗毛立了起来,"有没有搞错?"

只见一只通体漆黑的巨大动物从门中走出,它用双腿站立,嘴巴微微张开不断地淌着口水,像是饿了三天一样。在它完全走出铁门之后,铁门也随即关闭。

"这是……熊?!"乔家劲不由得往后退了一步,若对手是人,他有十足的把握跟对方拼一拼,可对方居然是一只一人多高的熊。

齐夏定睛一看,面色沉了下来,这熊的品种是黑熊,它脖颈处有很明显的白色月牙图案,可它的体形实在是太大了。

一般来说黑熊的体长很少会超过人类,在一米六到一米八之间,可这只熊站起来至少有两米高,非常骇人。

"啊!"一个女生刚想尖叫,却下意识地捂住了嘴巴,即便如此声音还是泄漏了一丝出来。

这戛然而止的声音不仅让众人一个激灵,更吓了黑熊一跳。黑熊在短暂的停顿后发出更加低沉的闷吼,看起来像是被激怒了。

"这是什么鬼游戏?"中年男人哀号着,随后回头就跑,可三步之后便愣在了原地。

众人下来时的楼梯已经不见了!此时他们的身后只是一堵高墙,完全没有退路。

中年人像是失了神,一屁股坐到了地上:"完了、完了……我们死定了……"

"我丢……怎么办?"乔家劲扭头看向齐夏,"这已经不是靠体力就能搞赢的事情了。"

"不太好办……"齐夏的神色也开始沉重起来。

为什么对手偏偏是熊？熊的近距离杀伤力甚至大过老虎和狮子，而这范围有限的场地，正是它绝佳的狩猎场所。

巨大的黑熊一步一步逼近，离它最近的两个年轻女孩已经吓得不会动弹了。

"快！快装死！"坐在地上的中年大叔大喝一声，"遇到熊装死还有一线生机的！"

这一嗓子把最前方的两个女生吓得回过神来，她们立刻躺到地上，浑身颤抖地闭上眼睛。

"不行！"齐夏也大喝一声，"快起来！跑啊！"

可是那两个女生根本不听齐夏的话，躺在地上一动不动。见到有人装死，其他人也都四仰八叉地躺下了，如今站在场上的只剩齐夏、乔家劲和一个微胖的姑娘。

"骗人仔，装死不对吗？"乔家劲神情严肃地开口问，"遇到熊不是应该装死吗？"

"如果遇到棕熊装死还有一线生机，可是黑熊不行！"齐夏一脸认真地说，"棕熊不会吃人，攻击人类只是要守护领地，当它认为人类死亡时，便觉得不会对它造成威胁，就会停止攻击。可是黑熊不一样，黑熊在极度饥饿的情况下是会吃人的！"

话音刚落，那只巨大的黑熊便靠近了其中一个装死女孩，用鼻子嗅了嗅她的脸。

愚蠢……齐夏暗道不妙，人类遇到黑熊就算全力逃跑都九死一生，更不必说躺在地上等死了。

果然，那只黑熊嗅了几秒钟，忽然张嘴咬住了女孩的脖子。女孩惨叫一声，但声音戛然而止，卡在喉咙中完全发不出来。她双手不断地捶打着黑熊，却感觉捶在一个坚硬的沙袋上。黑熊并未松口，反而伸出前掌，稳稳地拍在了女孩的胸前。女孩整个人直接没了动静。

看到这一幕,齐夏的心脏仿佛停跳了一拍。动物伤人的新闻他只在手机上看过,却从未亲眼见过,这场面简直就是惨不忍睹。

　　众人不论男女全都倒吸一口凉气。此时她们才终于相信装死没用,纷纷四散而逃。

　　人类虽然是地球的统治者,但在这些地球原住民面前完全不堪一击,若是没有工具和武器,究竟要怎么对抗这只熊?

　　等一下……工具和武器?

ROUND FIVE

END TERNHTBAY

第5关

地牛·
黑熊狩猎

齐夏忽然想到了场地中央，那块和桌子一样大小的铁板。

谁说这里没有工具和武器了？主办者不是还放了一样东西在这里吗？

"乔家劲，我们要拿到那块铁板！"齐夏说，"虽然不知道那是什么东西，但看起来能保护我们。"

"丢……你可真会挑啊……"乔家劲看了看那几乎放在黑熊脚下的铁板，为难地说，"那东西暂时缺货，这位顾客您要不要换个别的？"

"别废话了！"齐夏说，"若是不用那个铁板挡住黑熊，咱俩死亡只是时间问题。"

"行吧……"乔家劲似乎下了什么决心，"我引开黑熊，你去拿铁板。"

"引开……"齐夏虽然有些犹豫，但知道这是此时唯一的办法了，"黑熊的奔跑速度能达到每小时四十八千米，你是跑不过它的，尽量跟它周旋。"

"我知道了。"乔家劲点点头。

二人商议好对策，随即分头行动。只见乔家劲慢慢地接近正在进食的黑熊，忽然高喝了一声："喂！蠢材！"

黑熊一愣，从食物中抬起头来看向他，眼神之中尽是杀机。它慢慢地向前走了一步，似乎在试探。乔家劲也向前迈了一步，这个举动让眼前的黑熊犹豫了。

"正蠢材①，你想跟我过两招？"乔家劲挤出一丝笑容，伸出手朝自己挥了挥，"来打我。"

黑熊虽然不懂人类的语言，但也明显被乔家劲的挑衅激怒了，只见它慢慢直起上身，双腿站立，使它的体形看起来更大。

---

① 粤语，意为正宗的笨蛋。

黑熊嘶吼一声，仿佛在给自己增加气势，嘴里的腐烂味道也喷涌而出。

愤怒的咆哮声回荡在不大的场地里，所有人的汗毛都立了起来。

乔家劲流下一丝冷汗，暗骂自己招惹了一个不得了的东西。

黑熊再次向前进了一步，距离乔家劲的距离已然只有一米多了。这一次乔家劲无论如何都不敢再向前挪动了，那黑熊的臂展很长，再往前就进入了它的攻击范围，无疑是送死。

于是他只能慢慢地向后退了一步。见到这一幕，齐夏露出了一丝紧张的神色。

动物之间的对峙规则非常简单，若一方退了，则是怕了。怕了，就会变成猎物。

黑熊看到乔家劲退了一步，气势渐渐变得狂暴起来，现在它几乎已经确信眼前的生物对自己构不成威胁了。在停顿了三秒之后，它忽然往前一扑，粗壮的前臂如同一根石柱一样挥下。

乔家劲也不再逞强，一缩身子躲开了这一击，顺势向后翻滚了一圈后立刻跑动了起来。

黑熊嚎叫一声，四肢着地追了上去。现在它已经完全把乔家劲当作了猎物。

"骗人仔！你抓紧时间啊！"乔家劲一边跑着一边大吼，"我这条烂命可交给你了！"

"你也别太相信我！"齐夏也有些紧张，"那个铁板是什么东西我都不知道……"

"我丢，你废什么话？"乔家劲大骂一声，"赶紧去取货啊！"

见到黑熊跑开，齐夏立刻跑向地上的那块铁板。按理来说，之前见过所有的游戏都不是死局，一定会有一条生路，在这一览无余的房间中，生路定然会跟这铁板有关。

跑近了一看，这块铁板表面有些斑驳，还有许多地方生了锈。"这……"齐夏伸手摸索了一下，才发现这就是一块非常普通的圆形铁板，上面没有任何机关，更没有文字提示。

"搞什么？"齐夏感觉自己被摆了一道，这块铁板简直就像一块随处可见的垃圾。

乔家劲跑了十几步，发现黑熊已经近在咫尺了，立刻停止奔跑，忽然转过身来大吼一声："蠢材！"

黑熊被乔家劲吓了一大跳，也马上后退一大步，再次双脚站立。

乔家劲冷笑一声，伸出手指恶狠狠地指着黑熊说："是不是吓了一跳？正蠢材，你以为我怕你吗？你给我听好了……"

黑熊愣愣地看着乔家劲，似乎真的在等他说话。在场的人此刻也有些蒙，都看向乔家劲，不知他到底要跟一头黑熊说什么。可让众人始料未及的是，乔家劲见到稳住了黑熊，没有一丝犹豫，转过身去拔腿就跑。黑熊知道自己被戏弄，更加狂暴地咆哮了一声，又追了上去。

而此时，场地中央的齐夏正已经把铁板翻了过来，正仔细地研究着，这铁板非常厚重，上面连个把手都没有，想举起来抵抗熊的攻击根本不现实。

还不等他想明白，忽然感觉到后背一痛，他本就蹲在地上，受到如此大力的冲撞难以稳住身形，顺势倒在了一旁，这才看清撞到自己的是队伍里的中年男人。

中年男人看了看被撞翻在地的齐夏，低声说了一句"对不起了"，然后将地上的铁板立了起来，咬住牙，慢慢地在地上推动着，没几步就来到了墙角，用铁板挡住了身体。

齐夏眉头一皱，心说不妙。这个办法他先前也想过，只要用铁板把自己挡住，然后躲在房间的角落，存活下来的概率会大幅提高，可如此一来存活下来的只会有一个人，游戏也失去了意义。

拿一颗道来赌命，最后赢得一颗道。如果让齐夏选的话，他不会选择这个结果。

"骗人仔，还没好啊？！"乔家劲又大喝一声，"你是真没把我当回事啊！"

"慢着慢着……"齐夏有些犹豫地回道，"再给我点时间……"

他头脑快速地转动着。他知道现在就算将铁板夺回来作用也不大，毕竟他至少要救下自己和乔家劲两人的命，可那铁板面积有限，只能勉强挡住一人。

这可怎么是好？

眼下算是托了乔家劲的福，剩余的八位参与者暂且安全，可时间毕竟才过去一分多钟，想要在十分钟的时间里活下来，不可能全都指望乔家劲一人。

此时一个看起来微胖的女生跑向了中年男人的方向，语气颤抖地说："能不能让我躲进去？求你了……我不想死……"

"不行不行！"中年男人躲在圆形铁板后面大声叫道，"这里只能躲一个人……你进来咱俩都要死！"

"不会的！"女生的声音发着抖，双脚也变得不听使唤，"咱们一人躲一边，肯定不会死的……"

二人正说着话，先前和中年男人一队的"小眼镜"慌慌张张地跑了过来，他没有问中年男人，而是直接掀开了铁板，挤到了墙角。

"喂！'小眼镜'！"中年男人一下子慌乱了，"你做什么？"

"小眼镜"咬着牙回道："老吕，你不能只顾自己活命啊！"

原先还可以抵在墙上的铁板由于"小眼镜"的加入而东倒西歪，毕竟老吕身材肥胖，这铁板完全无法抵挡住二人的身形。

微胖女人见到这一幕，也不再与老吕商量，掀开铁板的另一侧也钻到了墙角。其余四人也不再到处乱跑，纷纷向铁片靠近，毕竟那是他们最后的生路。

"愚蠢……"齐夏也缓缓地靠近了人群，此时仅仅过了几秒，众人已经因为抢夺铁板而打作一团。

"老吕！你不能太自私了！把铁板让出来，我们再想想办法！！"

"'小眼镜'！你还年轻，你可以跟熊跑，我可不行啊！"

"快上去抢铁板！"

"你滚开！铁板后面没位置了！"

如今他们每个人的气势看起来都能单挑一只熊，但到了这个危急关头，他们宁愿狠狠地抓住对方的脖颈和头发互殴，也不愿意向熊的位置靠近半步。铁板也仿佛受到冷落，孤零零地躺在地上。

而另一端的乔家劲被黑熊逼到了墙角，眼看无路可去，只能故技重施，再次大喝了一声转过身来。

这一次黑熊虽然也吓了一跳，但很明显没有后退的意思，它伸出自己的前臂向前一扑，被乔家劲侧身躲开，坚硬的爪子也在墙壁上留下了深深的沟壑。

"丢！"乔家劲死死地盯着眼前的黑熊，"你太过分了……"

齐夏知道若自己再不做点什么，乔家劲必死无疑。乔家劲若是死了，剩下的人也活不了，毕竟敢和黑熊正面周旋的只有乔家劲一人，到那时，自己一个人不仅要抵抗黑熊的攻击，更要保护所有的人不受伤害，这岂不是太荒唐了？

"等一下……"齐夏一皱眉头，仿佛想到了什么，"既要抵抗敌人，还要保护自己人？"

齐夏跑到铁板旁边，将这块沉重的东西扶了起来，在地上慢慢滚动着，仿佛在验证自己计策的可行性。

"喂！乔家劲！"齐夏叫道，"我找到办法了！来我这里！"

"我等你这句话可等了好久了。"乔家劲缓缓说，"等着，我马上就来。"

黑熊隐隐地感觉眼前的猎物想要逃跑，于是再次双脚站立，扩大了自己的攻击范围。

可乔家劲完全没有逃走的意思，只见他忽然向前一个跳步，双脚跨立，肩随腰动，右拳挥了半周后砸向了黑熊的脸。

一声巨响，这一拳结结实实地砸在了黑熊脸上，居然将黑熊打退了一步半。

黑熊先是微微顿了一下，鼻子不断喷着热气。然后它甩了甩头，似乎被这突如其来的一拳打得有些头昏脑涨，它估计从未想过眼前这个一直逃跑的猎物居然有这么可怕的爆发力。

乔家劲甩了甩自己被震得生疼的手臂，骂骂咧咧道："你这蠢材还真够结实……"

黑熊回过神来，张着嘴大吼了几声，恼羞成怒地再次挥出爪子。

乔家劲仔细地盯着对方的动作，右脚一个小撤步，紧接着左右脚转移了重心，不仅躲开了这一击，更让黑熊重心不稳险些扑倒。趁此空隙，他稍微一猫腰，一个上勾拳从下方甩出，狠狠地打在了黑熊的下颚。

一声诡异的哀号响起，黑熊又吃了一拳。虽然这种伤害对于皮糙肉厚的它来说造不成什么威胁，但它确实对眼前的男人有些忌惮了。

"我丢，手都快断了，你还不晕倒？"乔家劲往地上吐了一口口水，然后一个前滚翻从黑熊身旁溜走了。

见到这一幕的齐夏也稍微有点愣神，他以为乔家劲只是一个寻常混混，可看起来对方的格斗能力非常强悍。这一招一式不像是街头打架，更像是综合格斗。

乔家劲来到了齐夏身边，一边甩着自己的右手一边问道："我们该怎么做？"

"你来！"齐夏回过神，冲着乔家劲招了招手，"你将这块铁板抵住，来阻挡黑熊的攻击。"

"就这样？"乔家劲有些不解，"骗人仔你是昏头了吗？我以为你会有更好的主意！"

"不，这就是最好的主意！"齐夏把乔家劲拉到身前，让他扶住铁板。

可这块铁板毕竟是圆形的，放在地上并不稳定，极其容易滚动。乔家劲只能半蹲下身，用肩膀抵住铁板，尽量让它稳固一些。

"这东西非常沉……"乔家劲咬了咬牙，"我举不起来……"

"你不必举起来。"齐夏解释道，"只需要在地上滚动就可以了！"

"丢，那我明白，可我这样就看不见那畜生了。"乔家劲说，"这大铁板挡住了我的视线,我根本不知道它在哪儿,怎么抵挡攻击?"

此时的黑熊已经越发愤怒,朝着乔家劲小心翼翼地走了过来。

"我来帮你看。"齐夏站在乔家劲身后说。

"你?"

"没错,我会从身后拉住你的衣服。"齐夏说,"我向右拉,你便向右滚动铁板,我向左拉,你就向左滚动铁板。"

"行……"乔家劲点了点头,开始调整铁板的方向,让它尽量冲着黑熊,"这样想来咱俩应该是死不了……就是不知道那群粉肠会不会来抢铁板。"

"他们不会来抢的。"齐夏说,"因为我要保住这里所有的人。"

"讲咩①?"乔家劲一愣,"你要用这块铁板挡住所有的人?!"

"喂!"齐夏扭头向着那群打作一团的人吼道,"你们再打下去就真的要死了,不想死的话就来到我背后。"

众人听到齐夏的话都回过神来看着他,也看了看乔家劲手中的铁板。

中年男人率先站起身来,擦了擦混战中不知被谁抓破的脸:"你们两个瓜皮②,给我把铁板放下!"

他跌跌撞撞地跑向乔家劲,似乎想要将铁板夺回去,可此时的乔家劲无法放手,只能用眼神瞪向中年男人。

齐夏此时却向前一步,挡在了二人之间。

"喂!让开!"中年男人吼道,"'小眼镜'!快来帮忙!"

齐夏头脑飞转,还不等中年男人请来帮手,齐夏忽然伸手死死地抓住了他的脖子。对方从未想过眼前这看起来斯文的男人居然会如此狠辣,一时之间失了神。

"别闹了。"齐夏说,"想要活命就听我的。"

"听你的?!"中年男人的眼神之中充满了愤怒之色,"你算老几?我凭什么听你的?"

---

① 粤语,意为"你说什么?"。
② 陕西方言,骂别人蠢笨。

齐夏的右手不断用力,死死地卡住对方的喉咙:"我不是在跟你商量。"

　　乔家劲见到齐夏的表现,不由地皱了皱眉头。他先前只觉得齐夏很聪明,跟着他或许有一线生机,未想到对方还有如此凶狠的一面。

　　"喀喀……你……你放手……"中年男人看就要窒息了,伸出手不断地捶打齐夏的胳膊,"你是个疯子吗?"

　　"要么在这里被我掐死,要么就老老实实地站到后面。"齐夏的眼神冰冷无比,似乎从未有过感情,"这两个选项你挑一个。"

　　"小眼镜"见状赶忙跑上来,带着哀求的语气说:"大哥啊……不至于,不至于的啊……你先把老吕放开……"

　　他虽然这么说着,但不断调整身形,站到了齐夏侧面,并且一步一步靠近。

　　齐夏快速打量了此人一番,发现他的眼镜在混战中不知被谁打碎了一侧,看起来有些狼狈。

　　"狩猎法则……"齐夏的眼睛死死地盯住二人,狩猎者定然比猎物更加凶猛,再狡猾的猎物也有其罩门与要害……

　　"大哥你先放开……要不然啊……"

　　"小眼镜"一步一步地向着齐夏靠拢,似乎另有打算。

　　齐夏面色一寒,立刻伸出另一只手,这一次他没有扼住对方的脖颈,而是捏住了对方的脸颊,一只大拇指按在了碎裂的眼镜片上。

　　"啊!""小眼镜"惊呼一声,随即紧紧地闭上了眼睛。

　　"你若也想找麻烦,我就把眼镜碎屑揉到你的眼睛里。"

　　"别别别!""小眼镜"慌乱地挥舞着手,此刻他半蹲着身体,仰着头,连动都不敢动一下,"我错了大哥,你们说啥我们都听。"

　　"很好。"齐夏点点头,"我必须要在这里活下来,如果有人阻挠我,后果会非常严重。"

　　这一句话可把在场的众人都吓得不轻,毕竟齐夏的眼神冰冷无情,连一向嬉皮笑脸的乔家劲此刻也神色严肃起来。

一个疑问不禁在他心中浮现——齐夏到底是个什么样的人?

经此一变,众人像一只只绵羊一样乖巧地站起身,然后来到了铁板后面。齐夏见状也缓缓松开了手,中年男人和"小眼镜"惊魂未定地互相搀扶了一下。齐夏知道自己的目的达到了,现在他是这个群组唯一的领导人。

"你要怎么让所有人都活下来?"那个微胖的女生问。

"一句话就可以说明白。"齐夏缓缓地回答道,"答案就是老鹰捉小鸡。"

"老鹰……捉小鸡?"众人似乎有些不理解。

"现在三个角色都有了。"齐夏伸出手,指向了不远处的黑熊,"老鹰。"然后他又指了指狼狈的二男五女,"小鸡。"最后他又看了一眼乔家劲,"母鸡。"

"母……"乔家劲一脸嫌弃地说,"能不能换个名字?!"

众人此刻有些明白过来了。

地上的那块铁板非常沉重,想要用它来抵御黑熊,最好的方式就是在地上滚动,可铁板面积有限,灵活度也很差,人员一旦分散了,处境就会变得危险。最好的方式就是让一个人挪动铁板,而剩下的人排成纵列跟在他后面。

正在众人思考之际,黑熊已经靠了过来,此刻它的眼中似乎没有其他的目标,只盯着乔家劲一人。

"来了!"齐夏小声对乔家劲示意。

乔家劲听后立刻将双腿向后伸出,整个身体成斜角,用肩膀抵住铁板。下一秒,黑熊挥舞着粗壮的前臂狠狠地击打在了铁板上。

铛!

一声巨响传出,黑熊的攻击被弹开,它与乔家劲都后退了一步。幸亏乔家劲提前做好了防御姿势,否则这一下虽然打不破铁板,也足够把他压成肉饼。

众人见状不妙,赶忙将队列站得更紧密了一些。四个男人站在队伍前方,五个女人站在后方,中年男人也乖乖地揪住了齐夏的衣服。

"喂，骗人仔，这样的攻击还有几次？"

齐夏看了看远处墙上的时钟，说："放心，只剩七分钟了。"

"七……"乔家劲一愣，"我丢，这不就是刚开始？！"

"黑熊的耐力并不好。"齐夏说，"我不相信它会在剩下的时间里不间断地攻击，只要熬过前期就可以了，不要掉以轻心。"

只见黑熊调整了一下状态向一旁挪动，齐夏也拉扯着乔家劲的衣服，控制着他的方向，让铁板在地面上滚动了起来，这个举动可把黑熊难倒了。它虽然有着毁灭性的力量，但毕竟不属于敏捷型的追猎者，无法立刻从侧面发动进攻，只能不断挪动着自己巨大的身躯。可不管它挪动到哪个位置，铁板都会正对着它。

黑熊不断低吼着，它已经围着众人绕了一整个圈，却依然无法找到可以攻击的破绽。

其实老鹰捉小鸡有一个非常容易破解的方法，那就是老鹰忽然变向，比如一直向右移动的老鹰忽然向左移动，小鸡的队伍末尾的人就会由于移动惯性来不及调整而掉队。这是所有人在童年玩了许多次得出的解法，齐夏并不相信眼前的黑熊会在短时间内想出这么聪明的招式。

"很好……很好……"齐夏喃喃自语，"就这样僵持下去……"

此时众人一个拉一个，虽然队伍很长，但都和黑熊保持着绝对安全的距离。

"你这办法说不定真的能行……"乔家劲小声道，"就是我有点累……"

"再忍忍。"齐夏说，"六分多钟很快就过去了。"

"可是我毕竟一天一夜没吃饭了，我——"

"来了！"齐夏大喝一声。

乔家劲立刻调整重心，将整个身子压低，再次与黑熊对撞在了一起。

铛！

这一次的力气明显比上一次要大,乔家劲险些连人带板一起被打翻。

"这熊瞎子真是没完没了!"中年男人紧张的大喝一声,"喂!最前面的小伙子,你得好好顶住啊!"

"你来顶一个试试!"乔家劲没好气地骂道,他只感觉自己的全身都被震得生疼,骨头像是要散架了。

黑熊发现自己的全力一击还是没有打破防线,显得十分恼怒,只见它原地停顿一会儿,开始缓缓地后退。

"什么情况?""小眼镜"问,"它放弃了?"

齐夏微微一皱眉头,感觉不太妙。

后退?

"糟了!"他忽然想到了什么,立刻与乔家劲一齐抵住了铁板,然后回头对中年胖男人说,"喂!你来控制方向!"

"啊?"虽然有些不解,但中年男人知道眼前的铁板代表着众人的命,自然不敢怠慢,只能学着刚才齐夏的样子,拉动着二人的衣服,控制着铁板的方向。

如同齐夏料想的一样,黑熊后退并不是放弃了,而是准备用助跑来增强攻势。

"它准备全力一搏。"齐夏看了看身旁的乔家劲,"这一次能挡住的话,我们十有八九能活下来。"

"你这话跟没说一样。"乔家劲无奈地摇了摇头,"我们现在的问题就是不知道能不能挡下来啊!"

黑熊不断地向后退,眼看退到了墙边。一直在掌握方向的中年男人看到这一幕,不由地咽了下口水。

黑熊的原地一击已经足够致命,若是它加上助跑,再压上它全部的体重,仅靠这块铁板能够挡得住它的飞奔突袭吗?

"肥佬!"乔家劲大叫一声,"它发动攻击的时候记得说一声啊!"

可中年男人此刻就像什么都没听到一样,眼球快速转动,仿佛在思索着什么。

黑熊在地上磨了磨它的前爪，忽然之间开始加速。中年男人见状也不再犹豫，直接抛弃了众人向后方的一处空地跑去。

"喂……你！"乔家劲还未开骂，就已经听到了沉重的脚步声响起，只能先慌忙地压低身体。

此刻"小眼镜"站了出来，一拉齐夏的衣服，大吼道："方向不太对！再往右一点！！"

齐夏和乔家劲同时瞪大了眼睛："来不及调整方向了！顶住！"

话音刚落，二人就像被一辆飞奔的卡车撞到，身体竟然连同铁板一起腾空了，不受控制地向后飞了半米，然后重重摔在地上。

这一次冲撞不仅让整个队伍东倒西歪，更是把铁板撞倒，压在了二人的身上。

"喀喀……"乔家劲躺在地上不断地咳嗽着，感觉自己的五脏六腑仿佛都被撞碎了。

"小眼镜"反应迅速，立刻爬起身来，试图将铁板复位。

"快来帮忙！"他对身后的几个女人吼道，"这俩人若是倒了，我们就都完了！"

几个女生虽说被吓坏了，但也知道此时事态紧急，大家都俯下身，咬着牙开始搬动铁板。

齐夏躺在地上，整个人都有些头晕。黑熊的这一击似乎把他的魂魄都撞飞了，真不知道乔家劲一个人是如何抵挡住两次攻击的。

"那个逃跑的肥佬，最好别让我逮到！"乔家劲咬着牙骂道。

"趋利避害……人之常情……"齐夏躺在地上，嘴中念叨，"《奏记大将军梁商》中有云：'至于趋利避害，畏死乐生，亦复均也。'"

"你被撞傻了？"乔家劲艰难地睁开眼睛看了看齐夏，"跟大将军有什么关系，要不是那个粉肠忽然之间抛弃了我们，这铁板也不至于倒成这样……"

此时的铁板已经被几个女生扶了起来，"小眼镜"又俯身去拉齐夏和乔家劲："哥们，你们还好吗？"

二人站起身，有气无力地扶住铁板。

"不能说还好，只能说没死。"乔家劲一边回答着一边看了一眼黑熊。

经过这次冲撞，那畜生的情况也没强到哪里去，巨大的身躯看起来已晕头转向，不断地甩着它的脑袋来保持清醒。

"这次换我吧！""小眼镜"说，"你们俩先到队伍后方休息一下。"话罢，他便学着乔家劲的样子，用肩膀抵住铁板。

可"小眼镜"看起来实在是太瘦弱了，仅仅是抵住铁板就显得十分吃力，他的双腿发着抖，额头上青筋暴起。

"这铁板这么沉吗？"他似乎感觉自己的姿势有问题，稍微调整了一下双腿间的距离，结果并没有变得更轻松。

"兄弟，我不是不相信你。"乔家劲无奈地摇了摇头，"靠你抵住铁板的话我们站在后面也没什么意义了，横竖都是死。"

"要……要不还是你来吧？""小眼镜"尴尬地笑了一下，站到了一旁。

此时队伍基本已经调整好了防御阵型，乔家劲也重新抵住了铁板上，黑熊也差不多清醒过来，它本想再度向着铁板进攻，却看到了独自站在一旁的中年男人。

"糟了！老吕！""小眼镜"一下子慌乱起来，"你快过来啊！"

"哼。"乔家劲冷哼一声，"那肥佬自己要出去寻死，就由他去吧。"

"不行……""小眼镜"神色一冷，"老吕以前救过我的命，我不能不管他！"

"你有够傻的。"乔家劲说。

可还不等"小眼镜"想出办法救下老吕，黑熊已然挡在了人群和老吕之间。它仿佛也明白老吕一旦躲到铁板后面，它就再也没有击杀他的可能了。

此时的"小眼镜"看起来非常着急，他憋了半天，才回头对齐夏说："能不能救救老吕？！"

齐夏眼神一冷，说："可以，你去救吧，我不拦你。"

"我……我没有办法……所以想要拜托你……""小眼镜"颤抖地说，"你看起来是个很厉害的人，能不能帮帮我？"

"不能。"齐夏毫不犹豫地说，"要去你就自己去。"

小眼镜听完之后还想说什么，但仔细想想自己确实没有什么合适的理由来拜托一个陌生人卖命。他思忖良久，只能咬着牙说："那……那好……那我去救……"

他缓缓地放开抓住齐夏衣服的手，盯住黑熊。紧接着，他非常滑稽地深呼吸了三次，然后大叫了一声给自己壮胆，右脚一跺地面，向着黑熊就要冲过去。

就在千钧一发之际，齐夏伸手拦住了他。

"哎哟……""小眼镜"吓了一跳，差点因为他的阻拦而扭到腰，"干吗啊？！"

"你会死的，不怕吗？"齐夏缓缓地问。

"我能不怕吗？！""小眼镜"都快哭出来了，"可是我也不能眼睁睁地看着老吕死啊！"

"既然如此，我和你做个交易。"齐夏盯着不远处的黑熊说，"这场游戏如果我能让你们活下来，你们俩的道归我。"

"啊？""小眼镜"没想到齐夏此时会忽然提出这等要求，一时之间不知该怎么回答。

"当然，如果你不愿意的话，也可以自己去救他。"

齐夏的语气不容反驳，一时之间，"小眼镜"陷入了两难的境地。他和老吕赌上性命来参与这次游戏，结果却连一颗道都没有获得，那这一切有什么意义？

"我只能答应把我自己的道给你，可老吕的……""小眼镜"为难地说，"我不知道他愿不愿意。"

"那你替他做个担保。"齐夏说，"你俩是一起的吧？"

"我……我……""小眼镜"思索再三，还是觉得命比道重要得多，"行吧……我替他做担保，如果我们俩都活下来了，我们的道归你。"

"好。"齐夏点点头,"把鞋脱下来给我。"

"什么?"

"你的鞋。"齐夏重复了一遍。

"小眼镜"不知他要做什么,赶忙将两只脏兮兮的运动鞋脱了下来,递给了齐夏。

"动物生性敏感……"齐夏再度默念,"第一忌,袭击背部。"

齐夏将一只运动鞋拿在手中掂量了一下,忽然向前一个跨步将鞋子用力投掷出去,正中黑熊的后背。这一下把黑熊吓了一大跳,它整个身体似乎都颤抖了一下,赶忙回过身来四处张望。

"第二忌,重伤鼻子。"齐夏拿起另一只运动鞋,冲着黑熊的面庞狠狠掷了过去,这只鞋子飞到了黑熊的鼻子上,力量虽然不大,却打了它一个趔趄。

黑熊再次被激怒,完全无视眼前的老吕,转头就向齐夏冲了过来。齐夏反应迅速,立刻拉动乔家劲的衣服,调整着铁板的方向。

黑熊这一次的攻击看起来毫无章法,只是单纯地用前掌拍在了铁板上。

一次、两次、三次。

它虽然疯狂地吼叫着,但这几次攻击的威力明显不如之前,全都被乔家劲利用铁板挡了下来。老吕也在此时慌乱地跑过来,加入队伍中。

黑熊不间断地攻击了七八次,攻势一次比一次弱,沉重的撞击也慢慢变成了可有可无的拍击。

"差不多了……"齐夏说,"它的攻击应该到此为止了。"

果然如齐夏所说,结束了最后一次有气无力的攻击之后,黑熊谨慎地看了看眼前的铁板,鼻子中喷吐了几口热气,放弃了。它看起来并没有很累,却停止了攻击。

"这就结束了?"乔家劲从铁板一旁探头瞄了一眼,"那家伙应该还有力气啊。"

"动物和人类不同，为了应对自然界中随处可见的危险，它们很少会让自己陷入精疲力竭的境地。如今就算还有余力，它也不准备跟这块铁板死磕到底了。"

果然，黑熊默默地转过身去，走向了地上的那具尸体——游戏开始时就丧命的女人，她对于黑熊来说是更加稳定、安全的食物。

众人扭过脸去，实在是不敢看这一幕。黑熊则一边吃着，一边看向铁板，双方形成了一种诡异的对峙局面。

幸好时间所剩无几。在紧张、压抑的氛围之下，黑熊没有更进一步的动作，只是在进食补充体力。

齐夏看了看时间，只剩三十多秒，看来游戏要结束了。可此时，吃饱喝足的黑熊忽然之间低吼了一声，再一次扭动着巨大的身躯跑了过来。它似乎也知道时间所剩无几，准备放手一搏了。

"来了！准备好！"齐夏大喝一声，提醒着乔家劲。

乔家劲双脚向后一蹬，整个人呈斜角抵在铁板上。身后的纵队也赶紧站好，此时的众人团结一心，每个人都用手稳稳地扶住前面的人。

本以为这一次的攻势也可以安然度过，却不承想那黑熊跑到铁板前竟然一仰身子站了起来，两米多高的身形给了众人极大的压迫感。

"坏了……"齐夏顿感不妙。

下一秒，黑熊将两只前掌搭在了铁板上方，把头探了过来。它张着嘴，牙缝里还有人肉的碎屑。

一声巨吼，齐夏感觉自己的耳朵都要被震聋了，黑熊那腥臭的口水也喷了他一脸。

"顶住啊！""小眼镜"大叫一声。

乔家劲死死地咬住牙，用力地推着铁板，他明显地感觉到有几百千克的重量正在向前推，企图把自己压成肉饼。

"我……丢……"乔家劲连说话都变得困难，齐夏立刻上前去与他一起顶住，黑熊的力量太过恐怖，以至身后的人都有些吓呆了。

黑熊又用力向前推了几次，发现铁板前进不了分毫，竟然双手扒住边缘，猛然朝它的方向一拉。乔家劲和齐夏本来就在抵住铁板向外用力，却从未想到黑熊也向外用力，顺势将铁板直接拉翻在地。

　　二人瞬间失力，扑倒在地上。

　　铛！

　　随着一声铁板触地的巨响，所有人都暴露在了黑熊眼前，包括破绽最大的乔家劲和齐夏。还不等二人反应，黑熊立刻伸出前掌向乔家劲打去。乔家劲陡然一翻身，险险躲开了这一击。

　　"喂！骗人仔！快站起来！"滚到一旁的乔家劲大吼一声，"再躺下去你就死了！！"

　　齐夏倒在地上不断地打滚，感觉刚才好像撞到了胸口，一时之间呼吸有些困难。乔家劲爬起来，焦急地看向齐夏的方向："坏事……骗人仔，你快起来啊！"

　　齐夏也想爬起来，可身上实在疼得厉害，试了几次都摔倒在地。

　　黑熊仿佛也发现了齐夏的情况，随即放弃了身手灵活的乔家劲，转而向齐夏扑去。乔家劲一咬牙一跺脚，助跑了两步之后飞身而起，从侧面使出一招原地顶膝，刚好撞在了黑熊的脸上。

　　黑熊哀号一声，立刻双眼一闭，前爪一挥，甩在了乔家劲的腹部上。

　　"啊！"

　　这一击看起来很随意，却偏偏打在人体最柔弱的地方，乔家劲直直地飞了出去。

　　"喀喀……丢……"乔家劲感觉肋骨好像断了。

　　"怎……怎么办？""小眼镜"紧张地问，"我们得救他们……"

　　说完他想到了什么，立刻回头对中年男人说："老吕！你快脱鞋！我有办法救他们！"

　　"别傻了！"中年男人说，"'小眼镜'，你想引火上身吗？！现在黑熊只要吃了他俩，我们就安全了！时间马上到了！"

　　"小眼镜"抬头一看，游戏果然只剩不到二十秒就结束了。

黑熊此时又冲着齐夏伸出了前臂，照目前的情况来看，虽说游戏即将结束，但齐夏必死无疑。

这个男人方才一直在铁板前尽力与黑熊周旋，不管他的最终目的是什么，他都确实救了众人的命。"小眼镜"做了一秒的思想斗争之后，立刻下了决心。

"喂！王八蛋！"他一边大叫着一边向前跳了一步，"别动他！"

黑熊一愣，向后缩了一下。

中年男人也吓了一跳，低吼一声："'小眼镜'你疯了？！"

"你个熊瞎子……""小眼镜"没理中年男人，反而骂骂咧咧地冲着黑熊喊，"有本事你来追我……"

话还没说完，黑熊立刻扑了过来。

"小眼镜"大惊失色，转头便跑。他本以为自己能和乔家劲一样，能与这黑熊纠缠个几十秒，可他从未想过被一只巨大的、充斥着无尽杀气的黑熊追逐会是这么可怕的一件事，只感觉自己的背后不断地传来热风，散发着隐隐的恶臭，虽然他已经让自己尽量冷静下来，可他的双腿不断发抖，每跑两步人就要摔倒一次。

他只能不断地爬起来再摔倒，然后再爬起来。看这情形，在黑熊杀死他之前，他有可能先把自己摔死。

原本整齐的队伍几乎在瞬间土崩瓦解，众人四散而逃，黑熊却只追着"小眼镜"。

"完了完了完了……""小眼镜"一边绝望地念叨着，一边在房间里跌跌撞撞地逃跑，"妈妈呀……我这次真的要死了……"

不出十步，黑熊已然把他逼到了墙角。

"小眼镜"的双腿彻底不听使唤了，瘫坐在地上移动不了分毫。他倚在墙上，回头一望，一张极度恐怖的黑脸占据了他所有的视线。

丑陋、狰狞、恶臭。黑熊嗅了嗅他的脸庞，他面色苍白、目光呆滞地望着前方，直到黑熊将嘴巴靠近了他的脖子都没敢动一下。

"妈妈……""小眼镜"念叨着，"我回不去了……妈妈……

别等我了……"

黑熊张开散发着腐烂气味的嘴，刚要咬下去的时候，躺在地上的乔家劲忽然大喝一声。

"喂！时间到了啊！天杀的！你们要耍赖吗？！别再杀人了！"

众人扭头一看，墙上的电子钟果然已经结束了倒计时。

下一秒，远处的铁门忽然打开，黑熊浑身一怔。紧接着，一股强大的吸引力从铁门当中迸发出来，黑熊如同一个随风摇曳的纸片，痛苦地哀号一声，随后以极快的速度被一个看不见的东西抓入了门里。

游戏结束。众人活了下来。

"结……结束了……"过了好几分钟，一个女生才颤颤巍巍地说，"黑熊走了……"

女生们慢慢地站起身，互相抱在了一起，喜极而泣。

"小眼镜"似乎被吓傻了，只能坐在地上大口喘着粗气。

"我丢……"乔家劲活动了一下酸痛的身体，捂着自己的腹部一脸疲惫地说，"真是不容易啊，骗人仔，多亏你的老鹰捉小鸡了。"

齐夏站起身后没有说话，反而表情有些担忧。

"怎么了？"乔家劲问。

"你说……"齐夏开口问，"她们俩人活下来了吗？"

"她们……"

乔家劲自然知道齐夏说的是甜甜和林檎，可他不敢胡乱猜测。谁也不知道另一个房间里到底发生了什么事。她们也和他们处境一样，被一头黑熊追杀吗？她们的队友能够团结起来，想出老鹰捉小鸡的计策吗？

众人回过身，发现来时的楼梯已经出现在身后了。

"别想了，我们直接去看看吧。"乔家劲拍了拍齐夏的肩膀，"走吧。"

老吕把"小眼镜"扶了起来，一行人互相搀扶着缓缓地走上楼梯，来到了先前放着椅子的房间中。

地牛静静地站在这里，等待着众人的凯旋。

"活下来九个？"地牛微微一顿，"不错。"

"屾家铲……"乔家劲小声骂了一句，"总有一天我要揍这些人一顿。"

"请稍等片刻，另一个房间的人还未归来。"地牛冲几人挥了挥手，示意他们坐下。

众人也不再客气，纷纷坐到了椅子上，对于死里逃生的他们来说，这里没有什么会比那头黑熊更可怕了。

等了两分多钟，乔家劲坐不住了。

"喂，老牛。他们的游戏还未结束吗？"

"你们双方同一时刻开始，现在都应该结束了，可他们还未回到这里。"

"什么？"齐夏一皱眉头，感觉自己的头痛好像要犯了，他赶忙捂住自己的额头，问牛头人，"游戏结束了却没有人回来，那岂不是说明他们全都死了？"

"我不知道。"牛头人晃动了一下脑袋，"请各位稍坐，不要着急。"

说是不急，可是谁又能不急？

齐夏一转头，看到了坐在自己前方不远处的"小眼镜"，他正在跟身旁的中年男人低声说着什么。

"啊？！那怎么行？！"中年男人惊呼一声。

"小眼镜"赶忙冲他挥手，小声地解释了几句。

"不行不行，我不同意！"中年男人头摇得像个拨浪鼓，"说什么都不行。"

说完他一回头，正好对上了齐夏的眼神，但他立刻将目光挪走，像是什么都没看到一样，然后继续用不大的声音说："如果真是这样，我就得让张山替我做主了！"

"呵。"齐夏冷笑一声，大体猜到了二人对话的内容。

等了足足五六分钟，众人才听到一串沉重的脚步声从一旁的门里传来。

"来了……"

在这阵脚步声之后,还有其他的脚步声响起。听起来这支队伍的存活人数也不少。

漆黑的门里慢慢地钻出一个大汉,他面容冷峻,然后快速地环视了众人,脸上慢慢露出一丝笑容:"你们都活着?"

"张山!张山!""小眼镜"激动地跑上前去,"太好了!你没事……我的天!""小眼镜"大叫一声,赶忙后退了一步。

眼前的场景实在是太骇人了,方才这位叫作张山的大汉站在黑暗中,未能见得全貌,可随着他逐渐走到灯光底下,那一身骇人的伤痕也显露了出来。

他的胸前有三道深深的抓痕,他的右臂夹着两根黑黑东西,像两根粗壮的树木,而甜甜和林檎也渐渐从门里现出身形。

"靓女!"乔家劲上下打量了一下二人,"你们没事吧?"

"我们没事……"甜甜苦笑了一下,"你们还好吗?"

"还是老样子。"乔家劲无奈地摇摇头,"靠骗人仔的主意,我们还是活下来了。"

"啊?"甜甜不可置信地看了看齐夏,"这次游戏也能靠齐夏?"

林檎也觉得有些不可思议:"乔家劲,你不是说要自己搞定牛类游戏吗?"

"丢,别提了……"乔家劲骂骂咧咧道,"对方要是个人的话也就算了,那可是头黑熊!这世上谁能打得过黑熊啊?"

甜甜和林檎对视了一眼,有些为难地开口说:"说不定……真有人可以打死一只熊……"

听到二人这么说,齐夏和乔家劲看向了那名叫作张山的强壮男人。难道他……打死了熊?

只见他身后的人都走了出来,二人数了数,正好十人。显然,他们的队伍里没有任何人死亡。

张山将腋下夹着的两根东西往地上一丢，然后一脸疲惫地坐到了椅子上："老牛，你还真是不客气啊，居然弄了头熊！"

众人低头一看，发现他扔到地上的根本不是什么树枝，而是两条黑熊前臂。

地牛没有搭话，只是看了看存活的众人，然后略带不悦地说："每人十九颗道，游戏结束。请各位依次上前来领取自己的道。"

"小眼镜"看了看张山的伤口，不由地流下了冷汗："张山……你真的没事吗？"

"老子好着呢。"张山笑着拍了拍"小眼镜"的头，"你们那边怎么样？我看你和老吕都还挺精神的。"

"啊！""小眼镜"忽然叫了一声，"张山，说到老吕啊，我有件事要和你商量……"

老吕此时也着急地凑到张山面前，手舞足蹈地说："是啊是啊！你可要为我做主啊！"

"做主？发生什么了？"

见到窃窃私语的三人，齐夏面色一沉，然后回头问林檎："你们那里到底发生了什么事？"

林檎深呼吸一口气，说："说实话，我本来以为我们死定了……"

"没错……"甜甜也在一旁说，"黑熊走出来的时候，我和林檎吓得连站都站不住了。"

"然后呢？"乔家劲问道。

"然后……"林檎眨了眨眼睛，"我只记得那个叫张山的男人大喊了一句'你们让开'，便一个人抬起铁板向黑熊打了过去。"

"什么？！"齐夏和乔家劲同时低喝一声。

"我俩根本不敢看……"林檎说，"简直太残忍了，那人用铁板将黑熊扑倒，压住了它的身体，然后骑在铁板上一直攻击黑熊的头部……"

"我丢……这可真是终结者了……"乔家劲咬着牙说，"那个大块头好犀利啊。"

"他好像知道黑熊的弱点,游戏还没结束,黑熊就已经被打得面目全非,鼻子断了,牙也被打掉了好多颗……"林檎说。

甜甜也补充道:"但那个张山自己也不好过,黑熊临死反扑,掀开了铁板,随后用爪子挠他,幸好不到一分钟黑熊就倒下了。也是托他的福,剩下的人都没事……"

齐夏听后不由地皱了皱眉头,怪不得甜甜和林檎会认为这个游戏靠自己赢不了。原来在她们的场地里,并没有人使用和自己一样的方式过关,反而有人将那块沉重的铁板当作武器,和黑熊打了起来。

"既然如此……你们为什么迟迟没有上来啊?"乔家劲问,"游戏都结束三四分钟了你们才回来,我和骗人仔都要给你们准备后事了。"

"这就更可怕了……"林檎抿了抿嘴唇,低着头说,"那个大汉将熊打死了之后,忽然说了句已经好几天没吃饭了,熊掌可是好东西,于是就指挥我们一起用铁板砸断黑熊的双臂……"

"所以那两条熊臂……"乔家劲还想说什么,却忽然见到那个大汉、"小眼镜"以及老吕三个人直直地向这边走了过来。

他们三人的腰上都挂着一个小布包,看起来已经领到了他们的道。为首的大汉一脸冷漠,眼神盯着齐夏,似乎来者不善。

"哟……"乔家劲忽然想起齐夏和"小眼镜"的交易,知道情况有些不妙,"骗人仔,像是来打架的,怎么搞?"

"马太效应……"齐夏喃喃自语地低声叨着,"凡有的,加倍给他,叫他多余。没有的,连他所有,也要夺取。"

"什么意思?"

齐夏没搭话,低头不动声色地打量了一下这里的环境,将一把椅子拖到自己身前,可以保证自己与对方隔开距离。他身旁还有三把椅子,他仔细看了看,发现其中的一把椅子放在自己最容易拿到的地方,它的一条腿快要折断了,正是极好的武器。

牛头人距离此处还有十步,无法在第一时间出手阻拦,齐夏知道只要一切顺利,绝对可以放倒张山。

"问题不大……"齐夏用冰冷的眼神看了看张山,"他能打死熊,但很可惜,我不是熊。"

"你要做什么?"林檎感觉有些害怕。

乔家劲也一脸严肃地盯着走过来的三人,稍微活动了一下脖子。气氛一时之间有些紧张,空气中弥漫着火药味。如果这个大汉真是给对方出头的,那定然是一场恶战。

张山来到齐夏面前,若有所思地看着他。齐夏也抬起头,望着这个身高一米九的大汉。

"我听说……你跟我的朋友们发生了点故事。"张山淡淡地说。

"没错。"齐夏说,"那个大叔用道从我这里买了命。"

"你以为你是谁?"张山伸出小拇指挠了挠耳朵,"从你这里买命,你是阎王爷吗?"

"我可以是。"齐夏往前走了一步,让自己更靠近椅子,"我可以救人命,也可以让人死。"

张山皱了皱眉头:"你这人是怎么回事?不会好好说话吗?"

"我能否好好说话,主要取决于你们是否会把道给我。"

"你可真够讨人厌的。"大汉皱了皱眉头,"我如果不给,你打算怎么样?"

"小眼镜"听后一愣,赶忙小声说:"张山!啥意思啊?这跟说好的不一样啊!"

"你别管。"张山回头小声说,"我自有安排。"

"你如果不给,我就自己拿。"

"嗯?你小子活够了?"

不等张山反应过来,齐夏立刻将脚边的椅子向前一踢,椅子撞到了张山的膝盖上。张山吃痛,赶忙后退了两步。

齐夏趁此空隙立刻向前跑去,顺势抄起地上的椅子,抓住了椅子腿部,他知道张山身上有伤,要想放倒他,现在是极好的机会。

三十六计,擒贼擒王。齐夏心中暗道一声,之后便将椅子抡了起来。

张山见状不妙,马上一猫腰,伸手护住自己的头部。下一秒,椅子在他手臂上炸开了花。

这一下虽然很痛,但没有伤到要害。

"摧其坚,夺其魁,以解其体。"齐夏再度默念。

张山很明显地恼怒了:"你小子来真的?"

可还不等他骂出声,齐夏居然又握住了一根断裂的椅腿。齐夏借着惯性转了一圈,然后将椅腿抡到了对方的头上。张山明显不是泛泛之辈,他立刻转过头,用最坚硬的额头撞向这根木棍。

噼啪!

椅腿应声断裂,在张山头上留下了一道红红的痕迹。

"有意思!"张山咬着牙说,"你小子打架下死手……那我也不客气了!"

他见到齐夏没有后招,便立刻大跨一步向前跑来。齐夏也毫不犹豫,将身旁的两把椅子再度向前一推,挡在他和张山之间。

身材高大的张山本身就有些行动缓慢,此时又被这两把椅子阻挡,险些摔倒。

"龙战于野,其道穷也。"齐夏一个助跑,踏上椅子跳了起来,还不等张山稳定身形便直接扑了上去,骑到了对方身上。

他知道张山跟"小眼镜"、老吕有着本质上的区别,绝对不可能靠威慑就让他妥协,于是趁对方反应过来之前,骑在他身上乱拳打向他的脸颊。

张山第一时间屈起双臂,护住了下巴和侧脸,同时用双眼盯住齐夏的肩部,通过判断对方的出拳攻势进行应对和抵挡。

齐夏的拳头如雨点一般打在对方的胳膊上,只感觉像打在墙上一样坚硬。

"小子……你在找死!"

齐夏趁着对方说话的间隙,将拳头从张山的两条胳膊之间打下,直冲他的鼻子。

可张山像早就料到了一样,直接用双臂一夹,齐夏的拳头便前进不了半分。他卡住齐夏的关节,又顺势将齐夏的胳膊抓住,向旁边一扭,齐夏就滚到了一旁,他也挣脱了束缚。

"我还真是小看你了……"张山缓缓地站起身,拍了拍身上的尘土,"你小子来到这里之前是个杀手吗?哪有这么打架的?"

齐夏也面色严峻地站起身来,大口地喘着粗气。刚才的袭击他已经孤注一掷、奋力一击了,可没想到对方几乎完全没有受到影响。

"喂喂喂!""小眼镜"此时跑上前来,一脸着急地说,"你俩好端端的怎么打起来了啊?都先冷静点……"

"我冷静不了了。"张山怒笑着说,"今天我必须打得这小子心服口服。"

还不等齐夏想出下一个对策,张山已经掀飞了所有的椅子冲了过来,他那粗壮的手臂如同一根柱子一样向着齐夏的面庞挥舞过去。

千钧一发之际,乔家劲伸手钩住了他的胳膊,说:"大只佬①,你可不能打他。"

张山见到有人阻挡,又加大了几分力道,却发现眼前这个花臂男人力气很大,自己完全动不了。

"又跳出个出头鸟。"张山冷哼一声,"我凭什么不能打他?"

"因为他是我的'大脑'。"乔家劲人畜无害地笑了笑,"你要是打坏了他的头,我俩可就都变傻了。"

"他是你的'大脑'?"张山觉得眼前的男人有点意思,"那你是什么东西?"

"我嘛……"乔家劲放开张山的手,脱掉外套,露出满身的文身和强健的肌肉,"如果非要说的话,我是他的'拳头'。"

张山扬了一下眉毛,说:"有点意思,那我就和你这个'拳头'过过招。"

话罢,张山摆出拳击架势,一只胳膊护住下巴,另一只胳膊随

---

① 粤语,意为大块头。

着胯部扭动直接甩向乔家劲。

乔家劲一个俯身前冲，躲开拳头的同时立刻来到对方身前，抡起右手打出一记上勾拳。张山仰头闪了过去，随即马上调整身形，将右手抵在前方，拉开了与乔家劲之间的距离。

短短错身的工夫，二人就知道对方必然是练过两下子，否则也不可能有此身手。

张山仅仅思索了半秒，便再一次跨步上前，用左手打出一记重拳。乔家劲这一次没有闪躲，反而抓住了对方的整只手臂，然后身体腾空而起转了一圈，一只脚钩住了对方的脖子，用自己的体重直接将对方拉翻在地。他两只手抓住张山的胳膊放在自己的大腿之间，不断向后拉，双脚也在寻找合适的位置，一只压住对方的颈部，另一只正准备压住对方的胸口。

张山有些难以置信，但此刻也已经回过神来，这是一招综合格斗中常见的地面技术十字固，若对方扭住了自己的胳膊，那自己必败无疑。

想到这里，他伸出右手，与自己的左手死死地握在一起，两只手的手指相扣，让乔家劲暂时无法将自己的胳膊拉直。他无论如何也想不通为何一个痞里痞气的混混能够使出如此标准的招式，好在自己对格斗技术也略有研究，此时虽然没有破解对方的十字固，但也未让对方得逞。

乔家劲发现张山的左手无法拉动，便伸出一只脚蹬在对方的右手臂上，靠大腿的力量让对方的两只手强行分离。张山此时已经汗流浃背，双手毕竟只是手指相扣，并不牢固。

很快，张山的两只手分开，左手瞬间被拉直，剧烈的痛感使他哀号一声。但他毕竟抗击打能力很强，很快就扭过身体，用右手冲着对方的腹部打去。乔家劲将压在对方脖颈上的右腿一缩，用膝盖挡住了这一击。

张山似乎发现了一条生路，不断地用右拳冲着乔家劲打去，乔家劲只能用膝盖不断抵挡。十字固想要施展成功，关键之处有两点，一是要牢牢控制住对方的一只手臂,二是要用双腿压住对方的脖颈和胸口。乔家劲为了抵挡对方的攻击,只能将腿缩回来,失去了右腿的束缚,张山可以起身了。

于是他用力一抽自己的左臂,整个人翻身而起,想要反客为主,压住乔家劲。乔家劲见到对方挣脱,立刻伸出右脚抵住了他。张山无法近身,便不断地用双拳向着乔家劲招呼过去。乔家劲缩起双臂左右遮挡,并始终用右腿与对方保持着距离。趁张山不注意,乔家劲举起来的右腿陡然下落,猛地踢在对方的小腿上。

张山再度失去重心,眼看就要摔倒,乔家劲趁势而起,绕到了对方身后,伸出右臂勒住张山的脖子,左手与右臂相扣增大力度,向后一跳再次将人拉倒在地,使出了一招裸绞。

乔家劲正准备锁紧对方的脖颈,却忽然发现情况不太对。仔细一看,原来张山将一只手挡在了脖颈前,挡住了他的裸绞。

虽然挡住了乔家劲的攻势,但张山也并不好过,他护住了自己的要害,却让自己的手也被锁住了。二人此刻谁都无法挣脱,互相锁在了一起。

"喂……大只佬……"乔家劲咬着牙说,"你要不要认输?你叫我一声大佬,我现在就放手……"

"老子就算是死在你手里,也绝对不可能认输……"张山不断绷紧身上的肌肉,想要找到一个突破口,可是乔家劲的架势非常稳定,暂时找不到任何破绽。

齐夏在一旁不禁皱起了眉头,乔家劲的能力为何会如此出众?难道真的如他所说,只要对手是人,就完全不需要害怕吗?

正在围观的众人一脸惊慌之际,地牛缓缓地走了过来。

"二位,停手。"他淡淡地说,"你们就算打死了对方都没关系,但麻烦你们出了这间屋子再动手。"

二人油盐不进,完全不把地牛放在眼里,此刻都在咬着牙暗中使力。

地牛看了看扭打在一起的二人,也索性不再劝说,反而俯下身,将乔家劲的胳膊从张山的脖颈处毫不费力地拿开，然后左手揪住张山的衣领，右手抓着乔家劲的胳膊，轻轻一抛，二人便像是两颗小石子一样各自飞了出去，撞翻了所有的椅子。

"我丢……"乔家劲感觉自己的骨头差点断了。

另一侧的张山也不太好过，躺在地上痛苦地打滚。

"死老牛，总有一天我要扒了你的皮……"

此时众人也赶忙上前去查看二人的情况。

齐夏连忙问："喂，乔家劲，你还活着吗？"

乔家劲听后苦笑一声："你说呢？"

甜甜和林檎也围了过来，三个人一起扶着乔家劲站起身。

而另一侧的张山也被"小眼镜"和老吕扶了起来。

"没事吧？张山？""小眼镜"问。

"没事。"张山挠了挠头自己身上的伤口，感觉不太好受，但还是回过神来对"小眼镜"说，"看来你说得没错，那两个人有点意思。"

"是吧？""小眼镜"似乎自己受到了夸奖一般，开心地笑了起来，"花臂男的力量很强，而那个叫'骗人仔'的非常聪明，他们二人绝对够资格的。"

老吕却在一旁撇嘴，仿佛不太认同"小眼镜"所说的。

"走，咱们再过去聊聊。"张山爽朗地笑了一下，带着二人再度向前走去。

还未走出三步，地牛便伸出一只漆黑的手按在了张山肩膀上，问："还准备惹事？"

张山看了看地牛，说："放心，只是单纯的谈话。"

地牛微微思索了一下，将手收了回来，警告道："小心点，我看着你呢。"

几步的工夫，张山与齐夏、乔家劲再次面对面。乔家劲往前一步，挡在了齐夏面前："大只佬，准备出门之后和我再分一次胜负吗？"

"算了。"张山挠了挠自己胸前触目惊心的伤口,说,"今天我没力气了,下次再和你约。"

"哈哈。"乔家劲被对方逗笑了,"既然你不是来打架的,找我们做什么?"

"这话说得真不讲理。"张山无奈地摇摇头,"我从一开始就不是来找你们打架的,是你那个兄弟忽然之间跟我动手。"

乔家劲思索了一下,发现确实如此。

"不是找我们打架的?"齐夏感觉眼前这人有点奇怪,"那你来找我们做什么?"

张山回过头,冲着"小眼镜"和老吕挥了挥手,二人便从腰间摘下布袋,递给了他。老吕虽说一脸不情愿,但看起来对张山有所忌惮,也只能照他的吩咐去做了。

张山将两个布袋拿在手中一掂量,随后抛给了齐夏。

"总共三十八颗道,给你。"

齐夏不可置信地接过两个布袋,打开一看,果然是金灿灿的小球。

"这是什么意思?"乔家劲狐疑地看了张山一眼,"我们还没分出胜负呢,为什么你要把道给我们?"

"因为这是在游戏中说好的,愿赌就要服输。"张山回头看了看"小眼镜",继续说,"况且'小眼镜'在我面前一而再再而三地夸你们,说你们俩很不错。"

"很不错?"齐夏和乔家劲面面相觑,不知对方要做什么。

"我一开始来找你,也并不是来找麻烦的。"张山伸出一根指头,敲了敲自己的太阳穴,对齐夏说,"'小眼镜'告诉我,你靠这里打败了那只黑熊,是真的?"

齐夏没有回答,依然面带谨慎地看着张山。

"别多想。"张山说,"我们正在聚集一批厉害的人物,然后一起走出这个地方,你们两人有没有兴趣加入?"

"没有。"齐夏回答。

"别拒绝得这么快嘛……"张山憨憨地笑了一下，伸手拍了拍齐夏的肩膀，"你们可以再考虑考虑。"

"是啊！""小眼镜"也走上前来，对着齐夏和乔家劲说，"乔先生、骗先生，你们俩的能力都很出众，我们有很大希望可以走出这里的。"

"骗先生？"齐夏以为自己听错了，"你叫我？"

"是啊……""小眼镜"以为自己说错话了，"这位乔先生不是一直喊你骗人仔？"

齐夏无奈地摇了摇头，说："算了，名字只是一个称呼，你怎么叫都行，但我是不会加入你们的。"

"为什么这么坚决？""小眼镜"有些不理解，"俗话说人多力量大呀，而且我和你一起参与过游戏，知道你是一个值得信赖的队友，我们如果一起的话——"

"可我不相信你们。"齐夏打断他的话道，"况且这地方只有一个人能出去，你们聚集了再多的人又如何？最后关头还不是充当炮灰？"

"只……只有一个人能出去？""小眼镜"微微一怔，"你在说什么傻话？这里为什么只有一个人能出去？"

"难道不是吗？"齐夏反问道，"那些戴动物面具的人说过——"

齐夏还要说什么，却忽然愣住了。

等一下。自己为什么会认为只有一个人能出去？有人说过类似的话吗？不，并没有。

人羊曾经告诉齐夏，若是赢下游戏，他们其中有一个人会成为万相。当时乔家劲问人羊若是赢不了游戏会怎样？人羊的回答是——赢不了，就太可惜了。他并没有说过逃离这里的问题。

"难道是我理解错了？"

"可惜"这个词很有歧义。人羊当时说的可惜，是在替谁可惜？替他自己……还是替参与者？

齐夏眨了一下眼睛，感觉自己明白了什么。这个鬼地方，除了"成为万相"与"被毁灭"之外，难道还有"逃离"这个选项吗？

"你们……为什么觉得可以一起逃离这里？"齐夏问。

"当然是因为我们听说过有人逃离过这里啊。"张山回答。

"你说什么？"齐夏一下子瞪大了眼睛，"你说你见过……有人逃出了这里？"

"没错。"张山点点头，"不过准确来说……我们只是找到了那人的笔记。"

"这……"齐夏感觉这件事有点怪异，"你只找到了笔记，就认定那人逃出了这里？"

张山笑着点点头，对齐夏说："哥们，我先把话说清楚，如果你要加入我们，我们可以和你分享这些消息。可现在我们立场不同……不管你信不信，但我的话就说到这里了。"

齐夏也大约明白了张山的意思，可他实在是无法推断对方说的是真是假。

此时一个微胖女生听到了张山的话，凑上前来，问："哥……你们还收人吗？我什么都可以做……"

张山看了看这个女生，笑着说："姑娘，不是我不想收你，可我们的目标是攻破所有游戏，你有这个决心应对接下来的危险吗？"

微胖女生听后默默低下了头，思索了一会儿后开口说："我可以。"

"哈哈！"张山似乎并不相信微胖女生的话，缓缓走上来对她说，"姑娘，别逞强，好好活着吧。"

女生没有说服张山，面色一沉。

见到整个房间内没有人再说话，张山又看了看齐夏，从口袋里翻出来一张废纸，用手指头蘸了蘸自己身上的血，简单地画了一幅草图。

"这儿是我们位置。"张山将废纸递给齐夏，"如果你想通了，可以来找我们。"

齐夏接过废纸，依然面带谨慎地看着三人，可张山毫不在意，搂住"小眼镜"，从地上捡起那两只熊臂，便一瘸一拐地向门外走去。

"喂。"齐夏叫道。

"嗯？"张山回过头，却发现一个白花花的东西冲着他的面庞飞来，赶忙伸手一接。是个布袋。

"这次我改主意了，只收一半。"齐夏说，"那个戴眼镜的人还不错，他的道我不要了。"

张山看了看手中的布袋，愣了几秒，忽然爽朗地笑了出来："哈哈哈！够意思！"

"小眼镜"在一旁一脸不解地问："啊？为什么啊？这是我自愿的……你之前明明说……"

"我是个骗子。"齐夏冷冷地说，"我的话不要信。"

"可……可是骗先生……"

"我叫齐夏。"齐夏说，"别叫我骗先生，太难听了。"

"齐夏……"张山重复了一下这个名字，"有趣，我会记住你的。"

说完，他便举起一条黑熊的前臂，抛给了三人。

"我丢！"乔家劲吓了一大跳，但还是把这个毛茸茸的断肢接了过来。

这个断肢格外重，至少有二三十斤。

张山说："这东西我们三个人吃不了那么多，拿着也很沉，你们帮我拿去丢掉吧。"

"丢掉？"

张山摆了摆手，转身带着"小眼镜"和老吕走了。

齐夏四人看着这条熊臂不知该说些什么，过了一会儿，地牛走上前来，将四个肮脏的布袋递给他们，说："拿着。"

齐夏等人这才回过神，接过了属于自己的奖赏。

这一次的道非常多，多到几人都有些不知所措。托张山的福，众人还得到了食物。

微胖的女生站在不远处看了一眼齐夏，缓缓地走过来，试探性地问："我……可以加入你们吗？我的队友都死在面试中了……"

齐夏似乎没听到那女生的话，只是掂量了一下手里的布袋，对三人说："走吧。"

说完他便转身向着出口的方向走去，留下那个女孩一脸尴尬地站在原地。

乔家劲冲着女孩无奈地耸耸肩，说："别生气，他一直这样。"

见到乔家劲看起来是个很好沟通的人，女孩一把抓住了他的胳膊，然后面带紧张地说："请让我加入你们吧……我现在好害怕……"

"这……"乔家劲一脸歉意的笑容，"也行吧……靓女，要不然你先跟着——"

"喂，乔家劲。"齐夏站在远处回过身来叫道，"走了。"

乔家劲看了看齐夏，发现齐夏对他微微皱了一下眉头。

"哦，好的，我来了。"乔家劲似乎明白了什么，点点头，回身说："靓女，这次不行了，下次吧。"

说罢，他也像齐夏一样，再也没有理会那个女生，向出口走去了。

微胖女生见到乔家劲也走了，原先一脸委屈的表情冷漠下来，渐渐地变成了阴狠。

此刻屋里仅剩她与地牛二人，参与者们都已经离去了。地牛一边收拾倒在地上的椅子，一边抬头看向她，过了一会儿，才淡淡地开口问："你还在干老勾当？"

"是啊。"微胖女生点点头，"真是可惜，我们这行越来越难干了。"

"为什么你不能正常一点？"地牛转过头来问道，"我们一起听从指令不好吗？"

"哈哈！"微胖女生被逗得露出一脸怒笑，走上前去一把抓住了地牛的衣领，面带凶狠地问道，"你凭什么敢这么跟我说话？！说到正常，你们生肖能比我们强到哪儿去？！"

地牛把头扭到一边，平静地说："至少我们在向着同样的目标努力……"

"那就各自努力，看看谁才是对的。"微胖女生松开了手，转身走到出口，临走前又严肃地说，"张山不能留。至于那个齐夏……我去想想办法。"

第 6 关

潇潇·极道万岁

"骗人仔……"乔家劲出门之后小心翼翼地回头张望了一下，然后低声问道，"什么情况？那女人有问题吗？"

"我不确定，但八九不离十。"齐夏说，"在这种地方还是小心些吧。"

"你还会看面相？"乔家劲笑了一下，"凭那个女人慈眉善目的样子，我倒是看不出什么问题。"

"这根本不是面相的问题。"齐夏摇摇头，"她说她的队友全都死在'面试'中了，如果这件事是真的，那她肯定用了什么极端手段，否则我很难相信九个人里面会单单活下来一个弱女子。况且她在孤身一人的情况下存活至今，再结合她在游戏中那求生的手段，足以证明她不是寻常人。她极有可能是为了我们的道才接近我们的。"

乔家劲听后恍然大悟地点点头："原来如此啊……丢，我还以为她很可怜呢。"

"当然，我说的也有可能全是假的。"齐夏说，"我只是不想轻易相信别人。"

说完他又回过头，问三人："对了，你们的道，给我用一下。"

乔家劲听后未曾犹豫，将腰间的布包递了过去，林檎也紧随其后。甜甜看了看这二人，表情有些不自然，但自己毕竟是弱势的一方，再三思索之后，还是交上了她的布包。

齐夏接过所有的布包，坐到一旁开始鼓捣着什么，没多久的工夫，他就丢掉了一个空的布包，站起身来对三人说："我们这次赚了五人份，总共九十五颗道，这个数字不能被四个人平分，只能加上一开始我们剩下的那颗，凑成九十六颗，每人二十四。"

他将三个布包向前一递，对三人说："我给你们装好了，记得当面清点，事后我不会认账。"

甜甜赶忙伸手接过布包，打开数了数，确实是二十四颗道，一颗不少。林檎和乔家劲则将布包重新挂回腰上。

"你们不清点一下吗？"齐夏说，"我可是骗子。"

"没关系。"林檎摇摇头说，"如果以后发现少了，我就从你那里抢。"

"是的，别来这套。"乔家劲也挥了挥手，"接下来去哪里？"

齐夏看了看乔家劲怀里的熊臂，思索了一会儿，说："我们去吃点东西吧……"

几个人的想法很简单，若是能将这条熊臂煮熟，只要能果腹，不管它是什么味道都可以咽下去。可是在这座破败的城市里，想要找到烹饪的必需品非常困难。

干净的水源、炉灶、锅子、打火机，这些东西一个都没有。几人在废弃的建筑中徘徊了一个多小时，仍然一无所获。在走到一个废弃的餐馆时，乔家劲终于忍不住了。

"这样下去不是办法。"他将熊臂扔到地上，活动了一下酸痛的手腕，"我们带着这几十斤肉到处逛，最后没饿死也累死了。"

"辛苦你了。"林檎笑着对乔家劲说，"要不要换我拿一会儿？"

"那倒不用。"

"感觉这里希望很大。"甜甜环视了一下这个餐馆，发现这里被破坏得并不严重。

果不其然，几人在里面稍微翻找了一会儿就在一个桌子底下找到了铝锅。这口锅看起来还算干净，只是稍微有些变形。

"柴火的话，这里到处都是。"齐夏看了看地上那些损坏的家具，"唯独缺少水和火。"

"我去厨房看看。"甜甜直接向餐厅的后厨走去，"说不定那里有水。"

齐夏略微点了点头，便开始在房间中寻找其他有用的东西。过了几秒之后，齐夏觉得不太妥当，又对乔家劲说："乔家劲，你和甜甜一起去吧，小心原住民。"

"有理。"乔家劲也点点头，向后厨的方向走去，可还未走出三步，便远远地听到甜甜讲话的声音。

"咦？你怎么在这里？"

"呀！姐姐，你也在这里啊！"与甜甜对话的是个女声。

齐夏与乔家劲立刻向后厨跑去，一打开门，却发现这里站着那个微胖的姑娘。她伸出手，亲昵地挽着甜甜的胳膊，对众人说："你们怎么都在这里？这么巧吗？"

齐夏冷眼看着这个女人，表情有些不悦。

"你跟踪我们？"

"啊？"女生露出一脸不可置信的表情，"怎么可能啊？！是我先来这里的啊。"

乔家劲也不知道眼前到底是个什么情况，这姑娘为什么要特意在这里等着他们呢？

"你们在找东西吗？"女生又问。

"是的，我们在找水和火。"甜甜回答道。

"水和火？"女生又笑了起来，"那太好了，这里都有。"

在齐夏谨慎的目光之下，那女人带着甜甜走到了一处壁橱前。她跷起脚，将壁橱的门打开，里面果然放着几个塑料桶，当中装满了清水，接着她又从口袋里掏出一个打火机："看。"

齐夏只感觉这一切简直太过巧合了，就像被人安排好的一样。

甜甜有些迟疑地接过女人递来的打火机，问道："小姑娘……你真的要把这个借给我们吗？"

"姐姐你别那么客气。"女人人畜无害地笑道，"我们这些幸存者本来就应该互相帮助的。"

甜甜对这个女人顿时心生一丝好感，低头跟她道谢。

"你想要什么？"齐夏在一旁问。

微胖女生听后茫然地转过头，回答说："想要什么？我什么都不想要啊，只是帮你们个忙而已。"

"最好是这样。"齐夏不再理她，转身去收集可以当柴火的东西了。

"那个哥哥很奇怪啊。"女孩眨着一双大眼睛,"他怎么对我这么防备?"

"他的性格就是这样,你习惯就好了。"甜甜笑着问,"小姑娘,你叫什么名字?"

"姐姐,你叫我潇潇就好啦。"

林檎在一旁看了看潇潇,总感觉哪里有些怪。这姑娘身材微胖,肩膀也很宽,身上穿着一件非常肥大的T恤,可她的脸颊很消瘦,与身形不成正比。

"潇潇,你留下来和我们一起吃点东西吧。"甜甜说,"我们四个人吃不完那条熊臂。"

"嗯。"潇潇开心地点了点头。

齐夏见到这个叫潇潇的姑娘有心隐瞒,也不再逼问,他只希望对方不要班门弄斧,在这里妄图欺骗自己。

乔家劲找了几块砖,搭成了一个简易的灶台,在里面丢了一些废旧木头点燃了。甜甜在潇潇的帮助下,将锅子洗刷干净,又煮了一锅沸水。

齐夏则在一旁处理熊臂。他在家中经常烹饪,却从未烹饪过熊臂,只能暂且把它当成一只鸡来处理。在用热水简单地烫了一下之后,他拔掉了熊臂上的毛,剥去了皮,又用清水冲净了上面的血,这一切他都亲力亲为,坚持不让潇潇接触食材。

乔家劲从厨房拿出一把生锈的菜刀,简单打磨了一下,将处理好的熊臂砍成两段,直接整段扔进了锅里,这是他们所能做到的最好的烹饪方式了。

看着锅中的水慢慢煮沸,响起咕噜咕噜的声音,几人都围坐在一起,静静地看着铝锅,一言不发。

没多会儿,林檎开口问道:"熊肉会好吃吗?"

"好吃。"乔家劲立刻点头说,"你没吃过熊掌吗?"

"你吃过?"甜甜扭头问。

"我十来岁的时候有幸吃过一次。"乔家劲说,"那味道让我终生难忘啊,有朝一日从这里出去,真希望还能再吃一次。"

甜甜听后无奈地摇了摇头:"你可真是个亡命之徒。吃熊掌犯法的。"甜甜又补充了一句,"这东西再好吃又能怎么样?你想为了它进局子吗?"

乔家劲略带不屑地看了看甜甜,半掩着嘴说:"你不知道吧,还是有饭馆偷偷做的。"①

甜甜皱了皱眉头,总感觉自己和乔家劲有时很聊得来,有时又不在一个频道。

"你真该多上上网。"甜甜叹了口气,"不要每次都这么理所应当地暴露自己的无知,现在哪里还有人胆子这么大?你以为是上个世纪吗?"

"网?"乔家劲挠了挠头,"你是说……前些年兴起的那个因特网?上个世纪?"

正在搅拌肉汤的林檎听到这句话,眉头一皱,转身看向二人。"因特网"这个词,她只在历史书上看到过。

甜甜的眼珠也微微颤动,她看着乔家劲,一脸严肃地问:"乔家劲,你上次说……你是哪一年出生的?"

"我不是说了吗?一九七五年。"乔家劲伸出一根指头挠了挠鼻子,一脸不在意地说,"怎么了?"

甜甜慢慢地站起身来,谨慎地盯着乔家劲的眼睛:"你不是在跟我开玩笑吧?你若真的是七五年生人,今年应该四十多岁了。"

林檎听到这句话微微一愣,转头看向甜甜:"好像不对吧?"

齐夏没有理会正在争论的众人,反而给自己盛了一碗肉汤。

乔家劲眉头一锁,感觉甜甜说的话非常难以理解:"甜甜你怎么回事?饿傻了吗?我这样血气方刚的靓仔哪里像四十多岁?"

---

① 乔家劲出生于一九七五年,《中华人民共和国野生动物保护法》于一九八九年三月正式施行,可直到二十世纪末,部分地区仍有不法分子偷偷贩卖熊掌制品。黑熊为国家二类保护动物,文中涉及黑熊的情节发生在非现实世界,请勿模仿!请遵守国家法律法规,尊重并保护野生动物,保护我们共同的家园!

是的，他不像四十岁。以他的长相和身体素质来说，绝不可能四十多岁。

一旁的潇潇听到几人谈话，和齐夏一样，始终没有动作，二人先后从锅里盛出肉汤，仿佛跟众人不在同一频道。

林檎嘴巴微动，问道："乔家劲，现在是哪一年？"

乔家劲面色狐疑地盯着她："一九九九年啊。"他一扭头，发现甜甜和林檎一脸不可置信地盯着自己，感觉更加奇怪了。

"你们都盯着我做什么？"

林檎感觉整件事情透露着说不出的诡异，她又扭头看向甜甜，问："甜甜，你来自哪一年？"

"我来自二〇一九年……"甜甜皱着眉头说，"这是怎么回事？"

林檎感觉浑身无力，慢慢地坐了下来："各位……我来自二〇六八年……"

"啊？"乔家劲大惊失色，"二〇六八年？"

齐夏听后默默地点了一下头。

她确实很像来自未来的人。这样一来一切都说得通了。在她的那个年代，估计空气质量已经很差很差了，甚至还会有各种各样稀奇古怪的传染病，口罩会像寻常衣物一样从出生开始就要戴着，所以她不戴口罩时会露出异样的神情，感觉自己像没穿衣服。随着网络的快速发展，她也不需要认识传单是什么东西，网络广告足以让人眼花缭乱了。

齐夏默默地叹了一口气，没想到众人还是注意到了这个问题。

"这样不就更诡异了吗？"甜甜的嘴唇微微发抖，对众人说，"我们不是来自同一个年份，却聚集在了同一天……"

林檎听后也难以置信地说："如果我们不是来自同一天，那我们来这儿之前所遭遇的地震也不是一回事……"她看向乔家劲，"可在我的记忆中，没听说过你们所在的地区有过大规模的地震……"

"那你呢？"甜甜忽然问齐夏，"你来自哪一年？"

"我来自二〇二二年。"齐夏说。

"这到底是怎么回事？！"乔家劲感觉自己有些头晕，"骗人仔，为什么会这样啊？你那么聪明，是不是猜到什么了啊？"

齐夏摇摇头，他所知道的任何理论知识都解释不了眼前的情况。为何大家都来自不同时间段？主办者选拔这些人究竟是随机挑选，还是有意为之？参与者们的时间跨度又有多长？

"不管怎么说，我们只会在这里聚集十天。"齐夏看了看窗外暗红的天色，眼神非常坚定，"不管这一切是不是主办者做的，我都不关心。我现在只想填饱肚子，早点去找道，就算你们对这个问题非常在意，我也不建议你们去探求真相。"

众人听到齐夏的话，都缓缓坐了下来。

是的，齐夏说得对，他们要出去。不管他们来自哪一年，都有共同的目的，那就是逃离这个鬼地方，回到他们原本的生活里去。如果花上几天的时间来调查时间的问题，会与他们的目标背道而驰。

这个地方的谜团似乎一层包裹着一层，众人想要搞清楚的事情非常多。但正如齐夏所说，想要探求真相，就一定会浪费大把的时间。究竟是真相更重要，还是逃脱更重要？

"是啊……别想了。"甜甜叹了口气，"我们经历过的不可思议的事情还少吗？"

林檎与乔家劲相对一望，都无奈地摇摇头。

甜甜拿起一个老旧的炒勺，将熊臂上的肉慢慢刮下来，在每个人的碗里都装了一些。

熊臂已经被炖煮得稀烂，轻轻一碰，肉就从骨头上掉了下来，一股肉香也随之飘散出来，带着滚烫浓郁的汁水，冲击着每个人的鼻腔。

"还……挺香的。"乔家劲咽了下口水，接过一碗肉汤。

齐夏将碗捧在手中，但没有喝。他用余光瞥了一眼潇潇，看到她也开始吃了之后，又默默等了一会儿，直到确定眼前的食物完全没有问题了之后，才从碗里拈起一块肉拿到鼻子前闻了闻，香气扑鼻,随后他将肉扔进了嘴中,轻轻一咬,滚烫的肉汁就在嘴中炸开。

"呼……"齐夏被烫了一下,赶忙呼出了几口热气,随后胡乱嚼了嚼,就将肉吞了下去。

难吃。他从未想过,熊肉竟然如此难吃。进嘴的触感又肥又腻,嚼了几下之后留下满嘴的膻腥味。

或许是因为他们没有任何的调味料,也或许熊肉的味道本就如此,总之齐夏只吃了第一口,就已经不想再碰这碗东西了。他看了看一旁的林檎,她也同样皱着眉头,五官扭在一起,像是吃了一片极酸的柠檬。

乔家劲和甜甜没什么感觉,他们一边大口地嚼着肉,一边看向两人。

"怎么了?不好吃?"乔家劲问。

"你说呢?"齐夏问,"咱们年代不同,难道味蕾也不同吗?"

"确实很难吃。"乔家劲口齿不清地说,"可是我们得活命啊,骗人仔,你小时候应该没吃过垃圾里的剩菜吧?"

齐夏听到乔家劲的话,感觉有点意思,他把手中的碗一放,略带戏谑地问:"乔家劲,你平常的食谱可够充实的,你不仅吃过熊掌,还吃过垃圾?"

"骗人仔你有点放肆了啊……"乔家劲又把一大块肉塞进嘴里,"你知道我比你大了多少吗?以后叫我乔爷,我会罩你。"

甜甜和林檎又被这两人逗笑了,手中的食物仿佛也变得好吃了一些。

不论众人来自哪个年代,此刻都是战友。齐夏也不再和乔家劲斗嘴,从碗中又挑了几块肉吃了下去。不管怎样,吃点东西总比饿着肚子强多了,接下来不知道还要进行什么样的游戏,需要时刻保持充沛的体力。

齐夏咬了一口熊掌,开始连连干呕。这个部位比其他的部位更加肥腻,入口就像是一块带着肥肉味道的鼻涕,腥臊无比。

"古人真的把这个东西当作珍馐?"

几人吃了小半部分的肉，紧接着又喝干净了肉汤，肉汤的味道比熊肉好一点，也或许是因为众人太渴了，喝什么都觉得香甜。

"把剩下的肉留在这里吧。"齐夏活动了一下身上的筋骨，对众人说，"要是晚上我们有命回来的话，可以再吃一顿。"

潇潇忽然开口道："我要再吃一碗。"

说完她便端起碗，又挑了一些肉进去。

"随便你。"齐夏缓缓地站起身来，看了看天色，现在应当是下午。

"得抓紧时间了。"齐夏说，"我们四个人只赢得了九十五颗道，按进度来看远远不够，今天的目标是三百六十颗。"

"说得也对。"乔家劲也站起身来，"我们走吧。"

甜甜和林檎收拾好东西，拍了拍身上的尘土，二人扭头一看，潇潇依然没有站起身，她就像什么都没听到一样继续吃着碗里的肉。

"潇潇妹妹，你不走吗？"甜甜问。

潇潇将一大块肥腻的肉扔进嘴里，又舔了舔自己的手指，却始终没有回答。

"别理她了。"齐夏知道这个女人目的并不单纯，早点和她分道扬镳也好，"我们走吧。"

乔家劲点了点头，转身向齐夏走去。正在此时，突然远处传来一阵钟声。

铛！

众人面露疑惑。

齐夏刚要说什么，却面部朝下直挺挺地倒在了地板上。他从未有过这种诡异的感觉，好像感官全都混乱了一般。

齐夏艰难地扭过头去，发现乔家劲、林檎、甜甜也都四仰八叉地倒在了地上，他们闭着眼睛，仿佛失去了意识。

"这是什么？"

齐夏感觉现在的情况非常诡异，于是不可置信地甩了甩头。他想伸出左手，却伸出了右手。他想要站起身来，却又摔在了地上。

这种感觉像极了喝醉了酒，可头脑意外地清醒。

潇潇盯着自己的碗，大口地吃着里面的剩肉，像是什么都没看到一样。

"你……做了什么？"齐夏盯着潇潇，"你下毒了？"

虽然嘴上这么问，可是齐夏心中还是觉得有些疑惑。这些肉潇潇吃得比任何人都多，如果她真的下毒了，她为什么没事？

"齐夏，你听，钟响了。"潇潇淡淡地说。

"钟响了……是什么意思？"

"意思就是……我想跟你谈个条件。"潇潇放下空碗，站起身来。

"条件？"齐夏有些不可置信地看着眼前这个微胖的女人，他原先以为这个女人最多有点心机而已，可现在看来她似乎比他想象中的还要可怕，而且现在对方已经完全掌握了主动权。

"你要谈什么条件？"齐夏问。

"不要再收集道了。"潇潇说，"安心在这里生活吧。"

"什么？"齐夏想过好多种可能，唯独没有想到过这个情况。

对方竟然不是为了道而来？

"你说让我在这儿安心生活？！"齐夏想要爬起来，却发现手脚完全不听使唤，只能伏在地上恶狠狠地说，"我为什么要在这里生活？！"

潇潇揪住裤子擦了擦手上的油，然后走到四个人身边，将他们腰间的道全都取了下来，最后在齐夏身边蹲下来，面无表情地说："因为你太强了，你有概率收集到足够数量的道。"

"那不是正好吗？"齐夏咬着牙说，"我会解开这个鬼地方的谜团，带所有人出去的。"

"不，我不能让这种事发生。"潇潇冷静地摇了摇头，"我不允许有人收集成功，我要保护这个地方，若你继续执迷不悟，我会让你后悔的。"

"原来如此……"齐夏冷哼一声，"你看起来是个正常人，实际上是个疯子……你想让我跟那些行尸走肉一样，永远生活在这里？难道没有人告诉你这个鬼地方只剩十天的寿命了吗？这里要毁灭了！"

"这里要毁灭了？"潇潇点点头，似乎对这个答案并不意外，"那我换个说法，我要你在这几天内静静地等待毁灭，不许再去收集道。"

"你……疯子……"齐夏缓缓地说，"若我不照做，你会怎么样？杀了我吗？"

"或许吧。"

"你不会的。"

"哦？为什么？"

"因为你现在就有机会杀我。"齐夏说，"你本来可以直接杀掉我，却要跟我谈条件，这是为什么？"

潇潇听后眉头一皱，转过身去将锅子拿开，把所有的道都扔进了炉火中。

"喂！"齐夏大喝一声，"你到底有什么毛病？！"

随着炉火噼啪作响，齐夏等人用命拼来的道全部化作了灰烬。潇潇也在此刻回过头来，一脸悲伤地对齐夏说："我不要你的命，是希望你在将来的某一天能加入我们。"

齐夏感觉跟这个叫潇潇的女人根本无法沟通："你是听不懂吗？这里只剩下十天了！十天之后一切都会消失的，什么叫作将来的某一天加入你们？"

说完之后他顿了一下，问："你们又是谁？"

"齐夏。"潇潇说，"十天之后你全都会明白的，这地方、这些人……"

她指了指地上躺着的三人，对齐夏说："他们都不重要，他们死不足惜。但你不一样，你要在这里生活。"

"别扯了。"齐夏说，"他们对我重不重要，你又怎么可能知道？"

"我……"潇潇微愣了一下，似乎是想到了什么一样对齐夏说，"我可以证明给你看，他们死不足惜。"

"你……你要做什么？"

说完，潇潇便脱掉了她的上衣，露出了里面一件运动背心。此时齐夏才发现，眼前的女人哪里是什么微胖女生？她身上的肌肉含量甚至远超乔家劲，她的腹肌线条分明，双臂也犹如石柱。

当时见到这个女人身形庞大，肩膀很宽，他很自然地以为她的身材偏胖。虽说她的脸庞消瘦，但任谁也想象不到在那宽大的T恤之下会是一身强健的肌肉。

潇潇随手打碎了一张桌子，从地上拿起了一块带有钉子的木板，慢慢地走到乔家劲身边。

"喂！"齐夏感觉不妙，"你要做什么？！你等一下……"

"这些人死了就死了。"潇潇说，"他们死不足惜。"

"别！"齐夏着急地喊，"我懂了！你说的话我都照做，你先把东西放下！"

潇潇就像什么都没听到一样，缓缓抬起了手中的木板。

"喂！你说的条件我都答应！你不需要证明给我看！"

见到潇潇就像发了疯，齐夏又赶忙去叫乔家劲："喂！乔家劲！你别装死啊！起来啊！"

话音刚落，潇潇的木板就落了下去，带有钉子的那一侧直接敲在了乔家劲的脑袋上。

"极道万岁。"她笑着说。

只见乔家劲浑身一颤，手脚猛然抽搐了几次，随后便不动弹了。

"喂……乔家劲……"齐夏瞪大眼睛，嘴唇微动，"你说话啊乔家劲……你装什么？熊都没打死你……钉子怎么可能杀死你？"

齐夏没有等来乔家劲的回答。他知道，一根钉子插入大脑，任谁都活不下来。

乔家劲死了。

"乔……"齐夏不可置信地看着眼前的这一幕，脑海中不断地回响着一句话——你有头脑，我有力气，我们合作吧？

"齐夏，你看。"潇潇笑着说，"他们死不足惜的。"

"啊——"

齐夏忽然之间惨叫一声，脑海深处传来了一阵剧痛，他的双手双脚瞬间恢复知觉，但此刻他也只能抱着头在地上打滚。

见到齐夏忽然之间能够随意活动，潇潇明显愣了一下。

这一次头痛的时间非常久，齐夏感觉那根钉子没有刺向乔家劲，反而像是插入了他的大脑，然后不断地搅动着，让他生不如死。

两分钟之后，齐夏的头痛陡然消失，他面无表情地站了起来。

"真厉害，齐夏。"潇潇笑道，"你可以无视我的回响吗？"

"我劝你适可而止……"齐夏冷冷地说，"有什么事情你冲我来……"

"不。"潇潇说，"我得让你明白，他们是生还是死并不重要，重要的是你。"

"人命不重要什么重要？！"齐夏的双眼极度冰冷，整个人看起来不带有任何感情，"我跟你们这些疯子不同，别把我和你们相提并论。"

"看来你还是不明白。"潇潇无奈地摇摇头，然后手一抖，将带有钉子的木板从乔家劲的脑袋上拔了出来，对齐夏说，"等他们都死了，再过十天，你自然会懂的。"

说完，她又径直走向甜甜。

"疯子，你够了……"齐夏嘴唇微动，"我们几个好不容易才苟延残喘活到现在，你凭什么决定我们的生死？"

"所以我说那没有意义。"潇潇再一次举起了木板。

齐夏这次没有给她机会，立刻冲了上去，本想直接将这个女人撞倒，可莫大的冲击力之下，那女人却纹丝未动。齐夏只能临时改变对策，抱住了对方那如同承重墙一般厚实的腰，将对方向后推去。

潇潇退后了两步，面色冷峻了下来。

"齐夏，我明明在帮你，你却执迷不悟，我很心寒。"潇潇摇摇头，揪着齐夏的衣领，将他随手扔了出去。

齐夏撞到墙上，痛苦地哀号一声，他感觉眼前的女人力量异常强劲，应当经受过相当严苛的训练。

"极道万岁。"潇潇笑了一下，手中的木板再一次落下，砸在了甜甜的脑袋上。

齐夏的脑海中响起了甜甜的声音——我来到这里，只是因为那里容不下我。

那股撕裂至极的疼痛再次席卷而来，齐夏在地上抱着自己的脑袋痛苦哀号。

甜甜也死了。

齐夏感觉自己的脑袋要裂开了。他的眼前一片漆黑，整个人的意识都在逐渐变得模糊。在晕倒之前，他听到远处又响起了一阵钟声。

"夏，你看。"余念安拿着一件破旧的衬衫，似乎在给齐夏炫耀，"看这里。"

她伸出白皙的手指，指了指衬衣胸前的口袋处，那里缝着一只卡通小羊。

"你破掉的地方我给你补好啦！还不错吧？"

"确实不错。"齐夏一边大口吃着泡面，一边点了点头，"可是为什么不买一件新的？"

"省点钱呀！"余念安笑了笑，"等以后我们有钱了，你想买几件就买几件，现在先凑合着穿吧。"

齐夏听后微微一顿，将泡面放下，说："小安，我们马上就会有钱的，我那一单成功的话，咱们就有两百万了……"

"我相信。"余念安笑着点点头，"夏，这世上的道路有许多条，而每个人都有自己的那一条，我相信你一定会成功的。"

"嗯。"齐夏点点头，感觉格外安心，他还想跟余念安说点什么，却忽然看到了窗外的天空。

暗红的天空上挂着一轮土黄色的太阳。

齐夏眨了眨眼睛，感觉事情有些奇怪。

"怎么回事？"他回过头来看了一眼余念安，却发现她的脸已经变成了潇潇。

潇潇笑着对齐夏动了动嘴唇，开口说："极道万岁。"

下一秒，潇潇身后浮现出了两个人影，赫然是乔家劲与甜甜。

他们正狰狞地看着齐夏，眼神带着一丝怨恨、一丝不甘。

"你……你们……我……"齐夏忽然感觉到一阵恐惧，于是立刻从椅子上翻身而下，跑出了门外。

他要逃离这个鬼地方。这一切都是噩梦。

他打开了房间的门，才感到一股更深的绝望。

门外是一条无尽的走廊，两侧有千万个房门，不断地有戴着动物面具的人从里面走出来。

…………

"齐夏！齐夏！"一阵焦急的声音响起，将齐夏拉了回来。

他慢慢地睁开眼，发现眼前是林檎干净的脸庞。

"林檎……"齐夏皱了皱眉头，感觉头痛欲裂，"怎么回事？"

林檎的双眼噙着泪，她呜咽着说："真的吓死我了……我以为你跟乔家劲和甜甜一样死掉了……"

齐夏这才回想起那恐怖的经历，浑浑噩噩地站起身来，看向了不远处乔家劲和甜甜的尸体，一时之间失了神。

这不是梦境，而是比梦境更加可怕的现实。

"齐夏……到底是怎么回事？"林檎哽咽着问，"是谁害死了他们？"

齐夏没有回答，反而面无表情地看向林檎，略带疑惑地开口问道："你为什么还活着？"

林檎听完之后明显一愣。"什么叫我怎么还活着？"她渐渐地向后退了一步，感觉眼前的齐夏有些危险，"你……你要做什么？"

齐夏看到林檎的反应之后似乎明白了什么，于是慢慢地走到乔家劲和甜甜的身旁。

"齐夏……你是不是知道什么？"林檎带着颤音问，"到底发生了什么事？"

齐夏蹲下身，盯着这两位相处不过两天的战友，心中五味杂陈。

虽然心情低落，可每当想到与二人在一起的时刻，自己的脑海当中就似乎有一条虫子想要破体而出，让他头痛欲裂。

林檎有点害怕地看着齐夏："你说话啊……你——"

"那个叫作潇潇的女人杀了他们。"齐夏低声说，"我要让她血债血偿。"

"潇潇？"林檎不可置信地眨了眨眼，"是之前我们遇到的那个女孩？"

齐夏轻轻抚摸了一下甜甜的额头，那里有一个小小的空洞。这是被钉子刺穿之后留下的痕迹。

甜甜曾经说过她可以死在这里，但如今，她连自己因何而死都不知道。

"可我不明白这是为什么……"林檎说，"为什么她要杀乔家劲和甜甜？"

齐夏微微一顿，说："我也想知道为什么她要这么做，我更想知道……为什么她独独放过了你。"

"难怪你会那样问我……"林檎似乎知道齐夏的意思，"可我也不知道自己为什么活了下来，你就算怀疑我，我也没有办法证明自己的清白。"

"刚醒来时我确实怀疑过你，但现在已经没有疑虑了。毕竟你刚才似乎在害怕我，这不像是同谋者会露出的表情。"齐夏又不舍地看了一眼乔家劲和甜甜，缓缓站起身来，"你刚才以为是我杀了他们，对吧？"

"我……"林檎懊恼地低下头，"确实，毕竟只有咱们两人活下来了，凶手也只能是……"

齐夏没有在意，继续说："潇潇说让我放弃寻找道，可我不打算听她的。"

林檎皱着眉头仔细理解了一下这句话，不由得发出了疑问："她让你放弃寻道？为什么？"

"我不知道。"齐夏摇摇头，"她们好像是一个组织，如果没猜错，他们正在阻止别人收集道。"

"这就太奇怪了……"林檎一边说着，一边伸手去摸自己的腰间，"啊！我的道呢？"

说完她看了看齐夏的腰间，又低头看了看乔家劲和甜甜的腰间。众人的道都没有了。

"这正是我想和你说的。"齐夏喃喃道，"那个女人不是在收集道，而是在摧毁道。"

说完齐夏指了指不远处已经熄灭的火炉，对林檎说："我亲眼看到她把我们的道烧毁了。"

"可这事不对啊……"林檎似乎有些不能理解，"你不是说过，裁判不可能允许谋道害命这种事情发生的吗？"

齐夏低头思索了一会，回答说："那个叫潇潇的女人很聪明……或者说，她深谙此处的规则。第一，就像我说的，她没有夺道，她只是把道摧毁了。第二，她在取下道或者摧毁道的时候，乔家劲和甜甜都还活着。无论从哪个角度来看，她都没有违反规则。"

"也就是说可以夺取他人的性命，夺道却不行……"林檎俯下身子，表情格外伤心，她一屁股坐到地上，问齐夏，"如今我们一颗道都没有了……就算想参加游戏也不行了……是吧？"

齐夏看了看林檎，淡淡地说："你很在意是否参加游戏吗？之前我并未感觉你想要走出这里。"

林檎点点头："是的，本来我对这里没有一丝一毫的兴趣，可现在……我有一件事必须要回去确认一下。"

"回去确认？"

"没错。"林檎也一脸认真地看着齐夏，"我要回到现实世界，去确认一件事情。"

齐夏盯着林檎的眼睛看了三秒，仿佛在判断她是否在说谎。

过了一会儿，他缓缓地站起身来，说："林檎，不管怎么说，我们分开吧。"

"分开？"

"是的，分开。"齐夏点点头，"那个女人是冲我来的。继续跟着我，你会非常危险。"

林檎也站起身来，回答说："我不能离开，我必须要和你一起行动，否则我回到现实也无法确认那件事。"

齐夏听后微微一顿，问道："你说的那件事，和我有关？"

"是。"

"你对我这么感兴趣，也是因为那件事？"齐夏问道。

"是。"

"到底是什么事？"齐夏很少遇到自己完全想不明白的情况，眼前这个叫作林檎的女孩实在让他太好奇了。

"抱歉，我真的不能说。"林檎摇摇头，"你只需要记得，我们不是敌人。"

齐夏略微沉默了一会儿，然后语重心长地劝她："你跟我在一起，可能会死。"

"嗯……"林檎显得有些犹豫，但还是回答说，"我准备赌一把，说不定我不会死，还会从这里出去。"

见到林檎如此执着，齐夏也不再劝说，他缓缓地走到门口，看了看已经变暗了一点的天色。

"既然如此，我们就一起赌一把。"齐夏说，"我们并不是没有道了，还有一颗存放在熟人那里。"

"你是说……"林檎也想到了什么，"李警官会把道给你吗？"

"他会。"齐夏顿了顿又说，"但他的那三个队友不会。"

"那怎么办？"

齐夏转移目光，看了看地上的乔家劲，咬着牙说："我去求他们，那一颗道我势在必得，只要我不断地进行游戏，那个叫作潇潇的女人一定会再次出现的。我不能让乔家劲和甜甜死得不明不白。"

说完，他便将剩余的肉连同锅子一起端了起来，而后推门走了出去,林檎也紧跟其后。

此时天色已经有些暗淡,城市之中似乎有着不少虫鸣,到处都能听到窸窸窣窣的声音。

"我们得快点了。"齐夏说,"希望他们能看得上这些肉。"

林檎再一次抬头看了看齐夏,感觉心里空空的。眼前这个男人似乎没有感情,他对所有人的死亡都漠不关心。

二人抱着一口老旧的铝锅在城市中穿行,齐夏从未想过,一座城市若是没有了灯光,竟然会比野外还要黑暗。走了十几分钟后,天色便像泼了墨一样。

四周的虫鸣声交相呼应,让齐夏心烦意乱。

"林檎,你还在吗?"齐夏问。

"我还在。"林檎应声回答道,"你走慢一点,小心摔倒。"

"不能再慢了。"齐夏看了看天色,"我们要趁早赶到便利店,你抓住我的衣服吧。"

林檎点点头,伸手抓住了齐夏的衣服。

二人凭着记忆,又走了大约二十分钟,终于来到了之前降临的广场。

好在这里视野空旷,大体能看清轮廓。他们进入广场向东走去,看到了一家亮着火光的店。

那里就是便利店的位置了。

"生了火……"林檎有些疑惑,"他们怎么找到火源的?"

说完她就明白过来,店里有女店员,当众人与她相遇时,她就在生火做饭,估计火源也是向她借来的吧。

二人在一片黑暗之中冲着火光前进,终于来到了便利店门口。让二人感到奇怪的是便利店对面的餐馆本来站着一个牛头人,此刻已经消失不见了。

"李警官、章律师,你们在吗?"林檎试探地问了一句,"肖冉、赵医生?"

屋内传来了动静,却没有人应答。

"怎么回事？"林檎刚想进去看看，却被齐夏拉住了。

"靠后点，我先进。"他小声地对林檎说。

伴随着虫叫声，二人进了店。可当齐夏刚刚踏入大门时，一块木板便冲着他的面门飞来。

好在齐夏早有防备，立刻向后一闪，险险地躲开了这致命一击。

"啊！"林檎惊呼一声，赶忙扶住齐夏，"你没事吧？"

他们这才看清屋内手持木板的不是别人，正是赵医生，肖冉站在他的身后。

赵医生看了看齐夏，又看了看林檎，这才挤出了一丝笑容，说："啊！原来是你们俩啊……我还以为是谁……"

齐夏仔细打量了一下二人，面容略带不解。

赵医生光着脚，白大褂像一件风衣一样裹在身上，里面啥也没穿，面色十分不自然。而他身后的肖冉头发散乱，衣衫不整，脸上的妆容也花掉了。二人像是被打劫的小情侣一样紧紧依偎在一起。

齐夏算是看明白了眼前的情况，却不知道为何会出现这种情况。

"齐……齐夏你别误会啊……"赵医生一脸赔笑说，"肖冉说她好像受伤了，我在帮她检查呢。"

"你跟他解释什么？！"肖冉用胳膊肘捅了一下赵医生，"支支吾吾的，你还算个男人吗？"

齐夏摇了摇头："我不想管你们的事，李警官和章律师呢？"

"啊……"赵医生又露出一脸尴尬的笑容，"他们二人白天出去探查附近的情况了，至今还没回来。"

"什么？"齐夏眉头一皱，"至今还没回来？"

如今天色已经完全变暗，李警官说过他会调查附近的区域，所以二人不太可能在外面留宿。现在还未回来，难道是死了？又或者是……这二人在撒谎？

齐夏慢慢地走进屋子，环视了一下这里的情况。

虽然地面还是非常脏乱，但看起来没有打斗的迹象。屋内点着微弱的篝火，韩一墨的尸体躺在不远处，一旁是沾了血的七黑剑，气氛显得既暧昧又诡异。

齐夏回头看了看那做贼心虚的二人，缓缓地开口问："你们不是一个队伍吗？他们二人天黑都没回来，你们非但不担心，反而有闲情逸致在这里玩起来了？"

"这……担心也没用啊。"赵医生说，"天这么黑，我们也没法出去寻找，只能等天亮再说了……"

"你管得着吗？！"肖冉怒喝道，"我们的队伍里的人什么时候轮到你来担心？"

齐夏没有回答，走到员工休息室，轻轻地推开了门。

屋内，那个女店员蹲在墙角，面冲墙壁，嘴中喃喃自语地念叨着什么。看来她一直都在这儿没有动过。

齐夏将门关上，又回头看向赵医生，毕竟赵医生还算可以沟通。

"道还在这里吗？"齐夏问。

"这……"赵医生明显有些防备，"齐夏，你们到底来做什么？"

"我来借道。"齐夏说，"白天放在这里的道，我想借来用用，事后加倍奉还。"

"借道？"赵医生微微思索了一下，然后打量了一下齐夏那更加脏乱、沾着几丝血迹的衣服，"你自己的道呢？那个混混和妓女呢？"

"他们有名字。"林檎忽然开口说，"不要这样叫他们。"

"哦……"赵医生敷衍地点点头。

"立什么牌坊啊？"肖冉裹了裹自己的衣服，也走了上来，"他们俩不会是参加游戏，然后死了吧？"

齐夏面色沉重，微微点了点头："差不多。"

"哈！"肖冉怒笑一下，面带戏谑地说，"你不是要收集三千六百颗道离开这儿吗？现在害死了队友，又来借我们的道？"

齐夏听后抬起眼皮，看了看这个女人，淡淡地说："虽然情况确实如此，但我劝你适可而止。"

赵医生此时赶忙上来打圆场："算了算了，有话好好说……"

说完他又扭头看向齐夏："我们不是不想借给你，而是李警官把道带走了……"

"带走了？"齐夏顿了顿。

"没错。"赵医生指着门对面的餐厅说，"在你走后，他们二人去那里参加了游戏，好像赢了。之后他们又去了别的地方。"

齐夏顺着赵医生的手指看去，很快就发现了疑点："什么叫好像赢了？你们离得这么近，连他们赢没赢都不知道？"

"这个……"赵医生皱着眉头干笑了几声，"本来肖冉不让他们带着道出去的，可是李警官非要去看看……他们观念不同，吵了一架，我们也没法去问，就由他们去吧。毕竟这种送死的事谁要跟他们一起？"

"由……他们去？"齐夏听后瞬间瞪大了眼睛，他一把抓住了赵医生的衣领，力气非常大。

"哎！"肖冉看后一愣，赶忙扑向齐夏，"你干什么啊？！"

齐夏侧身一躲，紧接着伸脚一绊，肖冉被绊得扑倒在地。

齐夏深吸一口气，对赵医生恶狠狠地说："亏我看在李警官的面子上对你们客客气气，可你们居然分道扬镳了？！"

林檎被齐夏的举动吓了一跳，赶忙上前来拉住他："齐夏……你冷静点……"

她有些不明白一向沉稳的齐夏为何会忽然之间暴躁起来。

齐夏依然没有松手，紧紧地抓着赵医生的衣领，咬着牙说："你要我怎么冷静？你知道今天一天，我见到了多少人死在我面前吗？！"

林檎听后默默地低下了头。

"难怪……"齐夏继续说，"难怪你们听到有人进门，第一反应是拿木板打过来……你们知道李警官和章律师根本不会回来的，是吧？"

赵医生脸上露出了一丝慌乱："不是……齐夏你听我说啊，我也没有办法啊，他们二人真的想去送死……"

"送死？"齐夏冷哼一声，"你们从未踏出过这个房门，所以对这里一无所知,李警官定然是跟对面的牛头聊过了,他发现这里的游戏不会送命,反而有可能得到道,所以才带着章律师一起走了。"

"啊?"赵医生露出了一脸疑惑的表情,看起来他确实是第一次听到这个消息,"不会送命?怎……怎么会这样?"

肖冉此时从地上爬了起来,擦了擦脸上的污泥,一脸愤怒地回过头:"赵海博!你还愣着干什么?!人家都欺负到咱们头上了!"

"可……可我……"赵医生的面色显然不太好看。

"废物!"肖冉着急地叫道,"你怎么这么没用?!"

齐夏看了看肖冉,又看了看赵医生,忽然感觉有些心灰意冷。他哪里还有时间在此处跟二人纠缠?想到这里,他默默放开了手。

现在他完全失去了方向。李警官和章律师会去哪里?他们有没有见到地字开头的生肖?他们有参加赌命的游戏吗?他们还活着吗?

门外虫子的叫声更加嘈杂,仿佛有一只蟋蟀正趴在门外,让人始终无法静下心来思考。

"齐夏,我们该怎么办?"林檎一脸悲伤地问。

齐夏抬起头,问赵医生:"他们二人有没有说去哪里?"

他的心中抱有最后一线希望。

李警官为人谨慎,如果真的要远去,应该会留下一丝线索才对。

"没有……"赵医生摇了摇头,"但我看到他们参加完对面的牛头游戏之后,顺着街道向右走了……"

"右?"齐夏看了看外面漆黑的天色,心中盘算起来。

李警官应该不会走得太远,只是想远离这两个人罢了。毕竟他跟自己说过,希望有朝一日能够再次见面互换情报。既然如此,他应该还会在这一带附近活动,除了街对面的餐厅,极有可能在距离这里最近的游戏房间。

确定了大体方向之后,齐夏心中有了底。

如今虽然天色漆黑,但他实在不想继续跟这两个人在同一个地方。他从屋内拿起一根木棍,缓缓走到韩一墨的尸身旁边,低声说:"兄弟,死了也不得安宁,委屈你了。"

"你又要做什么?"肖冉没好气地问。

齐夏没回答,只是撕下了韩一墨身上的一块衣服碎片,缠在了木棍顶端,然后又拿着木棍在地上涂抹了一些干燥的粪便。做完这一切,他走到屋内的火光旁边,将带有衣服碎片的那一侧点燃,一个简易的火把就做好了。

"林檎,我准备出去找他们。"齐夏说,"不知道外面会不会有危险,但我不想留在这儿。你要在这里等到天亮吗?天亮之后不管我找没找到他们,都会回来接你。"

林檎听后扭头看了看肖冉二人,摇了摇头:"不,我跟你一起吧。"

说完,她便抱起了那装有熊肉的锅子,站到了齐夏的身旁。

"这是什么?"赵医生终于发现了那口破旧的铝锅,双眼都有些发光了。

"这是……"林檎顿了顿,然后摇摇头,"没什么。"

"是吃的?!"赵医生立刻向前一步,"你们找到吃的了?"

肖冉此刻也面色微变:"有东西吃?"

他们变得有些不像人,反而像饿极的野兽。

齐夏将林檎向身后一拉,挡在几人之间,说:"不好意思,这东西不是给你们吃的。"

"齐……齐夏……"赵医生颤颤巍巍地说,"不,夏哥……刚才我们有点过分了,你别往心里去。"

"是啊……"肖冉也努力地挤出一丝笑容,"这世上哪有不拌嘴的人?再说你身为个大男人,难道真要跟我这个女人生气啊?刚才都是和你开玩笑呢……"

"就是就是……"赵医生跟肖冉二人一唱一和,"你们这锅里东西不少,我们就吃一点,不可能全都吃光的……"

齐夏的面色再度沉了下来:"这锅里的东西是乔家劲拼了命挣回来的,你们可以去问问他,他若答应了,我也没意见。"

肖冉听到这句话,脸上的表情一阵变化,停顿了片刻之后直接向那口锅子扑了过去。

齐夏早就料到了这一招，只能无奈地叹了口气，伸手拦住了她。

"怎么，不用骗，改用抢了？"齐夏嘲讽道，"这世上没有哪里是法外之地，我劝你好好想清楚，你们的队伍里原先可是有警察的。"

"你——"

齐夏冷哼一声，将肖冉推开，举着火把走了出去，林檎也紧随其后。

肖冉和赵医生此刻才知道什么叫作煮熟的鸭子飞走了。那一锅带着香气的肉明明就在眼前，他们却连碰都碰不到。

"不许走！"肖冉大叫一声，跟着齐夏冲到了门外。

门外的世界漆黑一片。可让肖冉没想到的是，齐夏和林檎此时竟然静静地站在门外三步之远的地方背对着她，一动不动。

"嗯？"

没几秒，她又看到齐夏和林檎慢慢地后退了一步。

"喂，你们怎么了？"肖冉问道。

林檎像个机器人一样，极其僵硬地回过头来，眼中充满了恐惧，她把一根手指放在嘴唇上，做出嘘声的动作。

"有毛病是不是？"肖冉没好气地说，"你们要走可以！把锅留下！"

说完这句话，她感觉不太对。

齐夏手中的火把照亮了一小片区域，那昏暗的火光之下好像有什么东西在动。下一秒，肖冉看清了火光之下的东西，她的眼睛瞬间张大，脸上涌现出了极度恐惧的神色。

就在齐夏面前，有一个瘦到不成人形、浑身发白的赤裸男人。他四肢着地，两条腿撑在身后，以一个极其不协调的姿势在地上爬动。

在那干瘪的脸上，两个被挖空的眼眶"盯着"他们，他的嘴巴噘起，不断地发出奇怪的声音……

ROUND SEVEN

END
TENTH DAY

第7关

人猪·
黑白棋

赵医生见刚才出门的三个人都没了动静，好奇地跟出来看看，见到如此诡异的一幕，差点吓丢了魂。肖冉刚要叫出声，他立刻从身后捂住了她的嘴。她的叫声变成了闷哼，压在了喉咙中。

四个人谁都不敢发出声响，静静地看着眼前这个造型好像蟋蟀的人。只见他像只虫子一样快速摆动后腿，整个人不断地改变着方向，仿佛在寻找着什么东西，又时不时地抬起头，用两个黑红色的窟窿四处张望，脖颈扭动的幅度也大得骇人。

几秒之后，那人忽然高高跃起，向着便利店的墙壁跳去。

齐夏赶忙高举火把，企图跟上对方，毕竟在这漆黑的环境之中最忌讳的就是丢失目标的行踪。可是火把举起的瞬间，齐夏差一点腿软坐到地上。

火光所照到的墙壁上，爬满了人。放眼一望至少有十多个，他们都在墙壁上快速移动着。火光一照，他们像是感觉到了什么一样，又纷纷向黑暗中爬去。

他们像蟋蟀、像蟑螂、像蜘蛛，总之不像人。

齐夏只感觉自己浑身的汗毛全都慢慢立了起来。这一路上他跟林檎摸黑来到便利店，此起彼伏的虫鸣跟了他们一路。那虫鸣声有时很远，有时很近。原来那都不是虫子……而是一个一个的人。

一想到自己和林檎在前进时，身旁的地面、不远处的墙壁上全都是这种东西……这种感觉甚至不能用后怕来形容了。

齐夏流下一丝冷汗，慢慢转过身，冲着几人挥了挥手。众人也明白了他的意思，都缓缓地后退着。

齐夏举着火把，紧紧盯住墙壁上的人，然后和身后三人一步一步退到室内。他们全程不敢发出一丝声响，动作极其缓慢。

这些人眼睛都不见了，看起来只能通过声音来追踪猎物，好在众人都知道保命要紧，谁也没发出声音。

关上门之后,齐夏又从一旁拿来一个木板抵在门后,众人继续向后退着,一直退到了墙角。

这冰冷而斑驳的墙面给了众人一丝安全感。

"那……到底是什么东西?"肖冉颤抖着问道。

"是人……"赵医生说完之后立刻摇了摇头,"不……人类的骨骼不可能做出那种动作,他们只能是虫子……"

齐夏深呼吸了一口气,说:"昨天晚上我也听到了窸窸窣窣的声音,说明这些东西不是今天才出现的,而是一直都在。"

他回过头,一脸严肃地对林檎说:"我们俩的运气实在是太好了,一路上都没有踩到这些东西……"

林檎也惊魂未定地点了点头,看起来被吓得不轻。

四个人随即陷入了沉默。

在没有见到这副可怕的景象之前,或许众人在晚上还能睡个安稳觉。可此时众人说什么也不敢闭上眼睛,只能靠在墙壁上死死地盯着门口,随时提防着那些东西破门而入。

失去了睡意的夜晚显得格外漫长,众人在墙边站立了足足半宿,已是腰酸腿痛。

然后,他们发现一个问题——门外的那些"人虫"似乎真的只是虫子,它们压根儿不想或者说不敢闯进这个有火光的便利店。

齐夏缓缓地坐下来,活动了一下酸痛的四肢,其余的三人也跟着坐了下来,但他们依然满脸紧张。

"齐夏……我们怎么办?"林檎问道。

齐夏摸了摸自己的下巴,开口说:"睡吧。"

"睡?"

"睡一会儿,保存体力。"齐夏找到一块干净的木板,铺在林檎身边,"天亮之后我们出发,去找李警官。"

"可是门外那些——"

"放心。"齐夏毫不在意地说,"它们既然只在夜晚出没,那肯定是怕光,怕光的东西一般也怕火,只要房间里的火不灭,它们应该不会进来。所以，只要我们不出去，暂时不会有危险。"

林檎听后如同一个孩子一样小心翼翼地点了点头，然后躺了下来。

齐夏在墙角，找了一块干净的木板盖在锅上，他则坐在木板上，压住了锅子。

肖冉和赵医生面面相觑，他们互相看了对方一眼，又看了看齐夏和林檎。他们哪里睡得着？就算可以完全不在意门外的虫子，可肖冉一直觉得齐夏是个危险人物。

在一开始讲述的故事中，他是一个诈骗了两百万的诈骗犯，这样的人怎么可能会是个好人？

与他睡在一起，第二天凌晨会不会再次莫名其妙地死去？

齐夏完全不在意肖冉和赵医生的表情，反而靠在墙上闭目养神。对他来说，这两个人就算彻夜难眠也和自己无关。

躺在木板上的林檎看了看坐在墙角的齐夏，有些于心不忍，于是往旁边挪了挪，开口说："齐夏，这个木板足够大，你也躺上来吧。"

齐夏抬了一下眼皮，说："不用，我习惯坐着睡。"

"坐着睡？"林檎听后微微思索了一下，站起身，将木板移到了齐夏身边，然后重新躺下来，继续说，"那你就坐在我旁边睡吧。"

齐夏也没有拒绝，比起肖冉和赵医生来说，林檎给他留下的印象还算不错。

林檎躺在木板上，略微有些好奇地看了看齐夏，问道："为什么你会习惯坐着睡？"

齐夏听后扬了一下眉毛，随后认真地思考了一下这个问题："因为坐着睡不会让我进入放松的状态，能让我的大脑随时开始运转。"

林檎点了点头，但似乎又想到了什么："你一直都坐着睡？"

"是的。"

"很多年来都是这样?"

齐夏感觉林檎很奇怪,于是转头看向她:"这个问题很重要吗?"

林檎咽了下口水,又整理了一下语言,才开口问道:"可你是有妻子的……即便是你们二人住在一起,你也每晚都坐着睡吗?"

"嗯?"齐夏一愣,没想到林檎的出发点竟然是这个。

"你是不是想多了?"齐夏摇摇头说,"我每天都会抱着安,一直等她睡着,然后自己再坐到书桌旁边。"

"哦……"林檎像是忽然放下心一样,点了点头,"那你这样不会很辛苦吗?"

"我……"齐夏想要说什么,但一时有些语塞,"林檎,你可能不了解我这个行业,如果我在某一刻放松警惕,等待着我的很有可能就是万丈深渊。"

"这样吗?"林檎似懂非懂地应了一声,然后喃喃自语,"其实我对你真的很好奇,你看起来是个非常聪明的人,结果却靠骗人为生……"

听到这番话,齐夏默默低下了头。

"我也不想。"他说,"可我不得不做。"

第二天的长夜比第一天的更加漫长,漆黑的夜色犹如一个久未见面的朋友一样迟迟不肯离去。

虽说齐夏和林檎或多或少都睡了一会儿,可天亮时分还是感觉浑身都酸痛难忍。而赵医生和肖冉看起来似乎一夜没睡,他们一直都在盯着大门和齐夏,此时二人的面色都有些憔悴,黑眼圈也很重。

他们不仅害怕门外的那些"人虫"冲进来,更害怕齐夏会在黎明时分举起一把黑色的巨剑刺向他们。

好在一直等到天亮时分,这两件事都没发生。

"走吧。"齐夏伸了个懒腰,对林檎说,"是时候开始今天的旅程了。"

时间过去了一天，齐夏的收益是零。原先的每天收集三百六十颗道的目标，也变成了每天收集四百个。

按照昨天的情况来看，许多游戏的奖励会根据难度的攀升而提高，若想快速达成目标，今天必须要进行几场极度危险的游戏。

二人未跟肖冉和赵医生告别便站起身，抱起铝锅出了门。

门外已经完全看不见"人虫"的踪影了，不知道那数量惊人的怪物白天的时候都躲在哪里，难道都在附近的建筑物里吗？

空气依然浑浊，但齐夏已经渐渐地习惯了这股腐烂之中带着恶臭的味道。

他带着林檎出门之后经过了对面的餐厅，然后向右侧的道路走去。这里的建筑物跟齐夏遇到人鼠的地方不同，大多是商铺。二人顺着街一直走到尽头，也没有发现有人活动过的痕迹。

他们站在丁字路口，齐夏向左右两侧都看了看。李警官和章律师如果到过这里，是去了左边还是右边？

齐夏自问并不算了解章律师和李警官，也无法推断他们的决策。

正在此时，林檎在靠近右侧的墙角发现了什么。"齐夏，你看。"她指了指墙边一个角落，那里有些发白的痕迹。

齐夏听后俯身过去，发现这里有两个歪歪扭扭的符号，既像数字 5 和 2，又像字母 S 和 Z。

"这会是他们留下的吗？"林檎看了看这两个符号，有些疑惑。

"八成是。"齐夏点点头，"Z 有可能代表章律师。"

"S 呢？"林檎又问，"如果是李警官的话，不是应该用 L 吗？"

"我也不能理解……"说完之后齐夏顿了一下，问，"林檎，你还记得李警官的本名吗？"

"本名……"林檎低头思索了一会儿，忽然想到了什么，"啊，他在第一个游戏时曾经说过，他叫李尚武！"说完她又看了看那个既像 S 又像 5 的符号。

"难道这真是他们留下的?"林檎说,"可他们怎么会知道我们要来?"

齐夏也有些疑惑,如果真要给他们留下什么信息,其中的内容应该要更加明确才对。现在想来唯一的可能是他们怕自己迷路,所以才留下这种只有自己能看懂的符号。

"不管怎么说,这个方向一定有人,我们先去看看吧。"

二人确定了方向,再次出发。

顺着破败的街道往前走着,果然不到二十分钟,齐夏就在一栋建筑物里听到了嘈杂的吵闹声。

"天杀的!这次不算!再来!"一个男人大吼道,"有本事再来啊!"

话音刚落,他就被一股力量推出门来,重重地摔在了地上。

"哎哟……我的娘……"男人揉着自己的屁股,骂骂咧咧地说,"你给我等着的……"

齐夏看了他一眼,面容沉了下来。这个被推出门的不是别人,正是昨天见过的矮胖中年男人,老吕。

齐夏身处的城市看起来规模也不小,居然能够连续两天碰到同一个人,真是太巧了。

老吕也注意到了齐夏:"哎!你小子……"说完他似乎又想起了什么,于是摇摇头,站起身,一脸懊恼地要离去。

"等一下……"齐夏喊住了他,"你在这里见到过别的人吗?"

老吕听后回过头来,面露轻蔑地看了一眼齐夏:"哟!这不是'阎罗王'大人吗?从您那里买的命我还没用完呢,又来收钱了?"

齐夏听后无奈地摇了摇头,说:"我不想和你争论之前的事,我现在在找我的同伴,如果你能帮忙的话,我会想办法报答你。"

"报答?"老吕的眼珠子转了一下,然后他带着一脸假笑走了过来,"行,既然你这么说了,那你帮我个忙。只要你让我满意了,刚才见到的那两个人在哪儿,我立刻就告诉你。"

"行,你要我帮什么忙?"齐夏冷冷地问。

他伸手一指眼前的房间，那是一家围棋社。

"帮我进去，赌赢那只猪。"老吕笑着说，"我要让他输得连裤衩都不剩。"

"猪？"齐夏扭头一看，围棋社里果然坐着一个脏兮兮的猪头人，他的面前摆着黑白两色的棋子，旁边还放着两个空碗。

齐夏摸了摸鼻子，然后转过身来问老吕："老吕，让我帮你没问题，可你得先回答我，刚才你真的见到过别的人吗？"

老吕顿了顿，说："见过啊。"

齐夏又往前走了一步，贴近了这个肥胖男人，又问："我再问你一次，你见到过别的人吗？"

老吕有些害怕，他盯着齐夏的两只眼睛："我真的见过啊……"

"两个人？"

"是。"

"一男，一女？"

"是啊……"

"什么特征？"

"啊？"老吕听后赶忙回忆道，"男的一本正经，女的不怎么爱说话……"

随着齐夏的步步紧逼，老吕不断地往后退，看起来对齐夏心有余悸。他知道这个男人曾经把张山按在地上打，非常不好惹。

齐夏通过几次接连的逼问，发现对方并不像在撒谎，于是说："行，我答应了。"

林檎的嘴角略微上扬了一下，她小声说："齐夏，你还懂心理学？"

"我倒是不懂什么心理学。"齐夏摇摇头，小声回答道，"只是习惯了当个恶人。"

见到齐夏答应了请求，老吕对他的态度也缓和了一些："喂，小子，咱们可先说好，赢下来的道都归我。"

"我要留下一颗。"齐夏说。

"不可能。"老吕毫不犹豫地摇摇头,"你小子在跟我谈条件吗?之前你拿走我十九颗道,现在还想要?你要是这个态度,我现在就走。"

齐夏点点头,说:"好,道我不要了,但是门票你要帮我交。"

老吕听后眼珠子又转了转,凑上前来说:"小子,我可警告你,那两个人不在这个区域,你要是敢耍弄我,我绝对不会告诉你他们的行踪。"

"放心,耍弄你只是在浪费我的时间。"

老吕这下有了底气,拉着齐夏就要走进房间。

"等等。"齐夏说,"保险起见,你还是和我说一下这个游戏吧。"

"哦哦!"老吕一拍脑门,"我差点忘了,小子,你以前没玩过猪类游戏吗?"

"你说呢?"齐夏皱着眉头问。

"猪类游戏,顾名思义,把自己当成猪就行了。"

"当成猪?"齐夏有些不理解,"为什么要把自己当成猪?"

"就是不用动脑啊。"老吕笑着说,"猪类游戏全部都是运气类游戏,就像猜拳或者猜大小那样。"

"什么?"齐夏顿了顿,"你是说……输赢全凭天意的运气游戏?"

"对啊!"老吕点点头,然后又看了看齐夏,"你不会反悔了吧?"

"我……"齐夏虽然算不上反悔,但也确实有些不能理解,猪和运气有什么关系?

"猪类游戏你怕啥啊?"老吕有些无奈地说,"之前看你挺聪明的,真到拼运气的时候却害怕了?"

拼运气?

齐夏知道,猪可不是什么低智商动物。在全球所有物种里,猪的智商可以排到前十位,它们的智力水平相当于五岁的儿童。况且老吕所说的猜拳或者猜大小,也并不是纯靠运气的游戏。只要战术得当,绝对可以输少赢多。

"我还是想问问,这个游戏究竟是玩什么?"齐夏看了看眼前的建筑物,这里分明是个围棋社,怎么会有人在围棋社玩运气游戏?

"简单来说,两堆一样多的棋子,一黑一白,你闭着眼睛随意摸一颗,摸到黑子就算赢。"

"就这样?"

"对啊!"老吕说,"我都跟你说了啊!运气类游戏!"

说完他就从口袋里掏出一枚白色棋子,狠狠地摔在地上,说:"我连续两次都摸到白子,运气糟透了!"

齐夏简直不敢相信自己的耳朵,如果情况真的是这样,自己根本不能保证百分之百赢过猪头人。

他捡起地上的白子看了看,确实是一枚非常普通的石头棋子,触感冰冷,不存在任何机关。

"小子,你到底行不行?"老吕有些着急了,"不想要那两个人的行踪了?"

齐夏知道自己没有别的选择,他现在身无分文,只能把希望压在李警官身上。而要询问李警官的行踪,又要撬开这个老吕的嘴。退一万步说,现在他已经没有可以输掉的东西了。就算这次的运气类游戏输了,自己也并没有什么损失,更能趁此机会了解猪类游戏。

"没有,我只是在考虑对策。"齐夏说,"进去吧。"

老吕听后兴奋地点点头,拉着齐夏就进入了房间。林檎感觉情况有些离谱,但没出言阻止,默默地跟了上去。

一进屋子,猪头人就高兴得手舞足蹈:"哼哼!来啦!又有人陪我玩啦!"他的声音非常低沉,但说话的语气很幼稚。

齐夏不由得捂住了口鼻,猪头面具的气味实在是太难闻了。

"死猪头!"老吕大喝一声,"今天我要你输得连裤衩都不剩!"

"哈哈哈哈哈！好呀好呀！"猪头人拍着手，"谁来和我玩？"

齐夏缓缓地坐到了猪人对面，说："我来。门票怎么算？"

"门票随便给，最多五颗道，赢了就翻倍！"猪头人说，"拿来拿来！"

"随便给……"齐夏摇摇头，"人猪是吗？"

"是的！我是人猪！我是人猪！"他指着齐夏，"你是笨猪！你是笨猪！"

众人都没理他，毕竟谁也不想跟疯子沟通。

老吕咬了咬牙，从自己的口袋中拿出了五颗道，一脸不情愿地递给了人猪。齐夏发觉老吕的眼神真的很像一个赌徒的眼神，这明明是运气类游戏，他却愿意一直投入。

"老吕，五个？"齐夏有些疑惑地看了看他，"赌注会不会太大了点？"

"小子！"老吕一脸认真地看着齐夏，"我刚才连玩了两局，第一局一颗道，第二局两颗道，结果全都被这死猪赢去了，只要你赢下这一局，我不但能回本，还能赢两个。"

齐夏略微思索了一下，重新看向人猪，问："游戏规则是什么？"

"很简单……"人猪将眼前的黑白棋子往前一推，开口说，"黑白棋子各五十颗，我要你全部放到这两个碗中。"

他又推来两个一模一样的大瓷碗。

"至于两色棋子怎么分配……就看你自己了。"人猪憨憨地笑了笑，"当你分配完毕，就要蒙上眼睛，我会打乱两个碗的位置、摇匀其中的棋子，接下来，你要随意挑选一个碗，再从碗中随意挑选一枚棋子，只要你能挑中黑子，就算你赢。当然，其间如果有人妄图干扰游戏，或是给你任何提示，我都会对在场的众人进行制裁。"

齐夏听后面无表情，他低头看了看桌子上的碗和棋子，竟然冷哼一声。

"嘿嘿，你笑什么？"人猪笑着说，"只要你足够好运，说不定能赢啊。"

齐夏只感觉有些可笑。自己分配棋子的数量，自己挑选棋子？这看起来输赢五五开的游戏分明是一个火坑，吸引着无数参与者跳入其中。

"人猪，我小看你了。"齐夏说，"你比我想象中的聪明太多了。"

"哦？"人猪有些不解，"我听不懂你是什么意思。"

老吕也有些疑惑："小子，你说啥呢？这游戏难道有必胜法？"

"必胜法不敢说。"齐夏摇摇头，"但是猪类游戏绝对不是运气类游戏，而是更偏向于概率学。"

"什么意思？"老吕有些摸不着头脑，"不管你怎么分配，黑子白子的数量都是五十颗，也就是说你摸到所有棋子的概率都是二分之一啊。"

"是吗？"齐夏摇摇头，"就因为这一点，才让这个游戏看起来像是在赌运气。"

"实话跟你说，小子。"老吕凑到齐夏耳边，小声说，"第一次我把黑白两色的棋子分开放，这样只要我能挑中装有黑子的碗，那就赢了，可惜我输了。第二次我将黑白棋子均匀分布到两个碗中，结果还是没摸到黑子，运气实在是太差了。"

老吕摸了一下下巴，又说："仔细想想的话，如果将比例打破，每个碗的黑白棋子有多有少，这样反而会更不利于我摸到黑子。所以不管怎么说也不可能有必胜法。"

齐夏点点头："这个游戏是不可能必胜的，我只能尽量让自己获胜的概率变高一些。"

"嗯？你有办法了？"

齐夏没有回答，反而跟人猪说："我准备好了，开始吧。"

人猪憨笑了一下，然后伸出手，做出请的姿势："开始分配。"

齐夏看了看两个一模一样的碗，又看了看质地、触感都一样的黑白棋子，默默地抓起了一把棋子，放入了碗中。

老吕看着齐夏,不知道他到底要如何安排这一百个棋子。齐夏将棋子随意地丢入碗中,看着根本不像在计算黑白子的数量。

"喂……能行吗?"老吕有些犹豫地问,"你要不要算算已经放了几颗了?"

齐夏并未说话,只是一直向一个碗中丢着棋子。老吕和林檎互相看了一眼,都不知道齐夏要做什么。

直到将所有的棋子都丢入了同一个碗中,齐夏才停下了动作。

猪头人见状有些生气:"喂喂喂!犯规了啊!必须要分配到两个碗里!"

"我知道。"齐夏点点头,"分配还未结束。"说完,他从碗中拿起一枚黑色的棋子,丢入了另一个碗中。

"我的分配结束了。"齐夏抬起头,淡然地看着人猪。

"什么?"

在场的几人都有些错愕。

这是什么分配方法?一个碗中有一颗黑子,另一个碗中有其余的九十九颗棋子。

老吕看着桌面上的两个碗,动了动瞳孔,过了好久才开口说:"妙啊……妙啊……"

他明白了齐夏的战术。原先的最优分配就是将黑子白子双双变为二分之一,这样他才能保证自己有一半的概率摸到黑子。

可齐夏打破了这个均衡。他让一个碗中摸到黑子的概率变为百分之百,而另一个碗摸到黑子的概率尽可能地接近二分之一。由于一开始就要随即机选择一个碗,所以齐夏很有可能直接就选中那个装有黑子的碗,他不需要从碗中再挑选棋子,直接获胜。就算他运气不好,选中了另一个碗,那么选中黑子的概率也有百分之四十九。他等于给自己的获胜加了一层隐秘的保险。

人猪见到这一幕,面具下的眼神很明显变得阴冷了一些。

"你是在跟我耍小聪明吗?"人猪的语气变了,听起来不再那么幼稚,反而带着一丝狡诈。

"小聪明?"齐夏感觉有些好笑,扬了一下眉毛说,"我所做的一切都没有违反规则,怎么会是小聪明?"

人猪从口袋里掏出一个眼罩递给齐夏,说:"我认识不少聪明人,他们大多数的运气都很差。"

齐夏点点头,接过眼罩:"这我无法反驳,毕竟聪明人做事很少会仰仗运气。"

"可我们归根结底是在赌博。"人猪语气低沉地说,"赌博最重要的就是运,你很聪明,但你的运气又如何呢?"

"不知道。"齐夏答道,"不过咱们马上就会知道了。"

齐夏戴上眼罩,双手放在桌上。人猪拿过两个碗,开始摇匀其中的棋子。这个规则原本是为了应对某些投机取巧者,他们会用白子打底,然后将黑子全都铺在上层,方便他们摸到。可如今对于齐夏的战术来说,这个规则完全失去了效果。

人猪知道,不管他如何摇匀棋子,眼前这个男人都会毫不犹豫地选出一颗——毕竟齐夏要做的事都已经做完了,接下来,他准备把一切都交给运气。

人猪随意地摇了摇,又打乱两个碗的位置,一左一右重新摆好。

"你要选择哪个碗?"人猪问,"你的左手边……还是右手边?"

"我……"齐夏低头沉默了一会儿,开口说,"左边,我选左边。"

林檎和老吕同时一怔,心中顿感不妙。因为齐夏的左手边正是装有九十九颗棋子的碗!

人猪的眼中忽然亮起了一丝光芒:"很好,接下来请你从中拿取棋子吧。"

他略带嘲讽地将那个碗推到齐夏面前,仿佛在看他的笑话。

齐夏嘴角微微上扬:"你不是想要测试我的运气吗?用这个碗来测试刚刚好。"

"什么?"人猪一愣,"你……你知道这个碗是错的?!"

"差不多吧。"齐夏慢慢地将手伸进碗中，说，"其实选择左右两侧，和选择剪刀石头布一样，看似是均衡的概率，却总是由于人类的思维而产生偏差。"

"什么意思？"老吕在一旁不解地问。

"就像大多数人猜拳时会先出剪刀一样，其实概率并不均衡。"齐夏解释说，"布会让自己的手掌大开，丢失安全感，而石头又会握紧手掌，让人潜意识觉得压抑，所以剪刀就成了最中庸的选择。选择左右两侧也同样如此，人的潜意识中会认为左侧更安全，毕竟这世上大多数人是右撇子，他们经常使用右手，右手受伤的概率也远远高于左手，所以当选择一个安全方向时，很容易选择左侧。"

"你……确实不是普通人。"人猪说。

"没必要夸我，因为你也明白这些道理。"齐夏说，"你把九十九颗棋子摆在我的左手边，应该不是无意而为吧？"

人猪没有说话，反而静静地看着齐夏，说："就算你把这些都看透了，依然要在百分之四十九的概率里拿到黑子。"

"没错。"齐夏不断地在碗中摸索，"当所有的科学都不再起作用时，我也会相信玄学。"

"那么你的玄学理论是什么？"

"就是我一定要出去。"齐夏说，"我相信我自己百分之百能够从这个鬼地方离去，所以我一定会在这里摸到黑子。"

说罢，他从碗中抓起两颗棋子握在掌心，然后举到人猪面前，翻手给他一看。人猪的脸色瞬间变了，面具之下的眼睛一直在颤抖，他简直不敢相信自己看到的。

两颗都是黑子！

那两颗晶莹透亮的黑色棋子犹如两颗空洞的眼睛，躺在齐夏的手中静静地看着人猪，看得他心里发毛。等了一会儿，齐夏见到人猪没有说话，于是嘴角再度一扬，将其中一颗黑子丢了回去，留下了另一颗。

"我选完了。"

几秒之后，人猪才明白过来："你……你敢耍我？！"他一拍桌子站了起来，想要立刻发作，但仔细想想，齐夏什么也没做，只是把棋子举到自己眼前而已。

人猪失算了。

当齐夏将两颗黑子举到他眼前的时候，他应该说点什么的。哪怕是一句嘲讽，哪怕是一句戏谑，哪怕是催促对方快点做出选择。可他错就错在什么都没说。

毕竟在这种情况之下，只有两颗都是黑子的情况，才足以让人沉默。他以为齐夏将一切都交给了运气，却没想到在最后时刻齐夏依然在做心理博弈。

人猪刚刚还在疑惑为何眼前的男人会一次性掏出两颗黑子，他的运气有这么强吗？现在想来，这个男人根本就不知道他掏出的棋子是什么颜色，他只是在试探自己的反应，然后根据自己的反应或是语言来进行下一步的动作。

人猪像是被彻底击败了，缓缓地坐下来，说："不得不承认，你不仅心思缜密，运气也强得可怕。"

齐夏将棋子放在桌上，摘下了眼罩，说："多谢。"

老吕一下子跳了起来，将压抑了半天的喜悦之情全部释放了。

"你他娘的还真是个天才！①"他学着李云龙的口气说，然后激动地抱住了齐夏，"小子，之前我跟你的恩怨一笔勾销了！哈哈哈！"

齐夏无奈地摇摇头："我是不是还得谢谢你？"

林檎也替二人高兴，虽然这一次他们没有获得任何的道，但赢了就足够让人开心了。

人猪一脸不情愿地走到一旁，从一个盒子中取出了十颗道，交给了老吕。老吕喜笑颜开，将道收到口袋里，然后回头对齐夏说："小子，不是我不想给你，这次是我出的门票，所以见谅了。"

齐夏也不在意，点点头站起身来："道无所谓，我现在要知道

---

① 电视剧《亮剑》中主角李云龙的台词。

那两人的行踪。"

"哦,那好说。"老吕说,"我老吕虽然抠门,但绝对恩怨分明。你跟我来,早上我在一个游戏房间外面见到那两个人了。"

"太好了。"齐夏和林檎纷纷点头,站起身来就要出门。

"喂……"人猪叫了一声。

三个人茫然地回过头:"怎么了?"

"你叫什么名字?"人猪盯着齐夏问。

"齐夏。"

"齐夏……"人猪重复了一次,然后在桌子前面缓缓地坐了下来,似乎在思索着什么。

等了半天,人猪都没有再说话,搞得众人有些迷惘。

"是不是一下子赢得太多,给这死猪整疯了?"老吕小声说,"估计他在这儿一天都赚不了十颗道。"

"疯?"林檎撇了撇嘴,"他们本来就是疯的吧……"

就当众人都收拾好东西准备离去的时候,人猪终于说话了:"齐夏。"

听到人猪叫自己的名字,齐夏再度回过头来,表情都有些不耐烦了:"到底什么事?"

"我要和你再赌一次,这次我要赌命。"人猪语气沉稳地说。

三个人听到这句话,呆呆地站了一会儿,仿佛谁都理解不了人猪的意思。

"什……什么?!"老吕反应过来之后,一下子后退一大步,"你个死猪真的疯掉了?!"

林檎也赶忙抓住齐夏的胳膊:"齐夏你——"

齐夏听后皱起眉头:"我拒绝。"

"拒绝?"人猪双手抱在胸前,"你要拒绝?"

"没错。"齐夏点点头,"我不可能在胜算只有五成的情况下赌上自己的命,这对我没有任何意义。"

老吕扭过头,狐疑地看着齐夏:"小子……你在说什么鬼话?"

"怎么了？"齐夏扭过头去，"你也觉得我应该赌命？"

"这哪里是什么应该不应该的问题？！"老吕着急得直跺脚，"在这个鬼地方，只要有一方提出赌命，另一方必须要接受啊！"

齐夏微微一怔，像是明白了什么。之前自己跟人鼠提出赌命的时候，虽然她万般不情愿，但最终还是接受了。现在想想这是一个很诡异的决定，她的游戏非常简单，如果对方真的选择赌命，那十有八九是找到了破解之法，而在对她那么不利的条件之下，应该无论如何都会拒绝的吧？

可当时的她没有。所以在这里只要提出赌命，就会强行签订生死状吗？如若破坏了这个规则，像朱雀那样的审判者就会从天而降，对违反规则的人进行制裁吗？

齐夏的脸色变得异常冰冷，那个朱雀巴不得他死，如果自己在此选择逃跑，后果不堪设想。更绝望的是齐夏刚才使出的所有计策，在第二次使用时都会失效，失败的概率将大幅增加。

"别害怕。"人猪仿佛看透了齐夏心中所想，于是开口说，"我可不是那么不讲道理的猪，我们这次换个更有意思的玩法。"

他从一旁的箱子中掏出两副眼镜，放在了桌子上。

"这可是我跟羊哥借来的好东西……"

众人定睛一看，这眼镜与寻常的眼镜没有什么不同，只是在鼻托正中间，也就是戴上它后眉心的位置有一个小型的装置，不知有何作用。

"两位，我要你们帮我一个忙。"人猪憨笑着说。

"帮忙？"老吕瞬间噘起了嘴，"帮你？不可能。"

"你们若是不答应，我会宣布和你们所有人赌命。"人猪语调怪异地说。

"你真是个疯子……"老吕吓得差点没站住，"不就是赢了你十颗道吗？至于玩这么大吗？"

"你们以为我想在这个鬼地方当一只猪，每天都靠运气来过日子吗？"人猪伸出手，摸了摸面具上的猪嘴，虽然面具没有表情，但总给人一种狰狞的感觉，"你们不了解我……只有赌命……只有和厉害的人物赌命，这里的生活才有意义。"

人猪的眼神给齐夏一个感觉——他一直都在扮猪，等待有朝一日能够吃掉老虎。

"真的是疯子……"老吕有些为难地看了看齐夏，眼前的人猪点名要和他赌命，此时就算逃跑也来不及了。

"人猪，换个方式吧。"齐夏思索了一会儿说，"我自己留在这儿和你赌命，不需要他们俩的帮忙。"

"啊？"老吕和林檎同时一愣。

"小子，你这是做什么？"老吕一愣，"这次的游戏是我拉你来的，你自己留在这里赌命算什么？"

齐夏同样不解地看了看老吕，发现自己之前对他确实有点偏见，没想到他还有点义气。

"大叔。"齐夏说，"留下来的人越多越危险，如果我死了，你就带我的这位朋友去找那一男一女。"

"不行，我不会走的。"林檎摇头道，"齐夏，你忘了我和你说过的话了？"

"我也不走。"老吕摇摇头，"小子，这个人猪点的是你，按理来说我和这个小姑娘是安全的……不过你放心，你要是死了，我亲自给你收尸。"

齐夏无奈地挠了挠头，虽然他对老吕的看法有所改观，但这话说得实在是太不吉利了。

"听起来真不吉利……既然如此，我也不劝你们了。"齐夏叹了口气，抬头看向人猪，"你说有新的玩法，是什么玩法？"

人猪再次露出激动的神情，将两副眼镜推给二人："来，戴上！戴上！"

林檎和老吕在迟疑了片刻之后，将两副眼镜戴了起来。

下一秒，眼镜腿的尾端伸出两条机械臂，绕着二人的后脑勺咔嗒一声,首尾相连地扣在了一起。

林檎感觉不太妙,她想要将眼镜摘下来,却发现这小小的眼镜竟带有复杂的机关,此刻就像金箍一样死死地套在了头上。

"怎么回事?"林檎刚要说话,人猪却伸手打断了她。

"美女,不要随便开口。"人猪笑着说,"现在开始,只有按照我的规则来,你们才会安全。"

"规则……"

"现在你们的眼镜已经开始生效了。"人猪解释道,"你们其中一人会感觉眼镜有些冰凉,另外一人会感到眼镜有些灼热,在接下来的时间里,感到眼镜冰凉的人,只允许说假话。而感到眼镜灼热的人,只允许说真话。"

齐夏有了不祥的预感,这个游戏模式似曾相识。

"如果你们想要动什么歪心思,或是在游戏之前就开口说话的话……"人猪伸手指了指自己的眉间,"这里就会被贯穿,明白了吗?"

林檎听后立刻闭上了嘴巴。老吕的脸色也青一阵紫一阵,他知道说多错多,不一定哪一句话就会触发机关。

人猪见到二人沉默下来,又扭头看向齐夏,开口说:"而我和你要玩的游戏,大体规则与上一次相同,只不过这一次……我来分配。"

"你分配?"齐夏看了看桌子上的棋子,略微思索了一下,"你分配之后……我来挑选?"

"不错。"人猪点点头,"听起来是不是对你很不公平?"

"当然不公平。"虽然嘴上这么说,但齐夏知道规则不只有这些,毕竟关于真话和假话的规则人猪还没有说明。

"所以我大发慈悲,给你加上一条规则……"人猪憨笑着哼唧了几声,"你在挑选完毕之后,需要向他们询问从而确认颜色。但是无论你挑选的是谁,总计只能询问一次。"

说完,他又抬起头,对林檎和老吕说:"为保公平起见,你二人只能回答黑色和白色两个答案,明白了吗?"

二人面带恐慌地点了点头。

齐夏觉得这个规则很离谱,现在他不知道林檎和老吕谁会说真话,询问的话会使情况变得更加复杂。

"这是手表定理……"齐夏闭上眼睛默念道。

人在只有一块手表的时候会非常相信上面的时间,可当有两块时间不同的手表时,就都无法相信了。

"你准备好了吗,齐夏?"人猪问。

齐夏深呼吸一口气,抬起头来看着人猪:"同样的话我也想问你,这可是赌上性命的一战,你准备好了吗?"

"性命?嘿嘿嘿……"人猪哼哼唧唧地露出笑容,很快便笑得浑身发抖,"我们在这里生活,哪里还有性命可言?只有在死的时候,我才能感觉自己活过。"

齐夏点了点头。人猪似乎已经在这里生活很久了,寻常的思维根本无法说服他。齐夏伸手拿起眼罩戴上了,人猪则默默地分配起棋子。

林檎和老吕在一旁看着这泰然自若的两人——明明他们才是赌命的主角,可他们始终神色淡定,仿佛全都不在意接下来要发生的事,反倒是林檎和老吕紧张得双腿直抖。

"你想出去吗?"齐夏忽然问。

"什么?"人猪头也没抬,漫不经心地问。

"除了死在这里之外,你没想过逃出去吗?"

手在半空顿了一下,人猪反问他:"往哪里逃?"

"从哪里来的,就回哪里去。"齐夏戴着眼罩,认真地问,"难道你不想回去吗?"

人猪微微思索了一下,说:"我如果不想回去,又怎么会甘愿成为猪?"

"什么?"齐夏感觉自己好像得知了什么重要线索。

"可是我并不打算逃出去,齐夏。"人猪将棋子全部放置好,然后郑重其事地说,"我准备从这里光明正大地走出去。"

"光明正大地走出去……"齐夏露出一脸沉思的表情,不知在思索什么。

"我已经分配好了,该你了。"人猪将两个碗都向前一推,"选择吧。"

林檎和老吕看到这一幕纷纷蹙眉。人猪将所有的棋子平均打乱,每个碗中都黑白参半,接下来的一切真的要靠运气了。

齐夏没有动作,他竖起耳朵,仿佛想用听觉来判断棋子的颜色。过了一会儿,他开口说:"人猪,你帮我选吧。"

"什么?"人猪一愣,"你说什么?"

"我说你帮我选。"齐夏认真地说,"帮我选两颗,我再从中选一颗。"

"齐夏,这可是赌命,你不准备自己掌握命运吗?"

"没关系。"齐夏看起来并不在意,"你说过你想参与到赌命当中,来让你感觉自己曾经活过,可仔细想想,这个游戏从头到尾都是我在玩,你并没有参与。"

人猪沉默不语,事实确实如此。

"所以我给你参与进来的机会。"齐夏指了指眼前的碗,"这个游戏是我和你之间的博弈,所以我很想知道你会怎么选。"

人猪伸出手来抚摸着自己的下巴。那下巴上长着一缕猪毛,于是他就像抚摸胡须一样地抚摸着它,看起来透着一种诡异的睿智。他思索了很久,始终猜不透齐夏的动机。对他来说,这本来是一个胜负各占五成的游戏,可如果他来挑选棋子的话,对齐夏来说结果会变得更加难以预料。

在这么紧张的赌命时刻,眼前的男人却把生死全都交给了敌人来定夺……他是放弃了,还是在耍小聪明?人猪思索着。

"别犹豫了,人猪,你选完了我才更好选,不是吗?"齐夏说。

"我选完了……你才更好选?"过了一会儿,人猪终于点了点头,"我明白了,那么就让我来决定你的生死吧。"

齐夏点点头,不再说话。

人猪向着桌子上的碗伸出了手,果断拿起了两枚白子。对于齐夏来说,这两颗白子就是通往地狱的门票,无论他怎么询问,白色也不可能变成黑色。正要将这两枚白子交给齐夏的时候,人猪的脑海中忽然闪过了什么,他猛然抬起头,心中暗道:等一下……不对。

难道齐夏没有料到自己会选两颗白子给他吗?这可是对赌啊,是一场对方赢了自己就会丧命的比赛,他为什么会信心满满地让自己挑选?

"啊……"人猪恍然大悟,慢慢地将手缩了回来,心想:他在耍诈!

什么叫"你选完了,我才更好选"?人猪的思绪豁然开朗。这两颗白子一旦交给齐夏,齐夏就会立刻反悔,将这两颗白子放在一边,然后从剩下的碗中再度挑选棋子。这个小小的举动会打破碗内的平衡,让白子剩余四十八颗,黑子剩余五十颗,齐夏获胜的概率也会提高一些。

齐夏不是生肖,他在游戏中说出的话不是规则,只是他的建议罢了。既然不是规则,那么齐夏也不需要遵守,所以反悔是极有可能的。

"你可真是好算计啊……"人猪心中一阵后怕,自己险些着了齐夏的道,他思索了一下,又拿出了两枚黑子。

可此时他又犹豫了。如果将两枚黑子直接交给对方,这样做反而更加危险,对方如果预判了自己的预判,岂不是直接获得胜利?

人猪低下头,看了看手中的棋子,他的左手中是两颗白子,右手中是两颗黑子。他发现不管是哪一种选择,居然都会或多或少地增加齐夏获胜的概率,情况有些离谱。

难道这一切都是他提前算好的?人猪心想:还是应该给他两颗白子吗?

人猪眯起眼睛,再度思索了一下,白子会略微提高齐夏获胜的概率，但黑子是大大提高……

不，不对。他摇了摇头。两黑两白都不行，毕竟他不知道齐夏的策略是什么。人猪只能被迫调整了自己的策略，舍弃了两黑两白的战术，将一黑一白拿在手中。他此时只有一个念头——既然无法让对方获胜的概率降低，那就保持原状。

让一切回归到二分之一的状态，这样的情况对于齐夏来说应当更加棘手。

没错，就是这样！人猪点点头，将一黑一白放到了齐夏手中。

"齐夏，我挑好了。"人猪说，"这道送命题，再次回到了你的手中。"

"送命题……"齐夏摸了摸手中的两颗棋子，面色颇为复杂。

人猪终于松了一口气，因为他觉得，在目前阶段，他已经做出了最优的选择。对于齐夏来说，一黑一白的情况应该最难处理，他要挑出其中一颗来询问那两个人棋子的颜色。他既不知道自己挑出的棋子是什么颜色，也不知道自己询问的人会说真话还是假话。在这种双重迷雾之下，齐夏获胜的概率将无限降低。

老吕和林檎看到齐夏手中的一黑一白，纷纷流下了冷汗。这二人也不是蠢人，自然明白其中的利害关系。

看起来齐夏前期的计策已经全部都失效了，一切回到了原点。现在棋子依然是一黑一白，二人给的答案依然是一真一假。若是没有极强的运气，究竟怎么才能活下来？

老吕抿着嘴擦了擦额头上的细汗，两只手也因为过度紧张而冰凉冰凉的。

"齐夏，你要询问谁？"人猪问。

齐夏扭头冲着老吕的方向，又扭头面向林檎，面色沉重地思索着。到底谁才是说真话的人？

大约三十秒，齐夏才做出选择："我选林檎……"

林檎听后浑身一颤，像是被吓到了。

"好。"人猪扭过头，冲着林檎挥了挥手，"来吧小姑娘，切记规则,你只能回答黑色或白色,如果敢说出其他的话,或是给出任何的暗示,你都会直接毙命。"

林檎脸色苍白地点点头。

人猪又回过头对齐夏说:"开始吧,齐夏,你只有一次询问的机会,能否保住你自己的命,就看你这一问了。"

齐夏舔了舔发干的嘴唇,从手中拿起一枚棋子。林檎看到之后瞳孔瞬间瞪大了——那是一颗白子。

齐夏……我只能说假话……你千万不要相信我!林檎在心中大声呼喊,希望有奇迹发生,能让齐夏听得见。她现在非常害怕,害怕齐夏对她的信任会害他丧命。

千万不要相信我……林檎在心中一遍一遍地念着。

只见齐夏思索了一会儿,并未发问,反而又拿起了黑子。林檎眉头紧锁,她知道不管是黑子还是白子,自己只能给出相反的答案。只见齐夏将黑子慢慢地举了起来,凑到林檎眼前,说:"林檎,告诉我……"

林檎伸手捂着自己的口鼻,整个人都很紧绷。她根本不想告诉齐夏这是白子,可如果她不说假话,眼镜上的机关就会触发。

齐夏似乎感觉到了什么一样,淡淡地说:"别紧张,林檎,保持大脑运转,一切都还没结束。"

林檎听后,绝望地点了点头。

在确定她的情绪变得相对稳定了之后,齐夏开口问道:"林檎,告诉我,老吕会说这颗棋子是什么颜色?"

"啊?"林檎和老吕同时一愣,人猪也转了一下眼球。

"听好了我的问题,林檎,我再问一遍。"齐夏重复道,"老吕会说这颗棋子是什么颜色?"

老吕?林檎回头看了一眼老吕,头脑飞速运转。她的眼镜触感冰凉,定然只能说假话。而人猪至今为止都没撒过谎,说明他的规则是绝对的,所以老吕会说真话。既然如此,老吕会说这颗棋子是黑色。

林檎刚要将"黑色"两个字脱口而出的时候，忽然想到了什么——自己是说假话的，所以不能告诉齐夏"黑色"这个答案。

就算老吕说黑色，自己也要说成白色。这样一来，一切不是又回到原点了吗？！

这个游戏的关键点根本不在老吕，而是在自己这里啊！林檎咬了咬嘴唇，最终还是艰难地说出两个字："白色。"

此时她感觉自己是扼住了讲真话之人喉咙的人，所有的真话只要经过她的口，最终都会变成假话。

老吕懊恼地捂住了他的额头，感觉一切都完了。

"白色吗？"齐夏扭过头，似乎在看自己手中的棋子，然后嘴角扬了扬，"原来如此。"

人猪沉思了一会儿，心中暗道：你要怎么办？齐夏，你最信任的人告诉你手中的棋子是白色，你会做何选择？

只见齐夏将手中这颗黑子放到一边，然后拿起了另一颗白子递到了人猪手中。

"哦？你选好了？"人猪问。人猪有了前车之鉴，故意让自己的语调尽显平淡，这样一来齐夏就不可能通过他的语言来判断手中棋子的颜色了。

"是，我选好了。"齐夏点点头说，"但不是你手中的那颗，那一颗白子是你的。"

"什么？"

齐夏没有理会人猪，反而将面前的黑子握在手中，说："我手上的这一颗黑子是生，你手中的那一颗白子是死，游戏结束。"

在所有人都目瞪口呆的情况下，齐夏慢慢地摘下了眼罩。一切都跟自己预想的一模一样。

对他来说，现在唯一让人觉得别扭的，就是眼罩戴久了，对灯光有些敏感了。

"你……"人猪激动得浑身发抖，"你在开什么玩笑？"

齐夏睁开眼看了看人猪，说："我都和你赌命了，怎么会是开玩笑?"说完他又指了指林檎和老吕,"把他们放了吧,愿赌服输。"

人猪睁大眼睛愣了半天,最终懊恼地叹了口气,从抽屉中拿出一个遥控器按了下去。

老吕和林檎只听咔嗒一声响,眼镜的机关解除了。二人赶紧把这要命的东西摘了下来,随手丢到一旁。

"齐夏!你小子真行啊!"老吕激动地大吼,走上来一掌拍在齐夏后背上,"你是不是中过彩票啊?!这都是啥运气啊?!"

"运气吗?"齐夏摇摇头,"这次赌命我根本就没有靠任何的运气,只是人猪轻敌了。"

人猪听后默默地转过头,说:"我轻敌?"

"没错。"齐夏整理了一下自己的衣服,缓缓站起身,"我老早就和你说过,聪明人不会仰仗运气,可你并未放在心上。"

"所以你是说……"人猪不可置信地站起身,"刚才的一切……都在你控制之内吗?"

"是的。"齐夏点点头,"我的计策非常简单,只要你挑选给我一颗黑子一颗白子,那么我就赢了,而且是百分之百会赢,不存在任何意外。"

人猪瞪大了眼睛,瞳孔不断放大。这是他成为猪以来,第一次输得如此彻底。

"为了让你顺利地给我挑选一黑一白,我还特意跟你说,你选完了,我才更好选。"齐夏伸出手,从桌子上拿起两颗黑子和两颗白子,分别抓在手中,仿佛在模拟人猪当时的心理活动。

"你应该做了一会儿思想斗争吧?结果发现不管怎么选择,给我一黑一白才是最保险的。"

人猪的面具里传来不可置信的声音:"你连这都算到了……"

"该说你是太谨慎了,还是太粗心了?"齐夏掂量了一下手中的两颗白子,"若你能相信自己的第一直觉,直接给我两颗白子,我现在已经死了。"

人猪不再说话，只是愤恨地盯着齐夏。

齐夏又说："当我手持两色棋子时，只要像刚才那样操作和提问，便能百分之百地确定手中棋子的颜色。"

林檎听后赶忙思索了一下。片刻之后，她张大了嘴巴。

齐夏刚才问的问题简直太巧妙了。他询问另一个人会说棋子什么颜色，不管被询问的人会说真话还是假话，只要齐夏手持黑子，对方统统都会说出"白色"这个答案。

当他询问林檎时，林檎知道老吕给出的答案是黑色，却由于她只能说假话的特性而改成白色。

当他询问老吕时，老吕会直接说出林檎的答案——白色。

退一步说，就算齐夏收到的答案不是白色，而是黑色，他也会立刻反应过来他手中的另一颗才是正确答案。

"你毕竟不是羊。"齐夏对人猪说，"第一次遇见人羊时可让我们吃尽了苦头，你以为在自己的游戏中加入说谎机制会让你的胜率变高，却没想到这个选择反而害死了你。"

人猪听后沉默了一会儿，然后伸手摘下了他头上的面具。在这肮脏发臭的面具之下，是一个五官端正的男人，他看起来四十岁上下，眉眼之间充满了睿智。

"只可惜就差一点。"人猪说，"差一点我就能从这里堂堂正正地走出去了。"

齐夏听后眼神微动，随即问他："人猪，到底什么叫作堂堂正正地走出去？"

人猪怔了怔，重新打量了一下眼前的年轻人，发觉他很像年轻时的自己。

"齐夏，你犯过错吗？"

"犯错？"齐夏认真地思索了一下，"犯错"这两个字其实不太好理解，从某些方面来说，他的职业本身就是一个错误，可从另一方面来说，他没有选择，只能如此。

"无关法律。"人猪又说，"而是那种足以改变你整个生命轨迹的错误，让你懊悔不已的，让你后悔万分的，让你余生都在还债的错。"

齐夏听后眉头狠狠地皱了一下，大脑深处有什么东西正在疯狂跳动。

"你什么意思？"齐夏语气冰冷地问。

"我们都是有罪之人啊……"人猪苦笑着说，"果然啊，有罪之人得不了道，我最终还是会死在这里……"

有罪之人得不了道？

齐夏好像听过这句话。

"齐夏，你知道吗？商场如赌场。"人猪缓缓站起身来，走到一旁的抽屉里翻找着什么东西，"我曾将集团所有的流动资金拿去赌一个希望，现在看来，那和赌命没有什么区别。"

人猪找了半天，才从抽屉里找出一把陈旧的左轮手枪。

他吹了吹手枪上的灰尘，又打开轮盘看了一下仅剩的一颗子弹，继续说："当时我的胜算不足五成，董事会里的其他股东都持反对态度。可我知道，我赌上的只是流动资金，并不会导致集团破产，反而能给未来的发展带来一丝希望，可谁也没想到……一场席卷全球的传染性疾病忽然爆发，集团收益严重受创，后期由于流动资金不足难以周转，导致持续亏损。"

人猪眼神绝望地看向齐夏："本以为我在赌一张去往天堂的门票，可没想到我来到了地狱。"

说完，他继续仔细地擦拭着手枪。

齐夏感觉人猪的话让自己心中的疑惑稍微解开了一些："所以你认为这里是地狱？"

"谁知道呢？"人猪摇摇头，"明明是我自己一手创建的集团，可我最后被董事会开除了。身为董事长，我失去了权力。为了还债，我又低价卖出了股权。我的妻子陪我白手起家，最后却拿不出治病的钱。跟现世比起来，这里简直就是我的天堂，我每天什么都不需要考虑，只需要想办法赢你们。"

人猪的情绪渐渐失控："我时常在想，要是我那一次没有赌上五成的胜算结果会如何。"

齐夏沉默了半天，才终于吐出四个字："愿赌服输。"

"哈哈哈……"人猪忽然间像失了神，苦笑了几声，说，"是的，愿赌服输。"

"可我还有一件事不明白……"齐夏又开口说。

人猪抬起头，看向齐夏，然后缓缓地说："我回答了你太多的问题，这样对其他参与者很不公平。"

"什么？"齐夏有些不解，"这些消息难道不可以告诉我们吗？"

人猪听后将左轮手枪的轮盘打开，飞速地旋转了一下，然后一抖手腕甩进了枪膛，接着慢慢地将手枪举起，抵在了自己的太阳穴上。

"就将一切交给运气吧。"人猪说，"你每问我一个问题，我就会扣动一次扳机，只要枪没响，我就会回答你。"

齐夏无奈地叹了口气，说："你曾经是集团的董事长，我以为你会走得体面一些。"

"体面……"人猪无奈地笑道，"我戴着这个臭气冲天、毛发肮脏的猪头已经很久了，还谈什么体面？"

"既然如此……"齐夏点点头，"那我得罪了。大叔，你为什么要自愿成为人猪？"

咔！

人猪毫不犹豫地扣下了扳机，连眼睛都没眨。枪没响。

"因为我要赎罪。"人猪回答，"有人告诉我，只要戴上面具，用游戏的方式送参与者去死，终有一日可以赎罪。"

"什么叫赎罪？"

咔！枪又没响。

人猪叹了一口气："所谓赎罪，就是可以修改自己的过去，弥补之前所犯下的错误，毕竟所有的生肖都是罪人。"

齐夏将脑海中支离破碎的线索串联了一下，感觉有些不可置信，他组织了一下语言，又问："所以你曾经有机会出去，但你没有，反而选择留在这里赎罪？"

咔！

人猪皱了皱眉头，正如他所说，齐夏有着极强的运气，连续三枪都没响。

"我不确定能不能出去，但我留下来了。"人猪继续说，"希望你们都没有犯过错，否则，你们终究和我一样，会选择自愿留在这里，毕竟留在这里还会有一丝希望。"

齐夏慢慢地凑上前去，非常严肃地问："所以，从这里出去最快捷的方法是什么？"

咔！

人猪闭上眼睛，浑身一颤，结果枪依然没响。

"我不确定。"人猪说，"三千六百颗道显然是最缓慢的方法，就算我戴上了面具，依然有许多不知道的事情，毕竟我还是人，如果你想探求这个地方的真相，那就要想办法赢下天和地。"

他顿了一下，又说："不……不要妄想赢过天，只要赢过地就好了。天地人三才生肖从上往下排列，皆以龙为首，想要在这个地方活下去，第一不要招惹天，第二不要对上龙。"

人猪的四次回答确实让齐夏的思路清晰不少，看来想要逃出这个地方并没有想象中的那么困难。

他已经没有问题要问人猪了，可对方依然举着枪，表情很复杂。

齐夏知道，第五枪的死亡概率是百分之五十，第六枪百分之百。眼前的场景似曾相识，似乎又回到了刚才五成概率赌命的时刻。

齐夏站起身，转身走向出口处，林檎和老吕不知何意，赶紧跟了上去。

正要出门时，齐夏转头问出了第五个问题："大叔，你后悔吗？"问完，齐夏并没有等人猪回答，带着林檎和老吕转身走了。

偌大的棋社此刻显得空荡荡的，只有人猪孤身坐在中央。

他思索了良久，慢慢吐出三个字："谢谢你。"

伴随着砰的一声枪响，人猪倒了下去。

走出棋社的三人久久不能平静。虽然死掉的是人猪，但无论怎么看，人猪都是一个有血有肉的人类。他不是怪物，不是疯子，更不是万恶的主办者。

齐夏低着头一直在思索着什么，林檎寸步不离地跟在他身旁。老吕向屋内看去，那里躺着人猪的尸体，可他看起来毫不在意，似乎是在寻找别的东西。

"怎么了？"齐夏转头问。

"那个……现在说这话有点不太合适。"老吕说，"你赌命赢了，对方的道是我们的了。"

"别傻了。"齐夏摇摇头，"人猪不可能还有道，他给你的十颗就是他的全部了。"

"啥？"老吕眼珠子一瞪，随后夸张地摇了摇头，"不可能，我不信。"

他慌忙走进屋子里，尽量不去看人猪的尸体，然后翻找起了里面的抽屉。原本干净整洁的棋社一会儿的工夫就被翻了个底朝天。

正如齐夏所说，这里一颗道都没有了。

齐夏在门外摇摇头，说："若他还有剩余的道，又怎么会选择和我们赌命？"

"这不是耍赖吗？！"老吕气急败坏地骂道，"空手套白狼啊！"

"空手套白狼？"齐夏有点理解不了老吕的思路，"对方不是付出了他的命吗？"

"呃……也对。"老吕双手合十，冲着人猪的尸体拜了拜，"在下嘴急，莫怪莫怪。"

拜了几下之后老吕还是感觉有点亏，毕竟他也不想要对方的命啊。

"我得找找还有没有值钱的东西。"老吕开始在房间内继续搜索,可是这里本来就是废旧的棋社,除了随处可见的棋子之外,唯一算值钱的东西就是桌椅板凳了。

"太亏了……"老吕懊恼地摇摇头,"小子,咱们太亏了!你差点死在这儿,结果咱们是空手走的。"

正说着,老吕忽然看到了人猪放在地上的猪头面具。"面具……"他嘴巴微动,忽然想起了什么,"这不就是最值钱的东西吗?!"

齐夏一皱眉头,缓步上前开口问:"你要做什么?"

"做买卖啊!"老吕拿起了地上肮脏发臭的面具,像捧个宝贝一样捧在手中,"齐小子,有了这个面具,咱们不就可以做围棋社的买卖了吗?!"

"什么?"齐夏瞳孔一动,感觉不太靠谱,"老吕,你要成为人猪?"

"狗屁人猪!"老吕摆摆手,"冒充啊!冒充你懂不懂?"

"你……"

老吕把面具举起来,假装戴在脸上,然后发出闷闷的声音:"哼哼,终于有人来陪我玩啦!快分配!快分配!"

齐夏始终皱着眉头,这件事情听起来太过危险了。生肖受那些管理者的统一管理,怎么可能被人随意冒充?

"老吕,你应该知道谋道害命是不行的吧?"齐夏问。

"我听张山说过,但这不是谋道害命啊。"老吕把面具往前一推,"人不是咱们杀的,这也不是道啊。"

"我不是这个意思。"齐夏接过面具,放到了桌子上,"我劝你不要碰这个东西,往小了说这叫冒充,往大了说这就是篡权,这比谋道害命还要严重。"

"篡权?!"

齐夏点点头:"成为生肖是否需要考核?设计游戏又有哪些规则?如果不搞清楚这些问题就戴上这个面具,恐怕你会受到管理者的制裁。"

老吕听后略显失落,刚刚他都可以看到自己每日收入几十颗道的美好画面了,可转眼又破灭了。

"齐小子,你会不会太谨慎了?"老吕恋恋不舍地说,"说不定这个面具就是谁想戴谁戴,只要能出题就行。"

"我不知道。"齐夏说,"我只是把我的看法告诉你,如果你仍然要戴这个面具,我也不会再拦你,但在那之前,你先把那二人的行踪告诉我。"

老吕思索再三,对齐夏说:"你等等啊。"

说完他就扭动肥胖的身躯,抱着面具在房间中四处跑动,没一会儿的工夫就找到了一个堆满废弃桌板的角落。他把面具藏到桌板后面,然后小心翼翼地用废旧物一层一层遮挡住。

"先藏在这里吧,做人至少要留一手嘛……"老吕拍了拍手上的尘土,回头说,"齐小子,我说话算话,决不食言,你跟我来吧!"

三人告别了这让人惊心动魄的棋社,前往破败的街道。

老吕拉着他们走向了来时的路。

"对了,齐小子,你刚才为什么不选我啊?"老吕问道。

"什么?"

"就是真话假话的时候啊。"老吕挠了挠胖乎乎的脸,"你选了这个叫什么林檎的小姑娘,怎么不选我啊?"

齐夏无奈地说:"实不相瞒,我感觉林檎比你聪明一些。"

"扑哧……"刚才还有些悲伤的林檎一下子笑出声来,齐夏虽然是个骗子,可是很多时候根本不撒谎。

"这叫什么话啊?"老吕有些无语,"齐小子你不了解我,我越到关键时刻越聪明。"

"是啊。"齐夏点点头,"关键时刻还会想到抢铁板、缩墙角。"

"哎!"老吕忽然被将了一军,神色有些尴尬,"这你不能怪我啊,当时我也不知道你小子那么有主意。"

"也对,我们扯平了。"齐夏说。

老吕无奈地耸了耸肩，然后看向了林檎一直抱着的铝锅，问："这熊肉你们吃了吗？"

"吃了。"林檎回答，"特别难吃。"

"唉……"老吕有些失落地点点头，"熊肉虽然难吃，但至少能填饱肚子，只可惜张山没有吃到啊，最终还是做了饿死鬼。"

"他为什么不吃？"林檎漫不经心地开口问。

下一秒，她忽然瞪大了眼睛。齐夏也意识到了什么，二人一齐看向老吕，问："饿死鬼？"

老吕的眼神有些失落，他叹了口气说："张山死了。"

"死了？！"二人异口同声地惊呼。

"对啊……要不然我怎么会一个人出来？"

"他怎么会死了？！"齐夏不可置信地说，"昨天分别的时候还好好的。"

"我也感觉很奇怪。"老吕说，"可能是失血过多？晚上睡觉之前还有说有笑，可今天早上就没醒过来了。"

齐夏瞳孔微缩，感觉这件事情有说不出来的诡异。

张山虽然受了伤，但显然不致命，从林檎和甜甜的描述来看，黑熊只是给他造成了一些皮外伤，并未伤到内脏。可他怎么会在睡梦中死去了呢？

"他有没有受什么其他的伤？"林檎问，"比如清晨被刀剑刺中之类的……"

"没有。"老吕有些悲伤地摇摇头，"但我也不好说，毕竟我们不是法医啊，只知道张山不动了，不喘气儿了，心口窝子那儿也不跳了。"

齐夏摸了一下下巴，感觉这件事八成和潇潇有关。在地牛的游戏中，乔家劲和张山无疑是最出彩的两个人，没有他们俩，这两局游戏不可能存活这么多人。可仅仅是一夜的工夫，这二人便双双殒命了，且他昨天亲眼看到潇潇杀了乔家劲和甜甜，要说跟她没关系，齐夏都不信。

齐夏心中有了一股不妙的预感，照这个趋势下去，有通关希望的人会越来越少。想到这里，他扭头对老吕说："老吕，既然你们的组织已经不在了，能不能告诉我关于逃出去的事？"

"不在了？"老吕尴尬地挠了挠头，"也不能说不在了……只是张山死了，我就不能留在那里了……"

"嗯？"齐夏没明白，"张山不是你们的首领吗？"

"那倒不是。"老吕摇摇头，"我们的首领不是张山，他算是组织里的三号人物。"

"三号人物？"

"嗯。"老吕继续说，"我们的组织叫'天堂口'，有差不多二十个人，首领叫楚天秋，是一个非常聪明的男人。二号人物叫云瑶，她的运气非常好，对赌的时候经常会赢，而且长得非常漂亮，听说来这儿之前还是个明星。至于张山，由于以前当过兵，所以大多挑选牛类……"

"等……等一下……"齐夏感觉自己好像发现了什么漏洞，赶忙打断了老吕，"你说你们这个组织有二十个人？！"

"现在估计不到二十了……张山一死，我们这些废物就被踢出来了……"

"不是这个问题！"齐夏一脸疑惑地说，"老吕，你们是哪一天来到这个地方的？"

"两天前啊。"老吕不假思索地回答，"你们不是吗？"

齐夏这下更加疑惑了："我们确实是两天前来的，但我还是不明白……你们短短两天时间就能建立好一个组织？甚至还能分出三位首领？你们彼此能够互相信任吗？"他又摇了摇头，"不对，你们在昨天就已经有了组织，换句话说你们第一天就建立了这个叫'天堂口'的组织？！"

"嗯。"老吕严肃地点点头，"这都是楚天秋的主意，他在第一天的时候没有参加游戏，反而是奔波在城市的各个角落寻找强者，由于我和'小眼镜'、张山是一个房间里走出来的，所以就一起加入了他的队伍。可现在张山死了，我就——"

"慢着……"齐夏再次伸手打断老吕的话，"你是说那个叫楚天秋的男人，用了一天的时间聚集了二十个人？"

"是啊。"老吕认真地看着齐夏，"所以我说楚天秋非常聪明。"

"可你们为什么会相信他？"齐夏不解地问，"遇到陌生人前来组队，难道不是应该持怀疑态度吗？"

"因为张山相信他。"老吕解释说，"我不知道他跟张山悄悄说了什么，总之张山思考了几分钟之后就带着我和'小眼镜'一起加入了天堂口，不过不得不说，那里的人都还不错，相比之下我是最没用的一个。"

齐夏不可置信地看着老吕，仿佛在判断他说的话是真是假。如果真有天堂口这种组织，真的有楚天秋这么厉害的人物，为什么作为三号人物的张山死了，首领却没事？生肖真的想要除掉厉害的参与者，那第一个被除掉的就应该是首领楚天秋。

"'小眼镜'没和你一起吗？"齐夏又问。

"没。"老吕有些失落，"'小眼镜'比我强，所以留在天堂口了。他从小学习好，不像我啊，光摆摊卖袜子就卖了二十多年。"

齐夏点点头，看来虽然张山死了，但一切都没有改变。这个叫天堂口的组织依然掌握着逃离这里的方法。张山曾经提到过的逃出这里的笔记，应该在首领身上，以老吕的身份不可能知道详细内容。齐夏也渐渐地明确了自己的目标。

他决定，找到李警官之后，尽量跟对方组队，毕竟李警官是少数他可以信赖的人之一。接着他们可以去天堂口毛遂自荐，一方面可以追求逃脱的方法，另一方面，如果那里真的有一批厉害人物，他不介意与他们一起参与这些要命的游戏。

齐夏正想着，三个人便经过了那个写有 S 和 Z 的街口，老吕带着二人直接向反方向走去。

林檎一愣，转头对齐夏说："原来是我们方向走错了吗？那个 S 和 Z 不是他们留下的？"

"不知道。"齐夏摇摇头。

老吕听到了二人谈话,也远远地瞥了一眼那两个既像字母又像数字的文字。

"S 和 Z?"老吕迟疑了一下,"那不是 52 吗?"

"你知道这是什么意思?"齐夏又问。

"我倒是不知道什么意思,但是我在很多地方都见到了这样的数字啊。"老吕说,"可能是方便让人记路的数字吧?比如这里就叫作 52 大街一类的。"

当齐夏知道这两个符号跟李警官无关的时候,也已经不关心它的含义了。毕竟这里让人疑惑的事情太多,根本没有时间一一调查。

"我们快到了,就在前面。"老吕加快了脚步。

ROUND EIGHT

END TENTH BAY

第8关

地狗·

谍战剧

绕过一个街角,齐夏三人来到了一个破旧的警局,这里站着一个兔头人。

"就在这儿!"老吕说,"好像已经结束了……"

齐夏看了一眼兔头人,这似乎又是一个女人。她的面具很破,西服也沾满了灰尘,明显是人兔,这就说明李警官如果真的参加了她的游戏,肯定也没有生命危险。

"要玩我的游戏吗?"人兔笑着问。

"不……"齐夏摇摇头,"我想问问之前来参加游戏的一男一女还在这里吗?"

"一男一女?"人兔一只手抱在胸前,另一只手托住了下巴,看起来有些妩媚,"哦……你是说那个健硕的小伙子,是吧?"

"没错。"

"那可是个不懂情调的男人啊。"人兔扭捏地挥了一下手,"我都说了可以不要道,只要陪我玩一天就行,可他就像个木头一样呢……"

齐夏有些不耐烦地叹了口气:"他在哪里?"

"小伙子,你长得也蛮俊俏嘛……"人兔忽然伸手摸了一下齐夏的脸庞,这个举动把齐夏吓了一跳,"虽然你看起来没那么健硕,但只要能陪我一天,我不仅给你道,还告诉你那个男人的去向,怎么样?"

齐夏推开人兔的手,回头对二人说:"算了,咱们在附近找找吧。"

老吕和林檎也深知不能跟生肖纠缠,纷纷随着齐夏转身离去。

"要自己寻找的话……可得快点呢。"人兔嫣然一笑,"那小伙子伤得不轻,要是晚了,可就来不及了。"

"什么?"齐夏刚走出三步,忽然怔在了原地。

"为什么他会受伤？"齐夏不解地回过头，"你的游戏有那么危险吗？"

"那倒没有。"人兔扭了一下腰，往前走了一步，"我的游戏都是逃脱类游戏，姐姐我啊，可是设计了非常精密的机关呢，那个小伙子仗着自己体格不错，偏偏要用蛮力破解，我有什么办法？"

齐夏听后没再说话，一扭头，忽然看到地上有几丝新鲜的血迹，他面色一冷，开口说："我们得抓紧时间了。"

几人顺着血迹向前行进。以这个出血量来说，李警官伤得应该不重，人兔八成是在危言耸听。很快，几人跟着血迹来到了一间药店的门口，屋里传来碰撞声，显然有人在里面。

"李警官？"齐夏开口叫了一声。

屋内的动静停了一下，章律师率先走了出来。

"齐夏？！"她看起来有些不太一样，原本整齐的面容显得有些狼狈。她身上全都湿透了，仿佛刚刚下过水。

"发生什么事了？"齐夏问道，"李警官呢？"

章律师的眼睛忽然瞪大，她一把就抓住了齐夏："你快帮帮我吧！李警官已经不行了！"

"什么？！"

齐夏感觉有些疑惑，他们一路跟随着血迹过来，看起来顶多是手臂划破的程度，怎么会不行了呢？

三人跟着章律师进了门，一股非常浓重的铁锈味飘了出来。没走几步，他们便看到了浑身通红的李警官。一时之间，齐夏根本不知道他哪里受了伤——他嘴唇发白，面色铁青，浑身无力地瘫坐在地上。

"怎……怎么回事？"林檎颤抖着跑上前去拉住了李警官的胳膊，"李警官……你到底伤到了哪里？"

李警官扭过头来看着齐夏和林檎，脸上挤出一丝苦笑，他缓缓地伸出手，仿佛想要说些什么。

齐夏走进低头一看，心脏猛然跳了一下。这根本不是伤到哪里的问题,李警官的整个右手手掌全都消失不见了。他的手腕处有一个非常粗糙的断口,看起来根本不像被切断的,而像被硬生生扯断的,他为了止血,找了一根铁丝勒住了手臂,那铁丝紧紧地嵌在皮肉中,将附近的肉勒得发紫,也正因如此,手臂的断口处只流出了少量的血液。

"天哪……"林檎想要做点什么,却发现自己根本帮不上忙,"章律师,到底发生了什么事?"

"那个兔子的游戏……"章晨泽用力咬了咬嘴唇,"那个女人简直就是个疯子……"

齐夏的眼神渐渐阴冷下来,他想要说些什么,却如鲠在喉。他曾设想过许多和对方见面的场景,可无论如何都料想不到是如今的局面。

"章律师,带他们出去吧。"李警官忽然开口说,"我想跟齐夏单独聊聊。"

"单独聊聊?"几人听后都有些疑惑。

章晨泽思索了一会儿,点了点头,带着林檎和老吕出了房间。见到众人离去,李警官苦笑了一下,对齐夏说:"皱着眉头干什么?看起来跟受了多大委屈一样。"

"我……"齐夏叹了口气,只能说,"我会替你报仇的,那个兔子……"

"不……"李警官摇摇头,"那个女人是疯的,不要参与她的游戏。"

齐夏还未出口的话又哽在了喉咙中。李警官有气无力地笑了一下,问:"你找到离开这里的方法了吗?"

"没有……"齐夏失落地说,"我想我可能错了,我不仅没有找到离开的方法,甚至还害死了乔家劲和甜甜。"

这里只剩李警官一人,齐夏终于说出了隐藏在心中的难过:"我把一切都想得太简单了……"

李警官发白的嘴唇咧了一下,然后他挪动了一下身体,让自己坐得舒适了一些。"怎么了呢?"他问,"还有你解决不了的事情吗?"

齐夏不知要如何描述关于潇潇的事情,只能摇了摇头。如今连他信任的李警官也要死去,齐夏感觉自己的头痛又要犯了。他假装没事地问:"为什么把我单独留下?"

"我有些话,想在死前找个人说。"

李警官摸了摸口袋,掏出了一个破旧的烟盒,里面居然有两根发霉的香烟,估计是他在某个废弃的建筑里找到的。他拿起一根烟叼在嘴上,然后摸了摸其他的口袋,低声骂了一句脏话:"忘了我没找到火,死前都抽不上这一口……"

齐夏听后立刻从自己的口袋中掏出一个打火机,这是潇潇借给他的。他将打火机点燃,伸手凑了过去。

李警官一愣,随后用左手挡住了火焰,然后探头过来将香烟点燃。片刻之后,他拍了拍齐夏的手。

"呼——"一口浓厚的烟雾吐出,李警官整个人看起来都放松了一些。"舒坦啊。"他笑了笑,"现在死也不怕了。"

"你要跟我说什么?"齐夏坐到李警官对面,略显严肃地看着他。

李警官没有回答,反而问:"齐夏,甜甜和乔家劲是怎么死的?"

齐夏毫不犹豫地回答:"昨天中午过后,被这个打火机的主人活活打死了。"说完,他将打火机向前一递,塞到了李警官手中。

李警官低头看了看这个绿色的塑料打火机,眼神有些失落。

"是吗?"他抬起头对齐夏说,"那个人在杀死乔家劲和甜甜的时候……有没有什么奇怪的地方?"

"奇怪的地方?"齐夏摸着下巴整理了一下思路,要说奇怪的地方实在是太多了,他简单地组织了一下语言,把昨天下午发生的事情一五一十地告诉了李警官,包括那个女人奇怪的体形,以及那让人摸不着头脑的下毒。

最后,齐夏又补充了一句:"对了,在她杀人之前和杀人之后,我分别听到了两次钟声。"

李警官听后将烟举起,颤颤巍巍地又吸了一大口,在吐出了团烟雾之后,说:"钟声响起的时候,我恰好在那个巨大的显示屏前面。"

"什么?"

"那震天响的钟声在我耳畔响起,让我以为整个世界都爆炸了。"李警官开玩笑似的说,"你知道屏幕上写了什么吗?"

齐夏这才想到那个屏幕上会无缘无故地显示文字,于是问:"写了什么?"

"我听到了'嫁祸'的回响。"李警官一字一顿地说。

"嫁祸?"齐夏喃喃自语地思索起来,"之前是'招灾',这次是'嫁祸'……"

李警官将烟盒里仅剩的一根香烟递给了他:"要吗?"

齐夏点点头,伸手接过了烟。李警官用左手给他点上。

"我就知道你抽烟。"李警官叼着烟,将打火机扔给了齐夏,"动脑子的时候最适合抽烟了,是吧?"

齐夏没回答,接过打火机之后,品了一口这有些发霉的烟卷。香烟在放置很长时间之后,口感会变得辛辣,这支也不例外。

"我很多年没吸烟了。"齐夏说。

"是啊,戒烟好。"李警官点了点头,"戒烟对身体好……"

他说完之后顿了顿,两个人陷入了沉默。二人缓缓地吐着烟雾,就像学生时代一起藏在厕所吸烟的同学。

"第二次钟声呢?"齐夏问道,"屏幕上有新的字吗?"

"没有。"李警官叼着烟摇了摇头,"第二次钟声响起的时候,那行字消失了。"

齐夏若有所思地盯着手里的香烟,感觉事情还是有些诡异。"这到底是什么意思?"他问,"那个钟根本不是丧钟,而是某种警示。"

"这个问题就交给你去思考了。"李警官无奈地靠着墙壁,此刻烟也快燃到烟蒂的位置了,"我只是把我看到的情况告诉你,你比我更有希望在这里活下去。"

"为什么？"齐夏有些不甘心地问，"为什么你不可以在这里活下去？"

"因为我是警察。"李警官笑了笑，举起了他断裂的右手，"这只手是为了救章律师而丢掉的。本来我可以完全不用管她的，但我做不到见死不救。可你不一样……齐夏，你没有包袱。"

齐夏似乎明白了李警官的意思。这个男人从一开始就想救下所有的人，他的原则贯彻始终，从未变过。这个原则会在这里害死他的。

齐夏面色沉重地点了点头，又问："你把我单独留下，应该不是为了告诉我这些事吧？"

"是……"李警官的脸色更加苍白了，"齐夏，我心中有一个秘密，至今都没与任何人讲过，我不想带着这个秘密去死，所以要在死前说出来。"

"那为什么是我呢？"齐夏不解地问，"你明明可以讲给章律师听。"

"因为你和'他'一样，都是骗子吧……"李警官苦笑着摇摇头，"虽然你们一点都不像，但仔细想想，这似乎就是冥冥之中的安排。"

齐夏听后举起烟深沉地吸了一口，然后说："你说吧，我听着。"

李警官双眼无神地望着前方，缓缓道出了他真正的故事。整整十分钟的时间，齐夏静静地听他讲完所有的一切，过程中眼神不断闪烁，仿佛听到了完全不可置信的内容。

"李警官……原来你在第一个游戏里，撒了这么大的谎。"他嘴唇微微颤抖着说。

齐夏只觉得李警官当时说的东西有些诡异，可没想到他居然用一个谎言贯穿了始终。

"是。"李警官的双眼瞬间变得通红，"这是此生犯过最大的错……"

"仅仅是犯错？！"齐夏皱着眉头站起身，之前对李警官的崇敬之情也没有了，"你跟那个骗子沆瀣一气，在最后关头都在帮他脱身，结果你却骗我们说你当时在蹲守……虽然我也不是什么良好市民，但我这辈子最看不起的就是你这样的人。"

李警官一仰头，热泪便顺着他苦笑的脸庞滑落了下来。

"是啊……"李警官怅然地点点头，"来到这里的时候我并不意外，因为我觉得这就是对我的审判……"

"什么？"齐夏眉头紧锁着冷眼望向李警官。

"说不定我死在这里，就是赎罪了……"

李警官话音刚落，远处忽然传来一阵钟声。

铛！

齐夏扭头向室外一看，满脸都是震惊。钟为什么又响了？这一次屏幕上写的是什么字？

李警官就像什么都没有听到一样，伸出颤抖的手从地上拿起空荡荡的烟盒，然后从里面掏出了一支烟。然后，他从他的口袋中又摸出了一个金属打火机。

在齐夏不可思议的目光之中，李警官把那支突然冒出来的香烟点燃，脸上露出释然的微笑。接着他缓缓地把头低下，似乎自言自语地说："齐夏，我死了就是赎罪了……"

齐夏愣了愣，看了看他口中那根干净无比的香烟，感觉情况十分诡异。

"喂……李尚武，你先别死……"齐夏冲到李警官身边跪坐下来，发现他已经没有呼吸了。

他的口中依然叼着那根香烟，手中握着一个有些陈旧的高档打火机。

痛。深入骨髓的痛。

齐夏咬住了牙齿，蹲在地上痛苦地闷哼。他感觉自己仿佛真的有什么严重的心理问题，每次有人在自己身边死掉，他都会头痛欲裂。

这到底是怎么引起的？难道只要自己见到死人就会这样吗？他问自己。不，自己已经在游戏里见过好几次死人了，并不是所有的人死后都会让自己头痛。

足足半分钟的时间，齐夏才终于长舒一口气，再次面无表情地站起身来。

门外三人也终于注意到了屋内的情况，他们纷纷跑进屋来查看，发现李警官已经叼着烟死去了。

章晨泽捂着嘴，想要痛哭却又不敢出声。她慢慢地走到墙角，抓着自己的头发蹲了下来，原先过分标准的普通话此刻也变成了四川方言："这都啥子事情？都在搞啥子？"她似乎受了很大的刺激，情绪看起来非常不稳定。

还不等齐夏开口说话，远处又一次响起了钟声。

铛！

林檎和老吕一惊，看向声音传来的方向。虽然他们都不知道钟声代表了什么，但是他们已经很多次在死人的时候听到这个声音了。林檎定了定心神，来到章律师身边，轻轻地拍了拍她的肩膀，说："章律师，你要振作一点。"

"我要咋子才能振作？"章律师一脸憔悴地抬起头来，眼神中都是绝望，然后她意识到刚才有些失态，捂着脸说，"李警官是为了我……为了救我才死的……"

"到底发生了什么事？"林檎握住了章律师冰凉的手，"这种时候不要压在心里，跟我讲讲。"

她似乎很懂得如何跟情绪失控的人聊天，短短几句话就让章律师放松了戒备。

"都是那个兔子……"章律师摇摇头，"那个疯兔子……她想要我们两个人的命……若不是李警官，我们俩全都得死……他们都是疯子……他们的眼里完全没有法律……"

章律师缓缓地讲述着齐夏等人离开之后发生的事情。二人的遭遇和齐夏推断的不同，并不是李警官发现了这个鬼地方的游戏模式,而是章律师。

在齐夏四人走后,章律师果断跟便利店对面的牛头人聊了起来。正如她所说的,她需要收集到足够的情报,才能够做出正确的判断。在得知了这个地方的游戏不会送命,反而有可能赢得道之后,她与李警官、肖冉、赵医生说明了情况,可三人之中只有李警官支持她的看法,并决定拿仅剩的一颗道去赌一把。

这个做法遭到了肖冉的强烈反对,她明知道道是参与游戏用的筹码,却坚持要把道留在自己身边,宁可让这一丝机会浪费,也绝不允许他们拿去参与游戏。

李警官碍于对方是个女生,一直都对对方好言相劝,可章律师不惯着她。几次逻辑清晰、言语锐利地呛声之后,她将肖冉说得哑口无言。毕竟说到吵架,一个幼儿园老师怎么可能吵得过律师?

便利店对面设计游戏的是人牛,那是一个简单到不能再简单的游戏——障碍赛跑。

餐厅里摆着许多废旧轮胎和木制高墙,只要能在规定时间内顺利通过就能赢得两颗道。

这场游戏几乎就是为李警官量身设计的,他本来就是警校出身,在学生时代经常练习障碍赛跑,虽然过去这么多年已经有些生疏了,但在规定时间内跑完应该是小菜一碟。

门票一颗道,获胜赢得两颗道。李警官似乎是找到了什么漏洞,他一连参加了三次,二人的道也变成了四颗。一直到他实在没有体力,二人才离开游戏场地。这一次的经历让二人信心大增,他们认为有望在见到齐夏之前收集到足够多的道。

后来他们误打误撞,又来到了人兔的游戏场地。那是逃脱类型的游戏,他们本以为这个游戏的难度也不会太大。在一个不大的房间里,二人分别被困在房间的两个角落。章律师被绑在一个巨大的透明鱼缸中,水流不断注入鱼缸。而李警官则被一副手铐铐在了房间另一侧的墙边,他的手边只有一根木棍。

铐住李警官的手铐的钥匙放在章律师的鱼缸中,而章律师所处鱼缸的注水开关就在李警官的不远处。二人手边都有拯救对方的方法,可章律师被铁丝捆了起来,根本解不开绳子,也无法将手铐的钥匙丢出鱼缸。李警官虽然离水阀开关很近,可他被锁住了右手,距离水阀始终有几步的距离,二人谁都无法在第一时间解救对方。

这个游戏根本不是逃脱类游戏,而是一个彻头彻尾考验人性的游戏。看起来二人都被困住,需要各自逃脱,可是仔细想想,李警官的处境和章晨泽根本不同。随着时间的推移,章晨泽一定会溺死,可是李警官不会,他就算在这里待上一天都是安全的。

章晨泽毫不避讳地说:"那一刻,我以为自己死定了。"

接下来,李警官试了很多方法来挣脱手铐。对他来说寻常的手铐并不难打开,可他手边没有任何开锁工具,唯一能有用的就是一根木棍了。

"李警官真的好傻……"章晨泽呜咽着低下头,"他明明可以把木棍丢过来,打碎鱼缸……结果他打断了自己的……"

齐夏听后无奈地叹了口气:"他做过思想斗争。"

"什么?"章晨泽抬无神的双眼,"你说这是他考虑过后的结果?"

"嗯。"齐夏点点头,"他应该知道用木棍击碎玻璃不是明智之选。"

"可他连试都没试……"章晨泽又哭了起来,"他明明可以试一试的……"

"他试了之后呢?"齐夏说,"若是那根木棍没有打碎玻璃,反而掉在了鱼缸旁边……你们又该怎么办?"

章晨泽哽住了,齐夏的问题一针见血。如果那根木棍没有击碎鱼缸,反而掉在了远处,二人就完全失去了逃出那里的希望了。

在章晨泽一脸震惊时,李警官用那根木棍打碎了他的手掌。如果角色对换,章晨泽知道自己绝对不会为了他人的性命而断掉自己的手。可李警官真的这样做了。

他最初的想法非常简单,只要将自己的手掌打到脱臼,很容易

249

就可以从手铐里脱离出来。可是他失误了。

齐夏记得李警官当初从鱼叉之下拯救韩一墨的时候,情况也非常紧急,可他未曾失误。或许这一次他真的有些慌乱了。

他用木棍击打手掌的时候不小心击打在了手铐上,而若是从外部用力,手铐只会越铐越紧。他知道就算他将手掌的骨头全部打碎也不可能抽离了。

看到鱼缸里的水已经没过了章律师的脖子,李警官当机立断,放弃了敲碎手掌的计划,反而转向了小臂。这一次他的力道比之前更大,大到他好几次都要昏厥过去。

章律师也只能将头仰起,不断地在水面上寻找空气,就在她快意识模糊的时候,那个男人来了。他第一时间关掉了水阀,又用木棍连续重击几次击碎了鱼缸,接着用仅剩的左手解开了章律师身上的铁丝。章晨泽赶忙折断一截铁丝,帮他紧紧地箍住手臂,二人这才从那个鬼地方逃了出来。

章律师面带悲伤地看了看李警官的尸体,开口说:"正如他所说……他是个警察,所以不能见死不救。"

"不……"齐夏缓缓地摇了摇头,"他或许只是在弥补自己曾经犯过的错。"

"犯过的错?"众人不解地看向齐夏,"什么意思?"

齐夏本想说些什么,可最终还是把话咽了回去。李警官应该不希望自己临死前讲述的事情被太多人知道,既然他已经死了,就让这个秘密跟他一起陪葬吧。

林檎将身上的外衣脱了下来,披在了章律师的身上。

"章律师,你身上都湿透了,小心感冒。"

一旁的老吕感觉自己有点多余,手足无措了半天之后才把那口铝锅抱过来,对章律师说:"唉,小姑娘,节哀顺变啊,你吃点东西不?"

章律师略微一愣,问:"这位是?"

"我是吕……你叫我老吕就行。"老吕憨憨地笑了一下,"人是铁饭是钢，一顿不吃饿得慌。"

"他是我们在参与游戏时认识的人。"林檎解释说，"章律师，你肯定饿了吧？齐夏特意带着这锅肉来找你们。"

"肉……"

章律师确实有些饿了，从来到这里开始算起，她已经整整两天没有吃过东西了。她赶忙接过锅子，抓起里面已经凉透了的腥臊肥肉，大口大口地吃了起来。

看着她浑身湿透、披头散发、狼吞虎咽的样子，任谁也想不到她曾经是个风光的律师。在吃下了几块肉之后，她才口齿不清地说："齐夏，谢谢……"

齐夏没有说话。毕竟这锅肉是给李警官的，如今李警官死了，给章律师也没什么不妥，至少她看起来比肖冉和赵医生靠谱一些。

"齐夏，本来我对你有些看法的。"章律师继续说，"可你不仅给我们带来了吃的，还给李警官带来了烟，你真的很细心。"

她伸手指了指李警官叼着的香烟，开口说："他花了很久时间，才找到两根发霉的香烟……"

齐夏听后微微思索了一会儿，走上前去，从李警官的嘴中拿下了那根非常干净的香烟。他从未见过这个牌子的香烟——烟蒂上写着"冬虫夏草"四个字，放到鼻子前一闻，有股浓郁的牛奶和中草药混合的香气。

"没错，这是我带来的烟。"齐夏神色复杂地说，"只可惜李警官还没来得及抽就死了。"

林檎有些不解，她几乎和齐夏寸步不离，却不记得他找到过香烟。

齐夏又从李警官的手中拿起了那个金属打火机："这个打火机也是我带来想送给李警官的，如今看来只能我自己用了。"

众人自然没有反对，只是林檎有些疑惑。

齐夏走到一旁，拿起打火机和香烟观察着，他总感觉这件事情说不出的诡异，难道这一切都和那个钟声有关吗？想到这里，他又从地上捡起了那个老旧的烟盒，仔细检查了一番，并没有发现任何机关。

"怎么了？"林檎走过来轻声问，"有什么不对吗？"

齐夏眉头一皱，根本没法回答。他要怎么告诉林檎李警官从一个空的烟盒中掏出了烟，还从空空的口袋里掏出了打火机？

"兴许是我自己看错了。"齐夏将香烟和打火机都装到烟盒里，回头说，"章律师怎么样了？"

"情绪已经稳定了，我们该怎么办？"

齐夏点点头，说："我们的目的一直以来都只有一个，不是吗？"

说完他就缓缓地走向了章律师，说："章律师，我有话就直说了……能不能问你借一颗道？"

"借……一颗道？"章律师眉头一扬，有些不解。

"没错。"齐夏点点头，"实不相瞒，我们的道被人烧毁了，现在一颗都没了。"

章律师听后慢慢地低下了头，似乎在思索着什么。

"齐夏……我可以把道都给你。"章律师抬起头，一脸认真地说，"我们组队吧。"

齐夏抿了抿嘴唇，说："我并不是不想和你组队……只是待在我身边似乎会有危险……"

他将乔家劲和甜甜的遭遇简明扼要地告诉给了章晨泽，然后说："我现在被钉上了，他们会杀死我身边的人来阻止我。"

"乔家劲和甜甜死了，你受到了影响吗？"章律师问。

"这……"

"你根本不会受影响。"章律师说，"也就是说杀死你身边的人来威胁你，这一招是行不通的。"

"理论上是这样。"

"那我就是安全的。"章律师缓缓地站起身来，"我们做一个协议，我的道都给你，我也会在接下来的时间帮助你，但作为交换，你要帮我逃出去。"

齐夏听后面色有些沉重，叹了口气说："你会不会太乐观了？我并不知道要怎么从这个鬼地方逃出去。"

"李警官曾经说过，如果这个地方真的能逃出去的话，你八成做得到。"

齐夏听后沉默了。在他的人生之中，事情很少会超出自己的预料，他通常会以精密的计划来掌控一切事情。可自从来到这里，他许多次地感受到了无力，这里的一切似乎都不会按照他的计划发展。

一开始，齐夏制订了战术，想要倚靠和生肖赌命来获得道，可是紧接着就经历了会丧命的游戏，好不容易活下来，又目睹了乔家劲和甜甜的死，甚至赢来的道也被尽数摧毁……他纵然有万般不甘却也无力阻止。他本想和李警官组队商讨下一步的对策，可现在李警官也死了。

基于目前的形势，他只能被迫和章律师组队。可章律师到底是个什么样的人？

"不能运筹帷幄的感觉真的让我很不舒服。"齐夏喃喃自语，"章律师，我能问你几个问题吗？"

"问我几个问题？"章律师思索了一下，说，"好，只要不牵扯隐私，你问。"

"你不得不出去的理由是什么？"

"我……"章律师觉得这个问题有点意思，"我就算没有要出去的理由，也不可能甘愿待在这里吧？"

齐夏点了点头，又问："你觉得谋道害命是可行的吗？"

"谋道害命……"章律师托着下巴，仔细地考虑了一下这个问题，然后慎重地回答道，"我觉得这个办法是可行的，但我不想这么做，这触犯了法律。"

齐夏思索了一会儿，又说："好，最后一个问题……你犯过错吗？"

"犯错？"章律师一愣，"你是指犯罪吗？"

"无关于法律。"齐夏说,"而是那种足以改变你整个生命轨迹的错误,让你懊悔不已的,让你后悔万分的,让你余生都在还债的错。"

章律师的眼神忽然冰冷下来,她直勾勾地盯着齐夏,问道:"什么意思?这个问题和我们组队有什么关系吗?"

她没有回答,但齐夏已经知道答案了。

看来一切的起因都在第一场游戏中,因为每个人都撒了谎。

"好的,我知道了,我们一起行动吧。"齐夏点点头,对章律师伸出了手。

章律师有些狐疑地看了齐夏一眼,也慢慢伸出了手,和他握在了一起。

老吕看到众人的表现,感觉自己又成了局外人,他想要融入这个小团体还需要花点工夫。他知道齐夏绝非一般人,跟他一起行动的话获得道的概率会大幅提高。

想到这里,老吕走上前憨笑了一声,然后对齐夏说:"既然人找到了,那我是不是也该走了?"

齐夏面无表情地点了下头,淡然地说:"不送。"

"哎!"老吕稍微愣了一下,"齐小子,你不准备留我吗?"

"没那个必要。"齐夏转过身去缓缓坐下,继续打量着手中的打火机。

老吕一脸尴尬地站在原地,本想上演一出"众人不舍,他不得不留下"的感人戏码,结果眼前的年轻人完全不吃这一套,这可怎么是好?他又转头望向林檎,眼神之中还带着一丝期待。

林檎太了解齐夏了,他不可能留一个陌生人在身边,毕竟之前乔家劲和甜甜的遭遇,就是那个叫作潇潇的陌生人造成的,所以林檎并没有搭理老吕。

见到林檎半天都没有反应,老吕只能又看向章晨泽,他心说这个女人看起来也很面善,应该不会那么无情。于是他走到章律师身边,想替她将衣服裹得严实了一些,谁承想被她躲开了,他只好尴尬地说："小丫头，我可走了，你得照顾好自己啊。"

让他没想到的是，章晨泽比林檎更加冷血。

"大叔，不劳您费心。"章晨泽冷言道，"另外和您声明一下，除非紧要关头或是医疗场合，否则请不要碰我。"

"你们……"老吕气得牙痒，却又无话可说，毕竟是他自己提出要走的。

以前只见过自己给自己台阶下的，却没见过用一个台阶把自己架上悬崖的。

老吕一步三回头地走向门口，发现确实没有任何人挽留他，于是只能悻悻地走到门外。刚要离去，他猛然之间想到了什么，于是赶忙退了回来，对众人说："我今天早上发现了一个需要四个人组队才能参加的游戏……你们有没有兴趣？"

听到这句话，林檎和章晨泽双双望向齐夏。

齐夏缓缓抬起头，思索了三秒之后问："什么动物？"

见到齐夏果然对道感兴趣，老吕索性一屁股坐了下来，说："嘿嘿，是狗啊！这可是验证咱们小队配合度的游戏，肯定没问题啊！"

"狗？"齐夏一怔，低头沉思了一会儿。狗是团队配合类的游戏，林檎和章晨泽都不算蠢人，并且她们会听自己的指挥，配合起来问题不大，唯一的变数是眼前的老吕。

齐夏面色复杂地盯着老吕，仿佛在思考团队游戏的可行性。

"齐小子，你咋了啊？你不信我？"老吕有些着急了，"我说过了，越到关键时刻我越聪明啊！"

"老吕，你能答应我一个要求吗？"齐夏问。

"可以！你说！"

"在进行游戏的时候，一切都听我的指挥。"

老吕听后眼珠子转了一下，然后点点头："好，还有呢？"

"没了，就这一个要求。"

"嘿，我还以为是啥事！"老吕笑着摆摆手，"你放心啦齐小子，到时候都听你的。"

齐夏始终觉得不靠谱，又嘱咐道："或许我会做出看起来很诡异的决定，但想要赢得比赛就必须听我的。"

"唉，我知道了！"老吕再次认真地点了点头。

见到老吕一脸严肃，齐夏也不再纠缠，转身来到章律师身边，问："吃饱了吗？"

"嗯。"章晨泽从地上捡起一片还算干净的废纸，仔细地擦了擦手上的油渍。

"虽然这么说有点不太好，但你要不要换上李警官的衣服？"齐夏说。

章律师听后一怔，看了看她身上湿透的衣服，又看了看李警官那带血的T恤，思考了片刻之后摇了摇头，说："我有洁癖，就穿我这一身吧。"

简单收拾了一下之后，众人跟随老吕前往游戏场地。

或许就像老吕说的，由于他常年在街边摆摊的关系，所以他对城市中错综复杂的小道特别熟悉。众人跟随他在各种小巷之中穿梭，齐夏有好几次都感觉自己迷失了方向，老吕却轻车熟路、闲庭信步，一直左拐右拐。

其间齐夏有好几次看到了老吕所说的数字，除了之前见过的"52"，齐夏还见到了"19"和"34"。他猜测老吕可能是对的，这些数字只是某人为了记路而写下的标志。

大约二十分钟后，众人来到了一间破旧的旅馆前。

一个带着狗面具的人正站在门口跟几个人说话。

齐夏四人走近一看，瞬间变了脸色。眼前的狗面具实在是太逼真了，是一只大型斗牛犬的面具，他的西装跟之前遇到的地牛穿的一样，黑得发亮，贴身的衬衣也一尘不染。

"是地狗……"齐夏愣了一下。

章晨泽微微眨了下眼，问："地狗是什么意思？不是人狗吗？"

"地狗比人狗要高一级……"齐夏摸了摸下巴说，"在地级游戏中是会死人的。"

"死人……"章晨泽一怔,"那我们还参加吗?"

"这……"齐夏皱起眉头思索了一下,就算是地级,但游戏依然是合作类,只要他们四人齐心,他有把握能赢。想到这里,他回过头,又慎重地看了看章晨泽和老吕,说:"你们能保证听我安排吗?"

"可以。"章晨泽点头。

"能。"老吕也附和道。

齐夏听后算是放了心。

"太好了,有人来了!"地狗的方向传来了一声叫喊,"这下就可以开始了吧?"

齐夏扭头一看,发现地狗身边的那几个年轻人都在朝他们这边看。

"怎么回事?不是四个人组队吗?"齐夏疑惑地问老吕。

"我也不知道啊,早上那只狗跟我说四个人组队才可以参加的。"

齐夏走上前去打量了一下这四人,三男一女,看起来年纪都在二十多岁,其中一男一女互相搂着对方,似乎是情侣。这些人痞里痞气,头发也染得五颜六色,给齐夏的第一印象并不是很好。如果说乔家劲给人的第一印象是混混中赫赫有名的打手,那这些年轻人就像是混混中最底层的喽啰。

"要来参加我的游戏吗?"地狗低沉的声音忽然响起,"每人一颗道,生死各安天命。输了的队伍会全员淘汰,存活的队伍会获得每人五颗道的奖励以及淘汰队伍的全部战利品。"

"全员淘汰?!"众人一愣。

"什么规则?"齐夏冷言问道。

"缴纳门票,知晓规则。"

"又来了……"齐夏无奈地摇了摇头,之前地牛的游戏也是这样,在缴纳门票之前,连会遇到什么事情都不知道。

"喂,行不行啊你们?"一个染着绿色头发的混混看起来有些不耐烦了，"还没玩就怕了？"

齐夏没理会"绿毛"，思索了一会儿又问道："地狗，你的游戏会随机分队吗？"

"随机分队……"老吕和林檎似乎想到了什么。

这确实是个问题，若是地狗学习地牛，在缴纳门票之后忽然打乱众人的组队，胜负将难以预料。

"不会。"地狗说，"你们将始终保持现在的分队，你们所做的一切努力也都是为了争取团队的利益。"

听到这句话，齐夏才放下心来。看来这是彻头彻尾的团队合作类游戏，只不过现场有两支队伍，八成会进行对抗。

老吕看到齐夏一直在犹豫，赶忙掏出四颗道递了上去。

"老吕……"齐夏一皱眉头，"你做什么？"

"这次我请。"老吕奸笑了一下，"最后要是赢了的话，也给我多分一点。"

"我不想多分给你。"齐夏说，"赢来的道所有人平分，否则我现在就走。"

"这……"老吕叹了口气，随后不太高兴地点了点头，"唉，行吧行吧……你小子真是一毛不拔啊。"

两支队伍纷纷缴纳了门票。让众人没想到的是，在缴纳门票之后，地狗的态度忽然一百八十度转变，他高兴得手舞足蹈，像接待客人一样将八个人迎进了屋内。

"快请进啊各位！"地狗笑着说，"欢迎来到我的游戏场地！"

众人虽说一脸不解，但也只能跟上去。进屋之后，齐夏四下打量了一下这个破旧的旅馆，内部构造比较简单，左右各有一条长长的走廊，每条走廊里都有几个房间。

"不知道几位喜不喜欢看谍战剧？"地狗搓着手问道。

齐夏发现地狗的手背毛茸茸的，似乎戴了很逼真的手套。

"谍战剧？谁看那玩意？"一个金发混混摇摇头，"你别废话了，快说咱们要玩什么。"

"真是心急啊……"地狗从前台的抽屉里抽出两摞卡片，然后往前一递，说，"虽然你们是以四人为单位的小队，但每个人在队伍中都有自己的身份卡，现在请抽取你们的身份。"

齐夏看了看那摞身份卡，很像第一次见到人羊时候拿到的卡片，它们的背面都写着"女娲游戏"四个字。

站在队伍最前面的林檎将四张卡片接了过来，然后回头问："谁先抽？"

"都一样，你发牌吧。"章晨泽说。

林檎听后点了点头，将卡片背过来洗乱，然后逐一发给了三人。

齐夏接过身份牌一看，一脸不解，上面写着"发信人"。

"这个要保密吗？"老吕将卡片扣在胸前，小心翼翼地问。

众人看向地狗。

"不需要。"地狗笑着说，"组员可以互相查看对方的身份，如果你们喜欢的话，也可以互相交换身份。"

几人听后纷纷向齐夏靠拢，站成一个圈。他们将卡片一一翻开，每个人的身份都不同。齐夏的身份为"发信人"，林檎的身份为"收信人"，章晨泽的身份为"人质"。

"你的呢？"齐夏看向老吕，发现他始终不肯亮出他的牌。

"我……我这个……怎么说呢……"

事到如今齐夏也不再询问，直接扣住老吕的手腕，将那张牌强行亮了出来。牌上面写着"奸细"。

"奸细？"齐夏仔细思索了一下，不明白这张身份牌的意思。

若四个人中存在奸细，按理来说身份应该保密。可地狗开局就让众人互相查验身份，甚至还允许交换身份牌，到底是要玩什么游戏？

"各位，你们要交换身份吗？"地狗站在旅馆的前台问道。

齐夏看了看众人手中的牌，感觉有些为难。连接下来要进行的游戏是什么都不知道，如何才能得知最重要的身份是哪一个？如果奸细的身份是用来破坏团队合作的，那这张牌给老吕非常合适——

他为人不算聪明,齐夏对付起来难度不大。

可是发信人和收信人又是做什么的?

"齐夏,我和你换吧。"林檎拿着收信人的牌递向齐夏,"虽然我没搞懂这两个身份的意思,但是看字面意思发信人在前,收信人在后。我来做第一个,你当收信人的话好歹有个周旋的余地。"

齐夏觉得林檎说的话不无道理,他确实有必要作为后手来控制局面。

"好,我们交换。"

二人交换了卡片,林檎成了发信人,齐夏是收信人。

"那个……"老吕拿着手上的卡片不知所措,"我……我这个……"

齐夏拍了拍他的肩膀,开口说:"老吕,不管歼细的任务目标是什么,你尽管做好分内的事,要记住我们是一个团队,必要的时候多思考。"

老吕似懂非懂地点了点头,齐夏又回头看向章晨泽。她此刻正拿着一张人质牌出神,她的身上湿漉漉的,齐夏能想象到她此刻应该比较难受。

"章律师,你还好吗?"齐夏问道。

"这个人质……"章晨泽嘴唇微微一动,"会不会是那种被绑在鱼缸中的人质?"

齐夏认真地思索了一下这个问题,点了点头:"确实有可能。需要我跟你交换吗?"

"不必……"章晨泽摇摇头之后苦笑了一下,"说不定你们几个都不如我有经验,我来当这个人质再好不过了。"

看到章晨泽脸上那故作坚强的表情,齐夏不知如何劝说,只能淡然开口道:"放心,我会救下你的。"

"我不担心我的处境,只是希望你不要也打断自己的手。"

齐夏几人确定了身份,看到对方队伍也已经交换完了卡片。"绿毛"和"金毛"、光头男的身份分别是发信人、收信人和人质,他们团队中唯一的女孩是奸细——女孩好像并不满意她的身份，似乎是别人跟她交换的。

"双方选定了身份就请列队站好。"地狗笑眯眯地说。

齐夏微微一愣，他发现地狗在笑时，整个面部肌肉都在动，仿佛他不是戴着狗头面具，而是长了一颗真正的狗头。

"首先有请抽到奸细的玩家出列。"地狗伸手做出请的姿势。

老吕和女孩在思忖了片刻之后站了出来。

"请大家给予掌声！"地狗自顾自地拍起了手，众人都没动，静静地看着他。

"首先我要恭喜二位，在这场游戏中抽到了存活率最高的身份。"

"存活率最高？"二人同时皱起眉头。

"不错，从现在开始，你们由于奸细的特殊身份，将会在对方的队伍中行动。"地狗伸出手，一边比画一边解释道，"你们有两个完成任务的方式，第一是当好奸细，替原本的队伍获得胜利，从而全队存活。第二，你们也可以抛弃原本的队伍，替现有队伍赢得比赛，只要在最后关头，你们所在的队伍愿意接纳你们，你们就可能以新的身份存活下来。"

老吕思考了一番后开口问："也就是说我们不是奸细，而是双面间谍？我们不管替哪个队伍获得胜利，都算是赢了？"

"没错，只要新的队伍愿意接纳你们，你们便赢了。"地狗笑着点点头。

齐夏感觉这个规则有点漏洞，开口问："那为什么要有两个奸细？墙头草的话一个不就够了吗？"

"问得好。"地狗点点头，"这也正是本次游戏最有意思的地方，如果新的队伍要接纳奸细，必须要抛弃自己队伍派出去的奸细。换句话说，一个队伍最多只能有四人，不存在两个奸细都加入同一阵营的情况。"

这番话一出，齐夏的脸色有些难看。果然，这个地方发生的一切都不会在计划之内。原来奸细是可以叛变的!

还不等齐夏说什么,老吕就回过头来问道:"齐小子,你们不会抛弃我吧?!"

齐夏盯着老吕的眼睛沉默了一会儿,反问道:"你呢?"

"我抛弃你们有啥好果子吃啊?!四颗道的门票都是我交的。"老吕有些着急地说,"赢了的队伍每人获得五颗道,外加对方身上的战利品,对吧?可是你们身上穷得叮当响,只有那个律师身上有几颗道,我帮对方的话,顶多获得五颗道的收益,也就是我忙活半天只能赚到一颗道啊。"

齐夏点点头,说:"你明白这个道理就最好了。我是不会抛弃你的。"

"那咱可说好了啊。"老吕抓住了齐夏的手,"我会尽量把对面搞得一团糟,帮你们赢下比赛。"

"等会儿。"齐夏将老吕一把拉到身前,低声说,"有几件事我要和你交代一下。"

另一边,那个同为奸细的女孩听了规则之后也很为难,她来到了她的男朋友"绿毛"身边,一脸不情愿地说:"搞什么啊,我要去对方的队伍了?"

"放心啊宝贝。""绿毛"伸手搂住了女孩的腰,"就是去走个过场,那些老弱病残怎么可能搞得赢你?"

"你不会趁机不要我了吧?"女孩问。

"你这说的啥话?我不要你,要那个老头?""绿毛"用力搂了搂女孩,二人的脸几乎贴在了一起,"你可比他重要多了。"

"真不要脸……"

"地狗,剩下的规则呢?"齐夏问道,"这个游戏到底是玩什么?"

"请各位跟我来,我们一边走一边讲解。"地狗说着话,将众人领到了旅馆的一条走廊中,"这旅馆一共有两条平行的走廊,走廊的布置全部都是相同的,两支队伍各占一条走廊开始进行游戏,谁能最先完成任务便可以宣告胜利。"

说完他就推开了走廊中的第一扇门，门上写着"发信人"。

"这是发信人的房间。"地狗说，"游戏开始后，两位发信人只能在各自的房间中，不可以外出，你们的任务就是将一封装有密码的信件投递出去。"

这空荡荡的房间内只有一张桌子，桌子上的东西也一目了然：一封信，一个铁盒，一把金色钥匙，一把金色的锁。

林檎思索了一会儿，问："既然我们不能出这个房间，又要怎么把信送出去？"

"很简单，把信给奸细。"地狗说，"请各位跟我来。"

他带着众人出了房间，来到了走廊上。"走廊就是奸细的活动区域，你们在两条走廊中穿梭，负责送信。但要注意，你们只能在属于自己的走廊上活动。"

"让奸细帮忙送信？！"众人听后都愣了一下。

"各位有看过谍战剧吗？"地狗笑着说，"有时候明知道送信人是奸细，也有不得不把信送出去的情况。"

众人听后都不知该说些什么，在场的大多是年轻人，又有几个人仔细研究过谍战剧？

"这是什么？"林檎看到走廊中有一个小型机器。

那机器看起来像个电暖气，上方有一个巴掌大的小孔。

"这是粉碎机。"地狗说，"奸细可以按自己的喜好，将任何东西丢入粉碎机中，包括信、钥匙、锁。但值得一提的是，由于尺寸限制，铁盒是丢不进去的。"

"也就是说我们可以让奸细送任何东西？！"林檎问，"单独送一把钥匙也可以？"

"没错，只要你们愿意，可以让奸细在走廊中多次往返。"

众人隐隐感觉这个游戏并不简单，将要发生的情况也完全难以预料。

"前半部分规则就先说到这里了。"地狗笑着说，"请发信人回到自己的房间,接下来的规则不需要你们了解了。"

林檎看了齐夏一眼,然后缓缓地走向了房间。对方队伍中的"绿毛"也去了另一条走廊,进入了房间。

齐夏看了看走廊上的粉碎机,忽然有些后悔,看来奸细才是这场游戏中变数最大的角色。

"二位奸细,不论你们收到什么东西,一定要在三分钟之内送到,除非那个东西你们已经毁掉了。"地狗伸手指了指走廊上的电子表,那里有一个三分钟的计时,"若是时间为零,货物依然没有被处理的话,就会被制裁。"

老吕和女生听后一怔:"不是说我们的身份最安全吗?"

"当然,你们只要将东西送到了或者毁坏了就会安全。"地狗笑着说,"这是为了避免有人拖延时间而定下的规则。"

见到众人不再言语,地狗又说:"请奸细留下,剩下的人跟我来。"

老吕和女生留下了,地狗带着剩下的人继续向前走去。

目前双方都只剩下收信人与人质。走廊的尽头有另一个房间,门上写着收信人。地狗推开门,只见门里依然有一张桌子,桌子上仅有一把银色的钥匙和一把银色的锁。房间的角落里有一个像电冰箱一样的大型设备。

"这就是收信人的活动空间。"地狗说,"除了奸细之外,你们不能与任何人联系。"

说完,他又走到大型设备旁边,说:"这个柜子是人质需要待的地方,游戏开始之后你们会被困在柜子中。"

齐夏率先上去查看了一下柜子,柜门上有个电子显示屏,此刻显示未锁定。柜子内部的构造颇为怪异,柜壁是用金属打造的,上面还有不少孔洞,看起来就像是……

"这是我定制的大型微波炉。"地狗说,"半个小时之后,若是没有任何人打开柜门,里面的人就会被烤熟。"

一旁的大光头男听后倒吸一口凉气,他正是对方队伍的人质。

"微波炉？！什么鬼东西？！"他大叫一声向后退去，"老子才不要进去！"

"喂！"金发男一把抓住了他，"别闹了，你要在这里退缩了，阿目出去之后会弄死你的。"

此言一出，光头男明显被吓到了，气势也弱了："那……那我也不能钻进微波炉里啊……"

"放心，这些人怎么可能是阿目的对手？"金发男抓住光头男的肩膀，"相信他的手段吧。"

光头男思忖半晌，略带犹豫地点了点头。

"至于收信人，你们的规则和发信人并无不同。"地狗继续说，"唯一需要注意的是若你们成功收到了信，请立即打开信封，破解其中的开门密码将队友解救，最先解救出队友的队伍视为胜利。"

齐夏见到一旁的章晨泽始终在沉默，于是淡淡地开口问："你相信我吗？"

章晨泽沉吟了半刻，说："齐夏，我相信你，但这个游戏的变数太多了。在这个房间中你无法跟其他人交流，更不可能商讨战术。就算我相信你，也不代表你一定能救我出来。"

"这……"齐夏一时语塞。

地狗看到正在交谈的二人，非常不合时宜地凑上前来，微笑着开口说："就算是现在，你们想要交换身份的话，我也不会反对。"

听完这句话，齐夏一怔，掏出自己那张收信人卡片看了看，心想：章晨泽刚刚经历了从鱼缸中逃生，紧接着又要进入微波炉中，这样对她是不是太过残忍了？

"章律师，按照道理来说，我确实应该和你交换……"齐夏有些为难地说，"让你接连两次成为人质，对你来说太——"

"没关系。"章晨泽说，"齐夏，从利益最大化的角度出发，你应该拿到这张收信人。站在整个游戏的中间地带，你会更容易掌控全局。相比于其他人，我也更放心让你来打开门锁。"

"你不会觉得对你很残忍吗？"齐夏问。

"残忍？"章晨泽挤出一丝笑容，"只要是正确的事情，就应该无条件执行。正好我身上的衣服还湿着，就当进去烘干了。"

"各位若是已经明白规则了，就请各自就位，接下来的指令请听房内广播。"

地狗将众人安排好，独自来到了前台。

两条走廊中，众人皆已就位。

发信人们都坐在走廊的第一个房间中，走廊中站着对方派来的奸细，而最后一个房间则有收信人和人质。这场游戏的规则看似很简单，那便是发信人将密码递给奸细，奸细递给收信人，收信人查看密码，最后开门。

可是三言两语就能讲明白的规则，却让众人心里都没底，毕竟这个游戏最重要的一环掌握在对方队伍的奸细手中。

"各位。"地狗在前台处拿着一个话筒，同一时刻，各个房间以及走廊的广播里都传出了他的声音，"游戏将在十分钟后开始，现在请奸细们与发信人接头。"

林檎在房间中看着各种道具，脑海中不断地思索着对策。箱子、锁、钥匙、信，四样物品当中有三样可能被粉碎机粉碎，想要躲开粉碎机，必须将信封装在箱子中，然后上锁，这样一来整个箱子都无法被丢入粉碎机中，奸细只能送达收信人。

可问题是钥匙怎么办？虽然她不知道齐夏手头有什么工具，但按照游戏的设定来看，他必然不可能有配对的钥匙或是任何开锁工具。那他收到盒子之后要怎么打开？

咚咚咚——

一阵微弱的敲门声响起，奸细女孩从外面打开了门。"好了吗？"她面无表情地问。

林檎看了看女生，问："你叫什么名字？"

"江若雪，你好了吗？"

"若雪，你要不要加入我们？"林檎开门见山地问。

叫江若雪的女生思索了一下，说："加入你们这件事情风险太大，我不能赌。"

"风险？"

"没错。"江若雪点点头，"若是帮你们赢下比赛，你们在最后关头选择不接纳我的话，我一样要死。"她的表情很认真，仿佛早就思索过这个问题了。

"你的担忧不无道理。"林檎点点头，开始了她最为擅长的聊天手段，"但我们不妨来做一个假设，在你的了解中，你的队伍想要赢下比赛的话，他们会用什么方法？"

江若雪微微皱了一下眉头，说："你是说……他们也会和奸细合作？"

"嗯，就是这个意思。"林檎说，"就像面试一样，我们如今是双向选择，你也一样，你要考虑的不是我们会不会抛弃你，而是你原本的队伍会不会抛弃你。"

"他们不会的。"江若雪坚定地说，"为了一个糟老头子而抛弃我，不论怎么想都不可能。"

"他们并不是为了一个糟老头子，而是为了活下去。"林檎尽可能地放缓语气，这样能使对方的心里戒备持续降低，"一般人会把性命掌控在自己手中，而不是别人手中吧？"

江若雪这一次很明显犹豫了。她张了张嘴，仿佛想说些什么，但还是沉默着。

"而我和你合作，也只是为了活下去。"

"那你们派出去的奸细呢？"江若雪说，"他明明是你的队友，你可以直接放弃他吗？"

"我和他认识的时间不超过四个小时，更不可能因为这四个小时的相识而赌上自己的性命。"林檎一脸认真地说，"而你又和自己的队友认识多久了？他们会为了你而选择冒险吗？"

江若雪愣了一下，再三思索之后，还是没有答应林檎的请求。

"我不能相信你，你快点准备好信吧，我会想尽一切办法毁坏里面的信。"江若雪摇摇头说，"其他的话不要再说了。"

"我能问问你这么坚持的原因是什么吗？"林檎最后问。

"阿目是我的男朋友，还需要什么其他的理由吗？"

身为心理咨询师的林檎知道想要在几分钟之内瓦解一个人的心理防线几乎不可能，这是只有在科幻小说里才会出现的情节。正常人对于陌生人的防备心理极其严重，尤其是在这种生命攸关的场合，双方所说的每一句话都有可能让对方丧命，只会比平时更加小心。

林檎也不再浪费时间，反而把注意力放在了眼前的箱子上。如果完全不考虑跟奸细合作的话，有没有其他办法让齐夏拿到信？

另一边，坐在发信人房间的阿目也见到了奸细老吕。

"我说小伙子，你赶紧把东西给我啊。"老吕一只手扶着门框，非常不耐烦地说。

阿目挠了挠他那一头翠绿色的头发，向老吕投去了轻蔑的目光。他没有看桌子上的东西，反而思索了一会儿说："老头，十颗道，买你同伴的命，怎么样？"

"啥玩意？"老吕一愣，"十颗道？"

"你看起来不是蠢人，自然知道这里的生存法则吧？"

老吕思索了很久，才缓缓开口说："你这个小伙子说什么傻话呢？为了十颗道怎么能出卖队友？况且门票都是我交的……"

"十五颗。"阿目继续说，"除了这场游戏本该获得的奖励之外，我会另外给你十五颗道。"

老吕的眼神慢慢看向地面，脸上写满了犹豫。

"别想了，老头，你应该知道如何才能百分之百活下去。"阿目的手指敲了敲桌子，声音里充满了警告的意味，"我们会接纳你，让你活下去，出门之后我们各奔东西。"

老吕小心翼翼地问："给我十五颗道……这次游戏你们岂不是一无所获？"

"没关系啊。"阿目毫不在意地摇摇头，"我们取了对方的命，就可以得到对方身上的战利品,也不能说一无所获。"

"那个女人呢?"老吕又问道,"她不是你对象吗?"

"女人而已!"阿目凑上前来恶狠狠地看着老吕,"女人死了再找就是了。可我一旦死了,情况就会有点糟糕啊……"

老吕感觉眼前这个男人有种说不出的危险感。但仔细想想,齐夏等人浑身上下也掏不出十五颗道,在这里答应对方的请求他将赚得盆满钵满。

"我要定金。"老吕说,"现在就给我五颗道。"

"什么?"

"这样一来你就不能杀我了。"老吕露出笑容,虚汗也从脸庞滑落了,"谋道害命是不行的,对吧?"

"老狗,你还挺聪明的。"阿目的脸色瞬间沉了下来。

"当然……关键时刻我很聪明的。"老吕露出一脸难看的笑容。

"真希望你的队友能看到你这副面孔。"阿目从怀中掏出五颗道,像喂鸽子一样撒在了地上,老吕赶忙趴在地上将道一颗一颗地捡了起来,然后装到口袋中。

"嘿嘿……我的队友们会理解我的。"老吕拍了拍手上的尘土,"我早就提醒过他们我关键时刻很聪明,他们自己没有料到我会叛变,我也没办法啊。"

阿目露出一脸皮笑肉不笑的表情,将上锁的箱子连同金色的钥匙一起递给了老吕。

"那接下来的事情可就交给你了。"

另一边,收信人的房间,齐夏正坐在椅子上闭目养神。

"囚徒困境吗?"他嘴中喃喃自语,"不,应该是水桶定律……"队伍中最弱的成员将决定队伍的整体强度。

齐夏用手指微微敲着桌面,心中正在计时:"可到底哪一块板子才属于我们这个水桶呢?"

"双方的奸细应该都与发信人碰过面了。"他依然闭着眼睛,在脑海中尽可能地模拟双方见面时的场景,"时间大约过去十分钟,我们的奸细还没有把信送过来,说明林檎的游说失败了。毕竟恋爱中的女人没有什么理由亲手害死自己的恋人。"

"至于另一边……"齐夏睁开眼睛,伸手玩弄着桌子上的银色钥匙,"老吕大概率已经叛变了。"

他的面色渐渐冷下来:"从现在开始,对方将同时有两名奸细的帮助,事情正在朝着最坏的方向发展。"

"好消息是水桶定律正式失效,我方队伍之中不再存在短板。"齐夏缓缓地露出一丝冷笑,"接下来就是米格-25效应。"

正在此时,门口忽然传来一句话:"苏联在打造米格-25战机的时候,明明所有的配件都不如美国,却可以通过提升综合性能,使其成为世界一流战机。这就是米格-25效应,是吧?"

齐夏扭头看去,奸细江若雪正站在门外,面无表情地看着他。她的手中抱着一个盒子,盒子上了锁。

"你觉得米格-25效应是正确的吗?"江若雪问。

"我不太确定。"齐夏同样面无表情地说,"我不确定现在属于我的零件是否好用,可你一出现,我所有的疑虑都消失了。"

"我一出现就让你顿悟了?那你可真是个百年难得一见的天才。"江若雪略带嘲讽地将盒子放到齐夏面前的桌子上,"下面就请你用你的米格-25效应打开这个盒子吧。"

齐夏仔细打量了一下这个盒子,金色锁头牢牢地锁住了它。他用手边的银色钥匙试了试,完全打不开,他又将盒子抱起来,轻轻地晃了晃,果然听到其中有沙沙的声音。

有信。

"怎么称呼?"齐夏问道。

"江若雪。"

"江若雪,你刚才粉碎过钥匙吗?"齐夏问道。

"你觉得你的队友会把钥匙给我吗?"江若雪双手环抱,仿佛正在看一出好戏,"像你这种自认为聪明的人,没有钥匙就打不开盒子了吗？"

"她没有把钥匙给你，那可太好了。"齐夏嘴角一扬，对江若雪说，"你刚才听到了吗？"

"听到？听到什么？"

"脚步声。"齐夏说，"这个老旧旅馆的隔音并不好，在你行动之前，应该就听到脚步声了吧？"

"那又怎么样？"江若雪撇了撇嘴，"整个建筑物里能动弹的就我和那个老头，有脚步声也不足为奇。"

"可他为什么比你出发得要早呢？"齐夏用手指敲着桌子，略带深意地看着江若雪，"我们的奸细为什么会第一时间就出发了？"

"你……"江若雪神色一怔，仿佛想到了什么。

"你觉得在这个游戏中自己有多大的概率活下来？"齐夏敲着桌子，试图用语言击破对方的心理防线，"若你的队伍跟我们的奸细合作了，你还有胜算吗？"

"我懂了。"江若雪的眼神渐渐冰冷了下来，"你打不开盒子，所以把目标转到了我身上？这样做会不会太幼稚了？"

齐夏点了点头，说："这都被你看透了吗？"

"你不要妄想蛊惑我了。"江若雪向后退了一步，"我是绝对不可能相信你的。"

齐夏不再说话，反而看向自己正在敲桌子的手指。"时间差不多了……"他面色一冷，喃喃自语道，"就让我验证零件是否好用……"

还不等江若雪明白这句话的意思，另一条走廊上忽然传出了嘈杂的叫喊声，听起来像是有人在打架。只可惜离得有点远，听不清具体内容。

"很好，是上等零件。"齐夏不再敲打桌面，反而缓缓地站起身，开口说，"江小姐，若你刚才答应和我们合作，结局将会完全不同，但如今已经没有机会了，你只是备用零件。"

"呵，真有意思。"江若雪无奈地摇了摇头，"那我倒要看看，你如何才能拿到信。"

齐夏根本没有想办法打开锁,反而拿起桌上的银色锁头,又锁在了盒子上。此时的盒子上同时有两把锁。

"你已经精神失常了吗?"江若雪问道,"再上一把锁,难道是想负负得正吗?"

"我精神失常?还真有这个可能。"齐夏将盒子拿起来,塞给了江若雪,"劳驾,帮我送回给发信人。"

"什么?!"江若雪一愣。

将这个挂着两把锁的箱子送回发信人?

"原来是这样……"她瞬间大惊失色,直接明白了齐夏的计策,"你……你等一下……"

齐夏不等对方说完,直接将她推出了房间,然后将门上了锁。

江若雪一脚踏进走廊,墙壁上的倒计时亮了起来,三分钟。她此刻捧着盒子面色复杂,早知道对方是这种人物,刚才应该假意答应下来才对……

她来到走廊,另一条走廊上的声音也变得清晰可闻。

江若雪回过神来,趴在墙上听了听。不一会儿,她的表情就变得凝重了起来。

阿目听起来非常生气,他一直在大喊:"你个老狗居然把钥匙毁了!"

另一边走廊上,发信人的房间。

老吕已经被打得鼻青脸肿,他的两个鼻孔都在流血,手指也被掰断了一根。

"别……别打了……"老吕求饶道,"要是把我打死,就没人给你们送信了……饶了我吧……"

"老狗!"阿目一把薅住老吕为数不多的头发,恶狠狠地说,"我对你不好吗?!啊?道给你了,信任也给你了!你居然敢粉碎我的钥匙?!"

"真是抱歉……"老吕用力挤出一脸苦笑，"我都送完了盒子，才发现还有钥匙没送……我本来想立刻送过去的，可是三分钟倒计时只剩下三秒了，我不把钥匙丢进粉碎机的话会死的……"

"你以为我会相信你吗？！"阿目拽着老吕的头发将他狠狠地撞在了墙上。

这一下撞到了眼眶，老吕的眉骨处开始流血。

"哎哟……别打了……"老吕抱着额头在地上号哭，"再打真的要打死了……"

阿目稍微平定了呼吸，慢慢地松开了手。

"老狗……幸亏我没有完全相信你。"他缓缓地站起身，从怀中掏出了一封信。

"什么？"老吕看到那封信，瞬间愣在了原地，"你没有把信放进去？！"

"你们这些小伎俩，在我面前如同小孩子过家家一样。"阿目面带怒笑地蹲到老吕身边，说，"老狗，我再给你一次机会，如果这一次信没有送到对面的话，我可不管什么制裁不制裁，一定第一时间冲到走廊上戳瞎你的眼睛，咬碎你的喉咙，听明白了吗？"

老吕浑身发抖地点了点头。他知道阿目绝对做得到，这人是真正的亡命之徒，就算游戏输了，他也绝对不可能放过自己的。

"齐小子……我这把老骨头就帮你到这里了。"老吕喃喃自语。

另一侧，江若雪正抱着盒子拖延时间。她已经没有任何办法了，她没有想到那个年轻人出乎意料的聪明。手中两把锁的盒子被破解只是时间问题，她现在唯一能做的就是尽量拖延时间，希望她的队伍能靠这点时间率先获得胜利。

时间一分一秒地过去，距离倒计时结束只剩十秒的时候，江若雪敲开了林檎的房门。

林檎似乎没想到自己还会收到回信，一脸不解。她方才将带锁的盒子送出去，希望齐夏手边能够有称手的工具打开盒子，可现在盒子不仅完好无损,甚至还带着两把锁被送回来了。

"快拿着!我没时间了!"江若雪说。

林檎害怕奸细死后无人送信,赶忙接过了盒子。她看着盒子上的两把锁,慢慢瞪大了眼睛,说:"原来是这样……原来他有第二把锁?我明白了!"

林檎赶忙掏出自己的金色钥匙,将金色的锁头解了下来,现在箱子上只剩一把银色锁头。

"快!"林檎将箱子重新递回给江若雪,"快送回给收信人!"

江若雪咬着牙看了看手中的盒子,知道大事不妙。眼前这个女人仅用几秒钟就看透了这个战术,显然也不是泛泛之辈。

"喂……让我加入你们吧……"江若雪一脸尴尬地说,"我们合作吧,只有合作才能让你们胜利啊。"

林檎仔细盯着江若雪的双眼,很快露出了一丝笑容,说:"真奇怪,若你真的想跟我们合作,齐夏应该不会想出这个计策。"

"齐夏?"

"事情已经发展到现在这个程度,你就算不跟我们合作我们也不会输掉比赛的。"林檎面带歉意地笑了笑,"抱歉,这次不行了。"

江若雪盯着林檎,心中不知在思索着什么。

"江若雪,你现在唯一能做的就是拖延时间了。"林檎将门缓缓地掩上,"对不起。"

来到走廊上的江若雪反而没有了之前的表情,她走到走廊中央,嘴中微微呢喃着:"原来他就是齐夏?真是得来全不费工夫。"

过了几秒之后,她似乎是在跟什么人对话一样,连连点头。

"是的,我可以死。可接下来的事怎么办?好。"江若雪点点头,"需要我给他留个小惊喜吗?知道了。"

她抱着手中的铁盒径直来到了齐夏的房门口,微微闭上了眼睛,伸手敲了敲门。

齐夏打开门后第一时间看了看她手中的盒子,心满意足地笑了。那盒子上只剩一把银锁。

这个队伍里全都是"上等零件"，无论如何也做不出"下等战机"。

"怎么，现在就把盒子给我吗？还是你要再拖延一会儿时间？"齐夏问。

江若雪缓缓睁开眼，远处却忽然传来了一阵钟声。

铛！

齐夏一愣，心中有了一股不祥的预感，他赶忙四下环视了一圈，却没有发现任何的异样。

"我现在就给你吧。"江若雪说，"你应该知道就算得到了这个东西也不能立刻打开门的吧？"

"当然。"齐夏面带谨慎地伸手接过盒子，依然小心翼翼地盯着对方，"对面的老吕应该早就把信送到了，可我们现在还没输，说明收信人就算看到了信的内容也无法立刻开门。"

"让我看看你的手段。"江若雪说。

齐夏有些狐疑地看了看她："你若是见识到了我的手段，可能会没命的。"

"没关系。"她笑着说，"谁会输还不一定呢。"

"也对。"

齐夏拿出桌上的银色钥匙，顺利地打开了箱子上的那把银锁。他掏出信封打开看了看，脸上的表情并没有什么变化，随后来到大型微波炉面前，仔细地观察显示屏上的提示。

这是一个很高级的触摸屏，支持手写输入。

留给齐夏写密码的位置是四个空格，现在唯一不确定的是需要输入四个数字还是字母，或是汉字。

齐夏又回头拿出这封经过加密的信，接下来要做的事情是破解密码。他将信舒展开来，看到上面打印着一行字母：MLGDRZDQVXL。

除了这行字母之外，信上再没有其他提示了。

江若雪看到这行字母之后也有些疑惑，似乎不太明白这个密码的原理。

"每个游戏都有生路。"齐夏喃喃自语，"设置一个过于复杂的密码会让参赛者们失去这条生路，所以破解这条密码的方式不会太困难。而在我已知的简易密码破解方式中，不牵扯到数字的仅有一种——恺撒密码。"

所谓恺撒密码，是目前最简易也最广为人知的一种加密手段。简而言之，就是将字母表上的所有字母都同时向前或者向后进行平移，如 A 变成 B，B 变成 C 等。比如常见的英文单词 CAN，用恺撒密码的加密方式将字母平移一次，写出来就变成了 DBO。

这样看起来写下的是一串乱码，但经过破译之后却可以得到准确的单词。

"现在唯一需要确认的……便是字母进行了几次平移。"齐夏毕竟不是破解密码的专家，尽管他知道了大体方向，但剩下的问题只能使用最笨、最直接的方法——尝试。

他先假设每个字母都被平移了一次，可花了几分钟的时间破解之后依然得到了一串乱码。于是他进行二次平移。

这看似简单的操作却让齐夏沉默很久。

MLGDRZDQVXL。

他的手边没有纸笔，一切都只能靠大脑运算，要将这一长串字母每一个都平移两次，将 M 想成 K，将 L 想成 J，实在不是一件简单的事。

"还是不对……"

几分钟之后，齐夏慢慢地皱起眉头。他已经试了两次，却始终没有破解密码，难道是自己的思考方向错了？他想。

所有的字母总共可以偏离二十五次，换句话说 A 可以是除了 A 之外的任何字母，如果每一个都要靠心算，工程量会大到难以想象。

"这就是你的手段？"江若雪靠着门框问。

齐夏没回答，只是定了定心神，开始第三轮平移。

现在开始，他要将每个字母都试图向前平移三次，将 M 想象成 J，将 L 想象成 I……可是这一次，仅仅试验了五个字母，齐夏的神色就变得沉重起来。

江若雪也饶有兴致地看着他："哦？你是不是解出来了？"

齐夏嘴唇微动，念出了自己的答案："JI……DAO……WAN……SUI？"

"对对对！"江若雪高兴地拍着手，"原来破译之后真的是极道万岁呀！我还以为没有成功呢。"

一提到这四个字，齐夏罕见地有些恐慌了。他一屁股坐到座位上，有些惊恐地看着江若雪，嘴中喃喃地问："你们到底要做什么？"

"也没什么啊。"江若雪摇摇头，"我反正也要死了，这一次就当和你打个招呼。"

"打招呼……"齐夏狠狠地咬着牙，"你们上一次跟我打招呼，杀死了我的两个同伴……"

"哦？有这事？"江若雪微愣了一下，"原来潇潇动过手？她倒是没跟我们提过这件事，不过也无所谓啦，你要多担待，潇潇一直都是那样，不过她人还不错啦。"

"你们在跟我扯什么鬼话？"齐夏慢慢地站起身，"人还不错？我现在恨不得把她碎尸万段……"

"你好像真的很生气了……"江若雪走上前来拍了拍齐夏的肩膀，说，"这样吧，这次游戏之后我会死，以命换命，这样会不会让你消消气？"

齐夏没有回答这个问题，只感觉眼前的江若雪很怪，或者说，极道的人都很怪。

他顿了顿，回头拿起桌面上的那一封信，问："原来的密码呢？你们改掉密码，岂不是又会害死我的队友？"

"你在说什么呢？这就是密码啊。"江若雪不解地看着齐夏，"这不是你队友发出来的信件吗？"

"你……"齐夏同样有些不解，"你说极道万岁就是密码？你们跟地狗是一伙的?"

"那倒不是,我们和生肖没有关系。"江若雪摇摇头,"齐夏,你要明白一个逻辑关系,既然地狗说信就是密码,而信是极道万岁,那么极道万岁就是密码。"

"什么?"

齐夏总感觉这是一个很诡异的逻辑关系。江若雪看起来不像是那种完全没有理智的疯子,但她说出来的话依然难懂。

齐夏走到柜子前,将信将疑地在触摸屏上手写了四个汉字:极道万岁。

江若雪见状笑着说:"这四个字从你手中写出来,还真是有点不可思议呢。"

只听咔嗒一声轻响,柜门打开了。

章晨泽此时正坐在里面瑟瑟发抖,她一抬头,对上了齐夏的视线。还不等齐夏说什么,章晨泽立刻扑了上来,与他抱在了一起。

"齐夏!"

"我……"齐夏神色有些尴尬,两只手都不知该放在哪里。

"太好了……真是吓死我了……"章晨泽浑身都在发抖,不知是因为恐惧还是因为寒冷,"我还以为自己会在里面被活活烤死……"

"章……章律师,我记得你好像不喜欢别人触碰你。"齐夏尴尬地说。

"啊……"章晨泽赶忙放开手,擦了擦哭得红彤彤的双眼,"不好意思……我没有给你带来困扰吧?"

"倒是没有困扰,只是吓我一跳。"齐夏摇摇头,"我不太喜欢超出预料的事情,在我印象中你不是这种人。"

"对……对不起。"章晨泽慢慢地低下头,恢复了往日的神态。

就在二人沉默时,屋内的广播又响了起来:"有队伍成功解救了队友,游戏结束。"

随着"游戏结束"的广播通知,整栋建筑物里瞬间变得人声嘈杂,有人欢喜有人忧。

齐夏只听一阵剧烈的脚步声响起,似乎有什么人正在向他所在的房间跑来。他感觉不太妙,立刻出门看去,只见老吕鼻青脸肿,此刻逃命一般地跑向他,嘴里大喊着:"齐小子……救命啊!"

齐夏眉头一皱,发现老吕满脸是伤,他的身后,"绿毛"正像一条疯狗一样追着他打。

"老狗!我和你说过了!我要是死了一定要你偿命!""绿毛"怒不可遏,对老吕紧追不舍。

"那不是你男朋友吗?"齐夏扭头问江若雪,"极道的人都这么疯?"

"他可不是极道的人。"江若雪双手环抱,"这一次,我的角色扮演游戏也到此为止了,要演一个有恋爱脑的女人真的好累。"

"意思就是接下来发生的事你不管了?"齐夏问。

"不管了,我等死。"江若雪进屋坐了下来,开始闭目养神。

齐夏点点头,从桌子上抄起了那个铁盒。

老吕终于在即将被追到的关头来到了齐夏的身边。"齐小子!救命啊!"老吕将齐夏推到自己身前挡住"绿毛","你可得救救我……"

"发生什么事了?"齐夏疑惑地问。

见到齐夏挡在面前,阿目怒不可遏:"滚开!"

齐夏没有让开,反而伸手拦住了阿目:"哥们儿,有话好说,到底发生什么事了?"他故作着急地问,"我这位队友是不是惹你生气了?"

阿目渐渐停下脚步,狐疑地看了看齐夏:"你是他们的首领?"

齐夏听后挠了挠头,并没有回答阿目的问题,反而问道:"总之你先别动手,跟我说说情况。"

"好,既然你有疑问,我就让他死个明白。"阿目恶狠狠地说,"刚才这个老狗……"

他话还未说完,一个铁盒便朝着他的脸飞了过去。他根本想不到眼前的男人会忽然出手，一时之间来不及闪躲，被击中了鼻子。

阿目捂着鼻子怒骂一声，可他也明白眼前的男人不太好惹，如果掉以轻心的话他很有可能在制裁到来之前被反杀。他刚刚站稳，还未摆出还击的架势，齐夏便甩出一拳再一次打在了他的脸上。

阿目见到齐夏出拳的样子很业余，本以为这一拳不会有什么威力，可没想到自己直接被撂倒在地，整个太阳穴都在隐隐作痛。

正所谓趁他病要他命，齐夏紧接着冲着他的下巴猛踢一脚，他痛得在地上打滚，一时之间也站不起来了。

见到对方已经失去战斗力，齐夏扔掉了手中握着的锁头，被这东西击中太阳穴，一般人都受不了的。

"谁在乎到底发生了什么？"齐夏冷冷地说，"我的队友你也敢动？愿赌就要服输。"

正在此时，光头男和"金毛"也赶到了此地。

齐夏感觉有些奇怪，为什么对方的柜门也打开了？难道对方紧随其后也破译出了密码？

"阿目！"二人着急地跑上前来，发现阿目已经被人打翻在地，连忙上前查看他的伤势。

"解决了他们……"阿目有气无力地说，"再不动手咱们就要被制裁了……"

二人站起身，纷纷从兜里掏出一把折叠刀。见到这一幕，齐夏和老吕都向后退了一步。

虽然齐夏下手颇为狠辣，但面对两个注意力高度集中的持刀混混，他依然想不出任何的对策。

"喂！地狗！"齐夏大喝一声，"玩家私斗，你不管吗？！"

过了几秒钟，远处才传来地狗有气无力的声音："管，当然要管！但请各位稍等啊，我正在收拾东西，晚点再来。"

"呵……"光头混混将刀缓缓地举了起来，说，"生肖本就希望我们在游戏里自相残杀，又怎么会出手阻拦？"

齐夏的面色阴沉到极点，他从未想到玩家们自相残杀也是被默许的。之前他们和张山在地牛的游戏场地大打出手,地牛也是最后才出手阻止的,看来这次的情况只会比当时更糟。

"老吕……带着章晨泽跑。"齐夏低声说,"我刚才待的房间里有窗,打破窗子跑。"

"齐小子……那你呢?!"老吕有些心慌地问。

"我来想办法对付他们。"

"你……"老吕的眼珠子转了转,很快就下了决定,"那你自己小心!"

他回头拉起章晨泽的手冲进房间里,将座位上的江若雪一把拉开,然后举起椅子打碎了窗户。

"快走!"老吕冲章律师喊,"那群人是亡命之徒!"

一旁的江若雪饶有兴趣地看着二人,嘴角也漾起一抹微笑。

"不行,我不能走。"章晨泽说,"大叔,请不要碰我。"

"都啥时候了啊?!"老吕感觉眼前的姑娘实在是太倔强了,"现在可是在逃命啊!我碰你一下咋啦?!"

"齐夏不走我也不走。"章晨泽说,"要逃命的话你自己逃吧。"

说完,她从地上捡起一块细长的玻璃碎片握在手中,转身就要向门外走去。

"丫头片子你脑子锈掉了?!"老吕都快急疯了,上前一步抓住章晨泽的手腕,"你拿这个破玩意要干啥啊?人家可是有刀的!"

"请不要碰我。"章晨泽的眼中透出一丝冷意,"在这种地方想要活下去,光跑是没用的,我去和他们拼命。"

江若雪听着二人的聊天,不由得乐开了花。

"你们真的好有意思啊……"她捂着嘴,发出不合时宜的笑声。

二人同时望了她一眼,但谁都没有答话。

老吕继续劝说着章晨泽:"小丫头,你看过电视剧吧?有种剧情是本来逃走就没事的,可有的人非要回去送死……你现在不就是这种添乱的人吗?"

章晨泽仔细思索了一会儿,说:"若是只有齐夏一人,他的死亡概率确实很高，可如果我带着凶器加入战局，我和他二人的生存概率将会成指数倍增长。"

"啥玩意？"老吕听得一头雾水，"你拿个玻璃碴儿冲上去就成指数倍增长了？"

江若雪被逗得不行，在一旁哈哈大笑起来。

"你到底在笑什么？"章晨泽问道。

"我……"江若雪走到章律师身边，开口问，"能不能告诉我，你准备怎么对付那两个人？"

"我也不知道。"章晨泽看了看自己手上的玻璃碎片，"运气好的话，我能用这个东西重伤一个人。"

江若雪握住了章晨泽的手，一字一顿地说："姐姐，你要明白其中的逻辑关系。"

"逻辑关系？"章晨泽有些不解。

"没错，就像你自己说的……"江若雪笑着对章晨泽说，"正因为你的加入，你和齐夏的存活概率才会变高。所以你出现一定会杀死其中一个人，而你要杀死其中一个人，就一定要用玻璃刺破他的喉咙，这一切都是注定好的，所以不要说什么运气好之类的话。"

"什么意思？"章晨泽还是不懂，"女士，你和他们不是一伙的吗？"

"我都死到临头了还在乎谁是队友吗？"江若雪慢慢地放开了章晨泽的手，说，"去吧，一条人命等着你去拿。"

江若雪的一番话将老吕和章晨泽都说得有些蒙，可如今事态紧急，两人根本来不及过多思考。

章晨泽深呼吸了三次，然后拿着玻璃碎片就冲了出去。齐夏此时正把脱下来的外衣绑在手臂上，试图跟两个男人周旋。

"齐夏！我来帮你了！"章晨泽举起玻璃碎片，站在了齐夏身边。

"帮我？！你疯了？"齐夏咬着牙说，"快走啊！"

"没事的……"章晨泽似乎是在安慰自己，"我们会没事的……"

"金毛"见到齐夏分心,立刻向前跑去,他想着只要在这千钧一发之际将刀子插进进对方的胸膛,一切都结束了。

"齐夏小心!"章晨泽也向前一步,紧紧地闭上了眼睛,然后胡乱地挥舞着手中的玻璃碎片。

"金毛"见到这一幕不由得觉得好笑,他身体往旁边一扭,想要绕过面前的女人,却不承想一脚踩到了之前掉在地上的金属盒子。

"哎?!"他的身形一歪,整个人立刻失去了重心,接着向前一扑,脖子撞到了章晨泽手中的玻璃碎片上。

"喀……喀……""金毛"的嘴中立刻吐出了一口鲜血,"你……"

齐夏一愣,赶忙一把他推开。

"阿力!"光头男大吼一声,快步上前来扶住他的同伴。

光头男连忙捂住"金毛"喉咙上的伤口,看起来非常慌张。

齐夏惊魂未定地看着眼前这一幕,那个金属盒子是他之前攻击"绿毛"时掉在地上的,没想到在此时居然帮了大忙……这是多么幸运的巧合!

章晨泽此刻才终于睁开眼,这才发现她的双手沾了鲜血。

"啊!"她吓得赶忙丢掉手中的玻璃碎片。她之前口口声声说着为了活下去可以杀人,如今真的杀了人,却吓得花容失色。

齐夏没有犹豫,在章晨泽丢掉玻璃碎片的同时,立刻从地上捡起来方才"金毛"掉落的匕首。

战斗还没有结束,他们绝不可以掉以轻心。

"你们找死!"光头男发了疯一样怒吼一声,然后举起匕首挥舞着砍了过来。

齐夏立刻将章晨泽推进屋里,紧接着后退了几大步。这种没有章法的攻击最难躲避,因为根本不知道对方要攻击哪里,齐夏只能尽可能与光头男拉开距离。可他毕竟站在走廊的尽头,三五步就已经退到了死角。

虽然双方都手持匕首,但齐夏的想法只是保命,对方却像是一只失了智的疯狗。

"我和你拼了!"光头男举着匕首狠狠地挥下,齐夏赶忙侧身闪避。

趁着对方挥空的空当,齐夏当机立断划伤了对方的胳膊,他感觉这一下划得非常深,似乎割到了对方的骨头。

"想死的话就来吧。"齐夏威胁道。

光头男完全没有在意伤口的疼痛,举起刀子转身刺向他。

齐夏自知已无处闪躲,赶忙将身姿放低,本该刺向心脏的刀子刺进了他的肩膀。他痛苦地闷哼一声,立刻朝着对方的腹部刺去。可下一秒,光头男伸出左手,牢牢抵住了他的刀刃,匕首也毫不留情地刺穿了他的手掌。

"就凭你?"光头男瞪着眼睛恶狠狠地说。

不等齐夏回答,光头男立刻将刺入他肩膀的匕首狠狠地一转。"啊!"齐夏痛苦地惨叫一声,整个人痛得快要昏厥了。

他从未想过人的身体忽然遭受重创,眼前会瞬间一片漆黑,就像失明了一般。

就在此时,一个肥胖的身影忽然冲了过来,从背后死死地抱住了光头男。

光头男一愣,右手上的匕首也脱了手。

光头男发现抱住自己的人正是奸细老吕,更是气不打一处来:"就是你毁掉了我们的钥匙是吧?"

老吕虽然非常害怕,但依然死死地抱住对方,他知道自己一旦松了手,齐夏必死无疑。

光头男将左手翻转过来,拔出手掌上的匕首,刺进了老吕的肋骨间。

"哎!"老吕一愣,只感觉有个冰凉的东西刺进了他的身体,不痛不痒,触感僵硬,这种感觉他从未体会过。

光头男咬着牙，将匕首拔出来又连刺了几次。这下老吕终于感受到了彻骨的疼痛。

老吕浑身发着抖，可依然没有松手，他张开嘴死死地咬住了光头男的肩膀。

光头男哀号一声，准备彻底了结老吕的时候，林檎不知从哪儿冒了出来，拿着一块玻璃碎片刺中了他的手臂。

"齐夏！你再不动老吕就要死了！"她面容慌张地大喝一声。

这一声吼叫让即将昏厥的齐夏醒了过来，虽然他整个左边的身体都失去了知觉，但此时此刻绝不是倒下去的时候。等他看清眼前的局势之后，面色一惊，毫不犹豫地拔出了肩膀上的匕首，怒吼了一声就刺进了光头男的脖子。

光头男瞬间没了力气，几个人也都因为失力而倒在了地上。

"老吕……"齐夏一把将光头男掀开，赶忙查看老吕的情况，可是仅仅看了一眼，齐夏的声音就开始发抖了，"老吕……你怎么样？"

老吕躺在地上不断地抽搐，断断续续地说："齐小子……你关键时刻不太聪明啊……"他苦笑了一下，脸色已然苍白无比。

"是……我不如你聪明……"齐夏伸出颤抖的双手，用力捂住了老吕的伤口，"老吕你别死……这次的门票我还没还给你……"

"我怎么会死呢？"老吕叹了口气，说，"齐小子，要知道我的本名叫什么，肯定就不担心我了……"

"叫什么？"

"我说了你可别笑……"老吕苦笑一声，"以前我跟别人说我的本名，别人都会笑的……"

"我不笑……我保证不笑。"齐夏正在想办法给老吕止血，可是光头男下手实在是太狠了，完全止不住。

"我叫吕凤先……"老吕干笑了几声，"我父母给我取的名字，因为上面还有个姐姐，所以名为凤先……这名字是不是一听就死不了？"

"是是是,你是吕布①在世,当然不会死……"

齐夏跪在地上不断地颤抖,一直到自己头痛欲裂,一直到老吕没了动静。

游戏开始前。

齐夏将老吕一把拉到身前,低声说:"有几件事我要和你交代一下。"

"跟我交代?"老吕有些摸不着头脑,"齐小子,你是不是有什么对策?游戏马上就开始了,赶紧告诉我啊。"

齐夏听后沉思了一会儿,开口说:"也不算对策,老吕,如果对方邀请你加入的话,你也可以答应下来。"

"啥?"老吕愣了一下,随即明白了过来,"计中计是不是?我先答应下来,然后再从内部把他们给——"

"不。"齐夏摇摇头,"老吕,我们就在这儿分开吧。"

"啊?"

"我仔细思索了一下,我们只认识了很短的时间,为了你而赌上性命的话,整支队伍都不会安心的。"齐夏认真地解释道,"所以最好的办法就是你提前脱离队伍,一旦对抗起来的话,我们大家都没有压力。"

"你……"老吕的表情有些失落,明明是个中年胖大叔,看起来却委屈得像个孩子。

"对不起,老吕,我只是做出最正确的选择。"

"齐小子。"老吕忽然开口打断道,"你说你们不能为了我而赌上性命,但我可以啊。"

"什么?"

"不管你有什么办法,都先不要行动,我会在第一时间拿出我自己的诚意,你看了之后再做决定也不迟。"老吕说。

"可如果最后关头我们不接纳你,你就死了。"齐夏说。

---

① 吕布,字奉先。"凤仙"和"奉先"发音一致,此处为谐音哏。

"你可不是那样的人。"老吕憨笑着说,"我老吕虽然卖了一辈子袜子,但关键时刻看人很准啊,你等着!"

"唉……"齐夏无奈地摇了摇头,"那行吧,我看看你的表现再说。"

痛。

齐夏抱着自己的脑袋,全身颤抖不已。林檎站在他身边,一脸为难地看着他。虽然这个场面她曾不止一次地见到过,但齐夏的表现总令人不安。

齐夏一直都跪在地上哀号,脑海中传来的巨大痛感已经远远超过肩膀上的刀伤带来的痛。

江若雪见到这一幕后将一缕头发别到耳后,说:"你们的队长看起来很奇怪,他一直都是这样?"

"好像每次有人死了,他就会头痛。"

"那光头男死的时候他怎么不痛?"江若雪问。

"这……"林檎根本不知道齐夏头痛的原理,但根据她的记忆,齐夏确实是在有人丧生之后才会头痛的。

"他看起来就像被人催眠了一样。"江若雪继续说,"每次要感到悲伤的时候,大脑就会以疼痛来麻木这个感觉。"

林檎听到这番话仿佛醍醐灌顶一般瞪大了眼睛:"催眠?!"

"哦?你懂催眠?"江若雪扭过头,看向眼前的林檎。

林檎没有回答,反而陷入了思考:"有道理……若是催眠的话,的确有可能造成这个效果……可那不仅需要极其高超的催眠技术,更要齐夏全身心投入地配合才行……这种水准国内应该没有人能够做到……"

林檎说完之后感觉更加疑惑。

如果国内没有人能做到,国际上的催眠师就更不可能了。催眠不同于其他的心理咨询手段,若催眠师使用的语言不是被催眠者的母语,人类很难放松心理戒备,更不可能使大脑进入无意识状态。

"所以你是心理医生？"江若雪问道。

"我是心理咨询师。"林檎回答说，"江若雪，你是不是很懂催眠？"

"不懂。"江若雪摇摇头，"但我被人催眠过，当时催眠师给我举了一个类似的例子，说是在某些特定条件下，人类通过催眠可以把自己的情绪封印起来的，我看这个齐夏就很像这种情况。"

"是的……这种技术只能存在于理论中，现实中几乎不可能有人做到的……"

二人正说着话，一阵沉重的脚步声响起，地狗终于现身了。

"哎哟……搞成这个样子……"他看了看地上已经死掉的光头男、"金毛"和老吕，表情有些为难，"你们这些参赛者打架真是没轻没重的……"

话音刚落，他就来到了奄奄一息的阿目身边，抬起右脚狠狠地踩碎了对方的脑袋。

章晨泽和林檎都别过脸去。

"我好像该上路了。"见到走来的地狗，江若雪冲二人笑了笑，俏皮地说，"没什么事的话我就先'挂'了，有空再联系。"

地狗见到对方如此识趣，好像也明白了什么。他不再废话，伸出手抓住了江若雪的脖子。

"慢着……"齐夏慢慢地站起身来，看表情已经不再头痛了。

"做什么？"地狗扭头看向他。

"这个奸细我们接受了。"齐夏捂着肩膀说，"从现在开始她是我们队伍中的一员，你不可以处决她。"

在场众人听到这话纷纷一愣，连江若雪本人都难以置信。

"你搞什么？我从头到尾都没帮过你们啊。"

"那不重要，总之这不违反规则吧？"齐夏看着地狗，一脸认真地问。

地狗思索了一会儿，说："确实如此，只要你们抛弃自己队伍的奸细，就可以接纳新的奸细。"

说完,他慢慢地缩回了手,从怀中掏出了一个非常脏的布包,说:"这里是二十颗道,连同地上的所有尸体,现在都是你们的奖品了。"地狗摆了摆手,将道扔在地上,转身离去了。

"尸体也算是奖品……"齐夏的眼神逐渐暗淡下来,"我开始厌恶这个鬼地方了。"

"这就是你不识货了。"江若雪对齐夏说,"尸体可是好东西。"

"什么意思?"林檎一愣。

"这个地方还有其他吃的东西吗?"

还不等林檎回答,不远处的章律师忽然开口了:"侮辱尸体罪。盗窃、侮辱、故意毁坏尸体、尸骨、骨灰的,处三年以下有期徒刑、拘役或者管制。"

"你没事吧?"江若雪不解地看向章律师,"这种时候了还在背法规?"

章律师有些恍惚,她低头看着自己沾了血的双手,继续说:"故意杀人者,处死刑、无期徒刑或者十年以上有期徒刑……"

江若雪和林檎面面相觑,纷纷摇了摇头。

"你只是自卫。"齐夏说,"我亲眼看到那个男人自己撞到了玻璃上,和你没关系。"

章晨泽这才回过神来,一脸担忧地来到齐夏身旁,看了看他的伤口。

这个伤口让她想起了韩一墨。韩一墨左侧肩膀受伤之后很快就死了,这一次会不会轮到齐夏?

"各位,这二十颗道,还有他们身上的道……你们分了吧。"齐夏将布包往前一推。

"我们分了?你呢?"章律师问。

"我止不住伤口的血。"齐夏默默地低下头,"就算我包扎好了伤口,往后的几天也会因为刀伤无法行动,这场游戏我输了。"

"你在说什么?"林檎瞬间有些慌乱,"你现在放弃的话……之前的努力都算什么?"

"对啊,现在还不是放弃的时候……我们回去找赵医生吧?"章律师也带着哭腔说。

"没用的。"齐夏摇摇头,"就算赵医生真的肯帮我,也顶多是帮我包扎伤口罢了,以这里的医疗条件,他无法让我在接下来的几天内伤势好转。"

齐夏咬着牙站起身来,看了看二人,表情非常失落:"我本来不想放弃的,我的妻子一直都在家中等我……但我做不到了,剩下的事只能交给你们了。"他思索了一会儿,又说,"如果你们不想再去参与游戏,我也不会有意见,毕竟每个人的命都是自己的。"

江若雪双手环抱在胸前,漫不经心地开口说:"齐夏,你在演戏给我看吗?"

"什么?"齐夏扭过头,一脸淡然地盯着江若雪。

"虽然不知道原因,但我不傻。"江若雪笑着说,"你若是怕我阻拦你,又为何把我留下呢?"

齐夏捂着伤口,脸色逐渐苍白了起来。

"让我来猜猜,你是希望我给其他极道者报信,让所有人都以为齐夏已经放弃了,所以才留下我的性命的,对吧?"

"极道者?"林檎和章晨泽面面相觑,完全不明白她的意思。

"你确实很聪明。"江若雪点头道,"可你算错了一件事,那就是我根本不关心你是否会集齐三千六百颗道,我也不会阻拦你。"

齐夏的面色异常阴沉,没想到自己所有的想法都被对方看透了。

"虽然同为极道者,但我们每个人的追求都是不同的。"江若雪从手腕上拿下一根皮筋,将她散落的头发扎成丸子头,然后说,"有的人热衷于破坏比赛,有的人喜欢毁掉道,还有的人在街上招摇撞骗地扮演原住民,但我不同。"

"你有什么不同?"齐夏问。

"我喜欢体验不同的游戏,看人们暴露人性最真实的一面。"江若雪毫不避讳地回答,"极道者虽然都是一群疯子、骗子、赌徒,但每个人都在以自己的力量守护这里。而我守护这里的方法，就是煽动那些良人参与游戏。"

"所以……你是托儿？"齐夏一针见血地问。

"托儿？"江若雪思索了一会儿，点了点头，"照你这么说……我还真是托儿，只不过没人给我钱。"

齐夏一时之间无话可说，只能思索一个问题——极道到底是什么东西？

"所以你呢？"江若雪问，"真的要放弃吗？"

"你说呢？"齐夏松开捂住伤口的手，然后给江若雪展示了一下手指间的血迹，"你能让我痊愈吗？"

"这我确实做不到。"江若雪摇摇头，"我不是神，否则我一定会救你的……毕竟你刚刚保下了我的命。"

见到齐夏三人依然面带警惕地看着自己，江若雪也不再自讨没趣，她伸了个懒腰，露出她那性感的曲线，然后问："你们要杀我吗？不杀的话我走了。"

三人本就不是穷凶极恶之徒，自然没有杀江若雪的理由，转念再一想，他们甚至没有留下对方的理由。

"我真走了？"江若雪又确认了一遍。

见到众人还是没有反应，她无奈地摇了摇头，激起了远方的钟声。

听到这阵激荡心灵的声音，齐夏终于忍不住开口问："钟声到底代表着什么？"

江若雪回过头来，沉思了一会儿，说："念在你救了我的命，我可以破例回答你这个问题，但你也要回答我一个问题。"

"好。"齐夏点头。

见到齐夏答应下来，江若雪才开口说："目前已知只有两种情况会让钟声响起，第一是听到回响，第二是回响消失。"

"什么是回响？"齐夏又问。

"这是第二个问题了。"江若雪摇摇头，"我们的关系有这好吗？"

齐夏捂着伤口，面色逐渐暗淡下来。

江若雪似乎有些于心不忍，便说："齐夏，这一次我破例多回答你一个问题。回响是个很抽象的东西，有的人终生理解不了，而有的人就算理解了，也无法发挥回响的力量……今天我的运气很好，连续成功了两次回响，这也是你们能活到现在的原因。"

章晨泽仿佛想到了什么："果然……被我用玻璃捅死的那个人，是你动的手脚……"

"如果你们的认知依然停留在动手脚上，怕是一辈子也理解不了回响。"江若雪转过身就要离去，走了三步之后，忽然又想到了什么，停下来说，"齐夏，不要压抑你的悲伤，人在极端的情绪之下才会听到回响。"

话罢，江若雪推开旅馆的门，走向了街道。

"喂，你不是有问题要问我吗？"齐夏朝着她的背影喊道。

"先欠着吧。"江若雪没回头，仅仅挥了挥手。

她的一番话让众人听得云里雾里，但齐夏感觉自己抓住了什么线索。

按照齐夏的理解，回响似乎是某种超能力，这种超能力会随机出现在某些人的身上，而此时，巨钟也会响起，屏幕上会提示听到了什么回响。

换句话说，之前的每一次钟声响起，都是有人获得了这个名叫回响的超能力，而第二次钟声响起，代表使用者隐藏起了超能力，或者……使用者丧命了。

"李警官是回响者……"齐夏喃喃自语道。

"李警官？"林檎和章晨泽同时看向齐夏。

"李警官临死之前响起了第一次钟声，他死后又响起了第二次钟声。"齐夏试图将李警官当时的诡异行动跟这个超能力结合起来，"这说明他在临死之前获得了这个能力，可是他的表现很奇怪。"

齐夏从口袋中掏出了那个老旧的金属打火机，对林檎和章晨泽说：“他当时就像一个魔术师，从空烟盒中掏出了烟，又从空口袋中掏出了打火机。”

"什么？"章晨泽疑惑地看着齐夏，"这两样东西不是你带给他的？"

"不是。"齐夏摇摇头，"当时怕你们过多地关注这些问题，所以我隐瞒了没说，但现在想想，他确实是短暂地获得了这份超能力。"

"所以你是说……"林檎伸出手比画着，"这个叫作回响的超能力……可以让人凭空变出东西？"

"不。"齐夏再次摇了摇头，"若是仔细理解一下江若雪的话，再结合之前发生过的所有事情，我们不妨做出一个大胆的假设……这个叫作回响的东西分为很多个类别，每个人所获得的能力也不相同，目前已知的有'招灾'和'嫁祸'，以及李警官的隔空取物。"

章晨泽也在此时点头，道："那个江若雪的能力也与李警官不太相同……她好像可以控制一件事情的逻辑关系……"

"逻辑关系……"

不管怎么说，这个叫作回响的超能力都已经超出了众人的理解范围。在这个诡异的地方，不仅有着像神一样的人，还有遍布街道的疯子。众多参赛者在这里被随意屠戮，现在居然还可以获得超能力……若这不是一场梦，谁又会相信？

"齐夏……"章晨泽看着齐夏的伤势，表情很是担忧，"你刚才没有骗到江若雪，接下来我们该怎么办？"

"骗？"齐夏捂着伤口摇了摇头，"我没有骗人，而是真的要放弃了。"

"啊？"二人着实有些愣了，"你真的要放弃？"

"是的。"齐夏的眼睛如同一潭死水，"我的身上被人刺了这么大一个窟窿，想要继续参与游戏是不可能的了。"

章晨泽和林檎没想到齐夏居然会如此果断地放弃，一时之间都不知该如何是好。

"你不要灰心,我也会一些包扎。"林檎说,"我们先找个地方给你把血止住,接下来还有好多天的时间,说放弃太早了。"

"止血……"齐夏抬起头看了看天色,这一天过得格外漫长,现在才到傍晚。

"是啊,齐夏……"章晨泽也在一旁附和道,"你比我们都有希望集齐三千六百颗道,你若是放弃了,我们真不知道该怎么办了。"

齐夏三人找了一间破旧的按摩店落脚。

按照章晨泽的想法,按摩店有单独的隔间和床铺,至少能让齐夏好好养伤。这间按摩店和其他的建筑物一样,屋内几乎完全破败了,好在还能找到一些布幔。

林檎将布幔撕成细条,正在为包扎做准备。章晨泽也收拾出了一个干净的单人沙发,二人将齐夏扶到沙发上,然后脱掉了他的上衣。

齐夏失血太多。二人此刻也终于明白,就像齐夏自己说的,他的伤势不必说继续参与游戏,连站着都要用尽全力。

林檎看了看齐夏的伤口,感觉有些不妙。那个光头男将匕首刺进了齐夏肩膀的时候旋转了刀刃。这个动作使得原本应该是一道切口的伤口绽放成了一朵红色的肉花,不仅使体表的皮肉完全撕裂,更有可能伤到了体内的肌肉组织。

"我们没法缝合伤口了……"林檎说,"你先忍一忍,我给你包扎。"

"光包扎没有用。"齐夏从口袋中掏出了那个破旧的金属打火机,"找一块干燥的木头,点燃之后可以给我止血。"

"这……"林檎有些为难地接过打火机,"可能会很疼……"

"没事……"齐夏刚要说什么,却忽然听到了不远处有轻微的响动,那声音就像有什么东西非常有节奏地撞在墙上。

"怎么了?"

"嘘！"齐夏让二人噤了声，侧耳仔细听去，"这栋建筑物里好像有人。"

"有人？"二人赶忙将自己的声音压了下来，也仔细听了听，屋内确实有什么东西在响动。

"可能是原住民……"齐夏缓缓站起身，说，"不知道会不会有危险，我们换个地方吧。"

"别，你的伤势不允许你再四处走动了，我去看看。"章晨泽说，"我们进来这么久的时间，如果有危险的话早就死了。"

"不行……"齐夏刚想伸手拦住章晨泽，可她做事总是雷厉风行，一个箭步已经冲了出去，齐夏见状只能回头叫林檎，"快拦住她，没必要冒险。"

林檎点了点头，赶忙跟了上去。

可是这间按摩店本就不大，走廊两侧加起来只有四个隔间，章晨泽几秒的工夫就找到了发出响动的房间。她稍微思索了一下，伸手敲了敲门。

"晨泽！"林檎有些着急，小声地说，"小心原住民啊！"

"原住民应该不会伤害我们。"章晨泽见到没人应答，便伸手推开了房门。

刚刚推开门，一股恶臭就传了出来，将二人纷纷逼退了一步。

屋内，一个骨瘦如柴的男人正背对门口的方向，在给床上的客人按背。二人看清眼前的景象之后纷纷倒吸一口凉气。

是的，原住民不会伤人，可原住民的行为总是能够让人脊背发寒。那趴在床上的客人根本就是一具干尸，精瘦男人却将双手交叉，不断地在干尸的后背按压着。他看起来已经按了很久了，干尸的整个后背都被压扁了。

"客人……力道还可以吗？客人……力道还可以吗？"精瘦男人一边机械地询问，一边用力地向下按压着。他的手隔着干尸撞在了床板上，发出咚咚的声音。

两个女生愣在原地，半天没动。齐夏缓缓地走来，从二人背后伸出了手,将房门关上了。

"别受影响。"齐夏找了一间还算干净的隔间走了进去,坐在了床上,"去找根木头吧。"

林檎回过神来,知道给齐夏止血才是当务之急,于是赶忙转身去寻找干燥的木头。

章晨泽看着刚才的房间若有所思,几秒之后,她开口问:"齐夏,你说这些人……原来都和咱们一样吗?"

齐夏没有回答,反而对章晨泽说:"章律师,你以后不要这么冲动了,若房间里面不是原住民,而是一群像之前光头男那样的亡命之徒,你要怎么办?"

章晨泽慢慢低下头,回答说:"我有点关心则乱了。如果这里不能休息的话,你的伤势会加重的。"

"关心则乱?"齐夏感觉有点尴尬,思索了一会儿对章晨泽说,"章律师,你要知道,我从那个巨大的微波炉里救下你,是因为只有这样做才能赢得游戏,这并不代表我对你有什么特别的关照。"

"我知道……"章晨泽点了点头,"可能是因为李警官的事情,一个那么好的人就在我眼前死去了……我担心你也会变成那样。"

"那么好的人?"齐夏沉默了,他回想起李警官弥留之际给他讲述的故事。

李警官真的可以算是一个好人吗?

中场休息

END TENTH BAY

HALF TIME

我叫
李尚武

我叫李尚武。

我说谎了。

二〇一〇年五月二十二号,我和同事接到任务,前去蹲守一名诈骗犯。这名诈骗犯名叫张华南,他为人非常狡诈,有过数次前科。更加棘手的是,他具有极其高超的反侦察意识,曾数次逃脱警方的围捕,而这一次的诈骗案中,他也被列为重要嫌疑人之一,由我和同事日夜蹲守。

"李队,来一根?"

小刘从怀中掏出了我最爱的冬虫夏草,他不是什么有钱人,却总爱揣着五十多块钱一包的烟,平时他自己不抽,动不动就给我递一根。

"小刘,你每个月挣多少钱?"

我没有接那根烟,反而从自己的口袋中掏出红将军,八元一包,便宜、劲大。

"两千七。"小刘说,"李队,您不是知道吗?"

"你每个月两千七,抽冬虫夏草?"我叼了一根红将军,小刘赶忙递上打火机。

"李队,您这是说哪儿的话?"小刘赶忙笑说,"冬虫夏草我哪儿舍得抽?这不是给您备着嘛……"

我无奈地摇摇头,对他说:"咱是刑警,谁能办案子谁就厉害,职场上的那一套你少学。"

"是是是……李队,您说得是。"小刘把冬虫夏草放进怀中,又掏出一包六元钱的长白山,"我这不正在跟您学习办案子吗?"

说实话,小刘人很聪明,悟性也很好。据说在警校的时候也一直都名列前茅,可不知道他的父母是怎么教育他的,小小年纪偏偏学了一身官场本事,一加入警队就让我们这些前辈头痛不已。

"李队,您说咱能蹲到那个张华南吗?"

"这……"我微微思索了一下,"你管那么多?上头让咱们在这里蹲着,咱们只管遵守命令就行。"

我们把车停在张华南家的马路对面,全神贯注地盯着唯一的出入口。

这种蹲守一般都是两人一队,方便其中一人休息换班,可我们不知道要在此蹲守多久,这种未知的煎熬会在无形之间增大烟瘾。

"早知道我该带条裤衩来的……"小刘说。

"干什么?你小子要在这儿换裤衩?"

"哈哈!"小刘毫不在意地笑了笑,"开玩笑的,李队,再来一根?"

我们在这封闭的空间里一根一根地抽着烟,由于不敢打开车窗,车内很快就雾蒙蒙的一片了。小刘每隔一段时间就打开空调换换气,否则在这种环境下,张华南没蹲到,我们得先进医院。

整整一天,我们二人都没合眼。我因为经常熬夜的关系感觉还能扛得住,可小刘已经昏昏欲睡了。

"你休息一会儿吧。"我说,"我一个人盯着就好了。"

"李队……那能行吗?您还没休息,我怎么能先睡?"他虽然嘴上在逞强,但眼皮已经在打架了。

"没关系,你睡吧,晚上我叫你。"

"那……那行……我就眯半个小时……"

不到二十秒,小刘的鼾声就响了起来,看起来这孩子累坏了。

在确认他熟睡之后,我从口袋里掏出手机,看了看未读短信,四条短信中有三条是萱萱发的。

——爸爸,你今晚回来吃饭吗?

——爸爸,听说你这两天出任务去了,你要注意安全呀!

——爸爸,下个礼拜五下午开家长会,到时候你能回来吗?

我略微皱了一下眉头,还是给萱萱回了一条信息:过两天我就回家了，你好好吃饭。

发送完成之后，我打开了第四条未读短信，那个陌生号码仅仅发来三个字：还在蹲？

我瞟了一眼身旁熟睡的小刘，然后向另一侧挪了挪身体，快速地回复道：别废话，藏好了。

做完这一切，我把手机收起来，又将座椅慢慢放倒，准备也小眯一会儿。

队里新买的车真是有点高档，这座椅竟然是电动的，会慢慢地放倒，不像以前的车那样忽然倒下去，让人闪到腰。

至于蹲守张华南……别逗了，有我在，他是不可能出现的。

不知道过了多久，我忽然被一阵猛烈的摇动给晃醒了。我慌忙地睁开眼，发现小刘正一脸紧张地看着我："李队啊！你怎么也睡着了？！"

"嗯？"我刚睡醒有点蒙，想了半天才明白到底发生了什么事，"哦……你醒了？"

"坏了！李队，咱俩都睡着了，要是张华南那小子现身了可怎么办？"

"没事，他跑不了。"我揉揉眼睛，将座椅回归原位。

"跑不了？"

"哦……我是说我刚刚睡下，应该不会那么巧的……"

"唉……"小刘看起来还是一脸不放心，他用力拍了拍他的脸颊，说，"我就说我不该睡的，这下惨了，第一次执行任务就犯了错。"

"没事的，小子。"我拍了拍他的肩膀，"出事我扛着。"

说来也奇怪，小刘从这一刻开始仿佛打了"鸡血"，一连两天没合眼。中间我都睡了好几次，可每次醒来都能看见小刘直勾勾地盯着对面那栋楼。

"你小子想猝死吗？"我有些担忧地问，"现在我醒着，你睡一会儿吧。"

"不行。"小刘的黑眼圈非常重,整个人看起来有些憔悴,"李队,我这次说什么也不休息了,必须等到张华南现身。"

正在这时,我口袋中的手机又响了。我打开手机一看,张华南那小子居然又给我发来了短信。我不动声色地侧了侧身体,想看看对方发了什么,小刘却冷不防地在我身后问道:"队里有命令了?"

"哦,没有。"我笑了笑,捏着手机往旁边躲了躲。

"不是队里?那是谁发的?"他呆呆地望着我手中的手机。

我知道一般人可问不出这种唐突的话,小刘现在由于长时间缺乏睡眠,整个人有些恍惚了。见到他的样子,我顿时心生一计。我把手伸进兜里,将烟盒中的烟挪到口袋里,然后把空烟盒拿出来在他眼前晃了晃,说:"小刘,你去买包烟吧。"

"买烟?这附近没有小卖部啊。"他愣了一下说。

"可是我一根烟都没了。"我把烟盒和手机都收进怀里,对他说,"附近没有就去远一点的地方,长时间熬夜的话没有烟可不行。而且车上的矿泉水和面包也快没了,你方便的话也都买一点。"

他呆愣地思索了一会儿,然后点点头,说:"好的李队,我去去就回。"

见到小刘慢慢地消失在远处的街道,我顿时气不打一处来,立刻给张华南回了信息:你不要命了吗?别主动联系我。

让我没想到的是,电话那头的张华南在收到短信之后没有任何动静。我也只能从口袋中掏出先前藏好的烟,又点上了一根。

时间一分一秒地过去,我的心情也逐渐焦躁起来,要蹲守一个根本不会出现的人,这简直是在浪费我的时间。就当手上的烟快要抽完的时候,我忽然听到车门响动,本以为是小刘回来了,可那人直接坐到了后排。

"李警官,别来无恙。"一个许久未曾听到的声音在我背后响起,让我浑身一颤。

张华南。

"你疯了吗？知道这是什么车吗？"张华南从我手中拿过烟蒂，狠狠地吸了一口。

"什么车？反正没有警车的涂装。"

我从后视镜里看到他漫不经心的表情，越发地生气："你难道不怕我现在就开车把你拉到警局？"

"哟？老李，咱们可是一根绳上的蚂蚱啊。"张华南讥笑着望向我，"七年前你抓我的那一次，我可是给了你十万块钱给萱萱治病，你得知恩图报啊。"

"你的恩我早就报完了。"我咬着牙，心中万分纠结，早知道我就不该和这个人渣扯上关系，"我让你消停一些，结果你却接连惹上案子……我还是应该亲手把你送进警局的。"

"你就这么跟萱萱的救命恩人说话？"张华南将抽完的烟蒂丢出了窗外，"萱萱现在上小学了是吧？我记得是……四年级六班？"

"你……"听到萱萱的名字从这个人渣嘴中说出，我瞬间怒不可遏，"你要是敢动萱萱，我绝对把你碎尸万段。"

"咱们是相互的。"张华南笑了笑，"你帮我逃脱追捕，我就不会动她。"

我知道，只要上了这艘贼船，我一辈子都不可能下去。七年前我亲手抓捕张华南的时候，他却忽然要给我十万元买他自己的命。虽然我向来疾恶如仇，可我的女儿萱萱患了非常罕见的疾病，医生说那叫克里格勒-纳贾尔综合征。医生告诉了我这个病有多么罕见，也说了很多应对这种疾病的方法，可我一个字都听不明白。我只知道萱萱要移植肝脏，我需要钱。

张华南的十万块钱确实救了萱萱的命，可也从那一天起，我便和这个人渣有了勾结。

我若不帮他一次一次地逃离警方的追捕，他就威胁我会把当年的事情捅出去。张华南哪里是有极强的反侦察意识？他只是有我的帮忙而已。

我不能让萱萱出事,她是我已故战友的孩子,叫了我十年的爸爸,自然也是我的女儿。

"张华南,我是有底线的。"我看着后视镜里的人渣开口说,"你若是不想被抓,这些年最好老实一些,否则我绝对会让你后悔的。"

张华南的表情忽然阴冷下来,他恶狠狠地骂了一句,说:"李尚武,你还跟我谈上条件了?我要是被抓,道上的兄弟绝对不会放过萱萱。"

听完这句话,我感觉心被狠狠地揪了一下:"你什么意思?"

"意思就是你老老实实地帮我,别给我动什么歪心思。"张华南用脚踢了一下前座,"否则我不仅让你身败名裂,更会让你家破人亡。"

我从后视镜里看了他一眼,心中闪过一个念头。

张华南如果被抓,事情会变得很麻烦,自己身败名裂并不重要,毕竟错误是自己犯下的,理应承担后果。可是萱萱怎么办?

所以张华南不能被抓。他得死!

我已经受够了每天给一个诈骗犯提供帮助,也受够了昧着良心活在提心吊胆之中。如今萱萱的病治好了,我也该还债了。留下张华南的命,这世上只会有更多的人受他迫害。如果一切可以重来的话,我选择当年就把他送进监狱,而不是背上这么多年的良心债。可我不知道如果真的那样做……萱萱会不会原谅我。

"张华南,你吃饭了没?"我淡淡地开口问他。

"吃饭?"他略微一愣,似乎不明白我的意思。

"被蹲守了这么多天,我带你去吃顿好的吧,刚才的话就当我说多了,你别往心里去。"

"这还像句人话。"张华南仰躺在后座,缓缓地伸了个懒腰,"你们一蹲就是三天,我天天都在吃挂面。"

我点了点头,给车子打了火,然后挂挡起步。现在我需要找一个隐秘的地方,让张华南的尸体尽量晚几天被发现,虽然我一定会被抓,但也要在那之前安顿好萱萱。

我一边缓慢地开着车,一边从腰上打开了手枪的保险。张华南一直都在后座眯着眼睛,正在闭目养神。见到这一幕,我把车缓缓地开到了一旁的小巷中。可还未等车子停稳,身后的张华南忽然发难,他伸过来一根坚硬的铁丝瞬间套在了我的脖子上。我顿时感觉不妙,这小子居然也想弄死我。

"张华南……你找死……"我咬着牙拉扯着脖子上的铁丝,想要转过身去,可是双腿一直都被方向盘卡住。

"你真是好算计啊李警官……"张华南一边用力一边说,"你们应该是两个人一起蹲守吧?结果你却开车带我出去吃饭……这不是太奇怪了吗?另一个人发现你不见了,不会联系队里吗?"

仅仅几秒钟,我便感觉无法呼吸了。

张华南真的准备下杀手,我知道一旦我死了,萱萱的处境将会非常危险。想到这里,我立刻掏出腰间的手枪,反手朝后猛开三枪,我也不知道打中了没有。

封闭的车厢内,手枪声让我的耳朵一阵嗡鸣。

"我给你钱花……你居然还想杀我?!"张华南怒喝一声,加重了手上的力道。

这一下勒得太狠,我只感觉自己的血管都要爆炸了。危急时刻,我立刻按下座椅上的按键,此时若能够放倒座椅,说不定还有逃脱的希望。

可我忘了,这辆高档汽车会以最舒适、最缓慢的节奏慢慢地将座椅倒下去。有可能是为了保护人的腰部,也有可能是为了让人在疲劳的时候能够睡个好觉吧,在这种缓慢的节奏之下,我的眼前全都黑了。

一分钱一分货,高档有高档的道理,腰果然不痛呢。

"爸爸,下个礼拜五下午开家长会,到时候你能回来吗?"

恍惚之间,我猛然睁开眼,脖子上传来的剧痛让我知道此时绝对不能放弃。虽然座椅放倒的速度十分缓慢，但此刻也已经让我完全躺倒了。张华南在这个角度根本没法用力，只能向后躲避。

我将座椅完全放倒之后，左手继续摸索着，很快找到了另一个按键。这个按键一旦按下去，整个座椅会缓缓地往后平移。

张华南被我的座椅不断往后挤，眼看就没有活动空间了，我也终于逃脱了铁丝的束缚，只感觉整个喉咙都在隐隐作痛，但现在是生死攸关的时刻，不致命的都只能算皮肉之伤。

我立刻举起手枪转过身，可眼前一片漆黑，大脑还没从缺氧中缓过来。我根据声音和经验，将枪瞄准正前方，准备收拾掉张华南，可此时整辆车子猛然摇晃了起来。

几秒之后我才回过神，居然地震了！

我在内蒙古活了三十多年，从来都没有经历过地震。可这一次的地震是那么清晰，让本来就有些头晕目眩的我更加难以稳住身形。

连续两枪射空之后，张华南忽然起身发难，紧紧地抓住了我的手。我以前和他对过招，这个骗子的力气并不大，可是一招一式都很阴险。他一只手按住我的手枪，另一只手伸向了我左手的小拇指，抓住之后狠狠地掰了一下。

我没料到这一招，瞬间将左手缩了回来，下一秒我终于恢复了视力，却见到张华南不知从何处掏出一把锤子，还不等我反应，那锤子就飞到了我的头上。

霎时间我感觉天旋地转，整个人的魂魄仿佛都要从身体脱离了。我知道这是即将晕厥的前兆，接下来的几秒将是我最后的机会。

此时的车子也因为剧烈地震的关系开始随意滑行，我从车窗里隐约看到巷子两边的房屋正在倒塌，墙壁产生裂缝，甚至连远处的天空都产生了裂痕……

等等……天空裂开了？

不等我反应过来，张华南的锤子再次落下。我险险地躲过，回过神来，知道若是不能在这里要了张华南的命，他就会要了萱萱的命，以后也会有更多的人被他诈骗，就算我要死在这里，也绝对要把张华南就地正法。

我的手指抠着张华南的眼睛，他哀号一声，松开了握住手枪的手，我立刻瞄准他的胸膛开了一枪，同一时刻，他的锤子又抡了过来，落在我的脑袋上。

接下来的几枪不知是因为地震太剧烈，还是因为我的脑袋被击中，方向完全失去了控制。虽然我很想再补上几枪，可我整个人的平衡已经被完全破坏了，眼前一片漆黑，我连自己晕倒在哪里都不知道。

一切都在摇晃，一切都在破裂。

远处巨大的声音如同海浪般袭来，惨叫声、呐喊声，以及车辆碰撞的声音、楼体倒塌的声音瞬间爆发出来。

不行，我还是不能死。我得赶紧搞定张华南，然后下车去救人。我需要给队里打电话，请求支援。

要救人，要马上救人。

地震的时候每耽误一分钟宝贵的救援时间，都是在白白葬送生命。我有我的使命，我不能坐视不理……

可我……还会活着吗？

…………

我现在算是活着吗？

当我睁开眼时，面前坐着九个陌生人。这个地方有些像审讯用的房间，可我们从来不会准备圆桌。

圆形不会给人压迫感，反而给人团聚和舒心的感觉，所以审讯室的桌子通常都是方形的，而酒店的餐桌才是圆形的。

一开始我以为这是张华南搞的什么小把戏……可仔细想想，我和他应该都死了才对。

我伸出手摸了摸自己的头，头骨稍微有些凹陷，但是没见到出血。我又摸了摸自己的脖子，感觉到一阵刺痛。

看来当时受的伤依然在，可我没死，这是怎么一回事？

脖子和头骨都是致命伤，可我好端端地坐在这里，我不仅能够看见、听见，还能摸得到自己的伤口。

警局里的前辈曾经跟我说过，人在死的时候会把一生中做过的事情回忆一遍，我却不记得自己曾经见过眼前这九个人，他们每个人都顶着一张陌生的脸，和我一样都在四处张望。

所以这不是回忆，而是一场奇怪的梦吗？

一分钟后，那个戴着山羊头面具的人毫不犹豫地杀了一个人，我也终于知道了自己的使命。

就算这是一场奇怪的梦，就算这里是地狱，我的使命都还没有结束。这是让我继续还债的地方。

我要荡平那些恶人，更要拯救所有无辜的人。这一次我绝对不会再犹豫，也绝对不会让自己后悔。我是一名警察，就算在这里，我都要履行我自己的职责。

没想到我抽到的身份竟然是说谎者，接下来就是两难的选择。我究竟是要先保住无辜者的性命……还是要活下来亲自手刃那个戴着面具的疯子？

在做了几秒钟的思想斗争后，我明白了。永远不要跟着犯罪嫌疑人的思路走，他要我们自相残杀，可我偏偏所有人都要救。只要大家都活下来，一切都还有希望。

只可惜，就算赢下这个游戏，我也回不去了。我杀了人。

我无法面对萱萱了，等待我的只有法律的制裁，所以我的终点只能是这里。

人生没有重来的机会，我没有办法改变我的过去。

只可惜我的兜里连一根烟都没有，萱萱用零花钱给我买的打火机也没带来，接下来的日子不知该有多么难受。

若是有可能的话，我真希望能再抽一根冬虫夏草。

所以就让我做完我该做的事情，然后静静地去吧。

我叫李尚武。
我要开始说谎了。

尾声

消失的佘念安

THE END

END TENTH BAY

属于第三天的土黄色太阳再次爬上了暗红色的天空,本应又是恶臭和平静的一天,可按摩店内的林檎和章晨泽却慌了神。

因为齐夏不见了。她们找遍了按摩店内的所有角落,可就是见不到他的踪影。

走廊最深处,那个原住民依然在给干尸按摩,让人十分不安。

"他走了……"章晨泽看着门外的方向怅然若失,"就像他说的,他累了,放弃了。"

"不……不会吧?"林檎感觉有些难以置信,"他说不定是太担心我们俩,所以自己去参加游戏了……"

"二十颗道都在这里了。"章晨泽拿起床上的小布包,冲着林檎挥了挥,"齐夏一颗道都没带走,又要如何参加游戏?"

林檎一时语塞,完全不知道该说些什么。

齐夏能去哪里呢?他如今受了伤,身上又没有道,拖着这副重伤的身体又能做什么?

"章律师,你愿意和我去参与游戏吗?"林檎定了定心神,说。

"咱们俩?"章晨泽微微一愣,"你有把握吗?"

"我肯定不如齐夏那么强,所以我们尽量找一些人级游戏,若是赢了就是赚到,输了也不会丧命。若是有一天齐夏能回来,咱们也有足够的道重新接纳他。"

章晨泽听后微微思索了一下,随后点了点头。

齐夏能够回来?距离毁灭仅剩七天,齐夏的伤势在接下来的几天只会加重,完全不可能痊愈。他真的能回来吗?

二人收拾好东西,迎着崭新的太阳走出了按摩店。

齐夏手中拿着一张红色的地图,跟跟跄跄地走在街道上。他从未想过失血过多会让手脚都不听使唤,才走了一个多小时就已经满头虚汗了。他低头看了看手上的地图，知道这是最后的希望。

天堂口。

经过三天的试探，齐夏对这里的情况已经大体有了了解，想要在这些游戏中集齐三千六百颗道，难度和原地登天没有什么区别，毕竟每个游戏的奖励都太少了。就算人级游戏可以通过和生肖赌命来扩大收益，可是地级游戏根本没有赌命的机会，参与者在游戏中本身就会遭遇致命危险。

换句话说，不管是人级还是地级的游戏，想要获得更多的收益，都要毫不犹豫地拼上自己的性命。

目前见过最危险的游戏是地牛的黑熊狩猎，若不是乔家劲和张山的存在，那几乎是必死的游戏。可是如此危险的境地，每个人最多只可以获得二十颗道。如果真的想通过参与游戏来收集道，那么像地牛那般危险的游戏，需要在全胜状态下连续参加一百八十个。

这期间要死多少人？又要受多少伤？自己又有什么把握能够撑到最后一刻呢？

齐夏计算了一整夜，都算不出自己能够活下来的概率。想来想去，唯有天堂口才是最好的去处。

张山曾经说过，他们见到有人逃脱到了这里，并且还找到了逃脱者的笔记，现在笔记就在首领楚天秋的手中。

齐夏顺着张山当时留下的地图前行，终于在正午时分来到了天堂口的总部。

这是一间废弃学校。

由于学校的牌匾已经破败了，齐夏也分不出这是小学还是中学，只能看到映入眼帘的教学楼和篮球场。一个男人站在校门外面，正警惕地盯着四周，他穿着一件运动背心，头上扎着辫子，看起来只有十五六岁的年纪。

齐夏将肩膀上的绷带重新紧了紧，朝着眼前的年轻男子走了过去。

见到有人走来，男生提高了警惕，开口问道："良人？"

"良人?"齐夏感觉眼前的男人口音有些奇怪,但也只能点点头,"我是良人。"

"你……需要帮助吗那样?"①眼前的男生不仅口音奇怪,语法也很奇怪。

"我……"齐夏仔细思索了一会儿,开口说,"我想见楚天秋。"

"见楚哥……"男人微微皱了一下眉头,"请问怎么称呼?"

"齐夏。"

男生思索了一会儿,冲齐夏点了个头,说:"哥,你稍等。"

只见他走进校门里,然后将大门上了锁,随后快步地向教学楼的方向跑去了。

一楼最南边的教室里,一个身穿黑色衬衣、戴着眼镜的男人正在黑板上唰唰地写着什么。在他的不远处,一个长相极美的女子正坐在座位上涂指甲油。

"楚哥!云瑶姐!"扎辫子的男生在门口叫了一声。

"进来。"云瑶头也没抬,淡然地开口说。

男生推门进来,看了看二人,然后鞠了个躬,对黑色衬衣的男人说:"楚哥,外面有个人要见你那样。"

楚天秋继续写着字,漫不经心地问:"叫什么名字?"

"齐夏。"

"齐夏?"楚天秋手上动作一停,然后向左侧移动了两步。

他在黑板上密密麻麻的文字当中寻找着什么,很快,他就找到了那一行文字。

编号87:说谎者、雨后春笋、天降死亡、狡诈之蛇。

他在这行文字下面画了一条横线,然后低头思索着什么。

---

① 为保留人物的特色,该人物(金元勋)说话的语法问题不做修改,后文同。

"怎么了？"一旁的云瑶问，"你听过这个名字？"

"这可是个有意思的人物。"楚天秋微笑了一下，"负责87号面试的三个生肖可都不是寻常之辈，你觉得他们会设计出什么样的游戏？"

云瑶听后也微微一愣："那岂不是全员阵亡的面试？"

"不。"楚天秋摇了摇头，"因为这个名叫齐夏的年轻人，这次面试活下来九个人。"

"全员存活，有这种事？"云瑶抬起一双明眸看了看楚天秋，忽然想到了什么，"齐夏，不就是'小眼镜'这两天一直挂在嘴边的那个良人吗？"

辫子头少年好像明白了什么，点了点头开口说："楚哥，我现在就把人带进来那样。"

"不……"楚天秋伸手拦住了少年，又说，"金元勋，你帮我问他个问题吧。"

"问题？"

"嗯。"楚天秋点了点头，"你帮我问问那个叫作齐夏的人，就问他，'你是哪一天来的'。"

"哥，可是我去问他问题，他会不会听不明白那样？"

"没关系，你正好趁此机会练练汉语。"楚天秋笑着说。

叫金元勋的年轻人虽然有些不解，但他知道楚天秋向来深思熟虑，只能点点头出了门。

"我不太懂。"云瑶将指甲油吹干，然后扭上了瓶盖，"你明明说那个叫齐夏的是个极其厉害的人物，却不准备把他收入麾下吗？"

楚天秋微微一笑："云瑶，这正是王不见王。"

"王不见王？"云瑶觉得这个说法有点意思，"你是说那个叫齐夏的……甚至和你一样厉害？"

"不，他恐怕比我强大。"楚天秋将粉笔放了回去，找了个椅子坐下，"只不过他经受的磨炼太少了，想要借助他的力量，我们还要等个机会。"

金元勋出门之后，看了看在门口默默等待的齐夏，面色有些尴尬。

"他要见我了吗？"齐夏问。

"不……"金元勋摇摇头，"楚哥让我问你个问题那样。"

"问题？"齐夏思索了一会儿，点点头，"谨慎是对的，他要问什么？"

"请问你是哪一天来到这里的？"

齐夏眉头一皱，感觉颇为奇怪，明明有很多问题可以问，楚天秋却单单问这件事。

"我是三天前到这里来的。"

"三天前……"金元勋点点头，"哥，你稍等，我去回复一下。"

齐夏面色严肃地点了点头，可他已经有些站不住了。

"三天前？"楚天秋笑了一下，"他是这么说的？"

"是的。"金元勋点点头，"呀，哥，我们都是三天前来这里的，所以也不奇怪吧那样……还需要问什么吗？"

"不必再理他了。"楚天秋说，"这次他回答错了，我们也不必再给他机会了。"

"啊？"金元勋一愣，"哥……那个人看起来受了很重的伤那样，如果不理他的话，很有可能——"

"那就让他死吧。"

"呃……"金元勋一愣，"哥……你不是说——"

"还不是时候。"楚天秋回头看了看云瑶，"云瑶，你帮我送送他吧。"

"好，明白了。"

云瑶伸了个懒腰站起身，冲着门外走去。

"阿西……哥，我们若是想逃出去的话，不是应该借助强大者的一个力量那样吗？"金元勋一脸不解，"那个男人如果真的很厉害，为什么不让他加入？"

"他一定要加入我们，只不过不是现在。"楚天秋微笑着说，"现在的齐夏犹如一条受伤的蛇，他憎恨这里的一切，他想活下去，也想逃出去，这样的状态是无法加入天堂口的，我也无法把他视为队友。"

金元勋愣了半天，似懂非懂地点了点头。

云瑶出门没走几步，就看到了站在院外的齐夏，他的衣服一片红色，看起来颇为骇人。

"齐夏？"云瑶问道。

"是。"齐夏点点头。

"我问你，如果一个七位密码的前半部分是YMWDH，后面两位应该填什么？"

"MS。"齐夏不假思索地回答道，"你们天堂口的人都这么无聊吗？"

"真的假的？"云瑶愣了一下，"你仅用了一秒就想到了？"

"英文的年、月、周、日、小时，按照时间长短来算，最后两位一定是分钟、秒的首字母。"齐夏说，"这算是天堂口的面试吗？"

"那倒不是，只是我的个人测试。"云瑶嫣然一笑，"我很喜欢聪明人，为了破解这个密码，我们可是死了一个队友。"

"那说明天堂口也不过如此。"齐夏回答说。

"不，只是我的水平太差了而已。"云瑶摇摇头，纠正道，"若是楚天秋出面，估计也只用一秒就可以破解。"

"所以我什么时候可以见到楚天秋？"齐夏问道，"他已经让我等了二十分钟了。"

"你见不到他了。"云瑶笑颜如花，弯着一双眼睛回答，"你没有通过面试，所以天堂口也不准备接纳你。"

齐夏听后露出了一丝难以置信的表情。

"也就是说第一个问题才是面试。"他盯着云瑶说，"那个问题我回答错了？"

"这我不知道。"云瑶嘟了一下嘴，"楚天秋说你错了，那就是错了。"

"我明白了。"齐夏点了点头，回过身去准备离开。

"喂！"云瑶叫了一声，"虽然天堂口不准备接纳你，可我很喜欢你啊。我很喜欢帮助落魄的帅哥，你要不要以我绯闻男友的身份留下？相信楚天秋也不会拒绝的。"

齐夏回过头看了一眼云瑶，表情带着一丝戏谑："心领了。"

"真冷淡啊。"云瑶挠了挠头，从身后掏出一瓶矿泉水，"这个给你，我们交个朋友吧？"

看到云瑶手中的塑料瓶，齐夏吞了下口水。他已经将近一天没有喝过水了。

"这瓶水算我欠你的。"齐夏伸手接过矿泉水，扭开盖子、闭起眼睛，一口就将水全喝掉了。

现在的他身负重伤，就算对方下毒也没什么可怕的。

"好甜……"齐夏呼了口气，"看来我缺水太久了。"

"之所以这么甜，是因为这瓶水我喝过一口。"云瑶露出一抹意味深长的微笑，"现在咱们就算间接接吻了吧？"

"谢谢你的水，有机会我会还你的。"齐夏将瓶子随意丢在地上，转身离去了。

看着齐夏远去的背影，云瑶感觉有些生气："真没礼貌啊，当红偶像亲自示好都被拒绝了。"

"他走了？"楚天秋出现在云瑶身后问。

"走了。"

"他放弃了吗？"

"看表情不像放弃了，反倒像下了什么决心。"云瑶摇了摇头，"这个人真的很厉害，我要喜欢上他了。"

"哦？前两天还说喜欢我，这么快就移情别恋了吗？"楚天秋苦笑了一下，"我还真是猜不透你。"

"爱豆①的心思你别猜。"云瑶耸了耸肩,"期待下次与齐夏见面的日子喽。"

二人从大门口离去,破败的校园再次恢复了沉寂。那名叫金元勋的少年也重新站在了门口,再次谨慎地望着四周,好似什么都没发生过。

齐夏找到一面碎裂的墙,坐下休息了半个小时,然后重新站起身来,沿着马路向前走去。

经过这一次和楚天秋的间接会面,他越发清楚这个鬼地方的规则了。情况恐怕比他想象的要复杂得多,现在他只剩最后一个念头,那就是到城市的边缘看一看。

如果还有什么能够逃离这里的方法,一定会在边缘处。

齐夏怎么也没想到,他沿着马路整整走了一天,一直到太阳坠入了地平线,他都没有看到这座城市的边缘。正常人每小时的步行速度可以达到五千米,但齐夏测算了一下,以他的身体状态,每小时的行进速度只在三千米左右。

今天一天他已经走了七个多小时,二十多千米的路程。

现在他只感觉头晕目眩,双腿都在不断地发抖,能够继续向前走,几乎都靠着双腿的惯性。

"只希望我能晚点死……"

又走了十几分钟,齐夏确实有些走不动了。他找了一间破旧的建筑物走了进去,天将入夜,若是在室外会碰到那些诡异的虫子,虽然暂且不知道那些人虫究竟有什么危险,但他还是选择提前规避这些不必要的麻烦。

齐夏用李警官的打火机点燃了一个火堆,然后将天堂口的地图拿了出来,翻到背面,用手指头沾着自己的血液,大体地记录了一下之前走过的路程。

这座城市比他想象中的要大太多了,本以为沿着道路走下去,

---

① 英文"idol"的音译,意为偶像。

至少会来到像野外一样的地方,可没想到身边的建筑物逐渐高大了起来,仿佛正在从郊区走向市中心。

"普通城市的直径很少会超过五十千米……"齐夏一边画着图,一边盘算着什么,"理论上明天下午之前就会到达城市边缘,到时候一切就会见分晓。"

想到这里,他靠近火堆,找了一个还算舒服的姿势躺了下来。

昨夜林檎用火把给他处理了伤口,虽然血止住了,但被烧伤的地方既痛又痒,让他整夜都难以入眠。

天亮之后,齐夏拖着已经接近报废的身体爬了起来。一夜的休息并没有让他回复任何的体力,他现在整个人都已经透支了。

没有水源、没有食物也没有药品。

齐夏甚至有些羡慕韩一墨,可以死得那么干脆。

他从房间里找了几张还算干净的废纸,撕成碎片之后咽了下去,若是肚子里什么都没有,怕是见不到城市的边缘了。

迎着朝阳,齐夏再次出发。

他离最初的广场已经很远了,这里听不到钟声,也很少会看到生肖人。可随着他的不断深入,城市中的原住民也渐渐多了起来。

这里仿佛就像一座真正的城市,只不过街上的人大多是行尸走肉,他们没有表情,没有攻击性也不与其他人交流,只是漫无目的地徘徊在街上。

齐夏有那么一瞬间,感觉自己和这街上的行尸走肉一样。他们的动作、神态、表情甚至走路的速度都没有任何区别。

这是多么讽刺?难道这些人也曾经被人扎了一刀,然后目标明确地走向城市边缘吗?

随着太阳越来越高,齐夏感觉自己的状态不太对。他摸了摸额头和脖子,貌似已经开始发烫了。

看来用火烧伤口还是太冒险了,就算能暂时止住血,也避免不了伤口的感染和发烧。

齐夏感觉越走眼皮越重,整个人随时都有可能一头栽到地上,这一次若是倒下去,怕是再也站不起来了。

又过去将近半个小时,齐夏在路边缓缓地停下了脚步。

他一步都走不动了。

此时他把手搭在路旁的一辆老旧出租车上,大口大口地喘着粗气。

"真是可惜啊……"齐夏眺望了一下远处的道路,明明还有很长的路可以走,只可惜自己要倒在这里了,看来在生命的最后时刻,他依然见不到这里的最终秘密。

齐夏扶着老旧出租车,懊恼地低下头,刚想原地坐下的时候,却忽然发现车里有人。

那人不像是一具尸体,而是一个正在眨眼的女人。

"原住民吗?"

齐夏看了看僵硬的地面,又看了看车子里的软座椅,露出了一丝苦笑。如果真的要死在这里的话,他至少要选择一个柔软的位置。想到此处,齐夏鬼使神差地打开车门,直接坐到了副驾驶上。

车上很香,是印象中女生的车。不知算不算好消息,齐夏在最后关头可以摆脱那股弥漫整座城市的恶臭了。

"以前我从未想过汽车的座椅会这么舒服……"齐夏喃喃自语地说,"这下可以安心死了。"

"请问去哪里?"身旁的女人淡淡地开口问他。

"去哪里?"齐夏苦笑着摇摇头,"我现在还能去哪里?"

他用手拍着自己的大腿,慢慢地念着歌词:"开,往城市边缘开,把车窗都摇下来,用速度换一点痛快……"

"城市边缘吗?"女人思索了一下,"我不知道那是什么地方,您给我指路吧。"

话罢,女人就按下了车内的计价显示器,然后扭动了一下钥匙。

和齐夏预料之中一样,车子传来老旧的声音,没有发动。女人并未放弃，连续扭动了好几次钥匙，终于在第五次用力地扭下车钥匙之后，整个车子都颤抖了起来。

齐夏一愣，扭过头来不可置信地看着女人，她看起来不像是原住民，至少她面色红润，体形也很匀称，难道是个良人？

一个有着自己汽车的良人……

"您系一下安全带，出发了。"女人伸手挂一挡起步，松离合给油门一气呵成。

齐夏有些不知所措地摸来安全带，却发现手边只有一根松紧绳，上面的金属卡扣已经锈烂了。他来不及思考这些，只能试图跟女人搭话："你……你是……出租车司机？"

"客人，您真会开玩笑。"女人摇了摇头，然后从二挡挂到三挡，"我不是司机难道还是偷车的？"

见到眼前的女人沟通顺畅、对答如流，甚至还能开个小玩笑，齐夏更是不理解了。

精神这么正常的女人，明显不是原住民，那她就应该是参与者，可是参与者为什么会开出租车？

"你难道没有发现……这个地方很不正常吗？"齐夏指了指窗外的景象，试图搞清楚眼前这个长相平庸的女人的身份。

"是吗？"女人听后望了一眼窗外，淡淡地说，"是有些不正常，阴天了。"

齐夏无奈地叹了口气，看来眼前的女人依然是原住民，可她好像是才转变成原住民的，目前思维还比较清晰。

"你叫什么名字？"齐夏又问道。

女人没说话，指了指齐夏面前的位置，那里挂着女人的从业资格证，上面有女人的照片和姓名。她有一个很好听的名字，叫许流年。

"许……流年。"齐夏微微点了点头，"很有诗意。"

"好听吧？"许流年微微一笑，仍然目视前方地开着车，"我还以为这个名字会让我成为大明星呢，结果最后开了出租车，哈哈。"

齐夏跟着她有气无力地嗤笑了几声，可下一秒，他的面色却阴冷下来。

"许流年，你在跟我开什么玩笑？"

"怎么了？"

齐夏伸出毫无血色的手，指着面前的出租车从业资格证，说："这上面的照片……确实是你。"

"是啊，这是我的车，所以挂着我的从业资格证，有什么问题吗？"许流年露出一脸不解的表情。

"别跟我装傻……"齐夏猛然咳嗽了几声，然后深呼一口气说，"这里挂着你的从业资格证，说明这辆车真的属于你……那你是谁？这座城市里为什么有一辆车属于你？"

"我听不懂。"许流年摇摇头，"客人，你平时都和别人这么聊天吗？"

"参与者怎么可能带着一辆车被抓来这里？！"齐夏感觉自己的世界观都要炸裂了。

虽然在这个诡异的地方谈世界观有些可笑，可面前的女人的存在确实超出了齐夏的理解范围。他本以为那些如同行尸走肉一般的原住民都是先前的参与者，他们在这里待了太久的时间，所以疯魔了、迷失了，可眼前居然还有许流年这种人物……

她的行为很怪异，可是她的思维很清醒，她在这座城市中有属于自己的财产。

"我确实听不懂。"许流年摇摇头，"客人，你要是存心找麻烦的话，还是趁早下车吧。"

齐夏用力地甩了甩头，让自己尽量保持清醒，也希望通过这种方法来确保眼前看到的东西不是幻觉。

"许流年……"他叫道。

"又怎么了？"眼前的女人已经没有了之前的客气，语气当中充斥着不耐烦。

"你开出租车,一天能拉几个客人?"齐夏话锋一转,聊起了家常。

"我……"听到这句话后,许流年明显愣了愣,好像从来没思考过这个问题一样,思忖了半天才开口说,"你好像是我今天的第一个客人……"

"那你一周能拉几个客人呢?"齐夏又问。

许流年感觉自己脑海中有一块隐藏许久的黑暗地带,正在被眼前男人的一个个问题慢慢撕开。

在遇到这个男人之前,她感觉自己一切都好。可遇到这个男人,仅仅听到了几个问题之后,她脑海中的痛苦回忆犹如翻江倒海一般倾洒而出。

"我好像……一周都没有拉过客人……"她开始恍惚起来,不断地转动眼球,仿佛在思索着什么。

齐夏发觉自己的问题正在动摇对方,于是追问道:"这一周你都吃什么?喝什么?收车之后又去哪里?"

"我……我……"许流年的表情渐渐变得慌乱,整个人正处在崩溃的边缘,"我很久都没有吃东西了……没有客人的时候,我就一直停在路边……"

"你在路边……停了多久?"齐夏虽然语气平淡,可是整个人却汗毛竖起,生怕听到什么诡异的答案。

一阵巨大的摩擦声响起,许流年将车子猛地刹停在了路中央。

她嘴唇颤抖地看着前方,眼神变得有些不一样了。那眼里有感情,跟街上的行尸走肉完全不同。

"我在路边停了两年啊!"她失声吼叫出来,随后号啕大哭,"天啊……我这是怎么了?!"

"两……"齐夏喉咙微动,咽了下口水,"你不吃不喝不睡,在路边停了两年?"

她伸出自己的双手看了看,这才明白过来。

"是这辆车……当我在城市里见到这辆车的时候,整个人就像着魔了一样……"

"这辆车有什么古怪吗？"齐夏问。

"这就是我在现实世界里赖以为生的工具啊！我怎么可能在这里见到这辆车？"许流年猛然回过头，这才发现齐夏那不正常的衣服，"你受伤了？"

"没事……"齐夏摇摇头，"这伤不要紧……你现在清醒了吗？"

许流年双手颤抖地查看着齐夏的伤势，这才发现伤口表面已经被人粗暴地处理过，虽然止住了血，但是烧伤痕迹非常重。

"你受了这么重的伤……若不赶紧找到药品的话……"说完她就哽咽了一下，"我差点忘了，这里根本不可能有药品……"

"是的，这里根本不具备让我们生存下去的条件。"齐夏失落地望着远方，"许流年，我活不久了，你最后能帮我个忙吗？"

"你……你说。"

"继续往前开。"齐夏说，"我想逃出这里，想要看看这座城市的边缘。"

许流年有些悲伤地看了看齐夏，知道他现在能保持清醒基本上算是个奇迹了。

"好，我带你去城市边缘，你要撑住。"她再次挂上了挡，车子颤抖着重新启动了。

齐夏将头靠在车窗上，看着外面渐渐倒退的风景。他轻轻地咳嗽了两声，感觉喉咙中有什么东西正压着气管，呼吸极为困难。

生命即将进入倒计时的时候，齐夏看到的不是走马灯，而是那些破败的、飞速后退的高楼。

那一天，齐夏也是坐上一辆出租车，义无反顾地奔往另一座城市。他本以为再次回到家乡的时候，他和余念安就可以过上好日子了。

可没想到……

在空无一人的街道上，许流年将车子开得飞快，齐夏用力地咬着自己的舌头来让意识保持清醒。

没多久的工夫,他打开车窗,将一口血水吐了出去。

"你……你没事吧?"许流年着急地问。

"没事。"齐夏擦了擦嘴,轻声说,"我现在感觉很好,不需要为活着发愁,这辈子从未感觉如此放松过。"

二人在沉默中飞速前进,车子又开了将近半个小时。

"喂……你还活着吗?"许流年降低了车速,伸出右手摇晃齐夏,"我们到达城市的边缘了,你要怎么逃出去?"

齐夏用尽全身力气回过头,睁开眼,努力地看着前方,几秒之后,他的瞳孔渐渐放大了。

眼前正是一个高速公路收费口,上面的指示牌已经锈迹斑斑,分辨不出字迹了。顺着高速公路的收费口看去,一条条宽阔的公路向前铺着。道路四通八达,绵延不绝,很远很远的地方,更是有其他的高楼若隐若现。

"原来这里根本没有边缘……"齐夏嘴唇微微一动,再次被眼前的景象击垮了。

人羊曾经的话语在齐夏耳边缓缓响起:"我们比宗教恢宏得多,我们有一个世界!"

是啊,如果这里根本不是一座城,而是一个世界的话,要怎么逃出去?

"我们接下来去哪里?"许流年回头看向齐夏,却发现他毫无生机地躺在了座位上,他的眼神中带着一丝不解、一丝怨恨、一丝不甘,甚至到死都没有瞑目。

"客人!"一个声音缓缓响起,"醒醒!"

齐夏慢慢地睁开眼,发现自己依然坐在出租车上,此时正在公路上奔驰。他茫然地坐了起来,第一时间看向瓦蓝的天空,整个人震惊到不能自已。

"客人,你咋了?"身旁的声音继续问。

齐夏没有理他,反而伸手摸了摸自己的肩膀,没有伤口。他又赶忙摇下了车窗。

一股甘甜清香的味道直接蛮不讲理地灌入了他的鼻腔,带着高速行驶特有的风声疯狂地吹打着面庞。

是新鲜的空气。是凉爽的风。

"我逃出来了?!"他不受控制地大喝一声,脸上带着难以压抑的喜悦。

难道这辆出租车才是破局的关键点?

它就像冥河之舟一样,能够带着人自由地出入那个诡异的终焉之地,而这位名叫许流年的女人就像冥河摆渡人卡戎①一样,她负责运送上车的人往返阴阳两间……

齐夏回过头,不经意间一愣,眼前哪里有什么许流年?此刻,他身边是一个戴着墨镜的大汉,由于职业关系,他的皮肤被紫外线灼烧得黝黑发亮。

"客人,你怎么一惊一乍的?"大汉有些害怕地看了看齐夏,"你不会嗑药了吧?"

"你……我……"齐夏感觉自己好像见过这个大汉,可仔细想想又毫无印象,"我们这是要去哪里?"

"客人,你别吓我啊。"出租车司机看起来五大三粗,但还是紧张得咽了下口水,"不是你要打车去济南吗?这都跑了快三百多千米,你可别给我搞失忆啊。"

大汉指了指眼前的价位表,上面已经跑到九百多块钱了。

"什么?!"齐夏震惊地看了看道路上方的指示牌,发现车子果然正要进入济南。

他瞬间回忆起了一切,他确实曾经见过这个大汉。因为在地震的前一天,他正好是坐着这个大汉的车义无反顾地奔赴济南。

"我回到了前一天?"齐夏一摸口袋,掏出了手机,他扫了一眼之后立刻露出一脸疑惑,"九月二十七日……果然是地震的前一

---

① 希腊神话中冥河的船夫,负责将死者渡过冥河。

天……这是怎么回事？"

想到这里，他赶忙去摸胸前的口袋，那里有一张小小的纸片。

"还好……还在。"

"客人……你到底咋了？"司机已经不知道该怎么办了，只能从兜里摸索手机，大拇指始终放在紧急拨号上。

"师傅，说好的一来一回两千块钱车费，我会一分钱都不少地给你。"齐夏忽然开始放下心来，虽然不知道究竟发生了什么，但一切似乎重新来过了。

"真的？"司机看到齐夏的表现正常了一些，也稍微放松了警惕，"你这小伙子一惊一乍的，我还以为嗑药了……"

"没有，我只是做了一个非常可怕的噩梦。"齐夏开着窗，迎面吹着九月的风，感觉心情无比舒畅，"好在我现在梦醒了。"

"嘿，年轻人是不是都喜欢熬夜啊？"司机非常老成地说，"晚上不睡觉，白天呼呼大睡，那能做什么好梦？"

"师傅你说得对。"齐夏漫不经心地答。

对齐夏来说，如今的他有了第二次机会。虽然在明天的正午时分地震会来临，但当务之急是拿到钱，毕竟今天是最后期限了。

又过了大约一个小时，出租车终于到达了济南市内。师傅也很识趣地打开了导航，前往历下区二环东路。

"小伙子……你要去的这个地方……"司机仔细地看了看导航，"好像是省级彩票中心？"

"开好你的车，师傅。"齐夏再次开始闭目养神。

没多久，车子在彩票中心门口停了下来，齐夏也果断地从口袋中数出了一千元递给了司机："师傅，麻烦在这儿等等我，如果你愿意空车返回的话我也没意见。"

"这话说的……我肯定得在这儿等你啊。"

齐夏前往彩票中心楼下，那里已经有一个工作人员在迎接他了。

"齐先生，是吧？"

"是我。"齐夏点点头。

"我已经等您很久了,这边请。"工作人员冲着齐夏一招手,将他引入了大堂,走了几步,又耐心解释道,"现在的彩票领取流程已经简化了,一会儿会有工作人员将您的彩票验明真伪,之后现场就会给您开具银行支票,请稍等片刻。"

"我赶时间,麻烦快一点。"齐夏点点头,跟着工作人员来到了彩票检验处。

"那个……能把彩票给我吗?"工作人员说。

齐夏从胸前的口袋里掏出了那张皱巴巴的小纸,递给了工作人员,而工作人员又转头交给了窗口内的检验员。

对方十分重视,立刻开始查验彩票真伪。

"奖金一百九十万,您稍等。"检验员开始掏出仪器,扫描彩票上的号码。

齐夏静静地候在一旁,让先前引路的工作人员有些疑惑:"齐先生,您看起来怎么不开心啊?"

"不开心?"

"是啊,中了将近两百万的奖金,您应该开心才是啊。"

"或许吧。"齐夏点点头。

"跟您说,前些日子有个人中了一百万,结果明明是八月天,那人穿着羽绒服,带着大面具就来了。您说现在这个社会,谁还把一百万当个宝啊?"工作人员自己把自己逗得哈哈大笑,反观齐夏一点反应都没有,场面颇为尴尬。

"还有多久?"齐夏问道。

"啊……您别着急啊……"工作人员挥了挥手,"最近用假彩票诈骗的案件时有发生,所以我们得仔细查验。"

"你什么意思?"齐夏一愣,看向对方。

"哎!您别误会……"工作人员赶忙赔笑,"我可不是说您带来的彩票是假的,齐先生看起来也不是那种会诈骗的人啊。"

齐夏没答话,继续在一旁等待着。

没多久的工夫,查验员收起了仪器,露出一脸笑容:"查验完毕了,彩票没有问题,可以开支票了。"

齐夏心中冷笑一声,彩票当然没有问题。这张中了一百九十万的彩票是他花费两百万现金买来的,是货真价实的中奖彩票。虽然要交三十八万的税,可是剩下的钱就干净了。

想要将手里诈骗得来的两百万变得来路正常,这是最简单的方法了。

"真是恭喜您啊齐先生……"工作人员继续笑道,"我这就安排人给您开支票,请问您要捐款吗?"

"捐款?强制性的吗?"齐夏问。

"那倒不是,只是中彩票的人大多会捐款。"

"既然不是强制的,那我一分钱都不捐。"

齐夏拿着一张支票走出了彩票中心,径直走向了出租车。

"呀!这么快啊小伙子?"司机正站在车子外面抽烟,他身旁那辆海蓝色的车子显得与当地薄荷色的车子格格不入。

齐夏没答话,伸手拉开车门坐了进去。

"咱……现在回去吗?"司机问。

"嗯。"齐夏点点头,但为了保险起见,这一次他选择坐在了车子后方。

"得了。"师傅将烟头扔到地上踩灭,坐上了驾驶室,"话说小伙子,你不准备在济南玩玩吗?我有个老伙计在这里,你要是不赶时间的话——"

"我赶时间。"齐夏说,"开车吧。"

"哦……"师傅尴尬地点了点头。

齐夏回忆起上一次,他就是在济南耽误了半天的时间去银行取钱,最后带着一大包现金回到家里。他本意是想给余念安一个惊喜,可这一次,他不得不把这些形式化的东西全都省掉了。

如今的他必须在第一时间赶回家中,带余念安逃离到空旷地带。想到这里,齐夏掏出手机想要给余念安打个电话,让她提前收拾几件衣服，方便二人在接下来的日子里住在外面。

他打开通讯录，找到了第一个联系人，那个备注为 A 的人，然后直接拨打了电话。这个备注是齐夏特意给余念安写下的，只有字母 A 才可以让她的电话一直保持在通讯录的第一位。

等了十几秒，电话那头依然没有人接听。

"怎么回事？"齐夏有些疑惑，印象中的余念安从不会离开手机，可如今为什么不接电话呢？

齐夏挂断电话又拨了几次，可始终都无人接听，这不免让他有些担心。他看了看手机上的时间，现在已然是下午四点了。

"师傅，七点半之前要是能回到青岛，我多给你五百元车费。"齐夏抬头对司机说。

"真的？"师傅通过后视镜看了一眼齐夏，然后又看了看表。

三个半小时，三百五十千米。虽然有些勉强，但对于老司机来说不是难事，只要在高速公路上全程保持一百二十迈的车速，估计晚上七点半之前刚好能到。

一天之内能赚到两千五百元的机会确实不多，司机显然有些不敢相信。

"我不骗你。"齐夏点点头，"注意安全，开车吧。"

司机心中隐约猜到了什么，一般人谁会选择打车前往另一座城市呢？出租车虽然费用昂贵，可唯一的好处就是不像火车、动车那样需要实名制购票。也就是说眼前的男人是想要偷偷摸摸来到济南，不希望被任何人发现，所以综合看来，他应该真的中了彩票。

只有中奖一百万元以上，才需要到省级彩票中心领奖，说不定实际奖金比一百万还要多。

想到这里，司机无奈地摇摇头。听说中彩票的概率比被雷劈中还要低，真是人比人气死人，眼前的男人年纪不大却偏偏有着这么好的运气，自己已经到了中年却依然在干体力活。

齐夏坐在后排，用余光看着司机在驾驶室那神色复杂的样子，不由得嘴角一扬。是啊，对于一般人来说，一个中了彩票的人就坐在自己身后，谁又能不胡思乱想呢？

只可惜你始终是个有贼心、没贼胆的人。齐夏暗道一声。

眼前的出租车司机是齐夏在众多司机里面精心挑选的，当时他们几个出租车司机正在酒店门口等活儿，眼前这位五大三粗的司机却因为插队，被一个精瘦的同行骂得连连求饶。

那一刻齐夏看透了他。明明都想挣钱，谁也不比谁差，可他如此胆小。这样的人不可能劫财的。

司机叹了口气，老老实实地目视前方继续开车。

齐夏仰靠在座椅上，再次拨通了余念安的电话，却依然没有人接听。如此安静的环境下，他又回想起了在终焉之地发生的事情。

那一切都太真实了，完全不像是一场梦。

他伸手摸了摸左侧肩膀，此时也完全没有受伤的痕迹，可他清清楚楚记得那里发生的一切。他记得韩一墨、乔家劲、甜甜、李警官、张山、老吕都死在了那里，自己明明也死了，却回到了之前的生活。

这样说来，那些人会不会也回到了他们原本的人生当中？这一切恐怕都是一场诡异的恶作剧。

随着天色变暗，高速公路护栏上的灯光缓缓亮起。虽然只在那个鬼地方待了三天，可齐夏感觉自己已经很久没有在夜晚见到灯光了。不断向后快速平移的夜光灯让他感觉莫名的心安。

看起来司机真的很想挣到那五百块钱，一上了高速公路就全程保持最高限速。他与世上的其他人都一样，始终都在为了一日三餐奔波。

齐夏暗下决心，就算最后超时了，他也会把五百元交给司机。

师傅有几次试图和齐夏搭话，可渐渐也发现这个年轻人实在不算健谈，于是只能打开了车上的收音机，试图让气氛没有那么尴尬。

"您现在正在收听的是 89.7 交通广播。"略带磁性的声音缓缓传出，这似乎是出租车司机都爱收听的频道，"现在是北京时间的十九点整，我们来看一下网络平台的网友留言。"

主持人说完这句话明显愣了愣,接近十秒钟都没有说出下一句话,绝对算得上是直播事故了。

"哈哈!"司机幸灾乐祸地说,"小伙子,你看这都啥玩意?现在的主播是不是都是花钱买的工作啊?"

齐夏微微皱了下眉头,感觉事情没那么简单。

直播主持人的心理素质都非常强大,就算网络平台的留言大多是无用的,他们也会在第一时间挑出关键信息播报出来,可如今为什么十多秒了还没有说话?

"我们这边的网络平台留言有些奇怪……"主持人语气怪异地说,"平台连续收到了几十条留言,都在说青银高速公路靠近青岛出入口的上方出现了一条诡异的裂缝,我们这边会尽快联系交警,确认一下这道裂缝是来自指示牌还是其他建筑物,请过往车辆小心避让一下。"

"裂缝?"司机师傅打了个哈欠,开口说,"咱这就是青银高速公路啊,一会儿进青岛的时候正好路过,到时候看是谁家的豆腐渣工程又被曝光了。"

"上方出现裂缝?"齐夏感觉有些奇怪,虽然他知道地震会在明天中午来临,可在那之前会不会出现奇怪的征兆?

还没等齐夏想明白,司机忽然开始点踩刹车,原本一百二十迈的车速明显降下来。坐在后排的齐夏根本没系安全带,这个紧急刹车差点让他撞到前排座椅。

"怎么了?"他稳住身形之后疑惑地抬起头。

"奇怪啊……高速公路上排长龙了。"

齐夏顺着司机的目光向远方看去,果然发现前方的交通十分拥堵,马路上五颜六色的车辆一眼望不到边际。

司机有些着急地看了看时间:"哎呀……估计是发生连环相撞了,我以前遇到过,至少堵一个小时……前面就是进青岛的出入口了啊……马上就七点半了,这可怎么是好?"

他不断地左右张望着,似乎在想着如何变换车道才能绕过这拥挤的车流。

"没事,师傅,这就算到青岛了。"齐夏说,"你慢慢开吧。"

"哎呀……"司机通过后视镜略带惭愧地看了一眼齐夏,"小伙子你挺实在的,你放心,八点半之前我肯定把你送到家。"

齐夏点了点头没再说话。

让二人未想到的是,这条长龙从他们加入开始就没有再动过,他们的身后一直源源不断地有车驶入,如今他们被夹在整条队伍的中央,进退两难。

"真是怪事……"等了一个多小时,时间眼看就来到八点半,师傅只能无奈地挠了挠头,"就算有连环碰撞也应该处理完了啊……"

齐夏有些心急,但此时此刻除了等待也没有更好的办法了。

他们所在的位置距离齐夏的住处仍然有着二三十千米的距离,若是齐夏再像之前那样徒步前进,怕是天亮才能到达。

想到这里,他再次掏出手机拨打余念安的电话,仍然没有人接听。手机另一头机械的语音提示让他更加心烦。

此时二人都沉默着,唯有车内的广播依然在沙沙作响。

"各位听众,青银高速公路出现不明气候现象,实际情况有待专家分析,有条件的司机朋友请提前绕行。"

"气候现象?"师傅第一次在广播里听到这种新鲜词,有些摸不着头脑。

"估计就像球状闪电或者海市蜃楼那样吧。"齐夏解释道,"说不定是引起大量人员围观,间接引发了交通事故。"

"原来是这样?小伙子你懂得真多啊,大学生吧?"

齐夏没再理会司机,继续靠在座椅上闭目养神。在上一次的记忆里,他并没有选择当晚回到青岛,所以对高速公路上发生的事情一无所知,只知道第二天早上出发时,整条道路已经恢复正常了。

换句话说,眼前的交通堵塞不会持续很久,齐夏目前最好的选择就是等待。可是人在长时间、漫无目的等待的时候,都会产生烦躁的情绪,毕竟谁也不知道要等到何时。

马路上渐渐响起了此起彼伏的喇叭声,吵得人心绪不宁。又过了一会儿,司机们渐渐熄了火,下了车,开始互相攀谈起来。

出租车师傅一看就是闲不住的人,见到有人走动便第一时间下了车,他不再理会齐夏,反而叼起香烟,与附近的几个司机侃起了大山。

齐夏叹了口气,拿出手机给余念安发了信息:安,明天可能要出事,你收拾点日常用品,早上我带你出去避避。

齐夏特意将事情说得严重一些,目前最重要的事情是让余念安在看到信息的瞬间就明白事情的重要性,至于地震、异象一类的话都可以暂时不提。

做完这一切,齐夏才靠在座椅上闭上了眼睛。不知道为什么,就算他知道明天会地震,只要在余念安身边就会感到安心。

他能力有限,救不了太多的人。如今到处宣扬明天会地震的消息,自己只会因为扰乱公共秩序而第一时间被捕。他从来不觉得自己是救世主,他所做的一切也仅仅是让他在这个世界活下去。

齐夏闭上眼睛眯了一会儿,不知道过去了多久,忽然被司机的开门声吵醒。

"小伙子,你快来看这个!"他也不管齐夏是不是在睡觉,张大嗓门就号了起来。

"什么?"齐夏茫然地睁开眼,看到司机正拿着一个手机冲他晃悠。

他接过手机,发现是一张照片,拍摄地点应该就是前方的高速公路入口收费站。

"这是前面的司机拍的,在这条路上都传开了!"司机一脸激动地说,"小伙子你学问多,你快帮忙看看这是什么气候现象?"

齐夏放大了一下图片,不由得皱起了眉头。要说气候现象,这东西未免也太邪门了。

只见天空上悬着一道裂缝，有许多发光的东西从裂缝中倾泻而下，好似星星掉落了，许多车子被这片光幕挡住，根本前进不了。

"天裂了？"齐夏疑惑地说。

"是啊，看起来真的很像天上裂了个口子，这个气候现象是不是叫'疑是银河落九天'？"

齐夏无奈地撇了撇嘴："大叔，虽然我不知道这是什么现象，但你说的这个现象肯定不存在。"

司机憨憨地笑了一下，坐到了驾驶室里："不过据说这个口子正在变小，应该一会儿就消失了，那些发光的东西一旦不挡路了，我们也就能走了。"

齐夏点点头，掏出了手机，瞬间愣了一下。

"凌晨三点多了？！"

"是啊……"司机也伸了个懒腰，"小伙子你人实在，大哥我也不是抠门的人，所以我早就把计价器关了，要不然路上等待的时间也不少钱呢。"

齐夏关注的问题根本不是这个，而是他发现到现在为止余念安都没有回信，一种不安的感觉在他心中蔓延。

随着时间一分一秒地过去，车流终于动了起来，只是前进的速度比齐夏想象之中的要缓慢不少，看来最接近入口的地方，确实因为这奇怪的异象而引发了车祸。

等到那诡异的裂缝消失、车流开始进入青岛，已经是早上八点了。

齐夏在这段时间里不间断地拨打余念安的电话，可始终无人应答，思来想去，只有一个理由能够解释现在的情况。

余念安已经被警方控制了。

"师傅，换个目的地吧。"齐夏敏锐地察觉到了这一点，知道自己家不能回了，于是和司机说，"我上车的地方不用去了，我给你一个新地址。"

齐夏说完便在手机上搜了一个地址，伸手递了过去。

"哦。"师傅接过手机,看了一眼就知道了目的地,"行,距离差不多,我直接拉你过去。"

终于在上午十点半左右,司机师傅将齐夏拉到了目的地。

这里是市北老城区的一片廉价出租房。

"终于到了啊小伙子。"师傅长舒一口气,"真是没想到耽误了这么久。"

"没关系,师傅。"齐夏从口袋中又掏出一千五百元现金递给了司机,"谢谢你了。"

"没事没事!这都是应该的!"师傅激动地接过钱,"小伙子你有事的话再叫我啊!"

齐夏点了点头,正要朝出租屋走去,却忽然想起了什么一样回头说:"师傅,我知道你现在已经很累了,但是中午之前先不要回家,累了就在车上待一会儿。"

"嗯?"司机愣了一下,"啥意思?家都不让回了?"

"我没理由骗你。"齐夏说,"马上要发生一件大事,待在外面会安全一些。"

齐夏说完话便不再理会司机,朝出租屋走去。

这是齐夏和余念安租下的备用落脚点,正是为了应对这种特殊时刻。他准备在这里收拾几件衣服,然后再打算接下来的事情。

走出七步之后,齐夏口袋中的手机忽然振动了起来,他心头一惊,赶忙掏出来看了看。

A来电。

"安?"齐夏一愣,感觉自己的推断好像出了什么问题。

余念安难道没有被警方控制?又或者……这个电话是其他人让她打来的?

"喂。"齐夏接起电话,语气平淡地打着招呼。

他知道就算这个电话来自警方,自己也一定要让他们带着余念安离开室内,否则后果不堪设想。

"夏!"余念安有气无力地应道,"对不起啊……我好像生病了,从昨天下午就开始昏睡,一直到现在才醒过来。"

"生病了?"齐夏微微皱了一下眉头,问道,"昨天你喂鱼了吗?"

余念安笑了一下,说:"干什么啊?还给我搞暗号?没有情况发生,只是我真的有点不舒服。"

齐夏这才明白过来,赶忙说:"安你听我说,马上收拾一下东西在楼下等我,我这就去接你。"

"嗯?"

"没时间解释了,相信我。"齐夏着急地说,"我骗过很多人,唯独没骗过你。"

"好……"余念安答应道,"我这就去收拾东西,你大约多久到?"

"我……"齐夏翻手看了看手机,感觉情况有些不妙。从此处搭车过去少说也要一个小时的时间,恐怕会正好赶上那场可怕的地震。

"你先不要管我多久到,总之你要赶紧离开家,哪怕站到门口都好。"

"哦……那好吧。"余念安点点头,"我洗把脸,十分钟左右就下去。"

"好!"

齐夏挂掉电话,赶忙回头寻找出租车司机,发现他果然没走,此刻正坐在驾驶室用一个微型的紫外线手电检验钞票。

"师傅!"齐夏敲了敲车窗,把司机吓了一跳。

"哎呀妈呀!"司机赶忙收起钱,这才发现眼前的不是别人,正是那位大客户。

"小伙子?"他把车窗摇了下来,左右打量了一下问道,"又咋了?"

"带我去昨天我上车的地方!"齐夏说,"这次也要尽快,给你一百!"

"好！"师傅笑着对齐夏招了招手，"我知道了，快上来吧！"

齐夏打开车门坐了上去，脸上的表情依然有些着急，他在车上查看着手机，只可惜在地震发生的刹那他没有记住时间，只知道地震大约在中午时分来临，可到底是十一点还是十二点？

想到这里，他又催促了一下司机："麻烦再快一点。"

"小伙子，你也有点强人所难了，我现在可是疲劳驾驶啊……"

"大叔，我真的很赶时间。"

"好好好……"

司机拗不过他，只能又踩了踩油门，原本一个小时的路程，仅仅四十分钟就跑完了。

"谢了师傅。"齐夏扔下一百元，头也不回地下了车。

可放眼一望四周，他就觉得有些诡异。余念安根本就不在楼下等他。

"怎么回事？"

齐夏的第一个反应是余念安可能在附近的便利店里买东西，他拨打对方的手机，却依然没人应答。

"安，你去哪儿了？"

不等他想明白，远处忽然传来了阵阵巨响。只听轰鸣声接踵而至，好似有数万辆火车正在马路上行驶。

下一秒，大地猛然抖动起来，齐夏一时之间重心不稳，狠狠地摔在了地上。

"糟了！"他心知不妙，上一次地震来临的时候他也是站在这个位置，好像冥冥之中自有安排，同样的时间点，同样的位置，就算一切重新来过了，什么都没有改变。

四周车辆开始连环碰撞，人们的尖叫声此起彼伏。

齐夏顾不上许多，只能朝着自己家的单元楼跑去，就算余念安有万分之一的可能在家里，他也一定要把她救出来。可是地震的时候实在是太难行动了，齐夏摔倒了五六次才终于找回平衡。

"安！"他朝着楼上大吼一声，明明他的家在三楼，余念安应当能听到声响才对。

齐夏重新定了定心神，走进了单元门。他记得自己之前走进单元门的时候门廊倒塌了，他也是因为这个才丧了命。想到这里他赶忙向旁边闪身一躲，一块巨大的石头瞬间就砸到了先前他站的地方。

这块石头非常大，被砸到不可能活命。

"我之前果然是死了吗？"

齐夏重新稳住身形，抬头看了看楼梯。在这巨大的晃动之下，老旧的楼房开始有了大量的裂痕。

青岛是一个很难见到地震的海滨城市，所以在此地建造的房屋根本不知道能够撑得住多少级的地震。

齐夏担心房屋随时都会倒塌，于是更加急迫地想找到余念安。

"安！听得见吗？！快下来啊！"齐夏再次大喊道。

整座楼房都在晃动，巨大的声响很快就压过了他的声音。

"安……"齐夏稳住身形，继续向楼上跑去，可是地震会造成平衡感的紊乱，更不必说要跑上楼梯了，齐夏只感觉自己双腿被磕得满是淤青，但他丝毫没有放弃，手脚并用地不断向上攀爬。

若是余念安在这次地震中丧了命，他也没有什么理由再活下去了。

"还在晃……"齐夏再一次摔倒在地，整个膝盖都失去知觉了。

他曾看过新闻，震感最强烈的地震通常只会持续很短的一段时间，最多也不会超过三分钟。可他感觉整个大地已经摇晃了接近五分钟，却依然没有停下的意思。

这该是一场规模多大的地震啊？

终于，齐夏拖着一身伤痕来到了三楼。

大楼依然在持续摇晃，齐夏想要敲门，可忽然想起余念安有可能会躲在桌子下面，此时乱跑会更加危险，于是只能从口袋中掏出钥匙，可是他根本没法把钥匙插进锁里。

人在晃，手在晃，楼在晃。

视野里的一切都在晃，远处依然有着大量巨响传来，甚至还有玻璃破碎的声音。

齐夏双手拿住钥匙，终于插进了锁里，随着咔嗒一声响，房门打开了。

"安！你在吗？"齐夏大叫了一声，可是屋内一片安静。

他瞬间想到了什么，屋内无人应答，只有一个可能——余念安早就出门了。

齐夏二话不说扭头就要走，可忽然想到余念安给他打的电话。

"不，还有第二个可能……"

她病倒了！

齐夏瞬间陷入两难的境地，整栋大楼摇晃得越来越厉害，若是不趁早跑出去，自己定然要死在这里。可他绝对不能抛下余念安！

"安！你在吗？"

齐夏推门进了房间，空荡荡的房间里没有任何人回应，几样简陋的家具也在地震之中东倒西歪，齐夏瞥了一眼小餐桌下方，那里空空如也。

"不在这里，难道在卧室？"

他扶着单人沙发艰难地向前走着，三步并作两步地来到了卧室门口。

如果余念安还在家中，那就只能在这里了。

"安！"推开门的瞬间，齐夏露出了一丝安心的表情，卧室里半个人都没有，目光所及之处只有一张书桌和一把座椅。

齐夏长舒一口气，他知道余念安大概率已经逃到了安全的地方，如今就算自己死了也没什么可怕的。他刚要转身逃走，却忽然犹如被晴天霹雳劈到一般愣在原地。

好像有哪里不太对。

一股毛骨悚然的感觉渐渐地在齐夏心头升起，让他汗毛根根竖立，久久不能平静。

在巨大的地震中，齐夏茫然地转过头，看了看这间诡异的卧室。

为什么只有一张桌子一把椅子？床呢？

他完全无视天花板上掉落的细小碎片，一步一顿地走到书桌旁，印象中，桌子上有一张他和余念安的合影。可当齐夏走近拿起那张照片时，却发现画面中只有他自己。

他站在大海边面无表情地望着镜头，留下了这张孤单的照片。

"安？"

齐夏似乎失了神，刚刚找到的平衡感全都消失不见。他只感觉天旋地转，又回归到了一步一跌的状态，摔了无数跤才爬到客厅中。

这里有一张单人沙发，一个单人使用的小餐桌，这屋子里甚至没有给第二个人准备座椅。

"开什么玩笑？"齐夏露出了一丝绝望的笑容，"你们在跟我开什么玩笑？！"

他又想起了什么，赶忙爬到门口，那里放着一个小鞋柜。他狠狠一咬牙，打开了鞋柜的门。

里面只有一双男士皮鞋。

这间屋子从内到外，完全没有余念安生活过的痕迹。齐夏忽然没了力气，一屁股坐到了地上。

跟余念安在一起相处的画面全都历历在目，她身上的味道、她手掌的温度、她笑起来时弯弯的眼睛，每一个细节他都清清楚楚地记得。

可她为什么就不在这里？！齐夏想不通。发生的一切他都想不通。

余念安不到一个小时之前还给他打过电话，她怎么会不在这里呢？

齐夏颤颤巍巍地从口袋中掏出手机，再次拨打了 A 的电话。他缓缓地咽了下口水，整个人的身体颤抖不已，他似乎已经预感到了什么。

"您好，您所拨打的号码是空号，请核对后再拨。"

随着冰冷的中英双语播报响起，齐夏手中的手机也掉落到了地上。

这一切都太可怕了。余念安……不存在？

"不可能……"齐夏的眼神忽然之间坚定了起来，他明明能够回忆起跟余念安第一次见面的时候，也能回想起二人生活的每一天。

她不可能不存在。

"齐夏，你知道吗？"余念安的声音在脑海中回响，"这世上的道路有许多条，而每个人都有属于自己的那条。"

齐夏猛然站起身来，在晃动的房间之中屹立着。他思索片刻，再次走向卧室，二话不说拉开了衣橱。

众多男士衣服里面有一件老旧的白衬衣，他将白衬衣拿来翻手一看，胸口位置缝着一只卡通小羊的补丁。这是余念安亲手缝的。

齐夏从来不会缝补衣服，破旧的衣服只会被他丢掉。若是余念安不存在，这只小羊也不应该存在。

"天杀的……我懂了……"齐夏冷漠地抬起头，看向窗外，"终焉之地……你们想逼疯我？你们想让我以为自己是个疯子？"

他慢慢站起身，表情中带着一股前所未有的仇恨。

"就算你们是神，我也要你们把余念安还给我！"

话音刚落，齐夏看到窗外的天空上居然裂开了一道道巨大的裂缝，裂缝中漆黑一片，犹如无垠宇宙。整个天花板也在此时轰然倒塌，随着一声毁灭世界般的巨响，齐夏被狠狠地压在了乱石之下。

弥留之际，林檎的声音在他耳边响起。

"我对你真的很好奇。"

"我没有冒犯你的意思，可你是个骗子，你的妻子又是一个怎样的人？"

"可你是有妻子的……即便是你们二人住在一起，你也每晚都坐着睡吗？"

　　一个老旧的钨丝灯泡被黑色的电线悬在屋子中央，闪烁着昏暗的光芒。静谧的气氛犹如墨汁滴入清水，正在房间内晕染蔓延。随着桌面上的时钟指向"12"，一阵低沉的钟声从很远的地方震荡而来。

　　桌子旁边的十个人陡然惊醒，纷纷看着这诡异的场景。

　　齐夏瞪大了眼睛，看着这熟悉的场面，心中犹如万马奔腾一般不能平息。

　　他回来了。

　　每个人都回来了……

到目前为止，可以公开的设定：

终焉之地似乎是独立于现实世界之外的一个世界，十天为一个循环周期，齐夏等人被召集到这里，进行残酷的生存游戏，目的是选拔出一个被称之为"万相"的领导者（或者说统治者）。他们来自不同的时代，除了来之前都经历过地震，似乎没有其他共同点，只有在游戏中收集三千六百颗道，他们才有可能离开这里。若十天之内没有收集成功，或者提前在终焉之地死去，则会短暂地回到现实世界，之后再次回到这里……

终焉之地有专属于这里的一套法则，所有人都必须遵守，否则会受到制裁。这里的游戏由人、地、天三才生肖主持，每种生肖所对应的游戏类型各不相同，而随着生肖等级的提升，他们所主持的游戏难度也会增加，当然，奖励也会更丰富。如果游戏参与者和生肖的其中一方在游戏过程中提出赌命，对方是不能拒绝的，赌命输的一方，必须付出生命的代价，若试图逃命，则会被"神兽"级别的人物制裁。

某些特殊的参与者拥有回响，这种参与者被称之为"回响者"。回响是在某种特殊情况下才能激发出来的超自然之力，每个回响者的回响不尽相同，回响在发动和消失的时候，城市中的巨钟会发出响声以警醒他人，显示屏上也会显示回响的名字。

终焉之地游荡着一些原住民，他们精神错乱，宛如行尸走肉，他们的存在目前还是一个谜团……

《十日终焉·迷城》正在加载中,敬请期待……

"我们被困在这里了!有人撒了谎……有人撒了天大的谎!他把所有的人都耍了!"

"谁把我们耍了?他撒了什么谎?"

"我不能说……我说出来会死的……"